나쓰메
소세키
서한집

사진 제공처

• 《문학론》 초판본, 《마음》 초판본, 《명암》 자필 원고, 《한눈팔기》 자필 원고, 1902년 3월 10일 자 편지 원본 © 신주쿠구립소세키산방기념관新宿区立漱石山房記念館
• 1904년 10월 22일 자 엽서 원본 © 고치현립문학관高知県立文学館
• 1891년 1월 1일 자 편지 원본, 1891년 4월 20일 자 편지 원본, 1895년 12월 14일 자 편지 원본 © 마쓰야마시립마사오카시키기념박물관松山市立子規記念博物館

나쓰메 소세키 서한집

발행일	2020년 10월 19일 초판 1쇄
	2023년 5월 15일 초판 2쇄
지은이	나쓰메 소세키
옮긴이	김재원
기획	김현우
편집	남수빈
디자인	남수빈

펴낸곳	인다
등록	제300-2015-43호. 2015년 3월 11일
주소	(04035) 서울시 마포구 양화로11길 64 401호
전화	02-6494-2001
팩스	0303-3442-0305
홈페이지	itta.co.kr
이메일	itta@itta.co.kr

ISBN 979-11-89433-13-0 03830

나쓰메
소세키
서한집

나쓰메 소세키 지음

김재원 옮김

읻다

일러두기

1. 이 책은 《漱石全集》第22·23·24卷(岩波書店, 1996~1997)에 실린 편지를 옮긴이가
   선별해 엮은 것이다.
2. 본문의 주는 모두 옮긴이의 것이다.

도쿄대학 영문학과 2학년 재학 당시
나쓰메 소세키(24세).

대학 예비문 재학 시절.

마쓰야마에서 살았던 하숙집 별채. 소세키의 하이쿠 필명을 따 '구다부쓰안'이라 불렸다.
소세키는 2층에서 지냈고, 시키는 1층에 머물며 하이쿠 시인들과 모임을 가졌다.

마쓰야마중학교 교사 시절(28세).

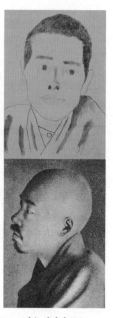

젊은 시절의 문우
마사오카 시키의 자화상(21세)와
마지막 사진(32세).

1904년 10월 22일 데라다 도라히코에게 보낸 수채화 엽서.

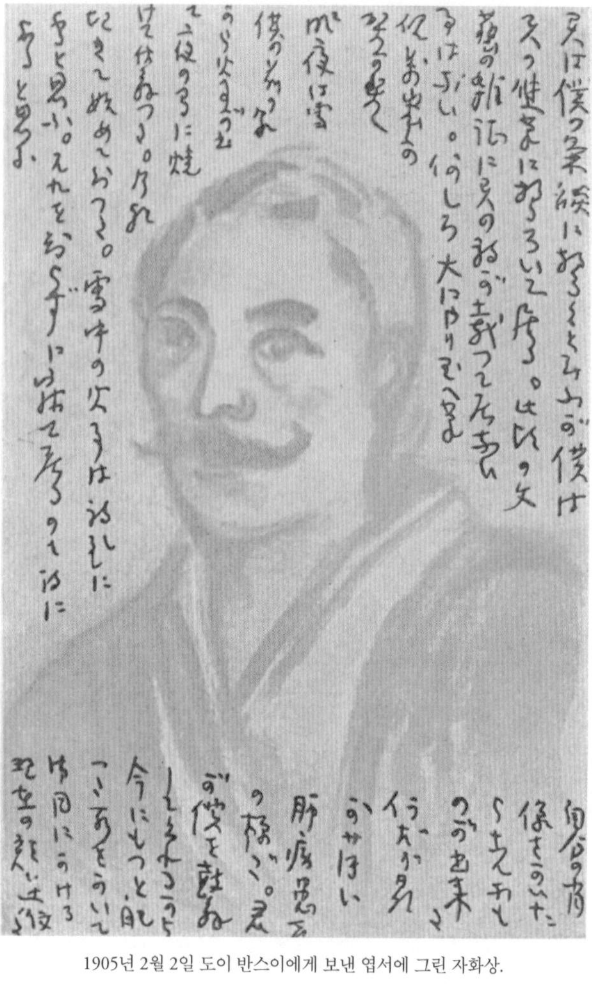

1905년 2월 2일 도이 반스이에게 보낸 엽서에 그린 자화상.

도쿄 센다기 자택에서(39세).
이해 《도련님》, 《풀베개》 등을 집필했으며, 목요회가 시작되었다.

제1고등학교 본관
입구에서(40세).
이해 교직을 사임하고
아사히신문사에 입사했다.

《문학론》 초판본(1907).

메이지 천황이 사망한 해 상장을 단 모습(45세).

우시고메구 자택 서재. '소세키 산방'이라 불렸으며,
이곳에서《마음》,《한눈팔기》,〈유리문 안에서〉등을 집필했다.

《한눈팔기》자필 원고(1915).

소세키가 표지 도안을 직접 그린《마음》초판본(1914).

소세키 산방 테라스에서(48세).

4부 · 아사히신문사 시절 1907~1912

5부 · 만년 1913~1916

1부   청년 시절
              1889 ~ 1899

마사오카 시키[1]에게
보낸 편지

우시고메구 기쿠이정 1번지
1889년 5월 13일

　　　마사오카 대인

오늘은 우르르 병실에 몰려가서 실례가 많았네. 돌아가기 전에 야마자키 겐슈 선생을 뵙고 자네의 증상과 요양 방법에 대해 물으려 했는데, 댁에 있기는 하지만 다른 용무로 바쁘다고 해서 만나지 못했다네. 하는 수 없이 다른 이를 통해 물었더니 예상외로 가벼운 증상이라며 딱히 입원까지 할 필요는 없다고 하더군. 하지만 감기가 백병을 일으키듯 각혈이 폐결핵이나 결핵 같은 중증으로 번지지 않으리란 법도 없으니 지금이 아주 중요한 시기일 터, 최대한 요양에만 전념하는 게 좋을 듯하네. 소생의 생각으로는 야마자키처럼 부주의하고 불친절한 의사 말은 듣지 말고, 다행히 인근에 다이이치 의원도 있고 하니 일단 거기 가서 진단

1　正岡子規, 1867~1902. 하이쿠 시인, 국어학 연구가. 잡지 《호토토기스》를 기반으로 정력적인 하이쿠 혁신 운동을 전개하여 근대 하이쿠 문단에 선구적 발자취를 남겼다. 도쿄대학 예비문 시절 소세키의 동급생으로, 서로의 문학적 재능을 알아본 두 사람은 하이쿠 첨삭과 문학 평론 등을 통해 교류를 나누며 평생의 벗이 되었다.

을 받아보고 입원 준비를 하면 어떨까 싶은데. 그러면 간호와 요양이 다 해결되어 열흘에 나을 병이 닷새면 완쾌하리라 보네만. 아주 조금이라도 폐병에 걸릴 '프라버빌리티'가 있는 이상 이수二豎가 고황病膏에 들기 전에[2] 현명히 결단하여 실행하는 게 좋을 듯싶네. 삶이 있으면 죽음이 있는 것이 예로부터 정해진 법칙이라지만, 희생비사喜生悲死 또한 자연의 섭리일세. 사시사철의 순환을 다 알면서도 여름에는 더위를 느끼고 겨울에는 추위를 느끼는 것 또한 인간이 피할 수 없는 일이니, 작게는 어머니를 위해, 나아가서는 국가를 위해 몸을 잘 돌보아야 하네. 비 오기 전에 덧문을 보수한다는 옛사람의 명언을 새기어 평소의 객기일랑 버리고 분별력 있게 행동하기를 바라네.

to live is the sole end of man!

떠나간다며   울지 말고 웃어라   두견새[3]야
네가 울기를   바라는 이 없으니   두견새야

이삼일 내로 병문안 가도록 하지. 오늘 야마자키 선생을 뵈러 갈 때 요네야마와 다쓰구치도 함께해주었네. 우리 형도 오늘 각혈하여 병상에 누웠다네. 이리도 두견새가 많아서야 풍류가인 이 몸도 두 손 다 들 수밖에. 하하.

긴노스케

---

2 병입고황病入膏肓의 고사를 뜻한다. 진나라 경공이 중병이 들었을 때 꿈에서 병마가 두 아이의 모습으로 나타나 고황(심장)에 숨어들었고, 경공은 곧 죽고 말았다.
3 일찍이 결핵으로 객혈을 시작한 시키는 입속이 붉어 '울며 피를 토하는 새'라 불리는 두견새(子規, 시키)를 자신의 필명으로 삼았다.

마사오카 시키에게
보낸 편지

우시고메구 기쿠이정 1번지
1889년 5월 27일

　　　조키[1]에게

어제는 쉬파리처럼 오래 눌러앉아 실례했네. 어제 형편없는 평을 덧붙여 돌려준 《나나쿠사슈》[2]는 내가 돌아간 후 다 읽었으리라 생각하네. 후에 가슴에 손을 얹고 곰곰 생각해보니 앞뒤 분별도 없이 무턱대고 어려운 한자만 나열했다 싶어 뻔뻔하기 그지없는 이 몸도 얼굴이 살짝 붉어지더군. 그저 무례한 자라 여기고 참아주게. 사과를 하는 김에 부탁이 하나 더 있는데, 비평 뒤에 덧붙여둔 28자 9절[3]에 관한 것이라네. 그건 어린아이의 유치한 습작 같은 글로, 그저 홍등녹주紅燈綠酒의 문자를 휘갈겨 쓴 것일 뿐이라 자네의 훌륭한 존서에 덧붙여두는 건 《나나쿠사슈》

1　丈鬼. 시키의 본명인 '常規(쓰네노리)'를 음독한 것에 발음이 같은 한자를 대입해 만든 별호.
2　七草集. 시키가 학창 시절에 쓴 한시와 하이쿠를 모은 문집. 시키는 권말에 여백을 마련해 지인들에게 평을 쓰도록 했는데, 이에 소세키는 "사형의 문장, 정情이 넉넉하고 사족이 적으며 청수초탈신음淸水超脫神音으로써 빼어나다"고 격찬했다.
3　칠언절구 아홉 수. 소세키가 비평문 마지막에 써둔 한시를 가리킨다.

의 치욕일세. 그러니 사람들 눈을 겁내는 소생의 마음을 가엾이 여겨, 명복을 빌 것도 없이 일도양단에 잘라내어 휴지통 속 정토로 보내주게나. 선천적 불구아는 편작의 묘술로도 고치기 어려운 것이 당연지사, 살아서 사람들 앞에 나서게 하느니 차라리 죽이는 것이 부모의 자비 아닐까 싶네. 그럼에도 딱한 범부는 혹 자네의 처방으로 선천적 불치병이 고쳐질 가능성은 없을지, 그것만 신경 쓰고 있다네. 불탄 들판의 꿩, 밤 두루미.[4] 아픈 자식일수록 더 사랑스러워 보이는 건 역시 부모의 욕심이겠지. 절대, 절대로 범부라 경멸하지 말아주게. 총총.

《나나쿠사슈》에는 천하의 이 몸도 실명을 밝히기가 두려워 일단 적당히 소세키라고 유식한 척 적어두곤 우쭐대고 있었는데, 후에 생각해보니 소세키漱石라고 써야 할 것을 소세키溯石라고 쓴 것 같더군. 이 점 유념하시어 고쳐주길 바라네. 어리석은 요네야마 선생이 옆에서 보며 말하길, 자기 이름 하나 제대로 못 쓰는 사람이 남의 글을 평가하다니 "정말 대단한 얼간이로군". 탁탁탁탁.[5]

기쿠이 마을 소세키

---

4 들판이 불타면 꿩은 목숨을 내던져 새끼를 구하고, 두루미는 추운 밤에 제 날개로 새끼를 따뜻하게 감싸 보호한다는 말로, 자식에 대한 부모의 깊은 사랑을 뜻한다.
5 가부키에서 나무토막 두 개를 부딪쳐 박자를 맞추는 소리.

마사오카 시키에게
보낸 편지

우시고메구 기쿠이정 1번지
1889년 9월 27일

애첩에게

그대의 말대로 주머니 횅하고 지갑 빈곤한 내가 거금 2전이라는 돈을 써서 시코쿠 근처까지 친히 서신을 보내니, 이 친절함에 필시 감동의 눈물로 목이 멜 테지. 낭군의 대자대비에 감사하라는 뜻으로 한껏 생색을 내며 급보를 전하네. 얼마 전 편지로 부탁한 점수 건은 잘 알아들었으니 더 설명할 필요 없네. 내게 다 생각이 있으니 이 에돗코[1]가 어떻게 하는지 지켜보시라, 하고 한가하던 차에 갑자기 할 일이 생겼음을 기뻐하며 곧장 비술을 발휘해 구메 선인仙人[2]을 생포, 일단은 한숨 돌렸지. 하지만 총포에 쓸린 굳은살로(쓸렸다기보다 허물을 벗은 것에 가깝지) 손 가죽 두께가 한 자나 된다는 촌뜨기 병사와 담판을 짓는 건 세련되고 부드

---

1 에도(현재의 도쿄)에서 나고 자란 토박이. 괄괄하고 고집이 세지만 정의감 넘치고 인정 많은 기질을 가진 것이 특징이다.
2 당시 국문학 교수였던 구메 모토부미久米幹文.

러운 남자로 이름 높은 내게는 도저히 불가능한 일. 그러니 손을 떼고 물러서야겠지만, 자네, 아니 애첩을 위한 일이니. 나는 목숨에 여벌이 있다면 두어 개쯤은 그대에게 바칠 수 있을 정도로 친절한 사람이라, 꿋꿋이 고금 미증유의 용기를 짜내어 두세 번 전쟁을 벌인 결과 무운이 따라 이 몸이 승리했다네. 그런즉 아가씨께서는 1부 2학년 3반 교실을 마음껏 자유로이 돌아다닐 수 있게 되었소.[3]

"어머, 이렇게 든든할 수가. 어쩜 긴 씨는 생긴 것과 다르게 참으로 내실 있는 분이시로군요." 그대가 분명 이렇게 말하리라 생각되어 이 몸의 업적을 대서특필하여 널리 퍼뜨리니, 대충 이와 같네.

이 편지가 도착할 즈음엔 상경하는 중이겠군. 만일 또 꾸물꾸물 아직 고향에 들러붙어 있다면 이 편지를 보자마자 달려 나와 <u>도쿄로 오도록.</u>

낭군으로부터

---

3 소세키는 시험 결시로 인해 점수가 모자란 시키의 낙제를 막기 위해 힘썼고, 이 해 9월 소세키와 시키는 나란히 2학년으로 진급했다.

마사오카 시키에게
보낸 편지

우시고메구 기쿠이정 1번지
1889년 12월 31일

시키 앞

귀성 후에는 어찌 지내는가. 몸은 좀 어떤가. 독서는 하는가. 집
필은 어떠한가. 이 길고 긴 날들을 어찌 견디며 보내고 있는가.
오늘은 섣달 그믐날이라 온 집이 시끌벅적한데, 이 가난한 서생
은 고맙게도 할 일이 없어 낮에는 그저 책을 읽거나 밥을 먹고
밤이 되면 이부자리 안으로 파고드는 게 일과의 전부라네. 점잖
게 말하자면 한중한閑中閑, 정중정靜中靜, 속되게 말하자면 가난뱅
이가 부득불 두 손 놓고 구접스레 누항에 틀어박힌 꼴이지. 이번
방학에는 칼라일의 논문을 한 권 읽었어. 이삼일 전부터는 아널
드의 《문학과 도그마》라는 걸 읽고 있지. 그나저나 전부터 쓰겠
다던 소설은 쓰기 시작했나? 이번에는 어떤 문체로 쓸 생각인가.
의견이나 비평은 작품을 본 후에 말하겠지만, 대형大兄의 문장은
너무 나긋나긋해서 부인풍의 습성을 벗지 못했네. 최근에는 아
에바 고손[1]풍으로 바뀌어 전과 많이 달라졌다고는 하지만, 솔직

27

히 말해 아직 진솔한 힘이 부족하여 읽는 이가 책상을 탁 치며 유쾌해할 만한 부분이 좀 적지 않나 싶군. 모름지기 마음속 사상을 꾸밈없이 쉽게, 있는 그대로 쓰는 것이 문장의 묘미라고 생각하네. 따라서 머리 위로 물병을 쓰러트려 물을 뒤집어쓰듯 감정 없이, 또한 가슴속에 한 점의 사상도 없이 그저 글자만을 나열하는 무리는 논할 가치도 없고, 혹 사상이 있다 해도 쓸데없이 문장에 얽매여 천진난만함이 보이지 않는다면 사람을 감동시킬 수 없지. 요즘 소설가라 자칭하는 무리들은 '오리지널'한 사상은 눈곱만치도 없이 그저 문자의 사소한 부분만 연구하고 비평하면서 스스로 대가라 자부하는 이들일세. 홋카이도 토박이에게 도시 사람 옷을 입혀놓은 느낌이지. 머리 장식이나 옷 솔기 바느질에는 빈틈이 없을지 모르지만, 그 사람의 가치는 서푼어치도 되지 않고 그 사상은 일고의 가치도 없다네. 코를 틀어쥐고 도망치고 싶게 만드는 인간들뿐이지. 유일하게 고손 선생만은 마음속 생각을 있는 그대로 쓰기 때문에 그 천진난만함이 지면에 생생히 드러나는 경향이 있지만, 이 또한 노옹의 소박함 덕에 불쾌감이 느껴지지 않는 것뿐일세. 아는 체하는 시골뜨기보다야 훨씬 낫겠지만 그럼에도 엄숙함이나 수려함, 호방함을 갖추어 읽는 이를 감탄케 하고 감동시키는 면모는 부족한 듯해. 생각건대 문단에 나아가 만세에 붉은 깃발을 휘날리고자 한다면 먼저 사상을 함양해야 하네. 사상이 영글어 내면이 가득 차면 곧바로 붓을 휘둘러 생각하는 바를 쓰되 패연취우沛然驟雨 같은, 또 세차

1 饗庭篁村, 1855~1922. 소설가·연극 평론가. 에도 문학의 계승자이며, 익살스러운 필치로 인기를 끌었다.

게 바다로 흘러드는 강줄기 같은 기세가 있어야 하지. 아름다운 문장을 쓰는 법은 그다음의 다음, 또 그다음에 생각할 일, Idea itself의 가치를 좌우할 사안은 아니라고 보네. 자네도 이미 이 점은 깨달았겠지만, 그렇다고 해서 자네처럼 주구장창 글만 써서야 이 Idea를 배양할 틈이 없지 않을까 염려되는군. 물론 쓰는 것이 즐겁다면 억지로 그만두라 말하진 않겠지만, 매일 밤낮으로 쓰고, 쓰고 또 써본들 어린아이 습작이나 다름없을 테고, 하물며 이 original idea가 종이 속에서 튀어나오는 것도 아니지 않나. 이 Idea를 얻는 즐거움이 습작의 즐거움보다 훨씬 크다는 건 소생이 보증함세(썩 믿음직스럽진 않겠으나). 엎드려 부탁건대(농담이 아닐세), 잠시 습작을 멈추고 겨를을 내어 독서에 힘을 쏟는 게 어떤가. 자네는 환자일세. 환자에게 원치 않는 일을 종용하는 건 가혹하다 싶겠지만, 습작을 하며 살아봐야 딱히 즐거운 일은 없을 걸세. knowledge를 얻고 죽는 편이 낫지. 이 혼탁한 세상에서 비루한 목숨 하나 얻어 오늘을 어제로 흘려보내며 사는 것 또한 인간 세상에 happiness가 존재하기 때문. 열 배의 happiness를 버리고 10분의 1의 happiness를 탐하면서 그걸로 족하다 여기는가? 혹 이 Idea를 얻는 일보다 습작이 즐겁다 한다면 더는 한마디도 보탤 말이 없네. 다만 한 조각 진심을 토로하여 연말연시 인사를 대신해본 것일세. 그럼 이만 줄이겠네.

자네는 이 편지를 읽으며 냉소를 띠고 "멍청한 놈"이라고 하려나. 아무튼 자네의 coldness에는 항복이야.

소세키

마사오카 시키에게
보낸 편지

우시고메구 기쿠이정 1번지
1890년 1월 (날짜 불명)

시코쿠 신선께

학업으로 바쁜 와중에 일부러 긴 답신 보내주어 고맙네. 이리 돈독한 자네를 어찌 냉담이니 냉소니 하며 비난하겠는가. 진지한 변론을 보고 송구스러워 쥐구멍에라도 숨고 싶은 심정이었다네. 그저 한때 허튼소리라 여기고 흘려보내 주게. 괜히 쓸데없는 문장론을 쓰지 않았더라면 좋았을 텐데, 그런 게 바로 인간의 천박한 부분이라 마지막에 괜한 말을 늘어놓아 자네에게 공격을 당하니 참으로 난처하군. 다 의미 없는 잡설이고 실언이니 용서하게나.

올해 설날은 늘 그렇듯 떡국을 먹고 누워 뒹굴며 보냈다네. 요세[1]는 대여섯 번 다녀오고, 가루타[2]를 두 번 했지. 하루는 간다

---

1 관객을 모아 두고 재담이나 야담 등을 들려주는 대중 연예.
2 정월에 주로 하는 카드놀이로, 시 구절이 적힌 카드를 늘어놓고 첫 구절을 읽으면 다음 구절이 적힌 카드를 찾아 없애는 방식이다.

의 오가와테이라는 곳에서 쓰루초라는 온나기다유[3]를 보았는데,
여성 중에 이런 보물이 있었나 하고 형과 함께 아주 감탄했다네.
형이 내게 "기예가 훌륭하면 얼굴도 아름다워 보인다"고 하던데,
옳고 그름은 자네가 판단해주길 바라네.

요네야마는 요즘 선禪에 몰두하여 이번 방학에도 가마쿠라로
수행을 떠났다네. 야마카와는 여전히 학교에 나오질 않는데, 며
칠 전에 열 시쯤 찾아갔더니 아직 이부자리에 있더군. 담배를 한
대 피우고는 그제야 일어나 월금[4] 연주를 한 곡 들려주었다네.
늘 태평천만이지만 마음은 우울증에 걸리기 일보 직전이지. 이
또한 자네의 판단을 부탁드리네. 아무튼 요즘엔 학교에 우리 동
지들이 적어 왠지 쓸쓸하고 재미가 없어. 최대한 빨리 돌아오게.
이제 신선놀음도 싫증이 났을 테니 잠시 쉬었다가 올여름 다시
신선이 되는 걸로 하게나.

별지에 쓴 문장론을 한번 읽어봐 주길.

《나나쿠사슈》에 실린 〈나흘간의 호화 여행기〉와 〈미토 기행〉
및 그 외 잡문은 귀형의 글인가? 아니라면 무례를 용서 바라네.

도시 먼지 도인 드림

3 기다유는 반주에 맞추어 이야기를 읊는 일본 전통 예능 조루리의 유파 중 하나로, 그
   중 여성이 낭창하는 것을 온나기다유라고 한다.
4 중국에서 전해진 현악기의 하나로, 울림통 모양이 달처럼 둥글다.

文章 is an idea which is expressed by means of words on paper

Best 文章 is the best idea which is expressed in the best way by means of words on paper

1890년 1월 마사오카 시키에게 보낸 편지 원본.

[별지]

문장에 대한 나 개인의 정의는 다음과 같다.

문장 is an idea which is expressed by means of words on paper 이므로, 생각건대 idea가 문장의 Essence이고 words를 arrange 하는 것은 element임에는 틀림없지만, essence가 되는 idea만큼 중요하지는 않다. 경제학으로 치면 wealth를 만들기 위해 raw material과 labor가 필요하듯이, 이 labor는 단순히 raw material 을 modify하는 것에 지나지 않는다. 애초에 raw material이 존재 하지 않으면 그 어떤 뛰어난 labor도 소용이 없는 것처럼, idea가 없으면 words의 arrangement는 아무런 도움도 되지 않는다.

이로써 best 문장을 이해해보자면,

best 문장 is the best idea <u>which is expressed in the best way by means of words on paper.</u>

이 underline 부분은 idea를 그대로 지면에 표현해 독자로 하 여금 내 idea를 Exact(no more no less)하게 느끼게 한다는 의미 로, 이것만이 즉 Rhetoric이 treat하는 점이다. 그러므로 문장(내 가 말하는)은 결코 Rhetoric만을 가리키는 것이 아니라는 점을 이 설명으로 이해해주길 바란다.

한데 이 idea를 함양하기 위해서는 Culture가 아주 중요하고 그다음이 스스로 경험하는 것인데, 경험의 영역만으로는 Idea를 얻을 수 있는 범위가 좁기 때문에 Culture가 더 중요하다고 할 수 있다.

culture란 무엇인가 하면, knowing the ideas which have been

1890년 1월 마사오카 시키에게 보낸 편지 원본.

said and known in the world라고 나는 정의한다. 따라서 culture를 얻을 방법이 책밖에 없다는 사실에 자네도 동의할 터, 그래서 독서를 권하는 것이다. 그러나 Rhetoric을 폐기하라는 말은 아니다. Essence를 앞에 두고 form을 뒤에 두어야 하며, Idea를 앞에 두고 Rhetoric을 뒤에 두어야 한다는 말이다(시간적 선후를 말하는 것이 아니라 경중을 달리해야 한다는 뜻).

이제 엄숙하고 아름다운 문장을 analytically하게 이야기해보겠다.

(1) 엄숙한 문장 = 엄숙한 idea expressed by means of words.

(2) 수려한 문장 = 수려한 idea expressed by means of words.

따라서 엄숙하다거나 수려하다는 형용사가 붙을 만한 Idea라면 기행문이든 논설문이든 소설이든, 무엇이든 다 수려한 문장이라고 할 수 있다.

(단 idea 중에는 이러한 형용사를 붙이기 힘든 것이 있는데, 이런 idea를 express하는 문장에는 이 같은 형용사를 붙이기 매우 어렵다. scientific treatises가 그런 경우이며, 그 외 pure literary work에는 종류를 불문하고 다 이러한 형용사를 붙일 수 있다고 생각한다.)

이제 Idea와 Rhetoric의 combination으로 어떤 문장이 만들어지는지 mathematically하게 설명하겠다.

1 case   Idea   = best

Rhetoric   = 0   } make up no 문장

언어 장애인이 best idea를 가졌어도 Rhetoric이 없어 any speech도 할 수 없는 경우와 같다. 단, 이건 문장의 예가 아니다.

2 case   Idea   = 0

Rhetoric   = best   } no 문장   imaginary case

3 case   Idea   = best

R   = best   } best 문장

4 case   Idea   = bad

R   = bad   } bad 문장

5 case   Idea   = best

R   = bad   } ordinary 문장

6 case   Idea   = bad

R   = best   } bad 문장

last two case를 비교하면 Idea가 R보다 중요함을 알 수 있다.

이 case 중 1&2는 거의 extreme한 case라 실제로는 없다고 봐도 무방하다. 가장 important한 것은 5&6이다. 원래 best Rhetoric

이란, 예컨대 △라면 △라는 idea를 Express하여 누가 읽어도 동일한 형태, 동일한 크기의 △로 느낄 수 있게끔 만드는 것을 말하는 게 아닌가. 바꿔 말해 original idea를 original 그대로 convey하는 것이 best Rhetoric이므로, 가령 R이 best라 할지라도 idea가 bad하다면 bad한 idea를 bad한 채로 convey하는 것에 지나지 않으니 문장은 bad할 수밖에 없다. 반대로 R은 bad하더라도 Idea가 best라면 best한 Idea가 이 bad Rhetoric으로 인해 조금 modify되기 때문에 best인 채로 express되지 못하고 ordinary한 것에 그치게 된다.

내가 알기 쉽고 꾸밈없고 기교 없이 Idea를 express하는 것이 훌륭한 문장이라고 여기는 경우는 (3)의 case뿐이다. 즉, best한 Idea를 알기 쉽고 기교 없이 best인 그대로 독자에게 전달하는 것이다(which is only possible by means of the best Rhetoric). 문장의 사소한 부분에 얽매이는 건 제2와 같은 case다. R은 best지만 Idea가 0에 가까우면 거의 no 문장이라 해야 할 것이다.

자네가 말하는 세 가지 사항은 참으로 flimsy하기 그지없네.

(1) 무얼 읽어야 할지 모르겠다면 다른 사람에게 물으면 되지 않나.
(2) 읽을 책이 없다면 사거나 빌리면 되지 않나.
(3) 영문을 모른다면 공부를 해도 좋고, 안 되면 일서나 한서를 읽으면 되지 않나.

자네가 말하는 문학자의 두 가지 목적에 나는 크게 반대하지만, 자네 말대로 그 두 가지가 목적이라 한들 자네가 말하는 그 문장(Rhetoric only)으로 이 목적을 달성할 수 있다고 생각하는가. 또 (Rhetoric only)가 이 목적 달성에 가장 중요한 요소라고 생각하는가. 재차 숙고 바라네.

마사오카 시키에게
보낸 편지

우시고메구 기쿠이정 1번지
1890년 7월 20일

　시키 병상 앞

7월 보름이 지나 다소 때늦은 감은 있지만 불경 일색에 불당 냄새 물씬 나는 글 재미있게 잘 읽었네. 우선 병을 앓으며 나날이 승려를 닮아가는 모습이 참으로 진귀하구먼. 요즘 더위는 마쓰야마 변두리뿐 아니라 번화한 에도도 예외 없어서, 낮에는 꼭 시루 속 문어 같은 신세라 염불 외고 불공을 드릴 처지는 아니라네. 그저 목숨이 붙어 있는 것을 위안 삼아 지내다 보니 애국심 투철한 소생도 이 더위를 조용히 견디며 민초를 위함이니, 백성을 위함이니 하면서 점잔 뺄 수가 없구먼(하긴 혈액이 적은 냉혈 동물에 가까운 귀공은 그렇지도 않겠지만). 거기다 무슨 업보인지, 여인의 저주인지, 최근에는 지병인 눈 상태가 좋지 않아 독서도 할 수 없는가 하면 집필은 더욱이 힘들어 정말이지 무료함과 한가함의 극치, 시험에 쫓기는 것보다 훨씬 괴롭구먼. 무사시귀인無事是貴人[1]이란 어떤 멍청이가 한 말인지, 이제야 비로소 그 말이 거

39

짓됨을 깨닫는다네. 실은 이번에 크게 분발하고 공부하여(옷가게 전단지가 아닐세)[2] 평소 축적해둔 포텐셜과 에너지를 화학적 작용으로 키네틱하게 바꾸어 9월 상순에는 귀공을 놀라게 할 생각으로 기대하고 기대했건만, 기대한 보람도 없이, 아아 슬프구나, 하늘이 이 몸의 재능을 시기하여 장차 대학자가 되어서는 안 된다며 비겁하게도 병을 내려주어 내 재능을 좌절시키는구면. 작게는 나라를 위해, 크게는 천하를 위해 실로 안타까운 일이야. 하지만 이 눈병 덕에 9월에 소생을 만나더라도 딱히 놀라거나 간담이 서늘해지는 소란은 겪지 않아도 될 테니 그 점은 안심해도 좋네.

(중략) 자네 말대로 야마카와가 낙제할 정도면 낙제할 사람은 차고 넘치지. 무엇보다 귀공은 낙제 지망생이니 야마카와와 서로 바꾸면 좋을 텐데. 바로 그게 세상사의 여의치 않고 부득이한 부분일세.

낮잠의 장점을 이제야 깨닫다니 어리석구면. 나는 아침에 한 번, 오후에 한 번, 24시간 중 총 세 번 잠을 잔다네. 낮잠 꿈결 속에서 미인과 해후하는 기쁨은 말로 형용할 수 없는 것. 낮잠도 이 정도 경지에 이르지 못하면 정점에 달했다 할 수 없지. 자네도 이제 낮잠의 대청마루에 들어섰으니 방 안에 들도록[3] 갈고 닦아야 할 걸세.

---

1 《임제록》에서 인용한 말로, 일 없는 이가 존귀한 사람이라는 뜻. 여기서의 '무사'는 애써 부처나 깨달음을 구하지 않고 본래의 자신으로 돌아간 고요하고 편안한 경지를 의미한다.
2 공부를 뜻하는 일본어 '勉強'에는 할인이라는 의미도 있다.
3 "공자가 말하기를, 유(자로)의 가야금 실력은 대청마루에 올라섰으나 다만 아직 방 안에는 들지 못했다"라는 《논어》의 구절에서 인용한 것.

일전에 자네가 "사이교 스님[4] 얼굴도 보이누나 후지산 풍경"
이라는 구를 자랑했는데, 이는 내가 얼마 전에 후지산을 보고 문
득 읊조린 명구에는 미치지 못한다네. 이런 편지 끝자락에 쓰기
는 아깝지만 워낙 각별한 사이고 하니 보여드리지.

그 명구라네.

　사이교조차　삿갓 벗고서 보는　후지산 풍경

스스로 감복 또 감복. 이런 명구를 함부로 남에게 보이면 천기
를 누설할 염려가 있으니 절대 다른 사람에게는 보이지 말게나.
또 하찮은 수필 속에 써서도 안 되네. 이만 줄이겠네.

소세키

4　西行. 헤이안 시대(794~1185)의 승려이자 와카 작가. 일본 각지를 돌아다니며 수많
　은 와카를 남겼다.

마사오카 시키에게
보낸 편지

우시고메구 기쿠이정 1번지
1890년 8월 9일

시키 앞

그 후 눈병이 낫질 않아 서적도 문필도 다 내팽개친 터라 이 긴 긴 여름나기가 무척 힘에 부치는구먼. 하는 수 없이 베개 하나를 동무 삼아 화서華胥 나라 흑첨黑甛 마을을 노닐며 지낸다네.[1] 연 못가에는 아직 풀도 돋지 않고 배 위에 소나무도 자라지 않으니[2] 이렇다 할 대단한 소식도 없어. 요즘은 이런 시간 때우기에도 싫 증이 났다네. 그렇다고 좌선 수행은 더욱 불가능하고 차를 끓여 입에 머금는 고아한 풍류를 즐길 마음도 들지 않는군. 별수 없이 그저 '잠이 전부인 사람도 있었거니 꿈속 세상에' 따위의 말이 나 읊조리며 멋을 부린다네. 오기에서 나온 풍류이니 가엾이 여

---

1   화서는 고대 중국의 황제黃帝가 낮잠을 자며 꾼 꿈속에서 노닌 평화로운 이상 국가 이며, 흑첨은 '검은 달콤함'이라는 뜻으로 송나라 시인 소동파蘇東坡가 낮잠을 일컬 어 쓴 시구이다.
2   주자朱子의 〈권학시〉와 당나라 시인 이한李瀚의 〈몽구〉에서 인용한 표현으로, 연못 가의 풀과 배 위의 소나무는 젊은 시절의 꿈을 의미한다.

겨 한번 웃어주게나. 소생의 병은 끝없이 질질 들러붙어 좋아지지도 않는가 하면 나빠지지도 않는다네. 이번 생에서 풍광을 보지 못하는 일은 면했다고 기뻐할 일도 없고, 한가韓家 정원에 핀 꽃이 또렷하게 보이지 않는다고 탄식할 일 또한 없지.[3] 안경 너머로 문발 밖 가련하게 핀 해당화를 바라보는 정도는 문제없이 가능하다네. 이따금 정원에 나가(요네야마 법사처럼 매미를 잡지는 않지만) 이런저런 심심풀이를 한다네. 차나무 밑동에 빨갛게 물든 꽈리 열매가 나뒹굴기에 무심코 꺾어들고 생각해보니 딱히 줄 사람도 없더군. 어린 누이라도 있으면 좋으련만. 패랭이꽃이 시든 사이 비 맞은 도라지꽃 한두 송이가 이끼를 베개 삼아 쓰러져 누웠는데, 작은 개미가 보라색 꽃잎을 타고 이리저리 기어 다니는 모습이 아픈 내 눈에도 선명히 보였지. 여랑화가 때 아니게 흩뿌린 작은 꽃잎을 참새 무리가 먹이로 착각하고 몰려들어 쪼아 먹는 모습을 보며 조수鳥獸란 참 멍청하구나 생각하다가도, 그러는 인간 역시 참새와 오십보백보이니 험담은 못 하겠다 싶더군. 나팔꽃은 매달릴 가지를 찾아 여기저기 기어 다닌 끝에 간신히 소나무 밑동에 놓인 네모난 금색 등롱에 들러붙었는데, 홀로 핀 한 송이 꽃이 녹슬어 볼품없는 등롱의 체면을 살려주더군. 병약한 미인이 장사의 팔에 기댄 모습 같다고나 할까. 하하. 정원 풍경은 여기까지만 쓰도록 하지.

요즘 들어 왠지 이 덧없는 세상이 싫어졌다네. 아무리 생각하고 또 생각해봐도 끔찍하게 싫어 견딜 수가 없지만, 그렇다고 해서 자살할 용기도 없다는 건 역시 인간다운 구석이 조금은 있기

---

3   당나라 시인 장적張籍의 시 〈눈병〉에서 인용한 구절.

때문 아니겠는가? '파우스트'가 제 손으로 독약을 만들어 입 앞까지 가져갔다가 결국 마시지 못했다는 '괴테'의 작품을 떠올리며 혼자 쓴웃음을 짓는다네. 소생은 여태 딱히 고생을 하며 자라지도 않았고, 큰 재난을 만나 남선북마南船北馬하며 지낸 적도 없어. 그저 칠팔 년 전부터 내 손으로 밥을 지으며 아궁이 불에 얼굴을 그을리고, 기숙사 밥을 먹고 위병이 나거나 하숙집 2층에서 음식 쟁취를 위해 결투를 벌인 게 전부지. 참 태평하게도 살았는데, 요즘은 그렇게 사는 것에도 신물이 나 집에 누워서만 지내는 복받은 처지일세. 그런 주제에 50년 인생의 여로를 아직 반도 지나오지 않았는데 벌써부터 숨이 차니 자네 앞에서 부끄럽기도 하고 스스로도 한심하다 싶지만, 이 또한 misanthropic 병이니 어쩔 도리가 없군. life is a point between two infinities겠거니 하고 체념하려 해도 체념이 안 되니 이것참.

We are such stuff
As dreams are made of; and our little life
Is rounded by a sleep [4]

이 정도는 이미 알고 있다네. 살아서도 잠, 죽어서도 잠, 살아서 하는 행동은 꿈이나 다름없음을 잘 알지만 그렇게 느껴지지 않는 게 한심스럽군. 알 수 없구나, 태어나고 죽어가는 인간, 어디에서 와서 어디로 가는지. 또한 알 수 없구나, 잠시 머물렀다

---

4 우리는 꿈과 같은 재료로 / 이루어져 있고, 우리네 짧은 생은 / 잠으로 둘러싸여 있네.
   셰익스피어의 희곡 〈폭풍우〉 제4막 1장에서 인용한 구절.

가는 거처에서 누굴 위해 괴로워하고 무얼 보며 즐거워하는지.[5] 조메이의 이런 깨달음의 말은 기억하지만 깨달음의 열매는 흔적조차 찾을 수 없군. 이 또한 마음이라는 정체 모를 놈이 내 다섯 척 몸뚱이에 칩거하기 때문이라 생각하면 밉살맞기 그지없어. 살가죽 사이에 숨었는지 골수 속에 숨었는지 여기저기 찾아보지만 단서조차 찾지 못한 채 번뇌의 불꽃만 새빨갛게 타오르고, 감로甘露의 법우法雨를 기다려보지만 도통 오질 않는군. 욕망의 바다에는 파도가 험해 언제 기슭에 가닿을 수 있을지도 알 수 없어. 그만두자, 그만두자, 눈멀고, 귀먹고, 육체는 재가 되어버려라. 나는 무미, 무취의 기묘한 것이 되어,

> I can fly, or I can run,
>
> Quickly to the green earth's end,
>
> Where the bowed welkin slow doth bend;
>
> And from thence can soar as soon
>
> To the corners of the moon[6]

이렇게 홀가분한 몸이 되고 싶어. 아아, 마사오카 군. 살아 있기 때문에 근거 없는 훼방과 칭찬에 마음을 쓰고 실체 없는 평판에 가슴을 졸이며 대들보에서 쥐똥이라도 떨어질까 전전긍긍

5 가모노 조메이鴨長明가 가마쿠라 시대(1185~1333)에 집필한 수필집《호조키》에서 인용한 구절.
6 나는 날아서, 나는 달려서 / 푸른 땅 끝, 천공이 활처럼 드리워진 / 그곳으로 어서 갈 수 있네. / 그곳에서 날아올라 / 달 끝까지도 갈 수 있네. 존 밀턴John Milton의 가면극 〈코머스〉에서 인용한 구절.

하여 선승의 비웃음을 사는 것 아니겠는가.〈오후미〉[7] 속 문구를 흉내 내려는 건 아니네만, 내 두 눈이 영원히 감기고 하나의 숨이 영원히 끊어질 때는 군신도 부자父子도 없이, 도덕이나 권리, 의무 같은 성가신 것들은 다 뒤죽박죽되어 참된 공공적적空空寂寂의 경지에 이르기를, 그것 하나만 기대하며 산다네. 관 뚜껑을 덮고 나면 만사 다 끝이 날 터, 내 백골이 괭이 끝에 차일 날이 오면 그 누가 나쓰메 소세키의 삶을 기억하겠는가. 그럼 이만.

소생 여태 한 번도 이런 푸념 편지를 자네에게 보낸 적이 없지. 실없는 말을 하는 건 이번이 처음이니 얼굴 찌푸리지 말고 읽어주게.

소세키

---

7 일본의 정토진종을 부흥시킨 고승 렌뇨蓮如의 편지를 손자 엔뇨円如가 모아서 편찬한 글.

마사오카 시키에게
보낸 편지

우시고메구 기쿠이정 1번지
1891년 4월 20일

하나누스비토 님께[1]

광기로다, 광기로다, 광기에 들었도다. 자네 서신을 받고 처음에는 그 당돌함에 놀라고, 그다음에는 크게 웃느라 먹던 음식을 책상에 뿜어냈다네. 마지막에는 편지를 덮고 눈물을 흘렸지. 자네의 시문을 읽고 이처럼 수많은 감정이 끓어오른 건 이번이 처음일세. 자네의 마음속 작은 불평이 돌연 불타올라 머릿속 큰 화재로 번져서, 타다 남은 불꽃이 붓끝을 타고 세 척 반절 종이 위에 백만 개 불똥을 흩뿌리니 그 훌륭함에 눈이 부실 정도였다네. 평소 자네 문장은 마음이 담기지 않은 것도 아니고 꾸밈이 부족한 것도 아니었으나, 오로지 광기 그 하나가 결여되어 사람을 깜짝 놀라게 만들기에는 부족했지. 그런데 이 한 편은 광기가 충만하여 내 충정衷情을 온통 헤집어놓고 내 다섯 척 몸을 전율케 했다네. 《나나쿠사슈》는 말할 것도 없고 《가쿠레미노》도 재미있지

1 偸花児. 시키의 별호로 꽃을 훔치는 사람이라는 뜻.

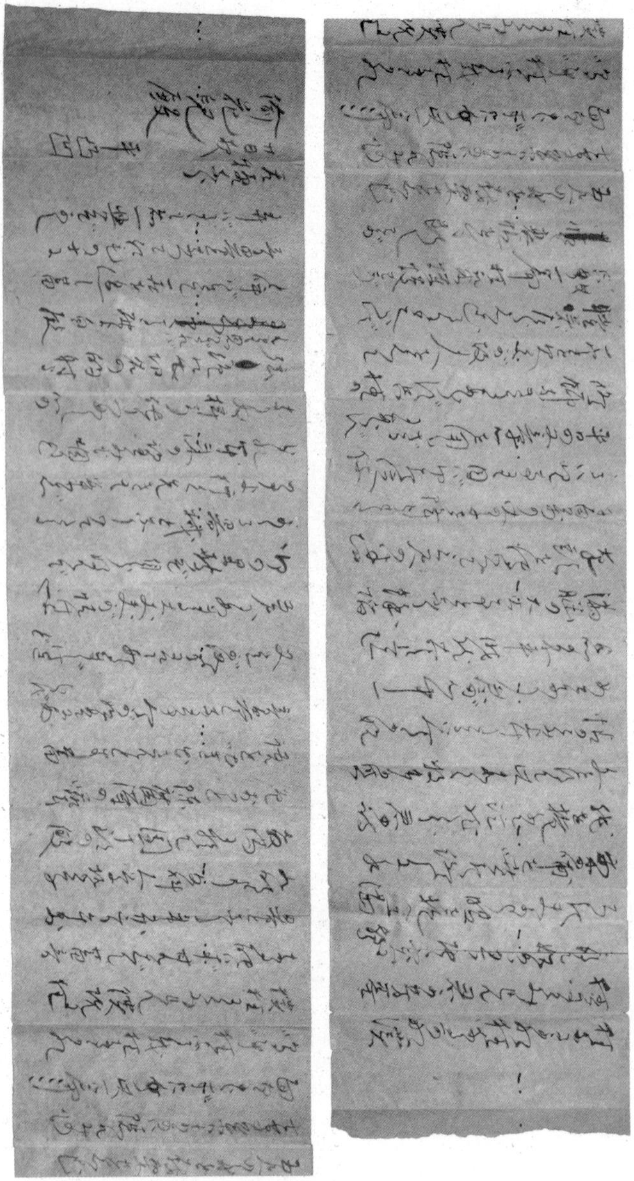

1891년 4월 20일 마사오카 시키에게 보낸 편지 원본.

않아. 오로지 이 한 편만이…….

아아, 광기로다, 광기로다, 광기에 들었도다. 나는 애당초 미치지 못할 인간이니, 하는 수 없이 축음기가 되어 오는 20일 오전 9시에 문과대학 철학 교실에서 가부키 배우 흉내나 내며 진부하기 그지없는 허튼소리를 지껄일 예정이네. 축음기가 되는 건 이번이 처음이 아니고 또 마지막도 아닐 테지만, 다섯 척이 넘는 대장부로서 한심하기 짝이 없군. 이 무슨 업보란 말인가. 자진해서 기계로 전락하다니. 앞날도 걱정스럽고 오랜 희망도 연기처럼 사라졌네. 가래나무 활처럼 팽팽하던 마음의 활시위도 끊어져 공명이라는 과녁을 맞힐 생각조차 사라졌으니, 이렇게 된 이상 바보, 천치 소리를 들으며 일생을 보내고 축음기가 되어 서양 선비들에게 희롱당하는 것 또한 재미라면 재미일 터.

그럼 안녕히.

20일 밤
다이라노 데코보코[2]

---

2   평평하고 울퉁불퉁하다는 뜻. 소세키는 세 살 때 앓은 천연두로 얼굴에 남은 곰보 자국을 평소 콤플렉스로 여겼다.

마사오카 시키에게
보낸 편지

우시고메구 기쿠이정 1번지
1891년 11월 7일

조키 님

자네가 《메이지 호걸 이야기》[1]에다 〈기절론気節論〉까지 덧붙여
보내주다니, 정말 생각지도 못한 일이라 놀랐다네. 아무튼 감사
히 잘 받았네. 편지는 세 번을 읽고 호걸 이야기는 흥미에 이끌려
단숨에 읽어 내렸다네. 그때 약간 감기 기운이 돌아 머리가 지끈
거리던 참이었는데, 마침 반나절 시간 때울 거리를 줘서 고맙군.

호걸 이야기는 자네 말대로 얼마 전부터 《요미우리신문》에
서 가끔 읽었다네. 그때부터 이게 과연 호걸이 할 만한 행동인
지 의문스러운 부분이 적잖이 있었지. 흠모는 고사하고, 개중에
는 눈살을 찌푸리고 멀리 달아나고 싶게 만드는 부분도 있더군.
어제 흥미에 이끌려 끝까지 읽은 건 감탄하거나 경복敬服해서가
아니라네. 작중 인물의 과격하고 극단적인 행위가 거의 미치광

---

1 《요미우리신문》에 연재된 스즈키 고지로鈴木光次郞의 소설. 시키는 이 소설의 단행
   본 제1권에 자신의 생각을 기록해 소세키에게 보냈다.

이에 가까운 수준이라, 어쩐지 호기심을 억누르지 못하고 우스꽝스러운 골계극을 보는 기분으로 쭉 훑은 것이지. 책을 덮은 후 이 인물들이 어떻게 내 마음을 뒤흔들었는지 깊이 생각해보았는데, 나를 고상함이나 우아함 같은 방향으로는 전혀 이끌지 못했더군. 개중에는 너무 괴이한 나머지 토악질이 올라오는 대목까지 있었네. 그렇다고 해서 작중 인물 모두가 기절 없는 '나태한' 치들이라고 말하려는 건 아니라네. 자네 말처럼 늠름한 풍채를 가진 사람도 있는가 하면, 반대로 한 점 기개도 찾아볼 수 없는 무리도 섞여 있지. 애당초 기절이라는 것이 스스로 하나의 식견을 갖추어 이를 조차전패造次顚沛의 상황에도 응용하면서 평생 동안 관철해나가는 것을 이른다고 하면, 기절의 있고 없음은 그 사람의 인생 전체를 보고 판단해야 하네. 그렇지 않고서는 전체적으로 그 사람의 행위가 그 사람의 주의主義와 일치하는지 판단하기 어렵다고 보네. 이 작품에 기록된 것은 그저 호걸(세속적 호걸)의 언행 중 극히 일부분에 지나지 않으니, 그 사람의 기절을 판단할 재료로 삼기 어렵지 않나 싶네만. 우선 작품 속 사건을 크게 분류해보니 첫째로 순간적인 기지, 둘째로 충동적인 격정이 많고, 그 외에는 평범한 사람들의 삶에서도 얼마든지 나올법한 실수담이나 평범한 잡담뿐이더군. 우연히 그 인물이 후일 명성을 떨치게 되자 한심한 호사가들이 일일이 그 인생을 파헤쳐, 이 또한 호걸의 행위였노라, 하고 사람들에게 떠들어댄 듯한 부분까지 보일 정도였네. 그 실수담이 호걸의 전기를 구성하는 게 아니라, 반대로 호걸의 명성이 이 실수담을 유명하게 만든 것에 지나지 않지. 나아가 더 파고들면 다른 종류도 있는데, 그중에는 흠모까진 아니어도 대단한 행동이라고 평가할 만한 부분이 드문드문 샛별처럼 보이기는 하더군. 그래도 우선은 위와 같이 세 종류로 크게 분류해보았네. 순간적 기지는 그 사람의 천성에 따른 것이라, 기지가 있으니 기절이 있다거나 기지가 없으니 기절이 없다고는 그 누구도 생각지 않을 걸세. 아니, 기절을 존중하는 사람은 경우에 따라 일부러 기지를 억제하기도 하지. 그 사람의 행위를 지배하는 것은 정해진 어떤 주의이고 기지란 순간적으로 아무렇게나 발휘하는, 즉 그 순간을 모면하기 위한 편의일세. 만일 기지가 자신의 주의와 상반한다면, 편의를 위해 그런 방편을 사용해서는 안 되네. 설령 기지가 자신의 기절을 관철하는 데 필요한 경우가 있다 해도, 이 능력을 갖추지 못한 사람은 이를 절대 사용할 수 없을 걸세. 둘째로 일시적으로 격양해서 감정적으로 행하는 일이 기절의 표출이라는 것도 받아들이기 힘들군. 기절이란 앞서 말했듯(내 생각으로는) 일정하고 단호한 주의를 품고 신중히 행동하는 것이고, 자신만의 기준을 가지고 이 기준을 모든 곳에 응용하고자 하는 관념에 지나지 않는다네. 만일 일시적 감정이 이 기준과 부합한다면 갑작스러운 행위로 기절을 발휘하지 못하리라는 법도 없지만, 감정이란 것이 늘 지혜나 식견과 함께하지는 않을뿐더러 종종 엇갈려 서로 어그러지기도 한다는 건 자네도 잘 알 터, 그러니 이 점으로도 기절의 유무는 알기 힘든 걸세. 세 번째로 실수담(일화도 마찬가지)은 우리 삶 속에서 매일같이 일어나는 일이네. 소생은 남들의 배로 실수를 많이 하니, 만약 이걸로 기절이 표출된다면 아주 근사한 왕관을 받아야 할 걸세. 아무튼 실수담은 호걸에게만 많은 것이 아니고 또한 기절과도 관련이 없어. 이건 말할 필요도 없겠지. 그러니 위의 세 가지 모두 작중 인물의 기개 유무를 판단할 재료로 삼기는 좀 힘들지 않겠는가? 한발 양보해서 몇몇 말이나 행동 속에 호걸의 기개와 도량이 선명히 드러난다손 치더라도, 작중 인물이 모두 똑같은 거푸집 속에서 단련된 것은 아니라네. 갑의 행동은 을의 행동과 충돌하고 병이 하는 말은 정이 하는 말과 다른 법. 어떤 이는 소금을 뒤집어써도 인내하고 어떤 이는 스승의 훈계를 견디지 못해 윗사람을 공격하지. 한쪽이 기절이 있다면 다른 한쪽은 기개가 없는 것이 되고, 한쪽이 풍골風骨을 지녔다면 다른 한쪽은 그저 시시한 놈일세. 자네는 어찌하여 능릉稜稜이라는 글자를 쓰고 그 속의 우열을 보지 못하는가. 자네의 뜻은 행위 뒷면의 정신을 보라는 것이겠지만, 정신을 본다 해도 두 사람의 마음은 결코 같지 않다네. 한 사람은 인내를 중요시하고 또 한 사람은 자기 뜻대로 솔직히 드러내는 것을 떳떳하다 여기지. 인내하는 쪽에게 기절이 있다고 하면 뜻대로 드러내는 쪽은 기절이 없는 게 되겠지. 만일 양쪽 다 기절을 갖췄다 해도, 고관이라는 자리에 올라앉아 주구장창 졸기만 하는 건 망령이 든 게지 기절이 아니야. 결투 도전을 받고도 응하지 않고 술집으로 꾀어내 도망치는 건 비겁한 짓이지(옛 무사도 정신에 따르자면) 기절이 아닐세. 설령 기절이 사소한 언행에서 드러나는 것이라 하더라도, 작중에서 일어나는 모든 일에서 기절이 느껴진다고 말하기는 힘들 듯하군. 자네가 만일 이러한 논의에 동의할 수 없다면, 방법을 바꾸어 이 기절이라는 게 무엇인지 총체적으로 설명해보겠네. 알다시피 인간의 능력은 지智, 정情, 의意, 이렇게 세 가지로 나뉘는데, 기절 또한 인간 능력의 일부이니 이 세 가지 중 어딘가에 속하겠지. 먼저 기절이 정에 속하는가 하면, 절대 그렇지 않다네. 순간적 분노로 격앙하여 다른 사람에게 화를 퍼붓는 것이 기절인가? 나는 그렇게 생각하지 않네. 그렇다면 오래 묵은 분노로 격앙하여 평소 사람들에게 화를 퍼붓는 것이 기절인가? 이 또한 기절은 아닐 걸세. 따라서 순간적 감정이든 오래 묵은 감정이든, 감정에 의한 행위는 기절이라고 할 수 없어. 기절이 감정에 속하지 않는다면 이를 의지의 작용으로 보아야 할까? 공격할 명분도, 공격하려는 마음도 없이 갑자기 주먹을 쥐고 사람을 친다면 이건 기절인가? 마찬가지로 공격할 명분도, 공격하려는 마음도 없이 일상적으로 주먹을 들어 사람을 친다면 이 또한 기절은 아닐세. 그러니 순간적 의지이든 오래 묵은 의지이든, 의지로 인한 것은 기절이라고 할 수 없어. 의지에도 속하지 않고 감정에도 속하지 않는다면, 기절은 지의 범위에 속해야 하지. 부모에게 효도해야 마땅하다고 생각해 효도를 하는 것, 이것은 기절일세. 주군에게 충성해야 마땅하다고 생각해 충성을 바치는 것, 이것은 기절일세. 누군가에게 욕을 퍼부을 이유가 있어 퍼붓고, 공격할 이유가 있어 공격한다면 이것 또한 기절이지. 하지만 일시적 도리를 위한 행위는 일시적 기절을 보여줄 뿐이고, 작은 식견을 바탕으로 이를 행한다면 이는 작은 식견을 품은 기절에 지나지 않네. 일시적인 기절이나 작은 식견을 바탕으로 한 기절은 있어도 그만, 없어도 그만일세. 우리가 원하는 것은 절대적 식견을 품은, 인생 전체를 관통하는 기절이라네. 서적을 보아도 어느 한 면에는 그 면에 해당하는 주의와 글자가 있고, 한 편에는 그 한 편에 해당하는 주의와 글자가 있으며, 한 권에는 한 권을 관통하는 주의와 글자가 있네. 한 면 속 주의, 한 편 속 글자는 일시적 기절, 작은 식견일 뿐이라네. 50년 긴 인생의 크나큰 주의는 결코 한 장이나 한 편 속에 존재하지 않으므로, 내가 말하는 기절은 정이나 의에 속하지 않고 지에 속하는 것이네. 그리고 크나큰 기절은 인생을 아우르는 크나큰 식견에 속하지. 자네가 만약 기절은 정이나 의에 속한다고 말한다면 더는 할 말이 없네. 다만 견해의 다름을 슬퍼할 뿐. 자네가 만약 기절은 작은 식견을 순간적으로 행하는 것이라 한다면 또한 할 말이 없어. 견해의 다름을 더더욱 슬퍼할 뿐.

소생은 대형이 다른 어떤 지인보다 더 뚜렷한 식견과 자기 주관을 가졌음을 믿고, 또 그에 따라 인생이라는 항로에서 키를 잡는 사람임을 믿어 의심치 않네. 그렇게 믿는 지기가 이처럼 어린아이나 등쳐먹는 소책자를 기절의 본보기 삼으라며 굳이 보내주니 도무지 그 의중을 모르겠군. 소생 비록 어리석은 인간이지만, 그래도 인생에 관한 굳건한 주관 하나쯤은 있다네. 내가 이 나이에도 늘 시를 읊고 책을 읽는 이유도 읽으면 읽을수록, 읊으면 읊을수록 이 주관이 자연스럽게 발달하여 장대해지기 때문이지. 쓸데없이 문장을 다듬는 하찮은 재주에 집착하여 한 글자, 한 구절 좋고 나쁨을 논하는 일도 유쾌하지 않은 것은 아니나, 결국 소생의 마음을 만족시키기에는 부족하네. 그렇다고 해서 내 식견이 절대적이고 훌륭하다는 말을 하려는 건 아닐세. 혹 나의 주의가 비천하지는 않은지 대형의 고견을 들어 어리석은 부분을 고칠 수도 있고 선현이 남긴 글로 이를 계발할 수도 있는데,

왜 구태여 힘들게 이 하찮고 속된 책을 쓰겠는가. 자네는 이 책을 읽고 일본 남성의 구역 밖으로 추방당해 탐욕스럽기 그지없는 오랑캐 무리에 속하게 되지 않아 다행이라고 생각했다지. 하지만 자네가 오랑캐라 여기며 탐욕스럽기 그지없다 하는 무리가 내게는 인생의 대사상을 가르쳐준다네. 내게 만일 한 점 절조가 있다면, 그 절조의 절반은 격설鴃舌의 책 속에서 나와 내 머릿속에 있는 것이라네. 이 머릿속 저울로 이 책의 무게를 가늠해본바, 추호와 같이 가볍더군. 도대체 왜 이 책을 내게 권했는가? 자네가 나를 우롱하는 게 아닌가 싶은 의심마저 든다네. 자네의 편지를 보니 글과 뜻이 모두 진지하고 글자도 평소처럼 장난스럽지 않은 데다 끝에는 (내가 이 책을 보내는 속뜻을 알아주길)이라는 말까지 적혀 있더군. 아무리 반복해서 읽어도 여전히 그 뜻을 알기 힘드니, 불민不敏의 죄를 벗을 방법이 없으이. 단, 나는 현명함과 우둔함을 차별하지 않고 고하를 막론하는 평등주의를 신봉하는 사람은 아닐세. 나보다 현명한 이를 현명하다 하고 나보다 고매한 이를 고매하다고 하는 부분에서는 감히 그 누구에게도 뒤지지 않네만, 이 책의 인물 중 나보다 현명한 사람, 나보다 고매한 사람, 숭배하고 싶은 사람이 과연 몇이나 있을지 모르겠군. 설령 있다 한들 자네가 내게 권하고자 하는 건 추상적 기절이지 실체적 언행이 아니야. 나도 삼척동자가 아니다 보니 사소한 언행을 보고 참된 기절이라며 감탄할 수는 없는 노릇이라, 약간의 의문점을 적어서 보내는 걸세.

자네가 편지에서 말하길, 시험 삼아 학교 아이들을 보라고 했지. 상인의 아이는 대부분 상좌에 앉고 무사 집안 아이는 대부분 말석에 앉는다고. 하지만 학교를 졸업하면 상인의 아이는 결국 무사 집안 아이에게 뒤지게 된다고. 이건 자네 일가의 경험을 바탕으로 한 말인가, 아니면 통계 따위를 바탕으로 한 것인가? (내가 전에 말했듯)이라고 하는 걸 보니 귀공 가족의 이야기겠군. 그런데 소생이 다닌 학교에서는 상인의 자식이 아니라 무사 집안 자식이 늘 상석을 차지했다네. 이렇듯 사실이 상반되니 논의의 토대로 삼기는 어렵겠어. 또한 학교를 나온 후에 상인의 자식이 무사 집안 자식에게 뒤처진다는 건 학문을 말하는 건가, 처세술을 말하는 건가, 아니면 자네가 말하는 그 기절을 말하는 건가. 학문부터 이야기해보자면, 상인에게는 상인의 업이 있어 학문에 전념할 수 없고, 무사 집안 자식 중에는 학문으로 입신양명하려는 이가 많으니 상인이 그에 미치지 못하는 건 당연한 일일세. 처세술에 관해서는 단언하기 어렵지만, 상인들 중에는 세상에 잘 적응해 요령 좋게 살아가는 이가 많을 테지. 하지만 무사의 자식 중에도 아첨하고 알랑대는 일에 전념하여 위세를 떨치는 이가 지천에 널렸다네. 또 기절에 관해서도, 무턱대고 상인의 자식은 기개가 없다고 단정 짓지 말아야 하네. 자기 신분에 따라 그에 걸맞은 의지를 가졌을 테니. 단, 배운 것 없는 상인에게 절대적 식견을 바라는 건 아기에게 우편배달부가 되라는 것이나 다름없는 이야기니 더 말할 것도 없네. 반대로 무사의 자식이라 해서 반드시 기절 있는 자가 많다고는 할 수 없어. 지금 이른바 신사라 칭하는 무리 중에는 개구리밥[2]이나 다름없는 행동을 하

---

2 뿌리가 고정되지 않은 식물이라는 점에서 불안정하거나 믿음직스럽지 못한 것을 비유할 때 쓰임.

는 자가 일일이 손에 꼽을 수 없을 만치 많다네. 그 신분을 파헤쳐보면 대부분 무사 가문 출신이지. 아무튼 기절의 있고 없음은 교육에 따른 것으로, 상인의 자식이라 해도 상응하는 교육을 받아 하나의 식견을 키운다면 결코 무사의 자식에게 뒤처지지 않을 걸세. 설령 기절이라는 것이 무사 자제의 손아귀에 들어가 상인은 꿈조차 꿀 수 없다 해도, 그건 상인이라서 기절이 없는 게 아니라 기절을 배양할 시기를 만나지 못했을 뿐이야. 무사의 자식을 데려다 어릴 적부터 점원 일만 시킨다면, 몇 해 지나지 않아 돈벌레가 될 걸세. 상인의 자식이기 때문에 기절이 없다는 것이 자네 논리인데, 꼭 사민 계급으로 인간의 존비를 가르려는 것처럼 들리는군. 어째서 이렇게 귀족적인 말을 하는 겐가. 자네가 그렇게 말한다면 나는 그에 대항해 상인의 편을 들고자 하네.

또한 자네가 말하기를, 현명함과 어리석음을 기준으로 사람의 경중을 따지는 일은 적지만 선악의 차이 앞에서는 한발도 물러설 수 없다고 했지. 작은 악이 있으면 즉시 극구 꾸짖고 작은 선이 있으면 즉시 극구 찬미한다고……. 이를 아주 자랑스럽게 생각하며, 남들의 비방이나 칭찬에 개의치 않는다고. 자네가 타인의 비방과 칭찬에 개의치 않고 그 주의를 관철하고자 한다니, 내가 구태여 자네를 평가할 수는 없네. 하지만 자네가 그 말대로 그렇게 선악의 차를 중시한다면 어디 내 이야기가 선인지 악인지 한번 들어보게. 자네 머릿속에는 절대 선이라는 이상이 있어, 그걸 기준 삼아 다른 이를 비방하고 칭찬하는 듯하네. 그런데 자네가 그 이상을 기준으로 엄중히 판단을 내려, 이 사람이야말로 절대 선이라며 자네의 도덕 시험에서 만점을 주고 급제를 시킬 만한 사람이 세상에 몇이나 존재하는가? 단언컨대 그런 인간은 없을 걸세. 사람은 완전한 존재가 아니고, 머리끝부터 발끝까지 완벽한 덕을 갖춘 성인聖人은 이 세상에 존재하지 않아. 인간의 사상은 실實에서 공空으로, 비천함에서 고매함으로 나아가는 것이라네. 실을 초월한 선, 세간보다 고매한 선, 이것이 자네 머릿속 이상이네. 이 이상의 잣대로 선악이 혼재하는 인간을 평하고자 하면 결코 합격자는 없을 걸세. 합격자가 없다면 자네는 벗이나 지인 중 끝끝내 자네 마음에 차는 이를 하나도 발견하지 못했다고 하겠지. 발견하지 못해도 이를 참을 수 있다면 괜찮지만, 자네가 선악의 차이 앞에서는 한발도 물러설 수 없다고 말하는 이상 자네는 결국 만천하를 둘러보며 한 사람도 사귈 이 없고 말섞을 이가 없음을 알게 될 걸세. 혹 선은 선으로 취하고 악은 악이니 버린다는 뜻이라면, 자네는 이미 선을 칭찬함과 동시에 악을 너그러이 용서하는 셈이네. 가령 악을 용서하지 않겠다는 이유로 어떤 사람에게서 털끝만큼의 악을 발견하고 이야기를 나눌 가치도 없다고 질시한다면, 그 사람에게 세상을 다 덮을 만큼의 선이 있다 해도 자네는 끝끝내 그 선을 알지 못하겠지. 또한 티끌만큼의 선을 가졌지만 동시에 크나큰 악도 가졌다면 이는 어찌할 텐가. 인간계에서는 선은 선, 악은 악으로 범위를 나누어 선의 구역에 있는 자는 평생 악을 보지 못하고 악의 영역에 있는 자는 평생 선을 알지 못하는, 그런 제멋대로의 일은 일어나지 않네. 누구에게든 칭찬할 부분이 있고 또 꾸짖을 부분도 있는 법이지. 자네가 이미 작은 선을 담을 도량을 갖추었다면, 약간의 악을 품을 도량도 있어야 하네. 실례되는 말이네만, 삶을 되돌아보면 찰나의 순간 홀연히 악한 생각이 머릿속을 스친 적이 있을 걸세 (이를 행동에 옮기지 않았다 해도). 왜냐하면 인간은 선과 악이라는 두 종류의 원소를 가지고 이 세상에 뛰어들기 때문이라네. 만일 인성이 선한 것이라면 악이라는 것을 알 도리가 없고 악한 일을 행할 리도 없지. 선악 전부를 타고나는 것이라면, 선을 칭찬함과 동시에 불선不善을 가엾이 여길 줄도 알아야 하네. 지금 자네가 비판하는 불선을 용납지 않고 평생 이를 잊지 않는다면, 나는 자네에게 연민의 마음이 부족한 것을 한탄치 않을 수 없을 걸세. 생각건대 자네가 이러한 주의를 전혀 응용하지 않고 그대로 붓 끝에 올려 이처럼 과격한 글이 되지 않았나 싶네. 작년에 내가 쓴 염세적 편지의 답장에 '천하부대표불세天下不大瓢不細'[3]라는 마음가짐으로 살아야 한다고 하지 않았나. 그런 생각을 가진 자네가 이처럼 편협한 의견을 펼치며 (자랑스럽게 여긴다) 따위의 말을 하니 그 모순됨에 놀라지 않을 수 없군. 앞서 한 말이 단순히 나를 놀라게 만들기 위한 호언장담이라면, 나는 앞으로 절대 자네를 믿지 않을 걸세. 만일 농담이라면 진지한 편지의 답장으로 이런 농담은 삼가주었으면 하네. 작년의 주의가 변화해 현재의 주의가 된 것이라면 그걸로 되었네. 인간의 주의는 항시 변하는 법, 그렇지 않다면 발전할 수가 없지. 변화는 축하할 일이지만, 그 변화의 방향이 나쁘다는 점에는 놀라지 않을 수가 없군. 높은 곳에서 아래로 올라가고 어른에서 아이로 자라는 듯한 느낌이야. 나는 절대 자네를 비방하려는 게 아니라네. 자네가 그 선악의 기준으로 내 말이 선인지 악인지 판단하게나.

3   천하는 넓지 않고 호리병은 좁지 않다.

사실 입을 다물고 있으려 했는데, 그건 친우를 위하는 길이 아니라는 생각이 들더군. 자네가 진지하게 한 이야기를 냉담하게 무시하는 건 미안한 일이라고 생각을 고쳐먹고 기꺼이 불편한 편지를 적어 보내네. 광망曠茫 사죄드리네.

긴노스케

마사오카 시키에게
보낸 편지

오카야마시 우시산게정 138번지
가타오카 댁, 1892년 7월 19일

닷사이[1] 사형詞兄 귀하

거기서 17일에 출발한다는 편지 방금 받아서 읽었다네. 먼저 염서의 날씨에 평안히 잘 지낸다니 다행일세. 소생은 오카야마[2]에 온 뒤로 몸이 점점 좋아져서 매일 관광을 하며 먹고 마시고 낮잠을 즐기면서 바쁜 나날을 보내고 있다네. 지난 16일에 가나타라는 시골 마을에 가서 2박을 하고 오늘 아침 오카야마로 돌아왔지. 시즈타니학교에는 아직 안 갔고, 고라쿠엔과 덴슈카쿠 등은 다 둘러보았네. 이 집은 아사히강과 맞닿아 있어 앞으로는 미사오산을 끼고 동남쪽으로는 교바시를 바라보는데, 밤이면 강변 찻집들이 점점이 홍등을 밝히고 더위를 식히러 나온 조각배가 삼삼오오 다리 밑을 오간다네. 등불이 푸른 물에 스미어 작은 불

---

1 獺祭. 수달이 잡은 고기를 벌여놓는다는 뜻으로, 시문을 지을 때 참고 서적을 어수선하게 늘어놓는 모습을 가리킨다. 시키는 스스로를 '닷사이 서재 주인'이라 칭했다.
2 소세키의 둘째 형 나쓰메 에이노스케夏目栄之助의 처가.

야성을 이루지. 자네와 함께 즐길 수 없음이 두고두고 아쉽구먼. 시즈타니학교도 다시 구경할 겸 오카야마에 한번 놀러 오는 건 어떤가? 아주 마음 편히 지낼 수 있는 집이라네. 시험 성적 결과가 좋지 않다니, 그래서야 새가 되어 자취를 감추기에는 좋겠지만 문학사 칭호를 받기는 힘들겠군. 2년만 더 참고 견디라고 하면 자네는 차라리 새가 되는 게 낫겠다고 할지도 모르지만, 일단 소생 생각으로는 싫든 어떻든 졸업은 하는 게 좋을 듯하네. 다시 한번 생각해보게나.

   울 작정이면 보름달에 울어라 두견새야

   나머지 이야기는 다음으로 미룸세. 난필 미안하네.

다이라노 데코보코

마사오카 시키에게
보낸 편지

우시고메구 기쿠이정 1번지
1892년 12월 14일

시키 님

편지 잘 받아보았네. 바야흐로 겨울이 깊어가는 가운데, 필연筆硯이 건승하심을 축하드리네. 소생은 변함없이 매일매일 학교에 나가고 있으니 걱정 말게나. 그나저나 그 운동[1] 건은 자네 편지로 처음 알게 되어 조금 놀랐다네. 한데 학교로부터는 아직 아무런 기별이 없고 사직 권고서 같은 것도 오지 않았네. 자네 편지를 보기 전까지 아무것도 눈치채지 못하고 태평하게 지냈지. 얼마 전 학교에서 쓰는 램프 갓에 '문집 내용을 전혀 모르겠음'이라는 말이 적혀 있는 걸 봤는데, 이건 늘 있는 험담이라 그런 일에 일일이 신경 쓰다가는 단 하루도 교사 일을 할 수 없겠다 싶어 그냥 무시했다네. 그 얼마 후엔 강의가 끝날 무렵 종이 울리기

---

1 당시 도쿄대학 영문학과 학생이었던 소세키는 학비를 벌기 위해 도쿄전문대학(와세다대학의 전신)에서 강사로 일했다. 시키는 학생 사이에서 소세키의 평판이 나빠 배척 운동이 일어날 듯하다는 소식을 접하고 이를 소세키에게 편지로 전했다.

64

전에 무단으로 교실을 뛰쳐나간 학생이 있어 다음 시간에 크게 꾸짖었지. 이건 지난주 금요일에 있었던 일이고, 그 외에는 특별히 이상한 일 없이 지내고 있었네. 원래 소생이 할당받은 수업 시간은 두 시간인데 학생의 요청으로 세 시간이 되었고, 또 얼마 전에는 지난 학기에 수업을 들었던 학생이 와서 이번에도 출석하게 해달라고 부탁하더군. 그래서 평판이 썩 나쁜 편은 아니라고 자부하던 차인데, 어찌 이런 일을 짐작했겠나. 자네의 편지로 그 운동에 관해 듣게 되다니. 물론 소생은 가르치는 방식이 서툴러 절반 넘는 학생이 자신에게 버거운 책을 억지로 뒤적이고만 있는 상황이라, 불만에 찬 학생이 많으리라는 건 전부터 알고 있었네. 이건 한편으론 다 소생의 잘못은 아니고 학교의 제도 문제이기도 해서 어쩔 수 없는 일이라 단념하고 있었지. 소생 때문에 운동을 일으킬 정도라고는 정말이지 생각도 못 했다네. 참 어수룩하지. 물론 학생 일이니 사직 권고를 받아도 내 명예에 흠이 가지는 않겠지만, 학교의 위탁을 받고도 학생을 만족시키지 못한 점은 책임상, 양심상 마음이 편치 않다네. 그래서 이번에 단호하게 출강을 거절키로 마음먹었네.

(고타쓰[2]에서 쫓겨나는) 일만은 사양일세.

　괴로운 사람　고타쓰를 벗어나　눈 구경하네

　알려주어서 감사하네. 쓰보우치에게는 편지로 자세한 내용을 알려야겠어. 그 편지에 증인으로 자네의 이름을 빌리겠네. 친우

2　상 아래 화덕이나 난로를 두고 그 위에 이불을 덮은 일본 전통 온열 기구.

의 말이니 확실한 사실이라 보고 인정하겠다 하면 갑작스레 사직하더라도 경솔하다고 비난받지는 않을 테니, 증인으로 이름만 빌려주게나. 단, 출처는 밝히지 않을 테니 소환당할 염려도 할 필요 없네.

기쿠치 겐지로[1]에게
보낸 편지

도쿄 혼고 제국대학 기숙사
1894년 3월 9일

　　기쿠치 대형께

편지 감사히 잘 받아보았네. 부임 후 아주 잘 지내는 것 같아 다행일세. 소생의 병은 현재 이렇다 할 변화가 없어 매일 평소와 다름없이 지내니 걱정 마시게. 사실 지난 2월 초 감기에 걸린 뒤 경과가 좋지 않았는데, 목이 아프고 가래에 가는 명주실 같은 피가 섞여 나오더군. 타고난 유전과 전염, 이 두 가지 모두에 해당하는 몸인 터라 곧바로 의사 진찰을 받아보았는데, 당장은 크게 걱정할 만한 상태가 아니니 평소처럼 공부해도 괜찮지만 대신 영양가 있는 음식을 챙겨 먹으면서 부지런히 몸 관리를 하라더군. 그 후 담 검사를 해보았는데 다행히 간균 같은 건 나오지 않아서, 혹 폐병이라 해도 지극히 초기에 해당하니 지금 몸 관리를 잘하면 완치될 수 있다는 모양이야. 스스로 느끼는 몸 상태도 아

1　菊池謙二郎, 1867~1945. 교육자, 역사학자. 도쿄대학 예비문 시절부터 소세키와 절친한 사이였다.

주 좋아서 지금은 평소와 전혀 다르지 않지만, 그래도 되도록 영양분을 많이 섭취하고 열심히 운동하면서 '느긋하게' 지낼 생각이라네. 이번 여름휴가 때는 해수욕이나 온천을 하면서 보양해볼까 하네. 본디 인간은 세상에 태어난 순간부터 매일 죽을 준비를 하며 사는 존재이니 각혈하고 그 자리에 고꾸라져 죽는다 해도 딱히 놀랄 일은 아니지만, 일단은 둘도 없는 목숨이니 쓸 수 있는 만큼 다 쓰는 게 이득이라는 생각이 들어 의사의 충고대로 세심하게 섭생할 예정이라네.

　　이유도 없이　죽으러 온 이 세상　아쉬워하네

　의사에게 폐병이란 말을 들었을 때, 전부터 각오는 해온 터라 새삼 경악하지는 않았네. 또 죽음이라는 것에 대해서도 지극히 냉담한 관념을 가지고 있기에 각혈 따위에 그다지 마음 쓰지는 않지만, 다만 집안 후사를 생각하면 조금 걱정이 된다네. 한편으로는 어차피 이런 병에 걸린 이상 공명심도 정욕도 다 버리고 욕심 없는 군자나 되어볼까 조금 희망을 품기도 했지. 하지만 그 후로 몸은 더욱 건강해지고 의사도 크게 걱정할 필요가 없다고 하여, 결국 타고난 속됨은 변함없이 예전 그대로일세. 정말 스스로도 어처구니가 없군. 자네가 보내준 시에 대한 보답으로 형편없는 절구絶句 한 수.

　꽃 붉고 버들잎 푸른 봄 무심히 버려두고 閑却花紅柳緑春
　물가 누각에서 향기로운 술에 취할 새도 없거늘 江楼何暇醉芳醇

한심한 병자여도 정으로 가득하여 猶憐病子多情意
다만 홀로 좌선하며 미인을 떠올리네 独倚禅牀夢美人

그냥 웃어넘겨 주시게. 요즘은 비 내리는 날에도 산책을 나갈
정도라네.

봄비 내리는 버드나무 아래를 젖은 채 걷네

활쏘기가 크게 유행해서 소생도 얼마 전부터 시작했네. 과녁
이 화살의 목적지임을 깨달으면 화살이 빗나가는 일이 없지. 참
된 명인이라 자부한다네.

커다란 화살 팔랑팔랑 날리는 매화나무 꽃
허공 가르는 소리만 들리누나 매화나무 속

오늘은 이만 줄이겠네. 그럼 이만.

긴노스케

마사오카 시키에게
보낸 편지

도쿄 혼고 제국대학 기숙사
1894년 9월 4일

마사오카 현계[1] 앞

어젯밤에 또 주낭반대酒囊飯袋를 짊어지고 어슬렁어슬렁 도쿄로 돌아왔네. 소생의 여행을 부럽다, 부럽다 하시니 무정하구먼. 본디 소생의 유랑은 최근 삼사 년간 끓어오른 생각을 식혀 조금이나마 학구열을 향상시키기 위한 것일세. 그래서 풍류나 운치는 고사하고 그저 달싹이는 엉덩이에 닻을 올려 걸을 수 있는 만큼 걷는 게 전부라네. 발길 닿는 곳곳에 불평 덩어리를 나누어 내려놓아 혼란한 마음을 달래려 애썼지만, 그리 애쓴 보람도 없이 이성과 감정의 전쟁은 더욱 격렬해지기만 하니 꼭 허공에 매달린 인간이 된 느낌일세. 천상에 오를지 나락으로 떨어질지, 그 운명이 정해질 때까지 안심입명安心立命의 길은 아득하기만 하구먼. 훌륭한 매는 한번 날아오르면 창공을 휘저어야 마땅한데, 다만 이 목과 머리에 묶인 쇠사슬을 끊어낼 도끼가 없으니 어찌하랴.

1 賢契. 다정한 벗이라는 뜻.

이렇게 푸념을 늘어놓는 것도 결국 정면으로 직진할 용기를 잃었기 때문이라 생각하니 부끄럽기 짝이 없구먼. 지난달 마쓰시마에서 놀며 즈이간지에 참배했을 때 난텐보[2]의 몽둥이세례를 맞고 오래 묵은 번뇌를 모조리 쓸어버릴까 했지만, 견성성불見性成佛할 그릇이 못 되는 타고난 범골인지라 그것만은 단념하였네. 발길을 돌려 고향에 돌아오자마자 다시 짐을 꾸려 난소難所의 바다 끝자락으로 가서 밤낮으로 바닷물에 몸을 담그고 팔다리를 움직여 불안한 마음을 다스리려 했지. 마침 음력 8월 초하루와 날 사나운 210일[3]이 겹쳐 푸르른 망망대해가 무시무시하게 요동치더군. 나는 마음이 불안정할 때는 퍽 난폭해지는 사람이라 곧바로 광란 속에 몸을 던지고 옳다구나 쾌재를 부르고 있는데, 여관 주인이 언덕 위에서 위험하다고 소리치더군. '불입경인랑 난득칭의어不入驚人浪 難得稱意魚'[4]라고 선어禪語를 읊어보았지만, 주인장이 선禪의 경지를 모르는 자라 문답도 그걸로 끝이 났다네. 이러한 이유로 특별히 재미있는 일도 없어. 그저 돈을 썼다는 점에서 대형보다 위세를 떨쳤을 뿐, 그 외 '컨디션'은 대형이 훨씬 더 좋을 거라 확신하니 그리 알고 계시게. 속세에서 공부할 수 없음을 탄식하는 것도 지당한 일이지만, 학문의 중심인 대학원에서 공부할 시간이 있음에도 공부가 안 되는 건 실로 괴로운 일일세. 최근 삼사 년간 공부다운 공부를 한 적이 없어 늘 양심의 가책을 느끼는 소생 역시 옆에서 보는 것만큼 속 편하지는

2 임제종 승려 나카하라 도주中原鄧州(1839~1925). 난텐보는 그가 늘 들고 다닌 방망이 이름으로, 후에 그의 별칭이 되었다.
3 입춘부터 세어 210일 되는 날로, 태풍이 오거나 바람이 많이 부는 날이라 여겨진다.
4 무시무시한 파도 속으로 들어가지 않으면 원하는 물고기를 얻을 수 없는 법.

않다네. 하지만 변명을 위해 틈만 나면 책상 앞에 앉아 있는 내가 조금은 기특하기도 하지. 이번에도 읽지도 않을 책을 산더미처럼 들고 왔는데, 나도 내 마음을 이해하기 힘들구먼. 다만 셸리의 시집은 항상은 아니더라도 이따금 너무 불쾌할 때 한 부분을 반복해서 읽고 또 읽으면 기분이 아주 좋아진다네. 내 불평이 흩어져 사라지기 때문이 아니라, 이 불평이 절정에 달했을 때 홀연 머릿속 영혼의 불꽃이 활활 타올라 하늘로 향하는 길을 여는 어떤 '프린시플'을 직관적으로 감득한 듯한 느낌이 들어 마음이 차분해지는 걸세. 셸리의 시를 읽으면 그 구절구절이 내 생각과 일치해서, 세상에 이렇게 마음이 잘 통하는 사람이 또 있을까 싶어 아주 유쾌해진다네. 조만간 하숙을 하게 될지도 모르는데 그때 다시 연락하겠네. 우선은 위의 근황만 전하고 서둘러 줄이네.

긴노스케

간다 나이부[1]에게
보낸 편지

에히메현 마쓰야마시 1번정
아이쇼테이,[2] 1895년 4월 16일

간다 선생님께

떠나올 때 여러모로 마음 써주셔서 감사합니다. 저는 지난 7일 11시에 출발해 9일 오후 2시경 이곳에 잘 도착했으니 걱정 마십시오. 부임 후에 이시카와 가즈오 씨를 만나 곧바로 선생님의 의견을 전달해두었으니 그리 알고 계십시오. 이시카와는 이번에 이시카와현에 신설된 중학교로 다시 옮기게 되어 내일 출발할 예정입니다. 소생이 부임한 후로 벌써 교사가 네 명이나 바뀌었는데, 이시카와 군도 그중 한 사람이지요. 아무것도 모르고 온 소생은 도무지 영문을 알 수가 없군요.

교사가 된 지 이제 일주일밖에 되지 않았지만 지방 중학교라는 곳이 도쿄에서 생각했던 만큼 담백하지가 않아서, 소생처럼

---

1 神田乃武, 1857~1923. 영어학자. 도쿄대학과 도쿄외국어대학 등에서 가르치며 일본 영어 교육의 발전에 힘쓴 인물로, 소세키 또한 그의 수업을 들었다.
2 소세키가 마쓰야마에 막 부임했을 때 하숙한 숙소.

'은둔자'스러운 인간은 참 난처하기도 합니다. 쓸데없는 일에 시간을 낭비하게 되니 생각대로 공부도 할 수 없고, 또 지난번 말씀드렸던 유학 비용 저축도 힘들어지지 않을까 내심 걱정하고 있습니다.

우선은 위의 보고까지만 드리고 나머지는 다음 편지에 쓰겠습니다. 요즘 부쩍 봄이 완연하군요. 아무쪼록 선생님의 건강을 빌겠습니다. 그럼.

긴노스케

마사오카 시키에게
보낸 편지

에히메현 마쓰야마시 1번정
아이쇼테이, 1895년 5월 26일

마사오카 대형 귀하

다롄만에서 귀국한 일은 축하해 마땅하지만, 고베현립병원이라니 간담이 서늘했네.[1] 긴 원정이 숙환을 불러온 건 아닌지 염려되는구먼. 소생은 여기 도착한 후로 정신없이 속류에 휩쓸려 멍하니 지내고 있다네. 몸 상태에는 이렇다 할 변화도 없어. 교직원이나 학생과의 관계도 좋아 지내기 편하다네. 도쿄 가난뱅이를 대선생처럼 대우해주니 그저 황송할 따름일세. 8시에 출근해서 2시에 퇴근하는데, 사무 일은 대개 거절하지만 좀 번거로운 일에는 질리는구먼. 이 벽지에는 스승도, 벗도 없으니 재미있는 책이 있거들랑 도쿄에서 보내주게. 결혼, 방랑, 독서, 셋 중 하나를 택하지 않으면 대부분의 사람은 시골을 견디지 못할 걸세. 이곳 사람들은 그럴싸하게 핑계를 대는 게 특기인 듯하네. 숙소 여관

---

1 마사오카 시키는 청일 전쟁 종군 기자로 요동 반도에 건너갔는데, 전쟁이 종결되어 돌아오던 도중 배에서 피를 토하며 중태에 빠져 귀국하자마자 입원했다.

사람들은 다들 아둔한 주제에 불친절하지. 자네 고향 험담을 해서 미안하네. 실례, 실례.

도고 온천에는 이곳에 온 뒤로 세 번 다녀왔네. 소생의 숙소는 재판소 뒤 산중턱에 있어 전망이 아주 아름다운 별천지라네. 다만 애석하게도 이곳에서는 속물 생활도 선생답게 해야 하기 때문에 옷이며 집이 80엔 월급에 상응해야 하니, 나 같은 빈털터리는 당분간 좀 난처할 듯하군.

귀형의 친척 오하라 군이 중학교 교사인 오타 선생을 통해 불편한 점이 있으면 돕겠다고 연락을 주었는데, 나의 방임주의로 인해 아직 찾아뵙지도 못했구먼. 기회가 될 때 말씀 잘 전해주게나.

고하쿠 씨의 자살 소식은 이곳 풍문으로 듣고 몹시 놀랐다네. 이런저런 사정이야 있겠지만 그래도 너무 안타까운 일이야.

여기 도착한 후 곧장 귀형에게 편지를 쓰려고 했네만, 귀형이 이미 청국으로 출발한 터라 어쩔 도리가 없었다네. 요양 중에 잠시 귀향하기는 힘들겠는가?

요즘 하이쿠 문단에 들까 생각 중인데, 한가할 때 가르침 부탁하네.

최근에 지은 한시 몇 수, 형편없지만 보여주겠네.

머리 두 개 달린 뱀을 비수 들어 동강내고快刀切斷両頭蛇

비웃는 사람일랑 돌아보지 않았노라不顧人間笑語譁

광활한 대지 아래 천년 성패 묻혀 있고黃土千秋埋得失

창공은 영원토록 현사를 비추나니蒼天万古照賢邪

물속 달은 미풍에도 쉽사리 깨어지고微風易碎水中月

한 줄기 빗물에도 위태로운 가지 위 花片雨難留枝上花

술이 깨니 뼛속까지 추위가 스미누나 大醉醒来寒徹骨

남은 삶은 산가에서 수양하며 지내련다 余生養得在山家

봄바람 등지고서 고향을 떠나왔네 辜負東風出故関

새 울고 꽃 지는데 언제나 돌아갈까 鳥啼花謝幾時還

이별의 슬픔은 꿈결처럼 아련한데 離愁似夢迢々淡

고요한 수심 구름 벗해 한가히 흘러가네 幽思与雲澹々間

재주꾼들 틈에서도 한결같이 서투르고 才子群中只守拙

소인배들 속에서도 나홀로 완고하며 小人囲裏独持頑

품은 뜻은 덧없이 한잔 술에 맡기나니 寸心空托一杯酒

서리 같은 칼날 위로 취한 얼굴 비치누나 剣気如霜照酔顔

뽕나무밭 두 고랑은 언제나 다 갈는지 二頃桑田何日耕

다 헤어진 청포 입고 수도를 나설 때엔 青袍敝尽出京城

매서운 기상으로 천도를 얕보고서 稜々逸気軽天道

막막한 치심으로 세상을 등졌노라 漠々痴心負世情

붓 놀려 재주꾼이라 찬양받길 바랐으나 弄筆慚求才子誉

시를 지어 얻은 것은 난봉꾼의 이름이네 作詩空博冶郎名

오십 해 인생 이제 절반을 지나는데 人間五十今過半

책 읽기로 이내 일생 망치게 되니 부끄럽다 愧為読書誤一生

산골짝에 누웠더니 둔재에게 딱이로다 駑才恰好臥山隈

공명심은 내 일찍이 불속으로 던졌노라 夙托功名投火灰

철우와도 같은 마음 채찍질에도 잠잠한데 心似鉄牛鞭不動

근심은 장맛비처럼 갔다가도 다시 오네 憂如梅雨去還来

오직 푸른 하늘만이 헤아리는 시인의 분개 青天独解詩人憤

백안은 덧없이 속인들의 비웃음 사네 白眼空招俗士呀

날 저물어 방 안이 모기떼로 가득하니 日暮蚊軍将満室

일어나 부채 흔들며 돌산을 바라보네 起揮紈扇対崔嵬

읽고 한번 웃으시게나.

이곳 출신 군인의 딸을 아내로 맞지 않겠냐고 거듭 권하는 사람이 있어 어찌할까 고민했네만, 혈통 관계상 조금 바람직하지 못한 사정이 있어 사양했다네.

일단은 근황 보고만 하고 나머지는 다음 편지로 미룸세.

나쓰메 긴노스케

마사오카 시키에게
보낸 편지

마쓰야마시 2번정 8호 우에노 씨 댁
1895년 12월 18일

노보루 님[1]

일부러 멀고 누추한 집까지 와주어 감사하네. 그때 우형愚兄이 한 이야기와 관련해 이래저래 배려해준 일 감사하게 생각하네. 소생은 본디 오래전부터 교육상이나 성격상 가족과 기질이 잘 맞지 않아, 어릴 적부터 '도메스틱 해피니스' 같은 말은 늘 도외시해왔고 이제 와 새삼 그걸 바라지도 않는다네. 최근 한층 더 사이가 소원해진 것도 절대 본의는 아닐세. 하지만 그 때문에 이렇게 배려를 받을 거라고는 생각지도 못했군. 형의 말도 일리가 있으니 상경하면 천천히 들어볼까 싶네. 결혼에 관한 일은 상경 후 거기서 처리할 생각일세. 이런 일로 귀형을 귀찮게 할 필요는 없을 듯하니. 우리 가족은 원래 일처리가 확실치 않아서 이번 혼담 건도 긴급한 일은 귀형에게 의논하도록 미리 일러둔 걸세. 나카네는 사진만 보고 결정한 것이라, 본인을 만나본 뒤 만약 생각

1 시키의 아명.

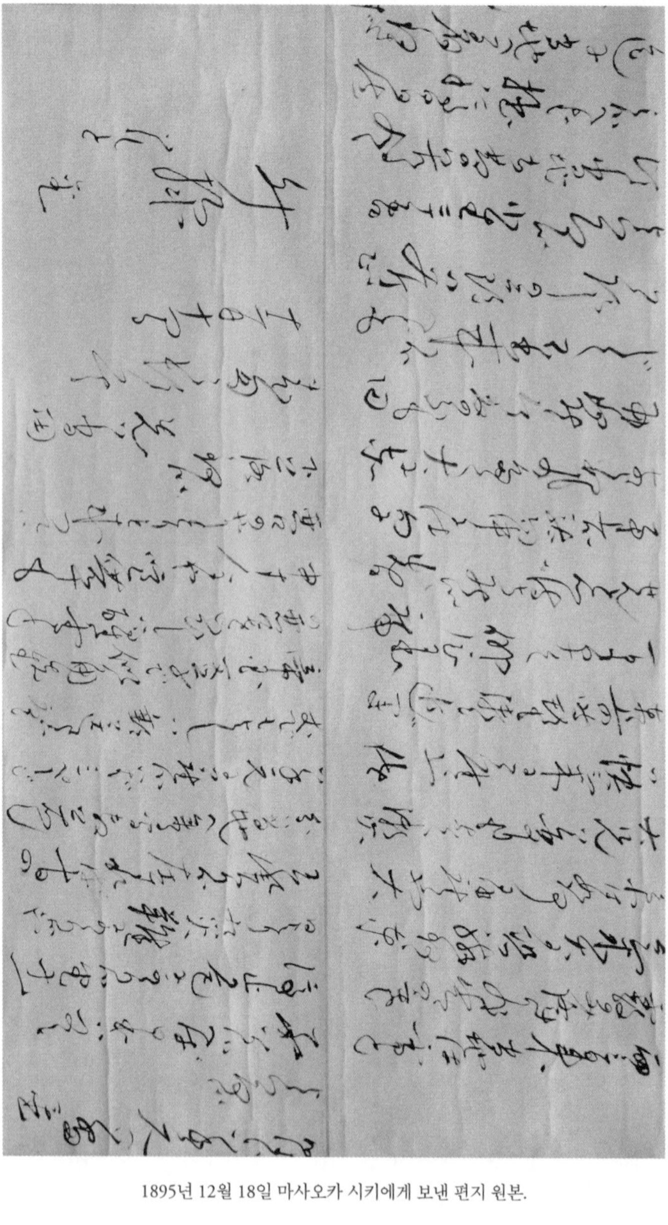

1895년 12월 18일 마사오카 시키에게 보낸 편지 원본.

과 다른 사람이라면 혼담을 파기하려고 이미 결심한 상태라네.
지극히 당연한 일 아니겠는가?

소생이 가족과 사이가 나빠 마음에 둔 다른 여자를 아내로 맞
을 수 없게 되어 심사가 뒤틀렸다는 둥 오해를 해서야 곤란하네.
이제껏 소생이 늘 침묵해온 탓에 친구들에게 오해를 사는 일도
많았으리라 생각하네. 조금 생각한 바가 있어 가족에게 보내는
편지에다 마음에 없는 말까지 쓰기도 했는데, 지금에 와서는 좀
난처하게 되었군. 옳고 그름은 구름이나 연기와 같고, '선악역일
시 지수졸지완善惡亦一時 只守拙持頑'[2]이라 할 수밖에. 요즘에는 다
른 사람에게 욕을 먹으면 오히려 유쾌해진다네. 하하.

모처럼 보낸 하이쿠 원고를 잃어버렸다니 곤란하군. 다시 써
서 보내줄 테니 시간 날 때 고쳐주게.

얼마 전 교시[3]에게 보낸 편지의 답장이 왔네. 소생의 하이쿠
를 칭찬해주더군. 고맙기도 하고 부끄럽기도 하고 황송하기도
하고.

점점 날이 추워지니 류머티즘은 각별히 조심해야 하네.

도쿄에서 머물 곳을 걱정해주어 감사하네. 일단은 집에 갔다
가 상황을 봐서 신세를 지게 될지도 모르겠군.

소생에 관해 형이 어떤 이야기를 했는지는 상경해서 자세히
듣겠네만, 대형이 생각하기에 소생이 나빴다 싶은 부분이 있다
면 기탄없이 지적해주게. 이 또한 교우의 길일 테니. 풍자나 비

---

2 선악 또한 일시적인 것, 그저 완고하게 관철해나간다.
3 다카하마 교시高浜虛子, 1874~1959. 시인, 소설가. 마사오카 시키의 제자로, 하이쿠
   잡지 《호토토기스》의 주필을 지내며 수많은 문하를 배출해 하이쿠 문단의 발전을
   이끌었다.

웃음은 내가 가장 질색하는 것이니, 단도직입적으로 말해준다면 기꺼이 받아들이겠네.

　우선은 간단히 답장만 하고 급히 줄이네.

진

마사오카 시키에게
보낸 편지

구마모토시 고린지 정[1]
1896년 6월 10일

시키 님

나카네 일가가 지난 8일에 도착, 9일에 단출한 결혼식을 올렸다네. 하이쿠 근황은 어떠한가. 소생은 전혀 활동을 하지 못하는 상태라 올여름에는 도쿄에 가고 싶은데 아직 확실치는 않다네. 여기서 하이쿠 서적을 찾으려 돌아다녀 보았는데, 의외로 아무것도 없어 실망했지 뭔가. 우선은 여기서 줄이고 나머지는 다음 편지로 전하겠네. 그럼.

옷 갈아입고 도쿄에서 신부를 맞이했다네

구다부쓰[2]

---

1 소세키는 이 해 마쓰야마중학교를 사직하고 구마모토 제5고등학교 강사로 부임했다.
2 愚陀佛. 시키가 지어준 소세키의 하이쿠 필명으로, '아미타불阿彌陀佛'의 앞글자를 '어리석을 우愚' 자로 바꾸어 만들었다.

마사오카 시키에게
보낸 편지

구마모토시 갓파정 237번지
1897년 1월 (날짜 불명)

나 한번 굴러 원숭이 되고 나 또 한번 굴러 신이 되리. 나의 지나온 30년이 미간에 새겨져 있으니, 거울 속 내가 어찌 나를 속일 수 있으랴. 원숭이의 동족인지 신의 친척인지는 모름지기 스스로 얼굴을 골똘히 들여다보고 가늠하는 것이 제일이라. 나는 내 부모의 묘비명이고 내 자식은 내 전기의 초록抄錄일지니. 인간의 얼굴을 하고 두 발이 달린 말은 진선미眞善美를 태우고 무한한 공간을 달린다. 내가 달리지 않으면 그들은 나를 떠나 잘 달리는 다른 말을 찾으리라. 해 저물고 갈 길은 아득해 서둘러도 닿을 기약조차 없을 때, 등 뒤에 수없이 찍히는 채찍 자국은 가닥가닥 초와 분과 시와 밤낮을 새겨 자각의 재료가 되니. 스스로 채찍질 하지 않는 이는 시간을 자각하지 못하고, 시간을 자각하지 못하는 이는 송장이나 다름없다. 요堯는 이를 순舜에게 전하고 순은 이를 우禹에게 전하였으며 우는 이를 주공周公과 공자孔子에게 전했다. 선조의 유산을 전하는 일은 어렵지 않으니, 바라건대 이를 두 배, 세 배, 백 배로 만들 수 있기를. 부모의 유전자를 물려받아 자손에게 그대로 전한다면, 나는 다만 하나의 전깃줄에 지나지 않으리라. 소세키, 결국 원숭이로 퇴화할까 아니면 신으로 승격할까, 애초에 도로아미타불일까. 나무아미타불.

　태어났으니　경사스럽구나　얼굴에 핀 봄

　이상.

마사오카 시키에게
보낸 편지

구마모토시 갓파정 237번지
1897년 4월 23일

노보루 님

종기가 점점 더 크게 자란다니, 허리춤에 달린 큰 덩어리 탓에
무척이나 괴롭겠군. 아무쪼록 몸조리를 잘해야 하네.

소생의 처지를 여러모로 신경 써주어 고맙네. 사실 요즘 들어
교사 일에 싫증이 났는데, 그렇다고 해서 번역관 일을 하자니 과
연 잘해낼 수 있을지 자신도 용기도 없다네. 첫째로, 법률 용어도
모르는 우리가 갑자기 외무 번역관이 된다 한들 영문 전보 하나
만족스럽게 쓸 수 있겠는가? 어느 정도 기반은 있으니 한두 해
수습 과정을 거치면 어찌저찌 흉내는 내겠지만, 지금 당장은 고
등관은 고사하고 사무관조차 될 수 없으리라 생각하네. 실은 작
년 10월쯤에 교사를 그만두고 싶은데 좋은 생각이 없는지 장인
어른[1]과 상의했는데 외무 번역관 자리를 부탁해두었다고(아마
고무라일 걸세) 하시더군. 자네 숙부가 과장 자리에 있다고 하니

1 나카네 시게카즈中根重一, 1851~1906. 당시 귀족원 서기관장을 지낸 고위 관료였다.

분명 아주 좋은 기회겠지만, 자신도 없는 일을 주선해달라고 부탁했다가 후에 자네나 숙부님께 폐를 끼쳐선 안 되지 않겠는가. 담당 업무에 관해 충분히 이해하고 이 일이라면 자네 얼굴에 먹칠하지 않을 수 있겠다는 확신이 설 때까지 일단은 자중하는 게 좋을 듯싶네.

당장은 센다이의 고등학교에 갈 생각이 없다네. 센다이는 물론이고 도쿄의 고등학교라 해도 아마 사양하지 않을까 싶어. 아니, 교사 일을 계속할 거라면 당분간 지금 자리에서 성과를 낸 뒤에 움직였으면 하네. 예전에 고등상업학교장인 고야마가 장인어른을 통해 연봉이 천 엔인 고등관 6등급 자리로 오라고 제안했는데, 장인어른도 돈이 부족하다면 매달 보조할 테니 귀경하지 않겠느냐고 권하더군. 그런데 이곳 교장이 그만두면 곤란하다고 간곡히 부탁하지 뭔가. 좋소, 귀공이 그렇게까지 소생을 믿어준다면 소생도 할 수 있는 일은 다 해야 할 터, 교사로서 세상에 나선 이상 당분간은 이 학교를 위해 최선을 다하겠소, 하고 확실히 말했지. 그리고 이건 교장에게뿐 아니라 야마카와를 이리로 부를 때도 분명히 해둔 말이라, 지금으로서는 그 어떤 좋은 자리가 있다 해도 먼저 나서서 구할 마음은 없다네. 소생과 이 학교의 관계가 변하거나 일신상의 사정으로 무조건 교육계를 떠나야 하는 경우, 혹은 관명을 받아 어쩔 수 없는 경우는 별개일세. 그때는 자유롭게 움직일 수 있겠지. 이번 번역관 일은 다른 교사 자리로 옮기는 게 아니니 소생에게 의지가 있고 외무성에서 채용해준다면 이 학교를 떠난다 해도 딱히 군말은 하지 않겠지만, 유감스럽게도 스스로 거절한 이유는 앞에 써둔 바와 같으니 어쩔 도리가 없군.

소생의 목적을 물으시기에 명확한 답을 드렸네만, 사실 나도 나를 알 수 없는 상태라 야마카와처럼 잘 설명할 수는 없네. 단순한 희망을 말해보자면 교사를 그만두고 오직 문학적인 생활만 하며 지내고 싶다네. 다시 말해 문학 삼매경에 빠져 살고 싶다는 말일세. 다달이 오륙십 엔 정도의 수입이 있다면 당장이라도 도쿄에 돌아가 마음껏 풍류를 즐길 테지만, 놀고먹는 동안 돈이 저절로 품속에 들어오지는 않겠지. 입고 먹는 것을 조금 줄이고 일거리를 찾아서(단, 교사는 제외하고) 그 여가 시간에 자유롭게 책을 읽고 자유롭게 말하고 자유롭게 글을 쓸 수 있게 되기를 바란다네. 하지만 소생은 불구의 인간인지라 행정관이나 사무관은 시켜주는 사람도 없을 테고, 있다 해도 두어 달 정도면 싫증이 날 게 뻔하니 여간한 일은 맞지 않을 걸세. 이번에 제국도서관이라는 게 생긴다기에 혹 가능하다면 그쪽으로 주선해주시지 않겠냐고 일전에 우편으로 장인어른께 물었더니, 마키노와 만나 이래저래 물어본 바 마쓰카타 내각이 성립 초기인 터라 아직 어떻게 될지 모르는 꿈같은 이야기라는 답이 돌아왔다네. 그 이야기는 지금까지 보류 상태야.

아무튼 서둘러 답장하자면 이러하다네.

덧붙여 묻는데, 《이치요슈》라는 하이카이[2] 서적은 전후 두 권 해서 1엔 20전 정도면 비싼 편은 아닌가? 또 《바쇼구카이》도 80전 정도면 적당한 가격인가? 두 책을 구루메에서 발견했는데 비싼 것 같아서 사지는 않았네. 싸다고 하면 바로 주문할

2 무로마치 시대(1336~1573) 말기에 시작된 익살스러운 연가.

88

생각이야.

　아직 숙부님을 뵙지는 못했네만 아무쪼록 말씀 잘 전해주기를 바라네.

긴

다카하마 교시에게
보낸 편지

구마모토시 우치쓰보이정 78번지
1899년 12월 11일

교시 님

그간 연락이 뜸해 미안하네. 바야흐로 연말이 가까워지는 가운데, 필연이 날로 건승함을 축하드리네. 일전에 이케마쓰 우코라는 구마모토 사람이 집에 왔는데,《규슈니치니치신문》이라는 곳에 시메이긴샤[1]의 하이쿠가 날마다 실릴 수 있도록 애써주는 사람이라네. 도쿄 시인의 하이쿠도 가끔 게재하고 싶어 대형에게 편지를 보냈는데 아무런 답신을 받지 못했다며, 소생에게 다시 부탁해달라고 말하러 왔더군. 우코와는 최근 갑자기 지기가 되었는데, 신파新派 하이쿠에 대단한 열의를 보이는 성실한 사람일세. 이번 건도 신파 세력을 뿌리내리게 만들기 위한 계획이니,《호토토기스》[2]의 발행자라면 마땅히 크게 응원하고 격려해주

1 소세키가 중심이 되어 활동한 구마모토의 하이쿠 단체.
2 마사오카 시키의 지인인 야나기하라 교쿠도가 1897년 1월 마쓰야마에서 창간한 하이쿠 잡지로, '두견새'를 뜻한다. 이듬해 10월 발행소를 도쿄로 옮긴 뒤 교시가 편집과 발행을 담당했다. 소세키가《나는 고양이로소이다》,《도련님》을 발표한 잡지이기도 하며, 당시 유일한 하이쿠 잡지로 그 참신함을 인정받으며 큰 인기를 누렸다.

어야 하지 않을까 싶네만. 또 규슈 지방에선 신파 세력이 의외로 맥을 못 출뿐더러 하이쿠가 무엇인지조차 제대로 이해하지 못하고 있는 상태이니, 하이쿠 취향의 보급 측면에서 보아도 대형에게는 그걸 응원하고 장려할 책임이 어느 정도 있을 듯하네. 그러니 아무쪼록 우코에게 답신을 보내주게나. 《니치니치신문》은 대형 앞으로 매일 보내고 있다 하니 분명 보셨으리라 생각하네.

이야기하는 김에 《호토토기스》에 관한 내 우견을 조금 덧붙일까 하니 참고해주게.

《호토토기스》가 동인잡지라면 날짜가 늦어져도 별 지장이 없지만, 이미 하이쿠 잡지라고 만천하에 큰소리를 친 이상 책임자는 하루라도 잡지 발행이 늦어지지 않도록 잘 관리해야 한다고 생각하네. 거기다 하루이틀이라면 모를까 10일, 20일 늦어져서야 자네들 마음이 내킬 때나 발행하고 싶을 때는 하지 않는 장난스러운 잡지로밖에 보이지 않을 걸세. 여기에는 여러 사정도 있을 테고 또 대형 말처럼 기일에 맞추기 위해 매호 개선할 점도 있겠지만, 문외한의 입장에서 기탄없이 말해보자면 너무나도 무책임한 잡지라고밖에는 생각할 수가 없네. 지금은 하이쿠 열기가 높아 유일한 하이쿠 잡지인 《호토토기스》가 그런 무책임한 행동에도 불구하고 잘 팔리고 있지만, 만일 유력한 경쟁자가 등장한다면 이를 압도하기 어려울 걸세. 유력한 경쟁자가 나오지 않는다 해도, 적이 없어 나태해진 것처럼 보여 더 볼꼴사나울 테지.

다음으로 하고 싶은 말은, 《호토토기스》에 자네들끼리나 알아들을 법한 말이 이따금 나오던데, 이것도 동인들 사이의 사적인 잡지라면 모를까 천하를 상대로 하는 잡지인 이상 도쿄의 하이쿠 동료 두셋 외에는 알아듣지 못해 아무도 관심 없을 그런 말은 지우는 게 어떨까 싶네만. 품격이 떨어지는 느낌일세. 어찌 생각하는가? 교시와 로게쓰가 하이쿠 시인 사이에서 존중받는 건 하이쿠의 깊이 때문이지, 그 가을바람이니 봄바람이니[3] 하는 것과는 관계가 없다네. 세상 사람들이 교시와 로게쓰를 알고자 하는 건 그들의 하이쿠 때문인데, '볼을 깨문다'는 둥, '얼굴을 핥는다'는 둥 그런 한심한 말을 들어 무슨 소용이 있겠나. 지금은 《호토토기스》의 전성기일세. 하지만 삶에서 가장 근신해야 할 때는 바로 전성기가 아닐까 싶네만. 어찌 생각하는가?

시키는 아파 병상에 누워 있으니 그에게 핑계를 대지 말게. 대형과 소생은 이렇게 불편한 말을 나눌 만큼 친하지는 않지. 그래서 직언을 하기에 앞서 여러 번 망설이다가 끝내 결심을 내리고 이렇게 말하는 걸세. 잡지가 잘되길 바라는 마음에서 하는 말이니 나쁘게 생각지 말고 읽어주게. 이상.

소세키

---

3 《호토토기스》 1899년 11월호 〈소식란〉의 내용 중 "그 우스갯소리 중에 로게쓰는 봄바람, 하리쓰는 초여름 바람, 교시는 가을바람, 메이세쓰 옹은 늦가을 바람……"이라는 부분을 문제 삼은 것.

2부 영국 유학 시절
1900~1902

나쓰메 교코[1]에게
보낸 편지

기선 프로이센호
1900년 9월 27일

교 님

오늘은 9월 27일, 우리가 탄 배는 이른 새벽에 영국령 '페낭'이라는 항에 도착했소. 새벽부터 가랑비가 내려 출항이 오전 9시로 연기되었는데 아쉽게도 상륙을 하지는 못했소. 상해에서는 일본 여관에 숙박했고, 홍콩에서도 일본인이 운영하는 여관에서 일본 음식을 먹었다오. 상해와 홍콩은 아주 넓고 커서 그 근사함이 요코하마나 고베와는 비교도 할 수 없을 정도요. 특히 홍콩의 야경은 마치 온 산에 야광 보석을 무수히 흩뿌려놓은 듯하오. 또 전동차를 타고 경사 67도의 가파른 언덕을 올라 '빅토리아 피크'의 정상에서 사방을 둘러보니, 그 경치의 아름다움이 참으로 유쾌하더구려. '싱가포르'에도 내려서 마차를 타고 식물원과 박물관 등 시내를 둘러보았소. 이곳에도 일본 여관이 있어 거기서 점

---

1 夏目鏡子, 1877~1963. 소세키의 아내. 귀족원 서기관장 나카네 시게카즈의 장녀로, 중매를 통해 소세키와 결혼했다.

심을 먹었지. 이곳 일본인은 대개 매춘부인데, 인도식 치마를 입고 지리멘²으로 된 겉옷을 걸치고선 독특한 게다를 신고 거리를 활보하더군. 조금 기묘한 느낌이었소. 열대 지방의 식물은 이름만 들어보았는데, 직접 와서 보고는 그 새파랗게 무성한 모습에 새삼 놀랐다오. 열대 지방은 태양의 직사광선으로 온몸이 다 타버릴 만큼 더울 거라고 상상했지만, 실제로는 의외로 일본의 여름보다 시원할 정도라오. 다만 덥고 추운 사시사철의 구분이 없을 뿐이라 생각하면 될 거요. 이곳에서 보는 인도인은 꼭 불화佛畫 속에서 보던 아라한阿羅漢처럼 복장이며 얼굴색이 일본인보다 훨씬 우아하다오. 피부가 가장 검은 사람이 자단 정도 색인데, 그 광택의 아름다움이 자단 못지않더군. '싱가포르'에선 정박 중인 배 주위로 통나무배 몇 척을 저어 와 저마다 의미 모를 말을 목청껏 외쳐대는 이들의 모습이 아주 재미있었다오. 선객에게 은화나 동화를 바다에 던져달라고 하는 게지. 갑판 위에서 장난삼아 돈을 던지면 그걸 바다에 들어가 건져 올리는데, 백이면 백 실패하는 법이 없어 감탄했소.

다들 잘 지내리라고 믿소. 당신과 후데³ 모두 무탈하겠지. 다달이 나오는 봉급은 전보다 좀 줄었겠지만, 그래도 혹 여유가 있다면 얼마간이라도 집세를 위해 모아주시오. 본가에는 사정을 잘 말하고 상황에 따라 처신해주길 부탁하오.

내 옷은 내가 없는 동안 치수에 맞게 다시 재봉해주시오.

당신은 이를 빼고 틀니를 넣는 게 좋겠소. 지금 상태로는 너무

---

2 강연사를 평직으로 짜서 겉면에 오글오글한 잔주름이 있는 직물.
3 소세키의 장녀 후데코筆子.

보기 흉하니.

매번 말하지만 머리카락이 빠지는 것도 분명 병의 일종이니 반드시 의사에게 보여야 하오. 사람 말을 대충 흘려들어서는 안 되오.

음식이 갑자기 바뀌고 날씨는 더운 데다 운동 부족에 뱃멀미까지 더해진 탓에 소화 기능이 떨어져 움직이기가 힘들고 눈도 움푹 들어갔다오. 그런 것치고 살은 별로 빠지지 않았구려.

이 편지는 콜롬보라는 곳에 도착한 후 보낼 예정이니 일본에는 3주 정도 뒤에 도착할 듯싶소.

긴노스케

나쓰메 교코에게
보낸 편지

프랑스 파리
1900년 10월 23일

교 님

홍해는 더위가 굉장했는데, 지중해에 들어서자 금세 일본과 비슷한 기후로 바뀌었소. Naples라는 곳에 정박 중에 상륙하여 박물관을 둘러보았소. '폼페이'에서 발굴한 각종 유물을 수집해둔 훌륭한 곳이라오. 그런 다음 Genoa에서 내려 거기서 하루를 묵었는데, 이탈리아의 작은 도시임에도 그 근사함이 일본 따위와는 비교도 안 되더구려. 특히 Naples 사원의 내부 구조는 와서 직접 보지 않고선 알 수 없을 정도라오. 마차를 타고 둘러보았는데 절반 정도는 걸어서 구경했소. 다들 꼭 이상한 놈 보듯 돌아보더군. '제노아'에서 기차로 출발해 10월 21일(어제 아침) '파리'에 도착했소. 혼잡한 기차에 익숙지 않은 우리는 그저 '우물쭈물' 난처해하고만 있었지. 돈의 힘에 의지해 정신없이 '파리'까지 '다다를' 수 있었던 게 아주 뜻밖의 행운이오. '파리'에 와보니 그 번화함이 도무지 글로 다 옮길 수 없을 정도요. 특히 도로와 집이 큼직큼직하고, 그물망처럼 이어진 마차와 전기 철도, 지하 철도는 정말이지 세계 제일가는 대도시답더군. 어제 정차장에 짐을 받으러 갔다가 어느 여염집(여관은 비싸서 가지 못했소) 3층을 빌렸는데, 여기서 일주일간 머물 계획이오. 세끼 식사를 다 밖에서 하는데도 하루에 드는 돈이 최소 칠팔 엔은 되는구려. 오늘은 박람회를 보러 갔는데, 규모가 어마어마해서 당최 뭐가 뭔지 방향조차 모르겠더군. 또 그 유명한 '에펠'탑에 올라가 사방을 둘러보았다오. 이곳은 높이가 3백 미터인데 인간을 상자에 넣고 가느다란 밧줄로 매달아서 올렸다 내리는 장치가 있더구려. 박람회는 열흘, 아니 보름을 보아도 다 알기는 힘들 듯하오. 오후 12시까지 '파리'의 그랑불바르라는 번화가를 산책하고 지하 철도로 지금 막 돌아왔소. 이렇게 말하면 모든 일을 다 내 힘으로 한 것 같지만, 사실 파리에서는 문부성 서기관인 와타나베 긴노스케라는 사람의 도움을 받는다오. '제노아'에서 '파리'까지는 온전히 돈의 힘으로 온 게요. 말이 통하지 않고 돌아가는 상황을 알 수 없는 것만큼 불편한 일은 없을 거요. 유럽에 온 후로 자발적으로 한 일은 하나도 없고 뭐든 다 수동적이라오. 나쁜 놈들이 촌뜨기들을 등쳐먹는 것도 당연한 일이다 싶소. 뜻밖의 실수 없이 '파리'까지 온 게 오히려 이상할 정도요. 이럴 줄 알았다면 우타이[1] 말고 프랑스어나 공부할 것을, 하고 새삼 내 불찰을 후회 중이라오. 이제 혼자서 런던까지 가야하는데 어찌 될지 불안하구려. 여기 와보니 남녀 모두 피부가 희고 옷차림도 근사해서 일본인이 참 노랗게 보인다오. 여자는 대단치 않은 하녀 같은 이들

1 일본 전통 가면극 노가쿠能楽에서 노래에 해당하는 부분.

중에도 제법 미인이 많소. 나 같은 곰보는 찾아볼 수 없구려.

이것 말고도 쓰고 싶은 이야기가 많지만, 피곤하니 이만 붓을 놓고 나머지는 영국에서 보내도록 하겠소. 처가 사람들과 그 외 모두에게 인사 전해주시오.

여기는 날이 제법 추워 겨울 외투를 입고 장갑을 끼고 다닌다오. 몸은 건강하니 걱정 마시오. 당신은 임신 중이니 몸을 소중히 해야 하오. 후데도 신경 써서 보살펴주시오. 임신 중에는 감정을 자극하는 소설 같은 건 읽지 말고 되도록 느긋하게 지내시오.

틀니는 넣도록 하시오. 머리는 둥글게 틀어 올려 묶지 않는 게 좋겠소. 자주 감으시오.

도쿄에서 양복을 맞춰 오길 잘한 듯하오. 이 옷이라면 '무늬'도 재봉도 별로 부끄럽지 않소. 여긴 두꺼운 줄무늬나 색이 '화려'한 옷을 입는 사람은 없고, 다들 '수수'하고 무늬가 거의 없는 옷을 입는다오. 외투는 대부분 검은색이나 남색이고, 갈색이나 쥐색은 거의 찾아볼 수 없소. 그 외의 색깔은 전혀 없다오. 돈 없이는 유럽에 단 하루도 머물고 싶지 않소. 지저분해도 마음 편한 일본이 더 좋다오.

긴노스케

후지시로 데이스케[1]에게
보낸 편지

프라이어리로 85번지, 웨스트햄스테드,
런던, 1900년 11월 20일

답장이 없다는 잔소리를 읽고 조금 미안했네만, 자네도 아주 기분 내킬 때가 아니고선 엽서를 쓰지 않잖나. 지난번 엽서도 다치바나가 보낸 것이고.

런던의 궂은 날씨에는 두 손 다 들었네. 자네들은 우르르 모여 아주 즐거워 보이는군. 나는 혼자라서 외롭다네. 학교 강의도 별로 없고. 베를린 대학 쪽은 어떤가. 나는 영어도 썩 늘지를 않아. 일단 상대가 하는 말을 정확히 알아듣지 못할 때가 있으니 말일세. 돈이 없으니 런던 사정도 거의 알 수가 없어. 공부도 할 계획이지만 거기까지 손이 미치질 않는군. 빌헬름 2세는 할머니의 철퇴를 맞은 모양이야. 꼭 박랑의 철퇴[2]를 보는 것 같아 재미있

---

1 藤代禎輔, 1868~1927. 독문학자. 소세키의 대학 친구로, 소세키와 함께 유학생으로 선발되어 같은 배를 타고 독일로 유학을 떠났다. 런던에서 소세키가 미쳤다는 소문이 돌았을 때 그를 데리고 귀국하라는 명을 받았다.
2 한나라의 정치가 장량이 박랑사에서 조국의 원수를 갚고자 진시황이 탄 수레를 철퇴로 공격했으나 실패한 일화를 이른다.

더군. 오늘은 점심밥 대신 비스킷을 먹었다네. 맥주를 너무 과음하지는 말게. 그럼 안녕히.

　편지를 보낼 거라면 공사관 앞으로 보내주게. 제일 확실할 테니. 런던 헌책방에는 갖고 싶은 책이 잔뜩 있지만 읽기 적합한 책은 하나도 없군. 이 그림엽서 속 장소는 내가 도착한 이튿날 헤매던 곳일세.

나쓰메 긴

나쓰메 교코에게
보낸 편지

플로든로 6번지, 캠버웰뉴로드, 런던
1901년 1월 22일

교 님

그간 어찌 지내시오. 아침저녁으로 걱정이구려. 다들 건강히 잘 지내리라 생각하오. 당신도 지금쯤 무탈하게 순산했으리라 믿소. 나도 건강히 공부하며 잘 지내니 걱정 마시오. 출산 전후에는 건강에 각별히 유의해야 하오. 이곳 겨울 날씨는 아주 끔찍한데, 안개가 자욱한 날은 달밤보다 어두워 불쾌하기 짝이 없소. 얼른 일본에 돌아가 광풍제월光風霽月과 청천백일靑天白日을 보고 싶소. 여기에는 일본인이 아주 많지만 교제하는 건 시간 낭비에 돈 낭비라 되도록 혼자 책에 빠져 지낸다오. 도착한 뒤로 한 번도 감기에 걸리지 않은 건 무엇보다 다행스러운 일이오. 요즘 배 상태가 안 좋기는 하지만 그리 심하진 않소. 유학 중에는 부디 병에 걸리지 않기를 기도하고 있다오.

런던 시내를 산책하다 보면 탐나는 물건이 참 많소. 귀국할 때 선물로 사 가고 싶은 물건도 많지만, 살 수 있는 능력이 없기 때문에 산책할 때는 변두리 시골길로만 걷는다오.

작년에 구마모토에서 후데와 함께 찍은 사진을 편지와 함께 부쳐주시오. 두꺼운 판지에 끼우고 실로 묶어서 우편으로 보내면 된다오. 여기서는 10엔 정도를 지불해야 사진을 찍을 수 있기 때문에 나는 당분간 보내기 힘들 듯하구려.

타지에서 혼자 지내는 건 일본에서도 불편한 일인데, 하물며 영국은 풍속과 습관이 달라 훨씬 더 성가시다오. 아침에 일어나 냉수로 몸을 닦고 수염을 깎고 머리를 빗는 데만도 시간이 제법 걸리지. 거기다 흰 셔츠를 갈아입을 때 단추를 푸는 건 정말 질색이라오. 서양인과의 교제는 딱히 기회도 없는 데다 시간도 돈도 없는 형편이라 되도록 삼가고 있소.

이곳 물건은 비싼 대신 튼튼하다오. 그중에서도 남자 양복은 '파리'보다 런던 것을 더 쳐줄 정도요. 소생도 여기서 '프록코트'와 연미복을 맞추었소. 싸구려 가게에서 산 것이라 물론 아주 조잡하다오. 거기다 '프록코트'는 질이 아주 나쁘지. 남은 여비로 겨우 장만했는데, '프록코트'는 소매통이 넓고 외투는 소매통이 좁아서 너무 불편하구려. 이곳 일본인 중에는 남들보다 고작 서너 개월 먼저 왔을 뿐인데 런던 전문가라도 되는 양 굴면서 새로 온 일본인의 복장을 비웃는 이가 있다오. 그런 주제에 본인은 요상한 옷을 입고 으스대지. 양복점에 속아 돈을 왕창 뜯기고는, 자신은 남들보다 많은 돈을 냈으니 물건 질이며 재봉도 남들보다 월등히 고급스럽다고 믿는 멍청이들이라오.

이곳의 비싼 물가는 예컨대 구두 한 켤레를 사는 데도 10엔이 들 정도니 충분히 상상할 수 있을 게요. 모직물은 비교적 저렴한 편이오. 옷깃은 무척 희고 빳빳해서 일본 것과는 비교도 할 수 없소. 밖에 나가 점심 식사라도 할라치면 육칠 엔은 든다오. 일본의 1엔이 이곳 10엔 정도 되지 않나 싶소. 그러다 보니 무심코 사치를 부리게 되지. 유학생이 일본에 돌아가 사치스럽단 말을 듣는 것도 당연한 일이오. 이건 사치가 아니라 현지에서 보통 수준에 못 미치는 일을 일본에서 하면 아주 사치스러워 보이는 것뿐이오.

날씨는 심하게 추울 때도 있지만 대개는 도쿄보다 견딜 만하다오. 요 며칠은 꼭 봄날 같았는데 매년 이런지는 잘 모르겠구려. 도쿄는 많이 춥겠지. 새해 같은 느낌은 전혀 들지 않소.

연극은 서너 번 보러 다녀왔소. 모든 극장 안에 붉은 벨벳이 빈틈없이 깔려 있어 놀라울 만치 근사했다오. 아름다운 도구며 의상에 또 한번 놀랐지. 특히 요세 연극에서는 여성 오륙십 명이 팔랑팔랑 흩날리는 무의舞衣를 입고 뒤섞여 춤추는데, 모두에게 보여주고 싶을 만큼 아름답더군. 여자가 두둥실 공중에 날아오르면(철사 장치로) 그 여자의 머리와 가슴과 손에 달린 전기등에 불이 들어와 얇은 비단과 보석을 비추더구려. 상상만으로도 아름답지 않소? 하지만 좋은 자리에서 진지한 연극을 보려면 연미복에 흰 옷깃을 달아야 한다오. 흡연은 물론 불가능해서 답답하기 그지없지. 소생은 양복 차림에 갈색 구두를 신고 들어가 크게 낭패를 본 적이 있다오.

상인이나 신사처럼 조금 신분 있는 사람들은 평소에 반드시 '프록코트'를 입고 실크해트를 쓴다오. 개중에는 고물상에서 주워 온 듯한 '실크'해트를 쓰고 얄궂은 '프록코트'를 입은 이도 있는데, 아마 영락한 떠돌이겠지. 남자들 복장은 아주 수수해서 양복도 검은색이 많고, 줄무늬 바지가 있기는 하지만 그것마저 검정 계열이라 멀리서는 무지로 보이는 옷들뿐이라오. 중류층 이하 사람들은 여름이나 겨울이나 같은 옷을 입고, 조금 상류층 사람들은 밤이 되면 반드시 연미복으로 갈아입고 식사를 하는 듯하오. 연미복은 밤의 예복으로 정해져 있소. 장례나 결혼 같은 큰 행사 때에도 집행인은 온종일 '프록코트'를 입고 있지. '프록코트'를 입어도, 연미복을 입어도 태가 안 나는 건 일본인이오. 일본에 있을 땐 이렇게까지 노랗다고는 생각지 않았는데, 여기 와 보니 내 노란 피부에 나도 정나미가 떨어질 정도요. 더군다나 보기 흉하게 키가 작아 몹시 주눅이 들지. 맞은편에서 이상한 놈이 다가온다 싶어서 봤더니 커다란 거울에 비친 내 그림자였던 적도 몇 번 있다오. 얼굴 생김새야 어쩔 수 없다지만, 키는 더 컸으면 좋겠소. 아이들은 되도록 의자에 걸터앉지 못하도록 하는 게 좋을 듯하오. 여기 오래 체류한 사람은 대부분 아름답고 세련되었지만, 키는 10년을 있어도 자라지 않으니 참 난처한 일이오. 길에서 나보다 작은 서양인과 마주칠 때면 그리 유쾌할 수가 없소. 하지만 여자들도 대부분 나보다 커서 몸이 움츠러든다오.

낯선 곳에서 사는 건 참 힘든 일인데, 하물며 돈까지 떨어지는 날에는 이러지도 저러지도 못하는 신세가 될 게요. 하숙집에 틀어박혀 공부하는 것 외에는 방법이 없구려. 밖에 나가면 무심코 돈을 써버릴 수도 있으니.

후데는 많이 컸겠지. 이따금 소식 전해주시오. 걸음마를 시작하면 위험할 수 있으니 다치지 않도록 신경 써주시오.

스즈키 데이[1] 씨에게는 편지 한 통 보내지 못해 실례를 범했구려. 대신 인사 전해주시오.

편지를 자주 보내고 싶지만 시간이 아까워 많이 쓰지 못하니 그리 알고 계시오. 편지는 언제든 공사관 앞으로 보내주면 되오. 지금 사는 하숙집에 계속 있을 생각이지만, 옮기지 않으리라는 보장도 없으니. 다카하마가 《호토토기스》를 보내주었소. 여기 온 뒤로 세 권이나 받았다오.

산후 경과가 좋아지고 건강해지면 틀니를 넣으시오. 돈이 없다면 아버님께 빌려서라도 하시오. 돌아가서 갚을 테니. 머리는 묶지 않는 게 머리카락과 뇌를 위해 좋을 게요. 오드키닌이라는 물이 있소. 이건 비듬이 쌓이지 않게 해주는 약이니 뿌려보시오. 탈모가 나을지도 모르오.

너무 길게 쓰면 시간이 낭비되니 이만 줄이겠소.

여기로 우편을 보낼 때는 우편일이라는 게 정해져 있다오. 올해 일정표가 나와 있어 요코하마에서 몇 월 며칠에 무슨 배가 출발해 '미국' 혹은 인도를 지나 언제 런던에 도착한다는 일정을 알 수 있소. 이 표는 아마 우편회사 같은 곳에서 줄 테니 받아두시오. '미국' 편이 이주일 정도 빠르다오. 봉투 왼쪽 상단 끝에 Via America라고 쓰면 미국 편으로 온다오.

34년 1월 22일 밤
긴노스케

---

1 소세키의 동서 스즈키 데이지鈴木禎次.

나쓰메 교코에게
보낸 편지

플로든로 6번지, 캠버웰뉴로드, 런던
1901년 2월 20일

     교 님

나라를 떠나온 지 반년 정도 지났구려. 조금 싫증이 나서 돌아가고 싶어졌소. 당신 편지가 두 통밖에 오지 않아 그 후 소식은 알 수 없지만 아마 무탈하리라 생각하오. 당신이나 아이가 죽으면 전보 정도는 올 테니 소식이 없는 건 그리 걱정되지 않소. 하지만 무척 외롭구려. 얼마 전에 야마카와에게서 엽서가 왔소. 연하장이더군. 스가도 새해 엽서를 보내주었소. 그 외에 구마모토의 노노쿠치와 도쿄의 오타라는 서생에게서도 연하장이 왔소. 편지는 이게 다요.

  당신은 아이를 낳았겠지. 아이와 당신의 건강이 걱정되어 편지가 오기만을 기다리는데 도통 소식이 없구려. 장인, 장모님도 다 바쁘신가 보오.

  돈만 잘 융통된다면 조금 더 참을 수 있겠지만, 가벼운 주머니로 외국 생활을 하려니 천하의 이 몸도 퍽 난처하오. 얼른 만기

석방되었으면 좋겠소. 하지만 기왕 왔으니 책은 조금이라도 사서 돌아가고 싶은 마음이오. 그러면 더 쪼들리겠지만 목숨에는 아무 지장 없으니 안심하시오.

시간이 흐를수록 이것저것 일본 생각이 많이 나는구려. 나처럼 몰인정한 놈도 계속 당신이 그립소. 이것만은 기특하다고 칭찬받아야 하오. 그리고 후데나 장인어른, 장모님, 오우메 씨,[1] 히토시 씨, 가노, 마사오카, 스가, 야마카와를 비롯한 친척들과 친구들 생각을 쓸데없이 많이 한다오. 그런 주제에 편지는 거의 쓰지 않지. 얼마 전에 오사카의 스즈키와 도키 씨에게 한 통 보냈소. 구마모토의 사쿠라이에게도 보냈고, 가노, 오쓰카, 야마카와 이 세 사람 앞으로도 한 통 보냈다오. 그리고 장모님께도 한 통 보냈는데 이건 지난번 우편으로 도착하거나 아니면 이 편지와 함께 도착하지 않을까 싶소.

하숙집은 별로 마음에 들지 않는 점도 있지만 그럭저럭 참고 지내고 있소. 주인아주머니의 여동생이 세탁이며 방청소를 제법 살뜰히 챙겨준다오. 셔츠나 바지가 찢어지면 부탁하지 않아도 척척 고쳐 오지. 당신도 조금 신경 쓰는 게 좋겠소.

유아사와 마타노, 쓰치야도 만나고 싶구려. 우리 집에 자주 찾아오던 고치현에 사는 서생, 지금 잠시 이름을 까먹었지만, 그 남자도 가끔 생각한다오.

하숙집에 ○○[2]이라는 이가 있는데 사무엘 상회에 다니는 사

---

1 お梅. 소세키의 집에서 일하던 가정부.
2 다나카 고타로田中孝太郎. 무역 회사 사무엘 상회의 주재원으로, 런던에서 소세키와 같은 집에서 하숙하며 자주 교류했다.

람이오. 태평한 남자라 매춘부 이야기 말고는 아는 게 하나도 없지. 이 사람과 가끔 연극을 보러 가는데, 이건 수업을 위해서이니 결코 사치라고 할 수 없소. 이곳 일본인 중에는 매춘부에게 돈을 쓰는 사람이 많아 참 안타깝다오. 나는 성실하고 점잖게 지내고 있으니 마음 놓으시오.

서양은 주택 건축 방식이며 복장이며 만사 다 답답하기 그지 없소. 그리고 실내는 너무 음침하지. 특히 런던은 유독 음침하다오. 어제도 3시쯤 '피카딜리'라는 곳을 지나는데 갑자기 해가 일찍 저물더니 시내가 어두컴컴해지더군. 온 시내가 가스등과 전기로만 버텨야 하는 소동이 있었지.

아직 쓸 말이 많지만 이제 산책을 나가야 하니 이만 줄이겠소.

몸이 회복되면 편지 보내주시오.

이 편지는 내일 우편으로 일본에 부칠 거요. 우편 날은 일주일에 한 번밖에 없소.

긴노스케

마사오카 시키·다카하마 교시에게 보낸 편지

플로든로 6번지, 캠버웰뉴로드, 런던
1901년 4월 9일

그간 연락이 뜸해 미안하네. 자네는 환자이니 물론 긴 편지를 쓰기 힘들 테고, 교시 군도 편집 일로 바빠 《호토토기스》를 부쳐주는 정도가 최선일 거라고 출발할 때부터 예상은 했기 때문에 편지가 오지 않는다고 놀라지는 않았다네. 그런데 나는 런던이라는, 세계의 만물상 같기도, 말 시장 같기도 한 곳에 와 있으니 이따금 보고 들은 것을 자네들에게 알릴 의무가 있겠지. 이건 단순히 아픈 자네를 위로하기 위해서만은 아닐세. 교시 군이 뭐든 좋으니 써서 보내달라고 두세 번 부탁했을 때, 예예, 그렇게 하지요, 하고 승낙했으니 편지를 쓰는 건 내 의무라고 할 수 있지. 하지만 나도 놀러 온 것이 아니고 흥에 취해 우왕좌왕하고 있을 형편도 아닌 터라, 되도록 시간 활용을 잘 하려다 보니 나도 모르게 소식이 늦어졌구먼. 정말 미안하네.

그래서 오늘, 즉 4월 9일 밤을 몽땅 할애해 보고를 해보려 하네. 보고하고 싶은 일이 잔뜩 있다네. 여기 온 이후로 어쩐 일인지 인간이 성실해져서 말이야. 이런저런 것들을 보고 들을 때마다 일본의 장래라는 문제가 계속 머릿속에 떠오른다네. 어울리지도 않는 짓이라고 놀리지 말게. 나 같은 인간이 그런 문제를 걱정하는 건 절대 날씨 탓이나 '비프스테이크' 탓이 아닐세. 하늘의 뜻이지. 이 나라의 문학과 미술이 얼마나 성대하고 그 성대한 문학과 미술이 어떻게 국민의 품성에 감화를 일으키는지, 이 나라의 물질적 개화가 얼마나 진보했으며 진보의 뒷면에 어떤 조류가 가로놓여 있는지, 영국에는 무사라는 말은 없고 신사라는 말이 있는데 이 신사는 어떤 의미인지, 일반 사람들이 얼마나 의젓하고 근면한지. 그런 다양한 면이 눈에 들어오는가 하면, 반대로 거슬리는 일도 적잖이 생긴다네. 때로는 영국이 싫어져서 얼른 일본에 돌아가고 싶어지지. 그러면 또 일본 사회의 모습이 떠올라 못미덥고 한심한 느낌이 든다네. 일본 신사에게 미, 덕, 체가 심히 결여되어 있다는 점이 마음에 걸리네. 그 신사라는 자들이 얼마나 태연한 얼굴로 우쭐대는지, 그들이 얼마나 속 빈 강정인지, 얼마나 공허한지. 그들이 현재의 일본에 얼마나 만족하는지, 또 자신들이 일반 국민을 추락으로 이끈다는 사실조차 모르는 그들이 얼마나 근시안인지, 그런 갖가지 불평이 솟아나지. 얼마 전 일본 상류 사회에 관한 긴 편지를 써서 친척에게 보냈다네. 그런데 이런 생각은 그저 영국에 온 뒤로 더 심해진 것일 뿐 영국과는 아무런 관계도 없는 이야기지. 자네들에게 말할 필요는 없는 데다 듣고 싶지도 않을 테니 제쳐두기로 하고 뭔가 다른 이야기를 해보겠네. 뭐가 좋을까. 막상 하려고 하니 생각이 안 나는군. 곤란한데. 방법이 없으니 오늘 일어나서 지금 이 편지를 쓰기까지 있었던 일을 《호토토기스》에서 모집하는 일기체의 글로 써보겠네. 떠돌이 은둔자 같은 생활인지라 딱히 재미있는 일도 없는 아주 평범한 일과라네. '옥스퍼드'에서 '앤'[1]을 잃어버렸다거나, '채링크로스'에서 결투를 목격하기라도 했다면 아주 긴장감이 넘치겠지만, 너무 비루한 생활이라 그저 시시하기만 하다네. 하지만 내가 런던에 와서 어떻게 지내는지는 조금 알 수 있지. 나를 잘 아는 자네들은 그 부분에 흥미를 가지리라고 생각하네.

지난주 금요일은 '굿 프라이데이'로 '부활절' 축제의 첫날이었다. 마을 상점은 모두 쉬고 물건을 사는 건 일절 금지다. 이튿날인 토요일은 평상시로 돌아왔지만, 그다음 날이 '부활 주일'이라 다시 물건을 사는 건 금지되었다. 다음 날이 되어 이제 괜찮겠지 했더니 이번에는 '부활 월요일'이라며 다시 가게를 닫았다. 화요일이 되어서야 겨우 원래대로 돌아왔다. 하숙집 주인 부부는 그 기간에 아내분의 고향인 시골로 여행을 갔다. 다나카 군은 '셰익스피어'의 옛 자취를 찾겠다며 '스트랫퍼드어폰에이번'이라는 긴 이름을 가진 곳으로 떠났다. 그리하여 주인아주머니의 여동생과 하녀 펜, 나, 이렇게 세 사람이 남았다. 아침에 눈을 뜨니 '셔터' 틈새로 아침 해가 쏟아져 들어와 눈이 부실 정도였다. 늦잠을 잤나 싶어 베개 밑에서 니켈 시계를 끄집어내 확인해 보니 7시 20분. 아직 첫 종이 울릴 시간이 아니다. 일어나봐야 할

---

1 토머스 드퀸시Thomas de Quincey의 소설 《어느 영국인 아편 중독자의 고백》에서 방랑하던 주인공이 런던에서 만난 길거리 매춘부의 이름.

일도 없지만 딱히 잠이 오지도 않는다. 벽 쪽에서 빙글 돌아누워 창문을 바라본다. 창문 양쪽에는 옥양목인지 마인지 정체를 알 수 없는 커튼이 좌우로 열려 있다. 그 뒤로 '셔터'가 내려와 있는데, 그 한 장 한 장의 틈새로 해님이 왕림하신다. 하하. 드디어 반가운 봄기운이 돌기 시작한다. 런던에서는 이런 날씨를 보지 못하리라고 생각했는데 역시 여기도 사람 사는 곳이니만큼 볕 드는 날이 오긴 하는군, 하고 작은 깨달음을 얻었다. 그러고는 천장을 본다. 금이 가서 초라하다. 위에서 탁탁, 소리가 들린다. 하녀가 4층 방에서 구두를 신는 소리겠지. 방은 점점 밝아진다. 종은 아직 울릴 기미가 없다. 이번에는 천장에서 눈을 돌려 방 안을 한 바퀴 쭉 둘러본다. 딱히 볼만한 것도 없다. 정말이지 부끄러운 방이다. 창문 정면에 서랍장이 있다. 서랍장이라고 할 것도 없는, 그냥 페인트칠된 상자다. 첫 번째 서랍에 속바지와 셔츠 깃, 커프스가 들었고 그 아래에는 연미복이 들었다. 싸구려 연미복인데 아직 입은 적이 없다. 괜한 것을 샀구나 싶다. 서랍장 위에는 커다란 거울이 있고, 그 왼쪽에 카를스 온천[2] 물병이 서 있다. 그 옆으로 때 탄 갈색 가죽 장갑이 반쯤 보인다. 서랍장 왼쪽 아래에는 구두가 두 켤레, 갈색과 검정색이다. 매일 신는 구두는 하녀가 닦아 문 앞에 두고 간다. 그밖에 찬장 안에 번쩍이는 예복용 구두가 따로 수납되어있다. 구두만큼은 여느 장관 못지않다 싶어 슬쩍 으쓱해진다. 만약 집을 옮긴다면 이 구두 네 켤레를 어떻게 가져갈지 생각해보았다. 한 켤레는 신고 두 켤레는 가

---

2   체코 서부 도시 카를로비바리에 위치한 온천. 이곳 온천수를 증발시켜 만든 소금이 소화를 돕는다고 해서 소세키가 약으로 늘 챙겨 먹었다.

방에 넣겠지. 나머지 한 켤레를 손에 들고 갈 순 없는데. 그냥 마차 안에 던져 넣을까. 하지만 이사하기 전에 분명 한 켤레는 닳아 못 쓰게 될 테지. 구두는 아무래도 좋지만 중요한 책들이 꽤 골칫거리다. 이것참 대단한 짐이로군, 생각하며 마룻바닥에 줄세워 둔 책이며 난로 위의 책, 책상 위의 책과 책장에 꽂아둔 책을 둘러보았다. 얼마 전 '로슈' 서점에서 보내온 고서적 목록에 '도즐리 컬렉션'이 있었다. 70엔은 비싼 가격이지만 갖고 싶다. 심지어 가죽 제본이다. 최근에 산 워턴의 《영시의 역사》는 제본이 튼튼하고 고색창연하여, 정말이지 싼값에 얻은 보물이다. 한데 일본에서 돈이 오지 않으면 책도 살 수 없고 해서 영 난감하다. 조만간 올 테니 걱정할 필요는 없다. …… 댕댕. 아, 종이 울린다. 첫 번째 종소리다. 지금 일어나서 준비를 마치면 두 번째 '댕' 소리가 울릴 것이다. 그때 어슬렁어슬렁 아래층에 내려가 아침식사를 한다. 일어나 속바지를 입으면서 자시子時에 잠들어 종소리에 깨는구나,[3] 생각하며 혼자 히죽였다. 그러고는 침대에서 나와 세면대 앞에 섰다. 여기서부터 치장이 시작된다. 서양에 온 이상 고양이 세수로 얼렁뚱땅 끝낼 수는 없는 노릇이라 정말이지 성가시다. 물을 대야에 촤악 붓고 손을 담갔는데, 아아, 이런, 세수를 하기 전에 매일 아침 카를스 소금을 먹어야 한다는 걸 까먹었다. 담갔던 손을 대야에서 뺐다. 닦기는 귀찮아서 벽 쪽에다 두어 번 털고 '카를스' 소금에 물을 탔다. 마셨다. 그런 다음 물로 얼

---

3 '자시(11시~1시)에 잠들어 인시(오전 3시~5시)에 일어난다'는 속담을 이용한 말장난. 자는 시간이 아까워 늦게 잠들고 일찍 일어나 일한다는 뜻으로, 여기서는 인시를 뜻하는 일본어 寅(토라)와 종을 의미하는 銅鑼(도라)의 발음이 비슷한 것을 이용했다.

굴을 살짝 적시고 '셰이빙 브러시'로 얼굴에 크림을 마구 칠한다. 안전한 면도날이라 깔끔하게 잘 밀린다. 목수가 대패질하듯 쓱쓱 수염을 민다. 기분이 좋다. 빗질 후에 얼굴을 닦고 흰 셔츠를 입는다. 거기 덧깃과 장식을 달고 '셔터'를 말아 올리면 하녀가 방문 앞에 구두를 쿵 내던지고 간다. 잠시 후에 두 번째 종소리가 댕댕 울린다. 늘 시간이 딱 맞다. 계단을 두 번 내려가 식당에 들어간다. 늘 그렇듯 제일 먼저 '오트밀'을 먹는다. 이건 스코틀랜드인의 주식이다. 원래 거기서는 소금을 넣어 먹는데 우리는 설탕을 넣는다. 귀리로 만든 죽 비슷한 음식으로, 나는 아주 좋아한다. '존슨'의 사전에 따르면 '오트밀'은 '스코틀랜드에서는 사람이 먹고 영국에서는 말이 먹는 것'이라고 한다. 하지만 지금 영국인에게는 아침 식사로 오트밀을 먹는 게 딱히 특이한 일도 아니다. 영국인이 말에 가까워진 것이리라. 그런 다음에는 늘 '베이컨' 한 쪽에 달걀 하나, 아니면 베이컨 두 쪽을 먹는다. 거기에 구운 빵 두 조각과 차 한 잔이면 식사는 끝이다. 내가 '베이컨' 두 쪽을 5분의 4 정도 먹었을 때 다나카 군이 2층에서 내려왔다. 선생은 어젯밤 늦게 여행에서 돌아왔다. 원래 매일 아침 지각하는 사람이라 절대 정시에 2층에서 내려오는 일이 없다. "여어, 좋은 아침." 주인아주머니의 여동생이 "Good morning" 하고 대답한다. 나도 영어로 "Good morning" 하고 인사했다. 다나카 군은 우적우적 식사를 시작한다. 나는 "Excuse me"라고 말하고는 식탁 위에 놓인 편지를 열었다. '에지힐' 부인이 보낸 초대장으로, 느긋하게 이야기를 나누고 싶으니 17일 오후 3시에 놀러 오지 않겠느냐는 내용이었다. 이런, 이런. 나는 원래 일본에서도 교제라면 질색했다. 하물며 서양까지 와서 서투른 영어로 답답한 교제라니, 그건 한사코 사절이다. 더군다나 런던은 넓은 곳이라 교제를 시작하면 쓸데없이 시간 낭비를 하게 된다. 거기다 지저분한 '셔츠'를 입고 갈 수도 없고 '바지' 무릎이 나와서도 안 된다. 비 내리는 날은 더욱 한심하다. 내 돈을 내고 마차를 불러야 하니 고생은 고생대로 하고, 돈도 들고, 시간도 들고. 정말 딱 질색이지만 어쩔 수 없다. 이렇게 흥이 넘치는 귀부인도 이따금 있는 법이니 가지 않으면 도리가 아니다. 난처해하는 중에 다나카 군이 여행 이야기를 시작했다. 내게 '셰익스피어'의 석고상과 '앨범'을 주겠다기에 감사 인사를 하고 받았다. 그러곤 '셰익스피어'의 묘비 탁본 사진을 보여주더니 "이건 무슨 뜻인가? 영어의 한문 같은 건가? 당최 읽을 수가 없군" 하고 말했다. 이윽고 선생은 출근했다. 그러면 나는 여느 때처럼 《스탠더드》 신문을 읽는다. 서양 신문은 두께가 대단하다. 처음부터 끝까지 전부 다 읽으려면 대여섯 시간은 족히 걸릴 터다. 나는 제일 먼저 지나 사건[4]에 관한 기사를 읽는다. 오늘 신문에는 러시아 신문이 게재한 일본 관련 논평이 실렸다. 만일 전쟁을 피할 수 없다면 일본을 공격하는 건 좋은 방법이 아니니, 조선에서 자웅을 겨루는 것이 좋다는 취지의 글이다. 조선에 무슨 민폐인가 싶다. 그 뒤에 '톨스토이' 관련 기사가 있다. '톨스토이'는 최근 러시아 국교를 멸시했다는 이유로 파문당했다. 천하의 '톨스토이'를 파문시켰다며 대단한 소란이다. 어느 미술 전시회에 '톨스토이'의 초상화가 걸

4 청나라 말기인 1900년 열강 세력에 대항해 일어난 농민운동으로, 의화단 운동이라고도 한다.

리자 그 앞에 꽃이 산더미처럼 쌓였다고 한다. 그리고 '톨스토이'에게 선물을 보내자고 단합하는 등, '톨스토이' 추종자들이 기를 쓰고 정부에게 화를 내고 있다는 소식이다. 재미있군. 그러는 사이 10시 20분이 되었다. 오늘도 선생님[5] 댁에 가야 한다. 먼저 화장실에 갔다가 3층 방에 올라가서 준비를 하고 내려왔다. 11시까지는 아직 20분 정도 여유가 있다. 다시 신문을 본다. 어제는 '부활절 월요일'이라 다양한 공연이 있었다. 그에 관한 잡다한 기사들이다. '아쿠아리움'에서 곰 조련사가 곰을 부린다는 기사가 있다. 곰이 말을 타고 울타리 주위를 달리고 봉을 뛰어넘거나 고리를 통과한다고 한다. 재미있겠군. 이번에는 광고를 본다. '라이시엄' 극장에서 '어빙'이 '셰익스피어'의 〈코리올라누스〉를 공연한다고 한다. 얼마 전에 '허 마제스티스' 극장에서 '트리'의 〈십이야〉를 보았다. 각본으로 볼 때보다 훨씬 재미있었다. '어빙'의 공연도 보고 싶군. 어느새 11시 5분 전이다. 책을 챙겨서 집을 나선다.

하숙집은 도쿄로 치면 후카가와 같은 곳이다. 다리 건너 변두리. 하숙비가 싸다는 이유로 이런 음침한 곳에 잠시, 가 아니라 영국에 있는 내내 칩거하고 있다. 번화가에는 거의 나가지 않는다. 일주일에 한두 번 나가는 게 전부다. 나가려면 아주 성가시다. 우선 '케닝턴'이라는 곳까지 15분을 걸어가서 지하 전기 철도를 타고 '템스'강 아래를 지나야 한다. 그런 다음 기차를 갈아타고 웨스트앤드로 나가는 것이다. 정차장에서 10전을 내고 '리

---

5 영국의 셰익스피어 연구자 윌리엄 크레이그William Craig. 소세키는 유니버시티 칼리지 런던에서 영문학 강의를 청강하는 한편 그의 집에서 주1회 개인 수업을 받았다.

프트'에 올라탄다. 사람이 서넛 더 있다. 역무원이 입구를 닫고 '리프트' 줄을 힘껏 잡아당기면 '리프트'가 쑥 내려간다. 그렇게 땅 아래로 빠져나가는 식이다. 올라올 때는 양복을 입은 닛키 단조.[6] 굴속은 전기등으로 환하다. 기차는 5분 간격으로 온다. 오늘은 한산하다. 옆 사람과 앞 사람, 다른 칸 사람들 모두 신문이나 잡지를 꺼내 읽는다. 이게 일종의 습관이다. 나는 굴속에서는 도저히 책 같은 건 읽을 수가 없다. 첫째로 공기가 퀴퀴하다. 또 기차가 흔들리면 그것만으로도 속이 울렁거린다. 정말 극도로 불쾌한 느낌이다. 네 정거장을 가면 '뱅크'. 여기서 기차를 갈아타고 또 다른 굴속으로 이동한다. 두더지가 따로 없다. 굴속을 조금 더 달리면 two pence Tube다. 동쪽 '뱅크'에서 시작해 서쪽으로 런던을 쭉 가로지르는 신설 지하 철도로, 어디서 타건 어디서 내리건 2펜스, 즉 일본 돈 10전이라 이런 이름이 붙었다. 올라탄다. 건너편 열차가 반대 방향으로 출발하는 소리를 신호 삼아 우리 열차도 질세라 달리기 시작한다. 차장이 "next station Post-office"라고 말하며 달칵 문을 닫는다. 멈출 때마다 다음 역 이름을 말해주는 게 이 철도의 특징이다. 건너편에 젊은 여자와 마흔 정도 되어 뵈는 여자가 마주 앉아 있다. 내 오른쪽 한 칸 옆에서는 할머니와 딸의 수다가 한창이다. 맞은편 사람들은 잡지를 읽으며 '비스킷'인지 뭔지를 먹는다. 평범한 광경이다. 소설 소재와는 영 거리가 멀다.

6 가부키 〈메이보쿠 센다이하기〉 속 등장인물로, 둔갑술을 사용하는 전형적 악인이다.

이제 쓰기 싫어졌으니 이만 줄이겠네. 실은 내 선생님 이야기를 하고 싶은데 말이야. 대단한 기인이라 아주 재미있다네. 지금은 머리가 살짝 아프니 양해 바라네. 4월 9일 밤.

소세키

마사오카 시키·다카하마 교시에게
보낸 편지

플로든로 6번지, 캠버웰뉴로드, 런던
1901년 4월 20일

이번에는 이 글로 대신하네. 다케무라는 참 딱하게 됐군.

여유 시간이 있으면 편지를 더 쓸 텐데. 이런 글이라도 쓰는데 제법 시간이 걸려 아쉽구먼. 편지는 귀국 후에 다시 보여달라고 할지도 모르니 버리지 말고 가지고 있어주게.

《호토토기스》가 또 도착했으니 다시 이야기를 시작해보겠네. 지난번에 말했듯 우리 하숙집은 아주 초라한 곳인데, 그런 경지에서 30대의 안자[1]처럼 도라도 닦는 거냐고 분명 자네들은 묻겠지. 묻지 않더라도 물은 걸로 하지 않으면 내가 곤란하니 일단 물었다 치고 대답하겠네. 과장 없이 대답할 터이니 그리 알고 들어주어야 하네.

나도 때로는 선승이나 괴짜 철학자처럼 득도한 듯한 말을 하지만, 알다시피 대체로는 평범한 속물일 뿐이라 이런 처량한 생

---

1 顔子. 공자의 제자 안회顔回를 높여 이르는 말.

활을 한다고 해서 '회야, 그 즐거움을 바꾸려 들지 않으니 어질 구나'[2] 하고 칭찬받을 자격은 털끝만큼도 없다네. 그렇다면 왜 좀 더 좋은 곳으로 옮기지 않느냐고 말할지도 모르지만, 거기에 는 다 그만한 이유가 있으니 일단 들어보게나.

유학생의 학자금은 터무니없을 정도로 적다. 런던에선 더더욱 빠듯한 액수다. 그래도 이 유학비를 전부 의식주에 투자한다면 나도 조금은 더 편안한 생활을 할 수 있을 터다. 일본에 있을 때 만큼 체면을 유지하기는 힘들겠지만(일본에서는 고등관 1등에 서 다섯 칸 내려오면 내 순서니까. 밑에서 세어 네 번째이니 사실 일본에서도 썩 으스댈 순 없지만), 아무튼 지금보다는 더 산뜻한 집에서 살 수 있다. 그럼에도 돈을 아껴가며 이 비루한 집에 머무 는 이유는, 첫째로 일본에 있을 때와 달리 여기선 나도 일개 학 생일 뿐이라는 느낌이 강하게 들기 때문이고, 둘째로 이왕 서양 에 왔으니 전문 서적을 한 권이라도 더 사서 돌아가고 싶은 욕심 이 있기 때문이다. 그래서 집을 소유하고 하인을 부리던 생활은 잊고 지낸다. 10년 전 대학 기숙사에서 신발 밑창처럼 질긴 비 프스테이크를 씹던 시절과 비교하면 그보단 조금 나을지도? 그 나마 다행이라고 생각한다. 사람들은 내가 '캠버웰' 같은 가난한 동네에 처박혀 산다고 비웃을지도 모르지만 그따위는 신경 쓸 필요가 없다. 이런 누항에 살지만 매춘부와 가까이 한 적도, 그런 부류의 사람들과 말을 섞은 적도 없다. 마음속 깊은 곳까지는 장

---

2 《논어》제6편 〈옹야〉에서 인용한 구절로, 공자가 어려운 상황에서도 자신의 즐거 움을 버리지 않는 제자 안회를 칭찬한 말이다.

담 못하지만, 일단 행실만은 군자라 할 만하다. 참으로 대견하다고 스스로 위안 삼는다.

하지만 겨울밤 찬 바람이 쌩쌩 부는 날 스토브에서 역류한 연기로 방 안이 시커멓게 그을릴 때나, 창문이며 문틈으로 찬 바람이 사정없이 새어 들어와 허벅지와 허리춤이 차가울 때, 딱딱한 나무 의자 때문에 산증 환자처럼 엉덩이가 아플 때, 차츰 색이 바래는 옷을 보며 점점 추락해가는 듯한 비참한 기분이 들 때면 무얼 위해 이토록 허리띠를 졸라매고 사는 걸까 싶기도 하다. 될 대로 되라지. 책이고 뭐고 다 때려치우고 유학비를 몽땅 하숙비로 써서 인간답게 살자는 생각을 한다. 그러고는 지팡이를 휘두르며 동네 산책을 나가는 것이다. 거리에 나가 마주치는 사람들은 하나같이 키가 아주 크다. 거기다 귀염성이라곤 없는 면면들뿐. 이런 나라에서는 사람 신장에 세금이라도 매겨야 조금 더 검소한 작은 동물이 나오지 않을까 싶다. 사실 이건 분한 마음에 괜히 하는 말이고, 누가 봐도 저들이 훨씬 근사하다. 왠지 위축되는 기분이다. 맞은편에서 유독 키 작은 녀석이 온다. 잘됐군, 생각하며 스쳐 지나는데 나보다 5센티는 크다. 이번에는 얼굴색 묘한 웬 난쟁이가 다가오는가 싶었는데, 웬걸, 이 몸의 그림자가 거울에 비친 것이었다. 허탈하게 쓴웃음을 지으니 맞은편에서도 쓴웃음을 짓는다. 당연한 일이다. 그런 후 공원으로 가면 사자탈에 그물을 뒤집어씌운 듯한 여자들이 줄지어 걷고 있다. 그 속에는 남자도 있다. 직공도 있다. 대단하게도 다들 일본 고등 관리보다 더 좋은 옷을 입었다. 이 나라에서는 옷으로 사람 신분을 판단할 수 없다. 정육점 배달원도 일요일에는 실크해트에 프록코트 차림으로 한껏 점잔을 뺀다. 그리고 보통 인품이 좋다. 우리를 붙들고 험한 말을 하거나 욕을 하는 사람은 아무도 없다. 돌아보지도 않는다. 만사에 의젓하고 태연하게 행동하는 것이 이곳 신사의 자격 중 하나다. 소매치기처럼 함부로 가까이 붙거나 신기한 물건 보듯 사람 얼굴을 빤히 쳐다보는 건 천박한 행동이라 여긴다. 특히 부인들의 경우 뒤를 돌아보는 것 자체가 품위 없는 행동이다. 손가락으로 사람을 가리키는 행동은 그야말로 무례의 극치다. 이런 관습에 더해 런던은 세계의 만물상 같은 곳이므로 외국인을 신기해하며 우롱하지 않는다. 게다가 사람들 대부분이 무척 바쁘다. 머릿속이 온통 돈 생각으로 가득 차서 일본인 따위를 놀릴 여유가 없는 것이다. 그래서 우리 황인종 — 황인종이라니 참 잘 붙인 이름이다. 정말로 노랗다. 일본에서도 그리 흰 편은 아니지만 그래도 보통 인간의 피부색에 가까운 느낌이었는데, 이 나라에선 인간과는 아주 거리가 먼 색임을 깨달았다 — 이 인파 속을 뚜벅뚜벅 거닐거나 연극 공연을 보러 갈 수 있는 것이다. 그런데 간혹 내 귀에 들리지 않게끔 내 국적을 추측하려드는 놈이 있다. 며칠 전 어느 가게 앞에 서 있는데 뒤로 여자 둘이 와서 "least poor Chinese"라고 평하고 갔다. least poor이라니 참 불쾌한 형용사다. 어느 공원에서 남녀 둘이 저건 중국인이다, 아니 일본인이다 하면서 언쟁을 벌이는 것을 들은 적도 있다. 이삼일 전에 어디서 초대를 받아 실크해트에 프록코트 차림으로 나갔더니 직공으로 보이는 남자 둘이 맞은편에서 다가오며 "a handsome Jap"이라고 했다. 칭찬인지 무례한 말인지 알 수가 없다. 얼마 전 어느 극장에 갔다. 만석이라 들어가지 못하고 갤러리에 선 채로 보는데, 옆 사람이 저쪽에 있는 두 사람은 포르투갈인일 거라며 평하고 있었다.

이런 이야기를 할 생각이 아니었는데 이야기가 엉뚱한 데로 흘렀군. 잠시 쉬었다가 다시 이어가도록 하지.

산책을 하고 오면 살짝 기분 전환이 되어 상쾌해진다. 어차피 이런 생활도 이삼 년만 하면 된다, 일본에 돌아가면 보통 사람처럼 입고, 보통 사람이 먹는 음식을 먹고, 보통 사람이 자는 곳에서 잘 수 있다, 조금만 참으면 된다, 참자, 참자, 중얼거리다가 잠든다. 잠이 들면 그나마 다행인데, 잠들지 못하고 다시 생각에 잠길 때가 있다. 참자는 건 현재가 편안하지 않다는 뜻이다 — 점점 더 상황이 복잡해진다 — 가끔 자포자기하고 싶어지는 건 빈곤이 괴롭기 때문이다. 오래전부터 생각해왔던, 또 어느 정도는 실행에 옮겨왔던 나의 처세 방침은 다 어디로 가버렸나. 앞뒤를 싹둑 잘라내라, 함부로 과거에 집착하지 말라, 쓸데없이 미래에 희망을 걸지 말라. 그저 온 힘을 모아 현재에 충실하자는 게 이 몸의 신조다. 귀국하면 편히 살 수 있으니 그걸 기대하며 참자는 건 헛된 생각이다. 귀국하면 편히 살게 해주겠다고 보장한 사람은 아무도 없다. 혼자만의 생각일 뿐이다. 막상 편히 살 수 없게 되었을 때 곧바로 창끝을 돌려 과거의 망상을 잊을 수 있다면야 괜찮지만, 지금처럼 미래에 희망을 잔뜩 걸었다가 그 미래가 만족스럽지 못하게 흘러가게 되면 이 과거를 말끔히 잊지는 못할 것이다. 더군다나 보수를 목적으로 일하는 건 촌뜨기나 하는 짓이다. 죽으면 천당에 갈 수 있다, 다음 생에 연잎이 되어 청개구리와 함께 왕생할 수 있으니 이번 생에 선행을 하자는 천박한 생각과 똑같은 논법으로, 심지어 그보다 더 비열한 사고방식이다. 나라를 떠나기 전 오륙 년 동안은 이런 저급한 생각을 하지 않았다. 그저 현재 할 일을 하면서 현재의 의무를 다했고, 현재의 희로애락을 느꼈을 뿐이다. 쓸데없는 걱정도 하지 않았고, 넋두리나 불평을 입 밖에 내지도, 마음속에 담아두지도 않았다. 그래서 조금 우쭐해져서는 외국에 나가 돈이 없더라도 소박한 음식을 먹으며 태평하고 대범하게, 또 침착하게 지낼 수 있으리라 자부했던 것이다. 자아도취, 자아도취! 이래서야 아직 가야 할 길이 삼천리다. 일단 내일부터는 마음을 고쳐먹고 공부에 집중하자. 그렇게 결심하고 자버린다.

이런 상태로 이 어둡고 음침하기로 유명한 캠버웰이라는 빈민가 옆 동네에서 작년 말부터 지금까지 지내온 것이다. 지내왔을 뿐 아니라 유학 생활이 끝날 때까지 쭉 지내야 할지도 모른다. 그런데 사건이 하나 일어나는 바람에 더 있고 싶어도 있을 수 없게 되었다. 이렇게 말하면 다분히 소설적이지만, 사실 아주 평범한 이유다. 세상에 일어나는 일 태반이 평범하니 어쩔 수 없다. 이 집은 원래 하숙집이 아니었다. 작년까지는 기숙 여학교였는데, 이곳 주인아주머니와 여동생이 생계를 꾸리기 위해 경험도 재산도 향후 계획도 없이 덜컥 그 고상하면서도 저급한, 다소 기묘한 장사를 시작한 것이다. 그들은 원래 부정한 인간은 아니다. 정도를 걸으며 일할 만큼 일했다. 한데 그리스도교의 하느님도 의외로 허술한 면이 있어 그럴 때 사람 돕는 법을 모른다. 임대료가 밀린다. ─ 런던의 임대료는 비싸다 ─ 빚이 생긴다. 기숙생 사이에 열병이 돈다. 한 사람이 퇴거하고, 두 사람이 퇴거하고, 그러다가 결국 폐교. …… 운명이 거꾸로 회전하면 이렇게 된다. 가련한 그들 ─ 가련하다는 말은 취소하겠다. 그 둘과 가련하다는 말은 어울리지 않는다. ─ 음, 그러니까 딱한, 딱한 그들은 끝까지 역경과 분투하겠노라고 결심하고는 마침내 하숙집을 열었다. 그리고 이제 막 개업해 군불을 때기 시작한 곳에 내가 뛰어든 것이다. 뛰어든 후에 조금씩 사정 이야기를 들으면서 나는 이번에야말로 이 두 소녀, 가 아니라 나보다 10센티는 더 큰 이 여자들에게 성공이 찾아오기를 마음속으로 빌었다. 누구에게 빌었느냐고 물으면 좀 곤란하다. 빌 만한 신과 교류가 없는 관계로 그저 누구에게랄 것 없이 빌었다. 아니나 다를까, 전혀 효과가 없다. 손님이라고는 없다.

"나쓰메 씨, 혹 아는 사람 중에 들어올 만한 분은 안 계실까요?"

"글쎄요, 사정이 많이 어려우시니 주선하고 싶지만 런던에는 딱히 친구가 없어서…….."

그래도 얼마 전까지는 일본인이 한 명 있었다. 아주 쾌활한 선생이라 이런 집과는 맞지 않았다. 내가 《호토토기스》를 읽는 것을 보고 "자네도 덴지 천황처럼 시를 쓸 수 있나?"라고 물었던 남자다. 그 일본인도 결국 도망쳤다. 남은 건 나 하나뿐. 이렇게 되면 이 집을 정리하는 수밖에 없다. 그래서 남쪽의 런던 교외 ─ 교외라고는 해도 런던은 넓은 곳이다. 어디가 끝인지 알 수 없을 정도다. 그런 런던의 교외이니 상당한 벽촌이다 ─ 에 마침 깔끔한 신축 건물이 있으니 거기로 이사하자고 의논하게 된 것이다.

하루는 주인 부부가 외출하고 나와 여동생이 마주앉아 식사를 하는데, 그녀가 밝은 목소리로 "당신도 같이 이사해주실래요?" 하고 내게 물었다. 이 "해주실래요"는 성적이고 소설적인 "해주실래요"가 아니다. 윤기라곤 없이 그저 생활에 찌든 "해주실래요"였다. 이 말을 들었을 때 아주 묘하게 딱한 마음이 들었다. 원래 나는 에돗코다. 그런데 에도의 애매한 경계에서 태어난 탓인지 지금껏 에돗코가 할 법한 기분 좋은 자선 행위를 한 적이 없다. 이때 뭐라고 대답했는지 확실히는 기억나지 않는다. 만일 의협심이 눈곱만치라도 있었다면 "네, 당신이 가는 곳이라면 어디든 함께 가겠습니다"라고 대답했을 터다. 하지만 그렇게 대답하지는 않았던 모양이다. 여기 그 이유가 있다. 이 여동생은 아주 내성적이고 얌전한 데다 독실한 종교인이라 이 여자와 함께 사는 건 전혀 불편하지 않지만, 반면 언니 쪽은 다소 왈가닥이다. 이 언니의 경험담도 많이 들었지만 글이 길어지니 생략하기로 하고, 살짝 거슬리는 점을 꼽아보자면, 첫째로 건방지다. 둘째로 아는 척을 한다. 셋째로 대단치도 않은 영어를 쓰면서 "당신은 이 말을 아시나요?" 하고 물을 때가 있다. 일일이 꼽자면 끝이 없다. 요 얼마 전에는 터널이라는 말을 아느냐고 물었다. 또 straw, 즉 짚이라는 글자를 아느냐고 묻기도 했다. 영문학 전공 유학생도 이쯤 되면 화낼 의욕마저 잃는다. 최근에는 눈치를 좀 챘는지 그런 무례한 말은 하지 않는다. 평소 행동도 아주 정중해졌다. 이 소세키가 한마디 논쟁도 없이 부지불식간에 이 왈가닥 아주머니를 굴복시킨 것이다. 이런 자랑은 중요치 않으니 제쳐두고, 이 나라 여자, 특히 할머니들은 노파심에서 비롯되는 친절함인지는 모르겠으나 자기 말에 부탁지도 않은 부연 설명을 덧붙이거나 이 말을 아느냐고 묻는 일이 아주 많다. 최근 어느 집에 초대를 받아 그곳 부인과 이야기를 나눈 일이 있다. 그런데 그 부인이 아주 독실한 그리스도교 신자라 좀 견디기가 힘들었다. 그녀는 끝도 없이 신의 은총에 관해 이야기했다. 참으로 품위 있고 정숙한 할머니였다. 그러다가 evolution이라는 말을 아느냐는 질문을 받았다.

"세상일은 난잡하고 규칙이 없는 것처럼 보이지만 잘 들여다보면 다 진화 법칙의 지배 아래에 있답니다. ……진화……알아들으시나요?"

꼭 아이에게 하는 설교 같았다. 상대방은 친절을 베풀어주려는 것이니 네, 네, 대답할 수밖에 없다. 그야 물론 내가 이 할머니처럼 유창하게 말하는 건 불가능하다. 인사를 할 때도 목구멍으로 올라오는 말을 겨우 내뱉고 한숨 돌리는 처지이니 상대가 나를 깔보는 것도 무리는 아니라지만, 단어만 따로 놓고 따지면 당신보다 내가 더 많이 안다고 말해주고 싶을 정도다. 자꾸 할머니를 예로 들게 되는데, 또 다른 할머니가 한 분 더 있다. 이 할머니가 얼마 전 보낸 편지 속에 folk라는 단어를 썼다. 그냥 쓰기만 한 거라면 이상할 것도 없지만, 단어에 foot note가 달려 있었다. '이건 영국의 고대 단어'라는 내용이었다. 자기 편지에 '주석'을 다는 것도 재미있지만 그 내용은 더 재미있다. 이 할머니와 함께 배에 탔을 때, 문장을 써서 가져오면 고쳐주겠다기에 일기 일부를 드리고 부탁을 드렸다. 그러자 아주 감탄했다며 두세 군데 한두 글자를 고쳐서 돌려주었다. 확인해보니 고치지 않아도 될 부분을 고쳐두었다. 거기다 예의 그 주석으로 터무니없는 설명을 달아놓았다. 이 할머니는 결코 하층 계급 사람이 아니다. 그럭저럭 신분이 있는 중류층이다. 이런 인간과 만나게 되는 게 영국이라는 곳이니 하숙집 아주머니가 건방진 말을 좀 한다고 해서 일일이 상대할 필요는 없지만, 이왕 영국에 왔으니 더럽고 좁은 곳이더라도 좀 더 학문을 아는 사람 집에 살면서 아침저녁으로 교류해보고 싶다. 이런 희망사항 때문에 선뜻 예, 같이 갑시다, 하고 대답하지 못했다. 하지만 내가 원하는 그런 사람이 운영하는 하숙집이 존재할지는 의문이다. 넓은 세계 어딘가에는 있을 수도 있겠지. 그러나 그런 곳을 만나는 건 지극히 어려운 일이다. 선생님이 계신 곳에 방이 빈다면 들어가겠지만 거긴 방이 없으니 불가능한 이야기다. 이럴 때 서양 신문은 참 편리하다. 온갖 것을 다 광고하는 세계라 하숙 광고도 얼마든지 있다. 예전에 하숙집을 찾을 때 《Daily Telegraph》의 광고란을 본 적이 있다. 처음부터 끝까지 읽는 데 세 시간이 걸렸던 기억이 난다. 지금은 《텔레그래프》는 받지 않고 《스탠더드》를 본다. 수준 높은 신문이니 여기 나오는 광고라면 믿을 수 있겠다 싶어 4월 17일 광고란을 읽기 시작했는데, 의외로 영업 광고가 많고 일반인 하숙 광고는 얼마 없었다. 광고는 각양각색이다. '저렴한 하숙비, 욕실 딸림, 고급 식사.' 이런 건 평범한 축이다. '하이드파크 근처로 지하 전기 철도까지 3분, 지하 철도까지 5분, 숙녀분과 교제 시 편리'라는 광고도 있다. '당구 가능, 피아노 있음, gay society, late dinner.' 이런 것도 흔하다. '레이트 디너'라는 게 요즘 유행이지만 나 같은 사람에게는 너무 불편하다. 그중에서 이런 것을 발견했다. '근사한 집을 가진 미망인이 여동생과 함께 기거할 점잖은 신사 구함. 희망하시는 분은 ○○필방으로 연락 바람.' 일단 여기 라도 시도해볼까 싶어 곧장 편지를 썼다. 하숙비와 여타 세부 사항을 알고 싶다, 내 신분은 이러이러하고 직업은 이러이러하다, 되도록 저렴하고 밝은 곳에서 살고 싶다, 그렇게 내 멋대로 적어 서 보냈다.

그날 밤 10시쯤 방에서 책을 읽는데 누가 똑똑 방문을 두드렸 다. "Yes, come in" 했더니 주인아저씨가 싱글싱글 웃으며 들어 왔다.

"실은 당신도 아시다시피 이번에 이사를 하게 되어서요. 어떠 신가요, 거긴 여기보다 훨씬 깨끗하고 가구도 더 좋은데. 함께 가 주실 수 없을까요?"

"그거야 당신이 꼭 와달라고 한다면……."

"아뇨, 꼭 와달라고 무리한 부탁을 드리는 건 아니고, 사정이 괜찮으시다면……. 사실 정도 많이 들었고, 아내와 처제도 함께 가주시길 바라거든요."

"새집에 하숙인을 두실 생각이라는 건 알지만, 꼭 제가 아니더 라도 좋은 분이 있지 않을까 해서요."

내가 사실은 이러이러하다고 사정을 이야기하니 주인의 낯빛 이 조금 어두워졌다. 나도 살짝 따분해진다.

"그럼 이렇게 합시다. 곧 저쪽에서 답장이 올 테니 오면 일단 가서 방을 보고 마음에 들지 않으면 당신 댁에 가는 걸로 하지 요. 다른 곳은 더 찾지 않고. 그 편지를 보내기 전에 당신이 얼마 나 함께 가길 바라는지 알았더라면 저쪽에 묻지 않고 당신 뜻에 따랐겠지만, 이렇게 된 이상 방법이 없군요. 일단은 저쪽 답장을 한번 봅시다. 대신 다른 곳은 절대 찾지 않겠습니다. 저쪽이 안 되면 꼭 당신 댁으로 가지요."

주인은 실례했다고 말하고는 내려갔다.

이튿날 아침 식당에 가니 아무도 없었다. 다들 식사를 마친 뒤였다. 아아, 오늘도 늦잠을 자서 실례를 했군, 생각하며 '테이블' 위를 보니 네 귀퉁이를 짙은 보랏빛으로 물들인 연보라색 봉투가 있다. 내게 온 답장이 분명하다. 이런 봉투를 쓸 정도라면 내게는 걸맞지 않는 고급 하숙집이겠거니 생각하며 '나이프'로 열어보았다. '문의 주신 내용에 답변 드립니다. 이 집은 레이디(이 레이디라는 글자 밑에 밑줄이 그어져 있다)의 소유로, 근사한 실내 장식은 물론이고 방마다 전기등이 달려 있으며, 훌륭한 하인을 고용해 고상하고 우아한 생활이 가능하도록 배려하고 있습니다. 하숙비는 일주일에 33엔입니다. 마음에 차지 않으실 수도 있지만, 방문해주신다면 기쁘게 방을 안내해드리겠습니다.' 밥을 먹으면서 벨을 눌러 주인아주머니를 불렀다.

"당신 집에 가기로 결정했습니다. 저는 일주일에 33엔을 낼 수 없으니 당신 집으로 가지요."

"아, 그러시군요. 고맙습니다. 최대한 신경 써드릴 테니 꼭 그렇게 부탁합니다."

아주머니가 나간 뒤 문틈으로 아저씨의 머리가 반쯤 쑥 나왔다.

"Thank you, Mr. Natsume, thank you."

그렇게 말하며 싱글싱글 웃는다. 나도 조금 기분이 좋아졌다. 자매는 종일 이삿짐 준비로 정신이 없다. 7시에 차를 마실 때 식당에서 마주쳤다.

"오늘은 기르던 앵무새를 팔았어요."

여동생이 말했다.

"전에 쓰던 학교 간판도 팔았어요. 10엔에 사 갔답니다."

언니도 질세라 말한다.

운명의 수레는 거침없이 굴러간다. 나와 그들 두 사람 앞에는
어떤 일이 기다리고 있을까. 어쩌면 우리 세 사람은 멍청한 짓을
하는 걸지도 모른다. 멍청한 것일 수도, 영리한 것일 수도 있다.
다만 나의 운명이 그들의 운명과 점점 가까워지고 있는 건 사실
이다. 뒤를 돌아보며 그 연보랏빛 귀부인과 여동생의 대문 달린
집을 상상하고, 앞을 보며 이 가난하지만 정직한 자매와 그들이
미래의 낙원이라 믿는 격자문 집을 상상하니 둘의 차이가 퍽 재
미있다. 빈부격차란 이토록 멋없는 것이던가. 미코바와 함께 살
던 데이비드 코퍼필드[3]가 된 듯한 느낌도 든다. 4월 20일.

소세키

---

3 찰스 디킨스의 자전적 소설 《데이비드 코퍼필드》의 등장인물로, 가난하지만 낙천
   적이다.

마사오카 시키·다카하마 교시에게
보낸 편지

스텔라로 2번지, 투팅그래버니, 런던
1901년 4월 26일

이곳 친구들, 그리고 그 친구들과 내가 함께 지내는 집의 자매에 관해서는 지난번에 조금 이야기했는데, 이들 외에 내가 가장 경탄하고 기피하는 친구가 하나 더 있다네. 성은 펜, 별명은 bedge pardon인 이 성인聖人에 관해 조금 이야기하지 않고서는 직성이 풀리지 않으니, 잠시 이 사람 이야기를 하고 그다음부턴 조금 다른 방면의 목격담과 관찰담을 소개하겠네.

애초에 이 펜, 즉 이 집의 하녀인 펜에게 왜 내가 이런 별명을 붙였는가 하면, 그녀는 혀가 너무 짧은 건지 아니면 너무 긴 건지 말할 때 혀가 잘 돌지 않아서 'I beg your pardon'이라는 말을 늘 'bedge pardon'이라고 발음하기 때문이다. 뱃지 파든 씨는 이름 그대로 정말이지 뱃지 파든이다. 하지만 굉장한 달변가라 내 얼굴에 침을 마구 내뿜으며 이야기할 때는 세찬 물줄기 쏟아지듯 끝이 없는데, 남의 아까운 시간을 뺏고도 미안하다는 생각

은 일절 하지 않을 정도의 호인이자 달변가다. 이 호인이자 달변
가 뱃지 파든은 런던 태생인데도 런던을 전혀 모른다. 시골은 물
론 더 모른다. 알고 싶지도 않은 눈치다. 아침부터 밤까지, 또 밤
부터 아침까지 주구장창 일만 하다가 4층 다락방에 올라가서 잠
을 잔다. 다음 날 날이 밝으면 4층에서 내려와 다시 일을 시작한
다. 부지런히 숨을 헐떡이는 모습이 — 그녀는 천식이 있다 — 옆
에서 보기 딱할 정도다. 하지만 그녀는 자신을 조금도 딱하게 여
기지 않는다. A와 B도 잘 구분하지 못하지만 전혀 불편한 기색
이 없다. 나는 아침저녁으로 이 성녀와 마주칠 때마다 경모敬慕
의 마음을 금치 못하는데, 펜에게 붙들려 이야기를 듣는 게 행인
지 불행인지는 타인에게 판단을 유보할 수밖에 없다. 일본에 있
는 사람은 영어라면 누가 쓰든 대개 비슷비슷하리라고 생각하
겠지만, 일본과 마찬가지로 나라마다 방언이 있고 신분 고하가
있기 때문에 실로 천차만별이다. 교육을 받은 상류 사회의 언어
는 대개 다 통하기 때문에 괜찮지만, '코크니cockney'라고 부르는
이 말투는 전혀 알아들을 수가 없다. 코크니는 런던의 중류층 이
하 사람들이 쓰는 말로, 사전에도 없는 발음을 구사할 뿐 아니라
앞말과 뒷말의 경계를 구분할 수 없을 만큼 속도가 빠르다. 나는
코크니라면 늘 질색을 하는데, 뱃지 파든의 코크니에는 질색에
질색을 거듭하느라 다소 피곤하기 때문에 그녀가 말하는 중간
중간 조금씩 쉬지 않으면 견딜 수 없을 정도다. 이곳에서 막 하
숙을 시작했을 때는 종종 펜의 습격을 받아 두려움에 떨었다. 하
는 수 없이 주인아주머니에게 건의했더니 펜은 딱하게도 한바
탕 잔소리를 들었다. 손님에게 그리 무례하게 구는 법이 어디 있

냐며 앞으로는 조심하라고 혼이 났다. 그 후부터 순종적인 펜은 절대 내게 말을 걸지 않는다. 단, 그건 주인아주머니가 집에 있을 때 한정이고, 아주머니가 외출하면 전과 다름없는 원래의 펜이 된다. 묵언수행을 당한 분풀이를 위해 이참에 원금에 이자까지 받아 가겠다는 듯한 기세로 나오기 때문에 견디기가 힘들다. 일주일간 무리해서 단식한 선생이 여드레째 되는 날 밥통을 껴안고 분전奮戰하듯이 말이다.

여느 때처럼 덴마크 힐을 산책하고 돌아오니 나를 위해 문을 열어준 펜이 곧바로 떠들기 시작했다. 예상대로 다른 사람들은 다 새집에 짐을 정리하러 가고, 휑한 집에 남은 건 나와 펜 둘뿐이다. 그녀는 청산유수로 장황하게 15분을 떠들었지만 하나도 알아들을 수 없었다. 달변가인 그녀는 내게 질문 하나 허용하지 않는 속도로 쉴 새 없이 떠들어댄다. 어쩔 수 없이 이야기 내용을 이해하는 건 단념하고 펜의 생김새를 감상하기 시작했다. 온후한 쌍꺼풀과 끝이 아래로 살짝 구부러진 코, 건강해 보이는 다홍빛 안색, 그리고 제멋대로 자유롭게 움직이는 혀와 혀 양옆을 흐르는 하얀 침을 얼마간 무심히 바라보는데, 딱하고 가엾기도 하면서 또 우습기도 한 복잡한 기분이 들었다. 나는 이 느낌을 표현하기 위해 입술을 움직여 살짝 미소를 지었다. 천진난만한 펜이 그걸 눈치챌 리가 없다. 자기 이야기에 열중해 웃는 것이라고 생각한 모양인지, 발그레한 볼에 보조개를 만들며 히히 웃었다. 이 엉뚱한 사건으로 나는 기분이 이상해지고 펜은 점점 더 흥이 오르니 도무지 수습이 안 된다. 그녀의 말을 여기서 한마디, 저기서 한마디 알아들은 부분만을 종합해본 바 이런 이야기인 듯했다. 어제 건물주가 담판을 지으러 왔다. 하숙집 여자들은 망신스럽다는 이유로 부재중인 척 그를 돌려보냈다. 이 문전박대의 사명을 완수한 이가 펜이다. 자신은 거짓말을 싫어한다, 신에게 죄송스럽다, 하지만 모른 체할 수 없는 주인의 명이라 어쩔 수 없이 거짓말을 했다. 대충 이런 이야기겠거니 하고 저 멀리 불구경하듯 추측하고는 겨우 내 방으로 돌아왔다. 내 트렁크와 책은 오늘 새벽 3시쯤 주인이 새집으로 날랐기 때문에 남은 건 몸뚱이뿐이다. 왠지 모르게 적막한 느낌이다. 밤 8시쯤 누군가 똑똑 문을 두드리더니 방으로 들어왔다. — 예의 그 펜이 — 오늘 건물주가 네 번이나 찾아왔다는 급보다. 그리고 또 무어라 말을 하는데 전혀 알 수가 없다. 너무 귀찮아서 대충 쫓았다. …… 10시쯤 또 펜이 왔다. 건물주가 또 오면 어떻게 할지 묻는다. 이번엔 상담이다. 걱정할 것 없다고 달래고는 돌려보냈다. 10시 반이 다 되도록 아무도 돌아오지 않는다. 만일 주인이 사기꾼이라 나를 두고 짐만 빼 간 거라면 나는 멍청한 놈이라고 사람들에게 비웃음을 사겠지. 이윽고 문 열리는 소리가 들린다. 돌아온 모양이다. 일단 멍청이가 될 일은 없겠군. 다행스러워하며 잠들었다.

　이튿날인 4월 25일, 9시쯤 일어나 아래층에 가니 주인 부부가 막 아침 식사를 끝마친 참이었다. 내가 식탁에 앉자마자 아주머니가 어젯밤의 소동을 아느냐고 물었다. 나는 3층에서 잔다. 아래층에서 일어나는 일은 전혀 모른다. 소동이라니, 무슨 일이 있었습니까? 하고 물으니 건물주와 분쟁이 있었다고 한다. 어젯밤 그들이 새집에서 돌아와 집에 들어온 순간, 문앞에서 기다리던 건물주가 아저씨에게 문 닫을 틈도 주지 않고 재빨리 뒤따라

들어와서는 왜 허락도 없이 심야에 이사를 하느냐, 그러고도 당신이 신사냐며 따졌다. 내가 내 짐을 다른 곳에 옮기는데 왜 남의 허락을 받아야 하느냐, 또 몇 시에 짐을 빼건 그건 우리 마음 아니냐고 주인아저씨가 항변했다. 그 후 점점 언쟁에 불이 붙어 그야말로 대단한 소동으로 번졌다고 한다. 원래 이 집은 아주머니 이름으로 빌린 것이다. 그런데 7년 전에 밀린 약간의 월세가 지금까지 문제가 되어 나갈 수 없는 상태다. 거기다 아주머니의 재산은 조만간 월세 대신 담보 잡힐 처지다. 하지만 가엾은 자매에게는 딱히 압류당해 곤란할 만한 물건도 없다. 건물주도 거기에는 관심이 없다. 이 늙은 건물주가 노리는 것은 주인아저씨의 재산이다. 그러나 주인아저씨도 20세기의 인간이므로 그런 부분에는 빈틈이 없다. 변호사를 찾아가 다 상담을 해두었다. 그래서 일몰 후부터 일출 전 사이에 가구를 옮기면 건물주는 손가락을 빨며 구경할 수밖에 없다는 사실을 잘 안다. 그런 이유로 새벽 3시부터 큰 짐수레를 불러 밤새 자기 짐을 새집으로 옮긴 것이다. 그는 얼굴이 크고 흐리멍덩하다. 거기에 빈약한 콧수염을 조금 길렀는데, 건물주 못지않게 빈틈없는 남자인 듯하다. 주인아저씨에게 나는 언제 갈 수 있느냐고 물었더니 오늘도 괜찮다고 하기에, 점심을 먹은 후 주인아주머니와 함께 새집에 가기로 했다.

아주머니와 둘이서 점심을 먹는데, 변호사를 만나고 돌아온 아저씨가 아주머니에게 "편지를 한 통 써서 건물주에게 보내. 문서로 남겨둬야 하니까"라고 말하더니 다시 나갔다. 아주머니는 쓱쓱 무언가를 쓰기 시작한다. 무슨 편지인지 살짝 보고 싶은 마음도 든다. 이윽고 편지를 다 쓴 아주머니가 "○○ 씨, 이런 편지예요. 좀 들어봐주세요"라며 거만한 얼굴로 편지를 읽기 시작한다. "저는 무척이나 놀랐습니다. …… 어때요, 좀 천천히 읽을까요? …… 저는 무척이나 놀랐습니다. 어제는 세 번을 넘어 네 번이나 부재중인 집에 찾아와 하녀에게 우리 신상을 캐묻지를 않나, 그뿐 아니라 무단으로 집을 탐색하고, 또 하녀에게 저는 레이디의 자격이 없다는 둥 쓸데없는 말을 퍼부으니, 도대체 무슨 생각이신지 묻고 싶습니다. 귀하의 이런 난폭한 거동에 대해 저는 해명을 요구할 권리가 있다고 생각합니다. …… 이런 내용이에요. 이게 전략이지요." 그 말에 살짝 놀라 전략이라니 어떤 전략인가요, 하고 물었더니 아주머니 얼굴이 더욱 의기양양해진다. "들어보세요. 편지를 써서 확실히 사본을 만들어두면 저쪽에서 이 사건을 재판으로 가져갈 때 이게 증거가 되어서 건물주가 난폭한 행동을 했다는 걸 증명해줄 거예요. 지금까진 상대가 여자 둘이라고 늘 멋대로 굴었지만 이제 남자가 함께 있으니 그렇게 순순히 밟히지만은 않을 거예요." 그녀는 은근슬쩍 남편 자랑을 덧붙였다. 그러고는 "많이 기다리셨죠, 이제 나갑시다" 하기에 따라나섰다. 나는 잡동사니를 욱여넣어 몹시도 무거운 손가방을 들고, 거기다 왼손에는 부채와 지팡이 두 개까지 들었다. 레이디는 망 주머니 안에 종이로 싼 짐 네 개를 넣어 오른손에 들었다. 이 짐 중 하나에는 내 잠옷과 허리띠가 들었다. 왼손에는 내 시트를 종이로 싸서 안았다. 두 사람 다 양손이 묶였다. 대단한 수행길이다. 길모퉁이까지 나가서 철도마차를 탔다. 케닝턴까지는 2전. 레이디는 일단 자기가 내겠다며 검은 가죽 지갑에서 페니를 꺼내 매표원에게 건넸다. 승객은 얼마 없다. 맞은편에 화려한 옷차림을 한 젊은 여자가 탔다. 그러자 내가 수행 중인 레이디가 갑자기 "당신은 마리 코렐리의 《마스터 크리스천》을 읽으셨나요?" 하고 큰 소리로 물었다. 최근 15만 부나 팔린 꽤 유명한 책이다. 나는 책은 있지만 아직 읽지 않았다고 대답했다.

"그 책은 아주 훌륭하기는 한데 도무지 작가의 의도를 모르겠어요. 제 지인들은 다 코렐리가 뭘 주장하려는 거냐고 수군대더군요."

맞은편 부인 들으란 듯이 점점 더 힘주어 말한다. 나는 읽은 적도 없는데 철도마차 안에서 그런 이야기는 하고 싶지 않았지만, 하는 수 없이 음음, 건성으로 대답했다. 이윽고 케닝턴에 도착했다. 여기서 마차를 갈아탄다. 이번엔 위로 올라가자기에 계단을 올라 제일 위로 갔다.

"이 원편에 있는 게 유명한 고아원인데, 스퍼전을 기념하기 위해 세운 거예요. '스퍼전'은 유명한 설교가랍니다."

'스퍼전' 정도는 가르쳐주지 않아도 안다고. 기분이 상해 대꾸하지 않았다.

"나무가 점점 푸르러지니 기분이 참 좋네요. 2주 전부터 풍경이 조금씩 변하기 시작했어요."

"그러네요. 그런데 저기 저건 무슨 나무인가요?"

"저 나무요? 저건 포플러예요."

"아아, 저게 포플러인가요? 그렇군요." 나는 감탄사를 내뱉었다. 아주머니는 금세 또 잘난 척을 한다.

"포플러는 시로도 많이 읊었지요. '테니슨'의 시에도 나온답니

다. '바람 한 점 없는 날에도 가지가 흔들린다.' 애스펀이라고도
하지요. 이것도 분명 '테니슨' 시에 나올 걸요."

　'테니슨' 전문가 납셨다. 그런 주제에 어떤 시에 나오는지는 말
하지 않는다. 나는 귀찮다는 듯 음음, 대답한다. 근사한 부인 하
나가 저편 돌길 위로 옷자락을 길게 끌며 지나간다. "집 안이라
면 모를까, 밖에서 저렇게 옷자락을 길게 끌며 걷는 건 별로 보
기 좋지 않네요" 하고 옷자락 짧은 레이디가 나를 가르치려 든
다. 마침내 '투팅'이라는 곳에 도착했다. 그다음 승합 마차를 타
고 새집이 있는 골목까지 갔다. "어느 집인가요?" 하고 물었다.
건너편에 벽돌로 된 엉성한 공동 주택 네댓 채가 늘어서 있고,
앞에는 아무것도 없다. 자갈을 파낸 커다란 구멍이 보인다. 도쿄
의 고이시카와 근처 같은 풍경이다. 공동 주택 중 끄트머리 한
집만 문이 닫혀 있고 나머지에는 다 임대 팻말이 붙었다. 닫힌
곳이 주인댁이고 그 옆이 나의 새 하숙집, 이른바 그들의 새 파
라다이스다. 들어가기 전부터 듣던 것만 못한 살풍경한 집이다
싶었는데 들어가 보니 더욱 삭막하다. 더군다나 방에 짐을 아무
렇게나 넣어두어서 꼭 불난 뒤 임시 대피소 같다. 그래도 내가 머
물 2층 방은 그나마 정리가 되어 있어 그럭저럭 오라레블[1]하다.
예전 방보다 깨끗하다. 장식도 참을 만하다. 잠시 후 주인아저씨
가 와서 커튼을 달아주었다. "스토브 위에 액자를 걸 생각인데
'미슬토'는 어떤가요? 싫어하는 사람도 있긴 한데 일단은 한번
보여드리죠" 하더니 그림을 가지고 와서 보여주었다. 별것도 아

---

[1]　'있다'라는 뜻의 일본어 '居る(오루)'와 '할 수 있는'이라는 뜻의 영어 '-able'을 합
　　성해 만든 소세키의 유머러스한 조어로, '있을 만하다'는 뜻.

닌 미녀 나체화다. "하하, 나체화로군요. 좋습니다." 반 농담으로 말했더니, "헤헤헤, 저도 전혀 상관없습니다" 하고는 콩콩 못을 박아 그림을 건다. "각도는 어떤가요? …… 조금 더 아래로…… 나체 미인이 당신 쪽을 내려다보도록 — 좋네요." 그러고는 내 책장을 만들어주겠다며 벽과 책의 치수를 재더니 "굿 나이트" 하고 인사한 뒤 나갔다.

문앞을 지나는 차는 한 대도 없다. 오가는 사람 목소리도 들리지 않는다. 몹시 적막하다. 주인 부부는 일이 해결될 때까지 매일 밤 예전 집으로 돌아가서 자야 한다. 새집에는 3층에서 자는 여동생과 카를로 군, 잭 군과 어니스트 군이 있다. 카를로와 잭은 개 이름이고, 어니스트는 주인네 가게에서 일하는 젊은이의 이름이다. 내가 경탄하고 또 기피하는 뱃지 파든은 해고되고 말았다. 나는 이사 후에 그 이야기를 듣고 멍하니 그녀의 미래를 상상했다.

러시아와 일본은 전쟁을 피할 수 없게 되었다. 중국은 황제가 피난하는 수치를 당하고 있다. 영국은 트란스발 공화국에서 금강석을 캐내 군비를 충당하려 한다. 이 다사다난한 세계가 밤낮없이 회전하며 파란을 일으키는 사이 내가 사는 작은 세계에도 작은 회전과 작은 파란이 있어, 우리 하숙집 주인공은 그 커다란 덩치를 내걸고 풋내기 집주인과 자웅을 겨루려 하고 있다. 그리고 나는 시키의 병을 위로하기 위해 이 일기를 쓰고 있다. 4월 26일.

소세키

후지시로 데이스케에게
보낸 편지

스텔라로 2번지, 투팅그래버니, 런던
1901년 6월 19일

후지시로 군

자네 편지가 오늘 19일에 도착했네. 얼마 전 후쿠하라가 온다는 편지도 받았는데 언제 어디로 올지 몰라 그대로 두었네. 만날 방법을 궁리해보라고 적혀 있던데 방법이라고 해봐야 공사관에 통지하는 정도고, 본인이 공사관에 오면 내 주소를 알 수 있을 테니 궁리할 것도 없다고 생각해 그냥 내버려 두었다네. 그래서 후쿠하라와는 만나지 못했어. 지금은 이케다 기쿠나에[1] 씨와 같은 곳에 묵고 있네. 이분은 무척 박학하고 다방면에 흥미를 가진 사람이라네. 또 풍부한 식견과 훌륭한 품성을 갖춘 인물이지. 하지만 늘 같이 수다만 떨고 공부를 하지 않아 문제라네. 조만간 그분은 숙소를 옮긴다네. 나도 옮길 예정이야. 스가 아버지의 부음은 나도 아내에게 전해 들었네.

---

1 池田菊苗, 1864~1936. 화학자. 런던 단기 유학 시절 소세키와 같은 하숙집에서 지내며 교류했다. 소세키가 《문학론》을 집필하는 데 큰 영향을 주었다.

나는 말일세, 유학생이 되어 얻은 게 전혀 없다네. 발전한 게 하나라도 있을까 떠올려보려 해도 도저히 마음이 허락지 않더 군. 그래도 자만보다는 나을지도 모르지.

제1고등학교에서 나를 고용해줄 수 없냐고 가노 씨에게 편지 를 보냈는데 답장이 오지 않는군. 구마모토는 이제 사양일세.

요즘에는 영문학자 따위가 되는 건 어리석은 짓이라는 생각 이 드네. 사람을 위해, 나라를 위해 무언가 할 수 있는 일이 있지 않을까 멍하니 생각한다네. 이런 인간은 나 말고도 잔뜩 있겠지. 그럼 안녕히.

긴노스케

데라다 도라히코[1]에게
보낸 편지

릴 씨 댁, 체이스 81번지, 클랩햄코먼,
런던, 1901년 9월 12일

도라히코 님

그간 격조하여 미안하네. 대형도 건강히 공부하고 있는가? 왠지 멘델스존의 음악을 크게 틀어두고 뿌듯해하고 있을 것 같군. 소생도 하찮은 목숨을 유지하며 사느라 바쁘다네. 지금은 런던 서남쪽에 살고 있어. 할머니 두 분과 퇴직한 육군 대좌와 동거하다 보니 생활이 아주 노후하다네. 이 할머니는 상당한 학자로 프랑스어를 유창하게 구사하는 데다 '셰익스피어' 같은 것을 인용하기도 하지. 아주 독실한 신자라 지하 철도 때문에 세인트폴 대성당의 토대에 금이 간다는 둥 불평을 한다네.

아내가 병에 걸렸다니 제아무리 자네라도 견디기 힘들겠어. 아무쪼록 요양에 전념하게나. 각혈은 잠시 유행하는 병이지만

---

1 寺田寅彦, 1878~1935. 물리학자, 수필가. 5고 시절 소세키의 제자이며, 소세키 문하에서 문학을 공부해 물리학과 문학, 두 분야에서 두각을 드러냈다. 소세키 문학에 자연 과학적 지식을 제공했다.

참 반갑지 않은 놈일세. 시키도 위험한 모양이라 걱정이야.

런던에는 수많은 '앤'[2]이 있다네. 쇼펜하우어의 설에 따르면 8천 8백 명쯤 된다는 모양이야. 귀형과 친하다는 그 선생은 아직 보지 못했네. 뭐, 조만간 만날 수도 있겠지. 자네가 안부 인사 전해주게. '사일러스 마너'[3]를 만나면 돈을 빌려볼 생각인데 운이 없어 아직 만나지 못했네.

마타노의 연하장이 9월에 도착해서 좀 놀랐다네. 발신인이 마타노이니 우편물이 반년 넘게 길에서 한눈을 팔다 온 게 아닐까 싶어. 다케자키 군이 낙제한 모양이더군. 낙제 한 번 정도야 유쾌한 일이니 앞으로 더 열심히 하면 될 걸세.

학문을 할 거라면 답은 '코즈모폴리턴'밖에 없어. 영문학은 숨은 공로자 같은 존재라 일본에 돌아가든 영국에 있든 성공할 기회는 없을 걸세. 소생처럼 으스대기 좋아하는 사람을 벌주기 위한 수업으로는 아주 좋겠지. 자네는 자네 전공인 물리학에 전념하시게. 오늘 신문을 보다가 Prof. Rucker가 British Association에서 한 Atomic Theory에 관한 연설을 읽었는데 아주 재미있더군. 어쩐지 나도 과학 공부가 하고 싶어졌어. 이 편지가 도착할 즈음에는 자네도 이 연설을 읽었겠지.

얼마 전에 이케다 기쿠나에 씨(화학자)가 귀국했다네. 이분과는 얼마간 런던에서 동거했지. 이런저런 이야기를 많이 나누었는데 무척 훌륭한 학자라네. 화학자로서의 조예는 알 수 없지만

---

2 길거리 매춘부를 의미한다.
3 조지 엘리엇의 소설 《사일러스 마너》의 주인공 이름. 절친한 친구에게 배신을 당한 뒤 모든 인간에게 증오를 품고 오로지 돈만을 맹신하는 인물이다.

대단히 똑똑한 학자인 것만은 분명해. 존경할 만한 지인 중 하나라고 생각하네. 자네 이야기를 잘 해두었으니 시간 날 때 꼭 찾아가 이야기를 나누어보게나. 자네의 전공을 비롯해 그 밖의 여러 부분에 큰 도움이 되리라고 믿네.

나도 돌아가면 구마모토에는 가고 싶지 않네. 되도록 도쿄에 있고 싶지만 도쿄에 일자리가 있을지 알 수 없고, 거기다 구마모토에는 지켜야 할 의리가 있어 참 난처한 상황일세.

더 재미있는 이야기를 써주고 싶지만 지금은 생각나질 않는군. 사진을 보내달라는 자네 부탁을 잊지는 않았네만 큰 사진은 비싸서 거의 살 수가 없다네. 돌아갈 때 선물로 조금 사다 주겠네.

유학 기간을 1년 연장해서 프랑스에 가고 싶지만 들어줄 것 같지도 않군.

하숙집에서 혼자 적적할 때 가끔 우리 집에 놀러 가주게. — 할 이야기가 없어 그것도 따분하겠는가? — 그렇다면 관두게.

내 취향은 아주 동양적이고 하이쿠적이어서 런던과는 잘 맞질 않네. 중국에 유학이라도 가서 상어 지느러미인지 뭔지를 음미하며 '참 묘한 맛이로다'라고 말해보고 싶군.

사다에게 안부 전해주게나.

소세키

마사오카 시키에게
보낸 편지

릴 씨 댁, 체이스 81번지, 클랩햄코먼,
런던, 1901년 12월 18일

(전략) 일요일에 '하이드 파크'에 가면 가두연설이 한창이라네. 한쪽에서 "예수 그리스도여, 아멘" 하고 한 선생이 쉰 목소리로 설교하면, 몇 발짝 떨어진 곳에서는 무신론자가 고래고래 소리치지. "지옥? 지옥이 무엇인가. 만약 신을 믿지 않는 자가 지옥에 떨어진다면 볼테르도 지옥에 있겠지. 잉거솔도 지옥에 있겠지. 나는 시시한 인간들로 가득 찬 극락보다는 이들 호걸이 모인 지옥이 훨씬 낫다고 생각하오." 이상적이고 단조롭기만 한 내 연설보다 훨씬 기운 넘친다네. 이런 걸 두고 위풍당당한 연설이라 하는 것이겠지. 이 무신론자 맞은편에는 Humanitarian의 깃발을 들고서 '콩트' 흉내를 내는 놈이 있지. 또 그 옆에서는 누군가가 쉬지 않고 '헉슬리'의 설에 반박하고 있다네. 그 대각선 방향에서는 쭈글쭈글 늙은 선생 하나가 체구에 어울리지 않는 굵직한 목소리로 말하지. "여러분, 저는 작년에 일본에 가서 그 유명한 마키스 아이토(이토 후작)[1] 씨를 만나 종교에 관한 생각을 청

해 들을 수 있었습니다……." 하나같이 다 엉터리 같은 말뿐일세.

일전에 '세인트 제임스 궁전'에서 일본 유술가와 서양 스모 선수[2]의 승부가 있었는데 상금 250엔이 걸린 경기라기에 바로 가 보았다네. 50전짜리 좌석이 매진되어 큰맘 먹고 1엔 25전을 내고 들어갔는데, 그래도 멀리 떨어진 자리여서 반대편 정면에서 시합 중인 사람의 얼굴은 보이지 않더군. 오륙 엔 정도 내지 않으면 얼굴이 잘 보이는 곳까지 들어갈 수 없다네. 그건 너무 비싸지 않은가. 스모라서 참은 게지 미인 구경이라도 하러 간 거였다면 1엔 25전을 환불받고 돌아갔을 걸세. 이런 쩨쩨한 이야기는 제쳐두고 아무튼 가장 중요한 일본 대 영국의 스모 경기에서 누가 이겼는가 하면, 시간이 모자라다는 이유로 결국 시합이 중지되고 말았다네. 그 대신 스위스 챔피언과 영국 챔피언의 승부를 보았지. 서양의 스모란 정말이지 한심하더군. 무릎을 꿇어도, 옆으로 쓰러져도, 물구나무를 서도, 양 어깨가 바닥에 붙어도 심판이 하나, 둘, 숫자를 세는 동안 같은 자세가 유지되지 않으면 진 게 아니라고 하니 도무지 결판이 안 나는 걸세. 개구리처럼 주저앉은 놈을 뒤에서 안아 쓰러뜨리려 하고 상대는 쓰러지지 않으려 하고. 앉은뱅이 스모[3]보다도 못한 짓을 하더군. 덕분에 시합이 12시까지 이어졌다네. 눈물겹게 행복했지. 다음 날 일어나 신문을 보니 전날 밤 12시까지 이어진 승부에 관한 상세한 기사가 실려 있어 깜짝 놀랐다네. 이곳 신문은 참 대단해.

---

1 이토 히로부미伊藤博文를 가리킨다.
2 레슬링 등의 격투기 선수를 뜻한다.
3 앉아서 하는 스모로, 쓰러져 어깨나 등이 바닥에 닿으면 진다.

나는 또 거처를 옮겼네. 오걸한지부득한 삼십오년칠처사五乞閑地不得閑 三十五年七処徙⁴라던데, 35년간 일곱 번 이사는 자랑할 정도도 못 된다네. 난 영국에 온 뒤로 벌써 다섯 번째야. 이번 집에는 할머니 두 분과 퇴직한 육군 대좌인 할아버지가 한 분 계셔서 꼭 노인국에 유배라도 온 기분일세. 이 할머니가 '밀턴'과 '셰익스피어'를 즐겨 읽는 데다 프랑스어까지 유창해서 조금 위축된다네. "나쓰메 씨, 이 구절의 출처를 아시나요?" 하고 묻기도 하더군. "영어가 정말 유창한데 아주 어릴 적부터 배우신 거죠?" 하고 치켜세워준 적도 있다네. 하지만 어찌 나 자신을 모르겠는가. 웃기지 말라지. 여기선 아부를 진심으로 받아들이면 큰일 나네. 남자는 그리 심하지 않지만 여자는 종종 "Wonderful"이라며 당치도 않은 아부를 한다네. 형편없는 사람에게 "Wonderful"하다며 빈정거릴 때도 있지. (중략) 짙은 안개가 창에 들이닥쳐 낮인데도 서재가 어두컴컴하군. 시곗바늘이 1시를 가리키기도 전부터 배를 문지르며 줄곧 밥 생각만 한다네. 이 아름다운 문장으로 천금 같은 마지막을 장식하며, 이만 붓을 놓겠네. 12월 18일.

---

4   에도 시대(1603~1868) 말기의 학자 후지타 도코藤田東湖의 시 〈술회〉의 한 구절로, '한적한 곳을 찾아 다섯 번을 옮겼지만 얻지 못하고 35년간 일곱 번을 옮겨 다녔다'라는 뜻. 원문은 39년이다.

나쓰메 교코에게
보낸 편지

릴 씨 댁, 체이스 81번지, 클랩햄코먼,
런던, 1902년 3월 10일

교 님

연하장과 후데의 일기, 히토시 군[1]의 일기 모두 잘 보았소. 2월 20일에 도착했더군. 다들 건강한 것 같아 다행이오. 나도 무탈하게 잘 지내니 걱정 마시오. 얼마 전 일주일간 이어진 맹렬한 추위로 수도관이 파열되고 가스등도 켤 수 없어 힘들었는데, 요사이 날이 아주 따뜻해졌다오. 나무 싹이며 봄 풀꽃도 눈에 띄더군. 세상은 넓디넓은 곳이라지만 런던만큼 기후가 급변하는 곳은 또 없을 거요. 여긴 안개가 아주 유명해서 이걸 네모나게 잘라 통조림으로 만들어 일본에 가져가고 싶을 정도라오. 여기 와서 얼음지치기라는 걸 처음으로 보았는데 아주 재미있어 보였지만 위험하기도 해서 아직 시도해보진 않았소.

히토시 군과 후데의 일기가 아주 재미있더군. 시간이 날 때 또 보내주시오. 히토시 군이 요즘 아주 성실히 잘 지내는 듯해 다행

1 교코의 남동생 나카네 히토시.

151

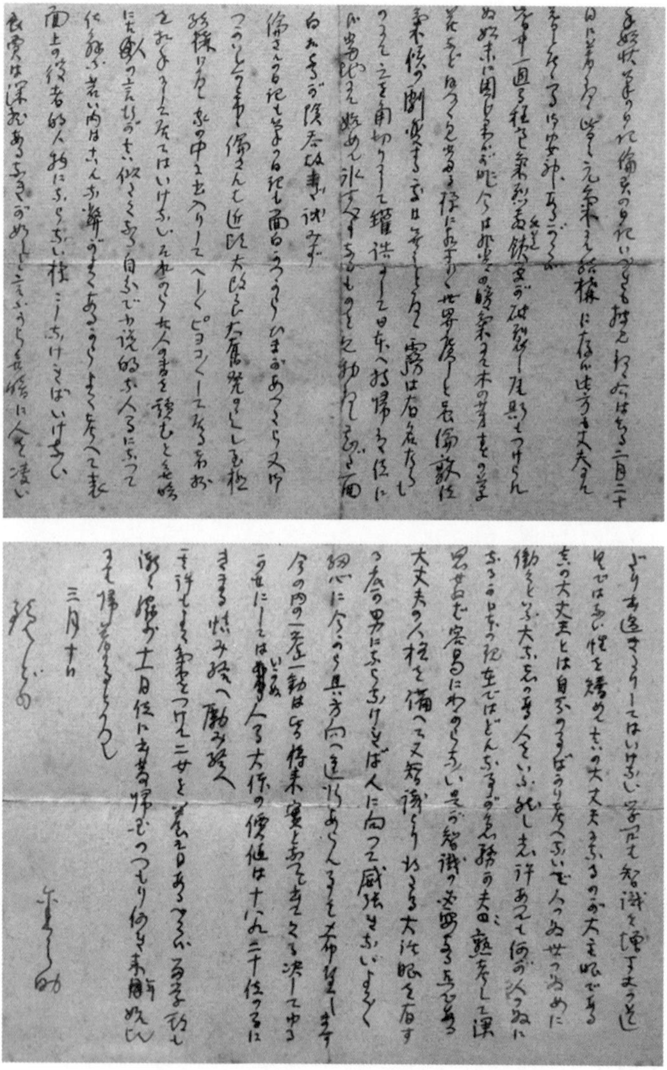

1902년 3월 10일 나쓰메 교코에게 보낸 편지 원본.

이구려. 집에 드나들며 방정맞게 굽실대는 이들을 상대해서는 안 되오. 또한 옛사람의 책을 읽다 보면 무턱대고 옛사람 언행을 흉내 내고 싶어져서 소설적인 인간이 되어버리지. 젊을 때는 이런 폐단이 흔하니 깊이 생각하여 겉멋만 잔뜩 든 사람이 되지 않도록 해야 하오. 훌륭한 상인은 창고에 물건을 감춰둔다고 했소.[2] 함부로 사람을 업신여기거나 주제넘는 짓을 하면 안 된다오. 학문은 오직 지식만을 늘리기 위한 도구는 아니오. 인성을 바로잡아 진정한 대장부가 되는 것이 그 주안점이지. 진정한 대장부란 제 한 몸만을 생각지 않고 인류와 세상을 위해 일하겠다는 큰 뜻을 품은 사람을 말하오. 하지만 뜻을 품었다 해도 무엇이 인류를 위한 일인지, 현재 일본을 위한 급무가 무엇인지는 깊이 숙고하지 않으면 쉬이 알 수 없지. 때문에 지식이 필요한 것이오. 대장부의 인격을 갖추고 거기 더해 지식에서 얻은 안목까지 갖춘 사내가 되지 않으면 사람들 앞에서 당당할 수 없소. 앞으로 세심히 신경을 써서 그러한 방향으로 나아갈 수 있다면 좋겠구려. 현재의 일거수일투족이 향후 열매가 되어 열릴 테니 결코 허술히 해선 안 되오. 인간의 가치는 대부분 열여덟, 열아홉, 스물 사이에 정해지는 법이니 근신하며 힘쓰길 바라는 바라오.

당신도 두 딸을 잘 키워주시오. 유학 학기가 조금 단축되어 11월 정도에는 출발하여 귀국할 예정이라오. 오는 정초에는 도착할 듯하구려.

긴노스케

2 사마천司馬遷의 《사기》에 나오는 말로, 훌륭한 사람은 자신의 재능을 겉으로 드러내 과시하지 않는다는 뜻.

나카네 시게카즈에게
보낸 편지

릴 씨 댁, 체이스 81번지, 클랩햄코먼,
런던, 1902년 3월 15일

아버님께

2월 12일에 보내주신 서한은 어제 3월 14일에 받아보았습니다.
건강히 잘 지내신다니 다행입니다. 교코와 두 딸의 소식 상세히
전해주셔서 감사합니다. 다들 무탈한 듯해 안심했습니다. 교코
에게서는 그 후로 두 번 정도 편지가 왔습니다. 11월에 보낸 편지
는 도착하지 않았는데, 편지를 혼동한 게 아닐는지요.

사직하신 후 곤란을 겪고 계시다는 말을 전해 듣고 많이 걱정
했습니다. 지금 같은 상황에서는 관리만큼 불안한 자리가 없지
요. 또 심혈을 기울여 계획한 사업이 자리를 잡기도 전에 후임자
때문에 무산되었다고 들었습니다.[1] 상황이 계속 이런 식이라면,
그저 변화만 있을 뿐 진화는 먼 이야기 같습니다.

---

1 나카네 시게카즈는 1898년 서기관장을 사퇴했으며, 1901년 제4차 이토 내각이 총
   사임하자 관료직을 사퇴했다. 그 후 광산 사업 실패 등으로 가세가 기울면서 쇠퇴 일
   로를 걸었다.

일영 동맹 이후 유럽 신문이 일제히 관련 평론을 연일 게재했는데, 이제 겨우 좀 잠잠해졌습니다. 이곳 일본인들이 하야시 공사관[2]의 노고에 감사를 표하기 위해 선물 기증을 계획 중이라 소생도 5엔 정도 기부했습니다. 유학비가 빠듯한 상황에서 이런 임시비 지출을 명받으니 아주 난처하더군요. 신문을 보고 알았는데, 이 동맹 체결 이후 일본이 아주 떠들썩했던 모양입니다. 이런 일로 소란을 떠는 건 부자와 결혼한 가난뱅이가 기쁨에 겨워 종을 치고 북을 울리며 마을을 도는 꼴입니다. 오늘날의 국제 관계라는 것이 원래 도의보다 이익을 중시하니 일영간의 관계를 개인의 예로 비유하는 건 적절치 않을 수 있지만, 이 정도 일로 그렇게나 만족하다니 몹시 염려스럽습니다. 어찌 생각하십니까?

국운의 진보가 재원에 달려 있음은 말할 것도 없는 일이니, 말씀하신 대로 재정 정리와 국제 무역이 현재의 급무라고 생각합니다. 동시에 국운의 진보는 이 재원을 어떻게 쓰느냐에 달렸습니다. 그저 저 하나밖에 모르는 무리에게 만금을 쥐여줘 봐야 재산 불평등으로 나라가 기울 우려를 낳을 뿐입니다. 현재 유럽 문명의 실패는 현저한 빈부 격차에서 비롯된 것입니다. 이 불평등은 몇몇 유능한 인재를 매년 아사시키거나 동사시키고 또 교육받을 기회를 빼앗습니다. 때문에 도리어 평범한 부자들이 나서서 자신들의 멍청한 주장을 실행에 옮기게 되는 것이지요. 다행히 평범한 사람도 오늘날의 교육을 받으면 일정 수준의 분별력은 갖추게 됩니다. 또 그리스도교의 가르침과 더불어 프랑스 혁

---

2 하야시 타다스林董. 메이지 시대(1868~1912)에 활동한 외교관으로 영일 동맹 체결에 큰 공헌을 했다.

명에서 얻은 은감불원殷鑑不遠 덕분에 평범한 부자들도 마냥 이기적으로 행동하지 않고 타인과 인류를 위해 힘을 쏟고자 한 흔적이 보입니다. 이게 오늘날 실패한 사회의 수명을 조금 더 연장시키지 않았나 싶습니다. 일본이 이 같은 상황으로 향한다면(현재 진행 중이라고 생각합니다), 노동자의 지식 문자가 발달하는 미래에는 아주 중대한 문제가 되리라고 생각합니다. 칼 마르크스의 주장은 단순한 순수 이론으로서도 결점이 있긴 하지만, 지금 같은 세상에서는 이런 설이 나오는 것도 당연한 일 아닐까 싶습니다. 소생은 원래 정치와 경제에 어둡지만 의견을 조금 토로하고 싶어 말씀드리는 겁니다. '나쓰메가 잘 알지도 못하면서'라고 비웃지 말아주십시오.

저술을 위해 자료를 수집하시는 건 좋은 일입니다. 저도 영국에 온 뒤(작년 8, 9월경부터) 저술 구상이 하나 떠올라, 현재 밤낮으로 독서를 하고 노트에 기록해가며 제 생각을 조금씩 써나가고 있습니다. 이왕 책을 쓸 거라면 서양인의 조박糟粕을 답습해서야 재미가 없겠지요. 사람들 앞에 보여도 전혀 부끄럽지 않을 글을 쓰려고 노력 중입니다. 하지만 주제가 너무 방대해 어쩌면 중도 포기할지도 모르겠습니다. 서론과 결론은 완성했지만, 도저히 이삼 년 내로 다 쓸 수 있을 것 같지 않습니다. 완성도 되지 않은 책에 대해 호들갑스럽게 떠들어대는 건 태어나지도 않은 아이에게 이름을 붙여가며 소란을 떠는 짓이나 다름없지만, 말이 나온 김에 말씀드려봅니다. 소생은 '세계를 어떻게 볼 것인가 하는 문제에서 시작해 거기서 인생을 어떻게 해석할 것인가 하는 문제로 나아간 후 인생의 의의와 목적 및 그 활력 변화를 논하고, 다음으로 개화가 무엇인지 논하면서 개화를 이루는 모든 원소를 해부한 후 그것들을 종합, 발전시켜 문예가 개화에 어떤 영향을 미치는지 논할' 생각입니다. 문제가 이처럼 방대하다 보니 철학과 역사, 정치와 심리를 비롯해 생물학과 진화론까지 다 연관됩니다. 그 대담함에 스스로도 질려버릴 정도지만, 한 번 마음먹은 이상 갈 데까지 가볼 생각입니다. 이 결심에 필요한 것은 오직 시간과 돈입니다. 일본에 돌아가 어학 교사 일에 쫓기다 보면 사색하거나 독서할 여유가 없지 않을까 걱정입니다. 돈 10만 엔을 주워 도서관을 세운 다음 거기서 책을 쓰는 상상까지 하곤 하니 참 한심하지요. 이 편지를 드리고 나면 또 당분간 격조할 듯한데 아무쪼록 양해 부탁드립니다.

긴노스케 올림

나쓰메 교코에게
보낸 편지

릴 씨 댁, 체이스 81번지, 클랩햄코먼,
런던, 1902년 4월 17일

교 님

3월 11일 자 편지는 오늘 17일에 받아서 읽었소. 내가 집을 비운 새 이래저래 다망하여 고생이 많은 모양이구려. 자세한 사정을 듣고 보니 참 딱하지만 조금만 더 참아주시오. 어차피 올해 말에는 돌아갈 생각이고, 그 후에는 어떻게든 방법을 강구할 테니 조금은 편해지지 않을까 싶소. 하지만 내가 늘 그렇듯 부자가 되어 유복하게 살 수는 없을 테니 그건 각오해주길 바라오. 구마모토에는 돌아가고 싶지 않은데, 의리상 내 멋대로 결정할 수도 없으니 그저 흘러가는 대로 두는 수밖에 없을 듯하오. 실은 요즘 저서 집필 계획을 세워서 밤낮으로 공부 중이라오. 일본에 돌아가면 지금처럼 느긋하게 독서하고 사색할 수 없을 테니 이건 유학 덕분이라고 생각하오. 이외에는 딱히 유학의 이점이랄 게 없소.

두 아이 다 탈 없이 잘 자란다니 무엇보다 다행이오. 잘 신경 써주시오. 마타노와 유아사, 쓰치야가 이따금 찾아오는 모양이던데, 가난하더라도 가난한 대로 잘 대접해주시오. 내가 없는데도 찾아와주니 아주 고맙지 않소. 올 들어 내 편지가 한 통도 오지 않았다니 이상한 일이구려. 오늘까지 서너 통의 편지를 보냈소. 요즘 일기를 쓰지 않아 언제쯤인지는 기억나지 않지만, 첫 번째 편지가 3월쯤에는 도착했어야 하오. 그 편지에는 크리스마스 선물에 대한 인사와 편지가 뜸한 것에 대한 잔소리를 썼소. 다음 편지에는 히토시 군에 관한 이야기를 많이 썼지. 그다음엔 짧막한 답장 한 통을 썼고, 그다음이 이 편지라오.

일본 유학생인 이바라키와 오카쿠라가 오는 23일 여기에 도착한다오. 돌아가는 사람에 오는 사람, 세상은 가지가지. 이렇게 옥신각신 소란을 떨며 한평생 살아가는 것이라오. 이게 다 끝이 나면 후데가 말하는 노노사마[1]가 되는 거겠지. 이유고 뭐고 없소. 그저 재미없는 일 중에 간혹 재미있는 일도 있는 세상이라 생각하며 살아야 하오. 재미있는 일 중에 간혹 재미없는 일도 있는 세상이라고 생각하기 때문에 괴로운 게요. 평생에 유쾌한 일은 모래알에 섞인 금가루만큼이나 적은 법이라오.

이곳은 벚꽃이 피지 않아 봄이 되어도 뭔가 부족한 느낌이오. 또 대부분 멋이라곤 없는 사물과 인간뿐이라 풍취도 찾아볼 수 없소. 문명이 이런 것이라면 차라리 야만적인 편이 재미있겠소. 철도 소리, 기차 연기, 마차 진동 등, 뇌병 환자는 런던에서 단 하루도 살기 힘들 게요. 일본에 돌아가 제일 하고 싶은 일은 소바를 먹고, 일본쌀을 먹고, 일본 옷을 입고서 볕드는 툇마루에 누워 뒹굴며 정원을 바라보는 것이라오. 그리고 들판에 나가 나비

1 부처를 뜻하는 유아어.

와 자운영 꽃을 보고 싶구려.

오우메 씨도 성인이 되면 시집을 가겠지. 아직 혼처는 없소? 후데와 쓰네²가 자란 후에 시집보낼 생각을 하면 머리가 아프오. 사오일 전에 나카무라 제코가 말하길, 요즘엔 4천 엔 정도는 있어야 시집을 보낼 수 있다더군. 4천 엔은 고사하고 백 엔도 불안한 지경이니 참으로 골치 아픈 일이오.

히토시 군은 요즘 열심히 공부하고 있소? 스즈키는 아직 도쿄에 있는 모양이던데, 참 무사태평이구려. 최근에는 멀리까지 나가는 버릇이 생겼다오. 도이 반스이 집에나 다녀올까 싶소.

2 소세키의 차녀 쓰네코恒子.

다카하마 교시에게
보낸 편지

릴 씨 댁, 체이스 81번지, 클랩햄코먼,
런던, 1902년 12월 1일

시키의 병세에 관해서는 매번 보내주는 《호토토기스》를 통해 알고 있었다네. 마지막 모습을 상세히 전해주어 감사하네.[1] 출발할 때부터 살아서 다시 만나는 일은 없으리라고 생각했다네. 둘다 같은 마음으로 헤어졌기에 새삼 놀라지는 않았네. 그저 딱하다는 말밖에는 할 수가 없구먼. 하지만 그런 병고에 시달리느니 빨리 왕생하는 게 어쩌면 본인에게는 더 행복이 아닐까 싶기도 하네. 〈런던 소식〉은 시키가 살아 있을 적에 위로를 겸해 심심풀이로 써서 보낸 시시한 장난 같은 글일세. 그 후에도 뭔가 써서 보내고 싶다고 생각은 했지만 알다시피 내가 워낙 무정한 사람이라, 시간이 없다는 둥 공부해야 한다는 둥 건방진 말이나 하면서 미루던 중에 고인은 백옥루白玉樓의 사람이 되고 말았구먼. 정말이지 대형들에게도 미안하고 망우亡友에게도 부끄럽기 짝이 없으이.

1 마사오카 시키는 1902년 9월 19일 결핵으로 사망했다.

생전의 시키에 관한 글을 써달라니 일단 쓰긴 하겠지만, 뭘 써야 좋을지 알 수 없어 막막하고 정리도 되지 않는구먼.

아무튼 소생은 오는 5일 드디어 런던에서 출발해 귀국길에 오르니, 도착하면 오랜만에 얼굴을 보고 이런저런 이야기를 나누도록 합세. 모든 이야기는 그때까지 미뤄주게. 이 편지는 미국을 거쳐 소생보다 사오일 먼저 도착하지 않을까 싶네. 시키를 추도하는 하이쿠를 써보려고 고민 중인데, 양복 차림으로 비스킷만 먹으며 지내다 보니 쉬이 떠오르질 않는군. 어젯밤 난롯가에 앉아 아래와 같은 잡구를 얻었다네. 얻었다기보다 억지로 끄집어낸 것에 가까우니 그저 구색만 갖춘 것이라 여기고 웃어넘겨주게. 요즘에는 반 서양인, 반 일본인이라 기분이 아주 희한하다네.

글을 쓸 때도 일본어로 쓰면 서양말이 불쑥불쑥 튀어나온다네. 서양말로 쓰는 건 또 힘들어서 일본어로 쓰고 싶어지니, 이거참 처치 곤란한 괴물이 되어버렸어. 일본에 돌아가면 하이칼라들이 제법 있을 테니 가슴에 꽃을 꽂고 자전거를 타고서 자네를 만나러 가는 건 별스런 일도 아니겠지.

런던에서 시키의 부고를 듣고

양복 차림에   가을 장례 행렬도   따르지 못해
올려 마땅한   향 하나 없는 채로   저무는 가을
노오란 안개   자욱한 도시에서   춤추는 음영
함께 시 읊던   오래전 나날들을   그리워하며

162

불러주는 이   없는 참억새밭에   돌아가려네

아주 난잡한 구로군. 첨삭해주게.

12월 1일, 런던
소세키

3부   도쿄대 교수 시절
              1903~1906

스가 도라오[1]에게
보낸 편지

혼고구 고마고메 센다기정 57번지
1903년 6월 14일

도라오 님

편지 잘 받아보았습니다. 무사히 도착해서 다행입니다. 아직 어수선해서 쉬는 중이라니 그건 좋은 일입니다. 그 어수선함을 되도록 오래 가져가서 계속 쉴 궁리를 하세요. 교수 따위 아무렴 어떻습니까. 가르치는 학생 중에 이름이 가물가물한 중국인이 하나 있는데 제가 참 좋아합니다. 조선인도 있지요. 이 녀석도 참 좋아합니다. 고등학교는 좋지만 대학은 관둘 생각입니다. 이제 정말 계획을 세워야 할 듯합니다. 이래저래 하다 보니 한 학기가 다 지나가버렸어요. 저도 신사나 불당 같은 곳에서 살아보고 싶군요. 학문 따위 하지 마십시오. 멍청한 짓입니다. 차라리 골동품을 파는 게 낫지요. 저는 고등학교에 나가 실없는 잡담이나 늘어놓고 월급을 받습니다. 그래도 제법 좋은 교사라고 자부하지요.

---

1 菅虎雄, 1864~1943. 독문학자. 소세키의 대학 시절 선배로, 마쓰야마중학교와 제5고 부임을 알선했다. 소세키의 묘비명을 썼다.

대학 강의도 아주 훌륭한데 아무도 이해하지 못하는 눈치더군요. 그런 강의를 계속하는 건 학생들에게 미안한 일이지만, 그렇다고 해서 학생들이 납득할 만한 것만 가르치고 싶지는 않아요. 시험을 쳐보니 아무래도 서양인이 아니면 힘든 모양이더군요.

최근 들어 낮잠 병이 다시 도져 쿨쿨 잠만 잡니다. 박사도, 교수도 되고 싶지 않아요. 인간은 먹고살 수만 있으면 그걸로 충분하지 않을까요. 대단한 저술도 결국 시간과 돈 문제이니, 안 되면 안 되는 대로 딱히 상관없습니다. 하늘은 구천句踐을 버리지 않는 법이니까요.[2] 요즘에 아랫집 핫 쨩과 윗집 시로 쨩, 집 뒤 학교의 학생들이 모여 일과를 정해 무언가를 하더군요. 이것도 한 학기가 끝났다는 증거겠지요.

그 외엔 더 쓸 말이 없습니다. 대형 집에는 그 후론 가보지 않았습니다. 별 탈 없을 겁니다. 오쓰카의 셋째 딸이 얼마 전 병으로 죽었습니다. 병문안을 가면서 도미를 가져가 웃음을 샀지요.

저는 공들여 연구하던 것을 죄다 잊어버리고 말았습니다. 참 멍청하지요. (노트) 따위 불살라버릴 생각입니다.

대형의 편지 봉투와 종이가 아주 마음에 들었습니다. 과연 중국 느낌이 나더군요.

지금 둘째 딸 쓰네코가 울고 있습니다. 저 녀석은 툭하면 울어서 큰일입니다. 야마카와는 변한 게 없어서 문제고, 저도 변한 게 없어 문제입니다.

---

2 가마쿠라 시대의 무장 고지마 다카노리가 주군 고다이고를 월왕 구천에 빗대어, 범려와 같은 좋은 신하가 나타날 것이니 단념하지 말라고 격려하기 위해 지은 시구의 일부분.

우선 간단히 답장만 드립니다. 사실 좀 점잖게 써서 나쓰메도 글씨가 많이 좋아졌다는 말을 듣고 싶었는데, 그렇게 도전할 마음도 다 사라졌으니 천진난만하게 이만 실례하겠습니다. 안녕히.

대형이 떠나니 함께 험담을 나눌 상대가 없어 너무 무료합니다.

긴

스가 도라오에게
보낸 편지

혼고구 고마고메 센다기정 57번지
1903년 7월 2일

도라오 님

7월 1일에 두 번째 편지가 도착했습니다. 이런저런 진기한 이야기들이 많아 재미있었습니다. 차와 술을 착각하고, 당나귀에서 떨어질 뻔하고. 아주 중국적이라 묘하더군요. 일본에는 재미있는 일이라곤 없습니다. 게이한 합병 스모[1] 정도뿐이지요. 대학도, 고등학교도 시험은 다 끝났습니다. 어제는 종일 채점 회의에 붙잡혀 있었는데, 입을 꾹 다물고 설명을 듣기만 하는데도 제법 지치더군요. 내일부터는 입학시험인데 이게 또 아주 성가십니다. 인간은 살고 싶기 때문에 사는 것이고, 살고 싶기 때문에 고생도 하지요. 뼈 빠지게 고생을 하더라도 살아 있는 편이 좋은 모양입니다. 거기서 더 심해지면 뼈 빠지게 고생해서라도 명예를 얻고자 하고, 학문에 능하고자 하고, 돈 욕심을 내게 되지요. 참 이상한 놈들입니다.

---

1 오사카 난카이역 앞 공연장에서 열흘간 열린 도쿄·오사카 합병 스모 대회.

어머니가 병에 걸려 일가족이 고향으로 돌아갔다고 하더군요. 어제 후지시로에게 전해 들었습니다. 걱정이 또 하나 늘었겠어요. 가족은 당분간 고향에 두는 게 좋습니다. 최대한 돈을 모아 반생의 불우를 극복해야지요. 세간에서는 가난을 불명예라 여기니 대형도 지금부터 명예를 회복하는 겁니다. 거기서는 모조품을 진귀한 골동품이라 속이고 강매하겠지요. 혹 그렇지 않다 해도 저축을 깨서 골동품에 써버린다면 이른바 명예 회복은 불가능할 겁니다.

하이쿠는 시들해져서 쓸 의욕도 생기지 않아요. 그래도 심심풀이로 가끔 씁니다. 이건 자신감이 넘쳐서가 아니라 일시적인 기분 전환을 위해 쓰는 것입니다. 마침 최근 《호토토기스》에 〈자전거 일기〉라는 명문을 부득이하게 실었으니 한번 읽어보시지요. 품위 없는 문장이지만 제법 잘 썼습니다.

대형은 교수 곁에서 중국어 공부를 하세요. 대형처럼 서툰 인간도 열심히 하다 보면 실력이 늘겠지요. 그런 다음 중국 책을 읽으십시오. 저는 중국 문학을 아주 좋아하지만, 사실 좋아한다고 말할 정도로 알지는 못합니다.

대학을 그만둘 요량으로 학장을 찾아가서 일단 의사를 타진해보았는데, 학장이 난리를 치는 통에 금방 위축되었습니다. 그래서 순순히 네네, 대답만 하다 나왔지요. 정말이지 남부끄러운 이야기 아닙니까?

가노, 오쓰카, 후지시로, 다들 잘 지냅니다.

후지시로는 대형이 걱정하는 정도는 아닌 것 같습니다. 오쓰카도 그렇게까지 낙담하진 않은 듯합니다. 어쩌면 저처럼 몰인정한 인간 눈에나 그리 보이는 것일지도 모르겠군요. 가노 씨는 역시 가노 씨입니다. 만고불역이라는 말이 잘 어울리는 인물이지요. 구마모토 시절보다 더 기운이 넘친다는군요. 야마카와 일은 어떻게 될지 모르겠습니다. 저도 최근에 만난 적이 없어요. 게으름을 피우느라 바빠 격조하게 되었지요. 제게 더 애써보라고 해도 본인이 썩 내켜 하지 않아 좀 어렵습니다. 거기다 소개할 만한 자리도 없고. 딱하다 싶지만 방법이 없군요. 대형 쪽에 자리가 있다면야 그게 제일 좋겠지만, 당분간 힘들다고 하면 어쩔 수 없지요.

근래 음침한 장마철 날씨에는 두 손 다 들었습니다. 타고난 게으름뱅이가 점점 더 게을러지는군요. (단잠과 낮잠, 우리는 모노구사 다로[2]일지니), 하고 점잔 빼는 사이 천벌이 떨어져 위병, 뇌병, 신경 쇠약이 동시 발병하여 의사마저 손 놓게 되는 것이 가까운 미래에 일어날 일 아닐까 싶습니다.

야마카와가 얼마 안 가 미치광이가 된다고요? 과연 그럴까요. 평범한 사람들은 대부분 미치광이입니다. 스스로 미치광이가 아니라고 자신하고 있을 뿐이지요. 그리 대수로운 일도 아닙니다. 세상은 미치광이 전시장 같은 곳이니까요. 그중 제일가는 미치광이를 가리켜 영웅이니 호걸이니 천재니 하며 떠들어대는 것뿐이지요. 대형과 저는 조금밖에 미치지 못해서 문제입니다. 도둑을 생각해보십시오. 대도大盜는 사람들에게 숭배받지만 좀도둑은 감옥에 갇히지요. 이 세상에서는 종류의 차이가 아닌 정도

의 차이로 정반대의 존재가 된답니다. 흑백이란 바로 그런 것이지요.

중국까지 가지 않고서도 돼지가 되어 보이겠다는 정도의 결심 없이는 이 세상을 살아나갈 수 없어요. 운이 좋아 남경까지 갔으니 돼지들을 잘 관찰해서 훌륭한 돼지가 되어 돌아오십시오. 대형처럼 깔끔을 떠는 사람에게는 좋은 훈련이 될 겁니다. 앞으로는 선학禪學이 아니라 돼지학을 공부해야 합니다. 저도 빈둥거리기 분야에선 돼지에게 배운 바가 있어 그 핵심을 잘 이해한다고 스스로 자부합니다. 다른 분야도 차차 연습하면 우물 안 돼지 정도는 될 수 있을 것 같군요.

내일부터 입학시험이라 아침 7시부터 붙들려 있어야 합니다. 7시부터 붙들려도 시험 감독관은 그나마 괜찮지만 시험을 치는 사람은 정말 괴로울 겁니다. 하지만 그것도 다 자기에게 득이 되니 하는 거겠지요. 한심하긴.

대형은 가끔 기쿠치 겐지로와 토론을 하는 모양이더군요. 둘 다 한 고집 하는 성격이니 아주 재미있겠어요. 저는 대형을 잃은 뒤로는 같이 험담할 사람이 없어 못 견디게 쓸쓸합니다. 저도 중국에 가고 싶군요.

오늘은 이만 줄이겠습니다. 조만간 또 연락하지요. 몸 건강히, 마음 편히 잘 지내시길. 총총.

긴노스케

노무라 덴시[1]에게
보낸 편지

혼고구 고마고메 센다기정 57번지
1904년 6월 18일

비스킷을 먹으면서 시험지를 채점하는데, 쑥쑥 줄어드는 비스킷
과 달리 채점은 전혀 진전이 없군. 붓소라이가 말하길 볶은 콩을
음미하며 옛사람을 욕하는 일이 세상 제일 유쾌하다니,[2] 내가 말
하길 비스킷을 먹으며 학생을 욕하는 일이 세상 제일 불쾌하도
다. 어찌 생각하는가?

　나는 돈 한 푼 없는 주제에 요즘 계속 집 도안을 생각한다네.
책을 읽는 중에도 다실이며 석가산이 계속 눈앞에 어른거려 집
중할 수가 없지. 이런 선생에게 답안 채점을 당하는 건 행인지
불행인지. 어찌 생각하는가?

　자네는 책을 많이 읽지 않아서 영어가 서툰 걸세. 잔소리를 하
는 나도 썩 잘하지는 못하지만 계속 발전하는 중이라네. 제자는

1　野村伝四, 1880~1948. 소세키의 문하생으로, 도쿄대학에서 소세키에게 영어를 배
　웠다. 나라현의 중학교 교장 및 현립 도서관장을 지냈다.
2　하라 넨사이가 옛 철인의 이야기를 모아 편찬한 전기집 《센테쓰소단》에서 인용한
　구절.

마땅히 선생을 뛰어넘어야 하니, 그런 마음가짐으로 책을 읽어야 한다고 보네만. 어찌 생각하는가?

하시구치가 또 그림엽서를 보내주었어. 고요한 바다에 뭉게구름, 그리고 새하얀 돛. 아주 근사하더군. 솜씨가 나보다 나은 듯하네. 어찌 생각하는가?

어디 좋은 셋집 없는가? 방학이 시작되면 바로 이사해 거기서 여름 내내 공부할까 하는데. 어찌 생각하는가?

그리고 자네는 아마 도와주러 오겠지. 어찌 생각하는가?

노마 마사쓰나[1]에게
보낸 편지

혼고구 고마고메 센다기정 57번지
1905년 1월 1일

마사쓰나 님

며칠 전에 보내준 〈류도켄 주인의 노래〉[2]가 아주 재미있어서 교
시에게 보냈더니 《호토토기스》 2월호를 장식하기에 충분하다
고 하더군. 단, "기러기 고기 내게 무엇을 의미하나"라는 부분은
고쳤으면 하네. 미나가와는 즈시가 마음에 들지 않는다며 다시
보슈로 갔다네. 오늘 와서 자네에게 주라며 양서 두 권을 내게
맡겨두고 갔네. 한 권은 라프카디오 헌의 괴담인데 덕분에 나도
읽었지. 《고양이전》[3]을 칭찬해주어 고맙군. 칭찬을 받으면 우쭐
해져서 속편에다 속편의 속편까지 쓰고 싶어진다네. 사실 작가
본인은 살짝 지겹고 싫증이 난 참일세. 읽어도 전혀 재미있지 않
더군. 꼭 오래된 연인의 얼굴을 바라보듯 털끝만큼도 감흥이 없

1 野間眞綱, 1878~1945. 영어 교사. 육군사관학교 영어 교관 등을 거쳐 소세키의 주선
　으로 제7고등학교 교수로 부임했다.
2 《호토토기스》에 발표된 노마 마사쓰나의 시.
3 猫伝. 소세키가 《나는 고양이로소이다》의 제목으로 고려했던 가제.

어. 고마치 일에는 나도 놀랐다네. 만사 자중하는 게 제일일세. 사실 나밸 만한 학문도 정력도 없어 그럴 수밖에 없지만.《고양이전》속 미학자는 물론 오쓰카[4]가 아닐세. 오쓰카는 누가 봐도 그런 사람이 아니지. 본인은 괜히 마음을 써서 그렇게 생각할 수도 있는데, 그건 뭐 상관없네. 주인도 나라고 하면 나고, 다른 사람이라고 하면 얼마든지 다른 사람이 될 수 있으니. 아무튼 자기 흠이 가장 쓰기도 쉽고 뒤탈도 없어 제일 좋다고 생각하네. 다른 사람에게 욕먹기 전에 스스로 먼저 해두는 게 더 재미있지 않은가?

어제는 덴시가 오고 도라히코가 오고 또 시호다도 왔다네. 밤에 눈을 뜨니 제야의 종이 울리더군. 예전 같았으면 감개感慨 운운했겠지만 어제는 아무렇지도 않더구먼. 가만히 듣다 잠들어버렸어. 정초도 날씨가 좋아 다행일세. 오늘은 왠지 중절모를 쓰고 싶은 기분이니 나가서 길거리 사람들을 좀 놀라게 해볼까 하네. 그럼 안녕히.

긴

---

4 오쓰카 야스지大塚保治, 1869~1931. 미학자. 소세키의 친구로, 도쿄대학 철학과를 졸업하고 도쿄대학 교수를 지냈다.

미나가와 세이키[1]에게
보낸 편지

혼고구 고마고메 센다기정 57번지
1905년 2월 13일

자네의 대대적 찬사를 받고 고양이도 갑자기 기세등등해진 모양이야. 속편도 쓰고 싶다나 뭐라나. 어차피 4월에는 《호토토기스》가 100호를 맞는다고 하니, 그때까지 툇마루에서 대충 구상을 해보겠다는군. 일본 문단의 위관偉觀이라는 말은 영 송구스러우니 다시 돌려드리겠다고 하네. 미나가와 씨는 〈런던탑〉 같은 작품이 아니면 탐탁지 않아할 줄 알았는데 고양이 같은 작품도 알아주다니 기특하다고 고양이가 아주 기뻐하고 있네. 같은 고마고메 이웃 중에 이 같은 지기가 있는데 다른 동네 놈들이 멍청이라고 하든 바보 고양이라고 하든 무슨 상관이냐며 만족스러워하고 있다네. 이 고양이는 길 건너 세 집과 양 옆집 놈들이 끔찍하게 싫다는 모양이야.

---

1 皆川正禧, 1877~1949. 소세키의 문하생으로, 도쿄대학 영문학과를 졸업했다. 소세키 사후에 소세키의 강의를 복원하여 《영문학 형식론》(1924)을 간행했다.

노무라 덴시에게
보낸 편지

혼고구 고마고메 센다기정 57번지
1905년 6월 27일

덴시 선생

편지 잘 받아보았네. 교시가 찾아와 자네의 원고에 관해 무어라 의견을 말하던가? 교시가 자네의 소설을 까다로워하고 말고는 일단 제쳐둠세. 그가 만일 자네 작품에 대한 의견을 말했다면 충분히 그 의견을 듣고 참고할 필요가 있네. 자네 작품 정도면 현재 문학잡지에 싣기 곤란할 수준은 아닐세. 그럼에도 그렇게 말을 하는 건 그게 《호토토기스》이기 때문이라네. 다른 잡지가 환영할 만한 작품에 오직 《호토토기스》만 말을 얹는다면 그 뒷면에는 무언가 이유가 있을 걸세. 즉, 《호토토기스》의 주장과 취향이 일반적이지 않다는 결론이 나오지. 세상 사람들은 그걸 이해하지 못한다네. 자네도 어쩌면 조금 이상하다 여길지도 모르겠군. 만약 그렇다면 이건 좋은 기회일세. 교시의 의견을 충분히 물어 교시 일파의 주의 주장을 들어두는 건 자네에게 많은 도움이 되리라고 생각하네. 시시한 일에 기분 상해 말고, 자네 생각을 밝히고 다른 이의 의견도 받아들여서 이해득실을 비교하는 게 상책일세. 《호토토기스》는 현재 문단에서 유일하게 성향을 달리하는 잡지라네. 《명성》을 비롯한 여타 문장가가 본다면 《호토토기스》의 문장은 문장이 아닐지도 모르지만, 마찬가지로 《호토토기스》 쪽에서 보면 《명성》 일파의 문장은 문장이 아닐 걸세. 레토릭뿐이라고 생각할지도 모르지. 나는 어느 쪽이 좋다고는 말하지 않겠네. 하지만 지금은 여러 사람의 의견을 두루 참고해 자네의 문장 속 지식과 취향을 계발할 시기라네. 나쁜 소리를 들었다고 얼굴을 붉히는 그런 시대는 지났어. 교시는 학문을 모르는 남자일세. 조리 있는 토론도 할 수 없지. 그렇지만 문장에 관해서만은 일가견이 있네. 편향적일 수는 있지만, 그는 말을 할 때 이론이든 뭐든 덧붙이는 일 없이 곧바로 핵심으로 파고든다네. 그 결단력은 대학 박사나 학사가 명함도 못 내밀 정도지. 이런 사람이 하는 말은 경청할 가치가 있네. 이런 사람에게 나쁜 소리를 듣고 그 이유를 알게 되는 건 작가에게 외려 유쾌한 일이야. 교시는 아직 소설가도 뭣도 아니라네. 하지만 소설에 대한 그의 기준으로 작금의 소설을 가차 없이 평가한다면 소설다운 소설은 단 한 편도 없을 걸세. 이건 시호다나 헤키고토도 마찬가지. 그들의 기준에 걸맞은 소설이 존재할 수 없다는 건 정작 본인들도 쓰지 않는, 아니 쓰지 못하는 것만 보아도 자명한 일이지. 하지만 온 세상이 교카를 칭찬하고 후요를 칭찬하면서 여타 소설가를 금이야 옥이야 떠받드는데 그들만 눈길 한번 주지 않는다는 건 그들이 몰취미하거나 혹은 식견을 갖췄다는 뜻이네. 이를 깊이 연구하면 분명 작품 집필에 큰 영향을 줄 걸세.

문장은 고생스럽게 써야 하고, 다른 이의 비평은 귀 기울여 들어야 하네. 어쩌다 쓴 글 한 편으로 평범한 세간 군중의 칭찬을 얻어봐야 그건 자랑할 일도 아닐뿐더러 오히려 그 사람을 망칠 뿐이야. 오사나이에게 살짝 그런 기미가 보이지. 그대로 계속 간다면 훌륭한 문학자는 되지 못할 걸세. 하지만 그런 상태가 되면 다른 사람의 말 따위에는 귀 기울이지 않게 된다네. 교시의 잔소리는 자네에게 약이 될 걸세. 견해에 결점이 있을 때도 있지만, 어떤 부분에서는 나 같은 사람보다 훨씬 좋은 눈을 가졌지. 나는 엄격해 보이지만 오히려 대부분의 작품을 동정하는 약점이 있다네. 이건 내 실력이 부족하다는 사실이 마음에 걸리기 때문일세.

〈담 너머〉라는 작품 한 편이 《호토토기스》에서 어떻게 되든 그런 건 상관없네. 나는 다만 이번 기회에 문장을 대하는 자네의 마음가짐에 관한 내 희망사항을 말해본 걸세. 사실 우리 집에서 문장 모임을 열고자 한 데에는 이런 이유도 있었네만, 다들 사양하는 바람에 결국 이렇게 되었군. 자네와 교시 사이를 가로막은 장지 한 장을 열어젖혀 보게. 봄바람이 막힘없이 불어들 터이니. 무례한 말 미안하네.

긴세이[1]

---

1 세이生는 이름 뒤에 붙여 자신이 젊은 사람임을 나타내는 말이다.

나카가와 요시타로[1]에게
보낸 편지

혼고구 고마고메 센다기정 57번지
1905년 7월 15일

나카가와 선생

편지 잘 받아보았네. 그 후로 열심히 공부하는 듯해 다행일세. 달리 할 일이 없거나 딱히 재미있는 일이 없을 때 공부를 하는 법이니, 학자가 되기에는 자네 같은 환경이 제일이라고 생각하네. 교제가 많거나 여자에게 홀리면 대학자는 될 수 없을 걸세.

나도 공부를 하고 싶지만 너무 바쁘구먼. 엊그제까지는 입학 시험 감독을 해야 했다네. 집에 돌아오니 올해 졸업생들이 일자리를 찾아 담판을 지으러 오더군. 중국에서 친구도 돌아왔지. 《신소설》 사원이 찾아와 전후 문단에 관한 생각을 들려달라고 하고, 《중학세계》에서는 세계 문호 36인을 소개하는데 날더러 셰익스피어를 담당해달라더군. 또 《중앙공론》의 조인 선생이 찾아와 뭐든 좀 써달라고 하고, 류분칸 출판사에서는 《고양이》

---

1 中川芳太郎, 1882~1939. 영문학자. 소세키의 문하생이자 도쿄대학 제자였다. 강의 필기를 기초로 소세키의 《문학론》 초고를 작성했다.

를 출판하겠다고 찾아왔다네. 가나오분엔도라는 출판사에서도 책을 출판하고 싶으니 글을 써달라더군. 그리고 나는 다음 학기 강의도 준비해야 한다네. 메이지대학의 시험 채점도 해야 하는데 그 와중에 위가 아프고 잠이 오지. 책은 자꾸 비평적으로 읽게 되니 전혀 재미가 없어. 읽다 보면 계속 내 작품 생각이 나서 진도가 안 나간다네. 비어홀에는 가지 않지만, 밤에는 종종 도라히코 선생과 시호다 대인, 그리고 덴시 군과 기요, 마사키 두 문호께서 찾아온다네. 이런데도 대학에서 1인분을 하고 고등학교에서 1인분을 하고 메이지대학에서 3분의 1인분을 하고 문사로서도 1인분을 하겠다는 뻔뻔한 생각을 하니, 신과 흥정해 365일을 만 일 정도로 늘리지 않고서야 감당할 수 있을 리 없지. 얼마 전에는 《일본신문》에서 찾아와 가끔 글을 써달라고 하더군. 그래서 나도 곰곰이 생각해보았다네. 매일 글 하나를 써서 10엔을 받을 수 있다면 학교를 그만두고 신문사에 들어가는 편이 낫겠다고. 하지만 이건 《일본신문》에서 수긍하지 않을 테니 계속 아카몬[2] 안에서 허튼소리나 떠들며 지낼 생각이라네. 《고양이》를 써서 지난달에 받은 15엔으로 곧장 파나마모자를 사서 쓰고 으스댈 땐 참 어린애 같았지. 그런데 얼마 전 중국에서 돌아온 친구가 비슷한 파나마모자를 쓰고 있더군. 심지어 내 것보다 훨씬 좋아 보여서 《고양이》를 쓰는 것보다 중국에 가서 돈을 버는 게 더 낫겠다는 생각이 들었다네.

인간은 한번 불평을 시작하면 끝이 없지. 나도 불평투성이지만, 그러면서도 펄떡펄떡 잘만 살아 있으니 참 이상한 일 아닌가.

---

2 赤門. 도쿄대학을 상징하는 문으로, 캠퍼스 서남쪽에 위치해 있다.

지금 당장이라도 〈햄릿〉을 뛰어넘는 각본을 써서 천하를 놀라게 하고 싶지만, 아무리 훌륭한 작품을 써본들 천하가 놀랄 성싶지도 않으니 관두자는 생각도 드는군. 이상.

긴

나카가와 요시타로에게
보낸 편지

혼고구 고마고메 센다기정 57번지
1905년 9월 11일

요시타로 님

지금 막 미에키치 군[1]이 쓴 굉장한 편지를 받아 그 자리에서 읽고는 크게 놀랐다네. 그 길이에 가장 놀랐는데, 확인을 위해 재어봤더니 8조[2] 크기 방을 훌쩍 넘어 6조 방을 너끈히 가로지르지 뭔가. 정말 길더군. 그 정도 편지를 쓸 수 있다면 신경 쇠약은 절대 아닐 걸세. 휴학을 하다니 생각지도 못한 일이군. 자네가 얼른 편지를 써서 불러들이게. 나는 다음 주가 되어야 수업을 시작한다네. 다른 선생들도 대부분 그렇겠지. 꼭 도쿄로 오라고 전해주게. 설렁설렁 학교에 나오는 둥 마는 둥 하기만 해도 충분하니 휴학한 셈 치고 도쿄에 있는 게 좋으리라고 생각하네. 아픈 부모님을 위해 하루빨리 학업을 마치겠다는 녀석이 1년을 휴학할 이

---

1 스즈키 미에키치鈴木三重吉, 1882~1936. 소설가, 동화 작가. 소세키의 문하생으로, 일본 아동 문학의 아버지라 불린다.
2 방의 넓이를 재는 단위로, 1조疊는 90×180cm²에 해당한다.

유가 도대체 뭔가. 얼른 졸업하는 게 그 녀석의 의무야. 이건 자네가 편지로 꼭 말해주고 내 생각이라고 전해주게. 뭐가 되었든 일단 학교에 적을 두면 저절로 문학 학사가 될 수 있는데 휴학이라니 쓸데없는 짓이야. 도쿄로 나와서 여기저기 돌아다니며 놀다가 이따금 긴양[3] 선생 집에 놀러 오면 신경 쇠약 따위 금세 나을 걸세.

그다음으로 놀란 건 미에키치 군이 끝도 없이 내 이야기를 썼다는 점일세. 자기 아버지 이야기보다 더 많이 썼어. 편지 길이가 3간[4] 정도라고 치면 그중 2간은 긴양에 관한 이야기로 가득하더군. 나 같은 인간이 한 학생의 머릿속을 이렇게까지 점령하리라고는 꿈에도 생각지 못했네. 그 편지를 보면 미에키치 군은 매일같이 내 생각을 하다가 신경 쇠약에 걸린 사람 같더군. 내가 열일고여덟 먹은 아가씨라면 미에키치 군 생각에 드러누워 끙끙 앓았겠지만, 다행히 나는 요시하라에서 사 온 머릿기름 종지나 애지중지하는 긴양이라 내 입장에선 약값을 아껴 무척 다행이다 싶네. 하지만 제아무리 소세키라도, 긴양이라도, 강사라도, 수염이 났다 해도, 미에키치 군에게 이렇게까지 흠모를 받고 감사히 생각지 않는 건 아니라네. 감사함을 넘어 무서울 정도야. 미에키치 군은 내 아내보다 내 생각을 더 많이 하는 듯하더군. 학비를 보내준 적도, 일자리를 주선해준 적도 없고 물론 돈을 빌려준 적도 없으니 더욱 고마워해야겠지. 나는 이래 봬도 자부심 넘치는 사내라 내가 일부 사람에게 호감을 살 만한 성격을 가졌다

---

3   소세키의 본명인 '긴노스케'에서 따온 별명.
4   길이의 단위로, 1간間은 약 180cm에 해당한다.

고 자신하네만, 이 정도까지 흠모받을 줄은 몰랐다네. 자만하던 것 이상일세. 예상을 오십오륙 배 초과했어. 본디 사람은 흠모나 친애의 대상이 되면 갑자기 좋은 사람이 되고 싶어지기 마련일세. 그 흠모와 친애에 부합하는 자격을 하룻밤 사이에 뚝딱 만들어내고 싶어지지. 나도 오늘 밤에는 갑자기 좋은 사람이 되고 싶은 기분이 드는군. 세상 모든 사람이 미에키치처럼 나를 경애했다면 나는 지금쯤 벌써 공자나 그리스도나 석가모니 정도는 되었을 걸세. 애석하게도 세상은 내 마음에 들지 않는 바보들로 가득해서 그로 인해 결국 내가 미에키치 군의 호의에 걸맞지 않는 사람이 된다면 그건 부끄러운 일이지만, 이는 내가 나쁜 게 아니라 그 시시한 놈들이 나쁜 걸세. 미에키치 군이 상상하는 것처럼 좋은 사람이 아니어서 모처럼의 기대에 부응하지 못하게 되어도 그건 내 책임이 아니니, 그 부분은 미에키치 군에게 잘 말해주게. 미에키치가 내게 주려 했던 문어 단지의 끈이 끊어져 망가져버렸다니 아주 유감스러운 일이군. 긴양도 그 호의에 대한 보답으로 무언가 주고 싶지만 딱히 은행 복권에 당첨될 것 같지도 않아 드릴 수가 없구먼. 최근 출판된 《나는 고양이로소이다》를 한 부 드리려 하니 이것도 말해주게.

미에키치는 나를 사랑하고 존경한다는 말 외에 내가 박학하다거나 대단한 문장가라거나 좋은 교수라는 말은 쓰지 않았더군. 미에키치의 나를 향한 친애의 정은 아주 퍼스널한 것으로, 나라는 사람 자체를 좋아해주는 게 아닐까 싶다네. 그게 다른 사람들과 다른 점이고 또 아주 고마운 부분이지. 그러니 내가 《나는 고양이로소이다》를 주는 건 문장을 읽어봐 달라거나 익살을 감상해달라는 의도가 아니라네. 그저 퍼스널 어펙션을 표하고자 함이니 이 또한 전해주게.

내 이야기를 그만큼이나 쓰고 또 그만큼 나를 칭찬하면서도 전혀 간살스러운 구석이 없어. 옛 문장가처럼 거짓된 문구도, 과장도 없더군. 정말 진실된 느낌밖에 들지 않았네. 이게 내가 미에키치 군에게 가장 깊이 감사하는 부분일세.

그 편지는 지금 이 편지처럼 즉흥적으로 휘갈겨 쓴 듯하던데, 아주 달필에 사생寫生적인 데다 거짓되지 않고 문학적이야. 미에키치 군도 글을 써서 문장 모임에 참석하면 재미있을 걸세.

일단은 인사를 겸해 급히 쓴 것이라 두서가 없어 읽기 힘들 수도 있지만, 아무쪼록 내 말을 미에키치 군에게 잘 전해주게. 1년 간 시골에 틀어박힐 생각 말고 도쿄로 나오라고 꼭 타일러주게나. 나는 그렇게 긴 편지를 쓸 용기가 없으니 이만 실례하겠네. 사실 미에키치 군보다 내 신경이 더 쇠약하다네. 대장이 엄청난 신경 쇠약인데 졸병이 살짝 신경 쇠약에 걸렸다고 학교를 쉬어서야 되겠는가.

긴양

나카가와 요시타로에게
보낸 편지

혼고구 고마고메 센다기정 57번지
1905년 9월 16일

나카가와 선생

드릴 말씀이 있네. 어젯밤 집에 왔던 손님이 돌아가려는데 모자가 없어졌더군. 현관에 있던 소생의 고무장화도 없어졌다네. 따라서 도둑의 소행이라고 결론 내렸지.

그런데 밤늦게 달을 보다가 툇마루 아래를 들여다보니 자네가 보내준 미에키치의 편지를 넣어두었던 봉투가 있더군. 그런데 안에 내용물이 없지 뭔가. 생각해보니 이것도 도둑의 소행 아닐까 싶네. 미에키치 군이 쓴 장문의 편지를 천하일품이라 여겨 가져간 것이라면 이 도둑은 퍽 말이 잘 통하는 도둑이 틀림없어. 하지만 자네 집에 온 편지를 도둑맞고 마음 편히 있을 수는 없어서 편지로 사과를 전하네. 부디 용서 바라네. 앞으로 조심하겠다고 말하고 싶지만 우리 집은 더 조심할 여지도 없는 곳일세. 조심한다면 도둑이 조심하는 수밖에 없지. 그런 아름다운 편지를 읽으면 도둑도 불심이 일어 선한 마음이 돌아올 테니 조만간 편지도 홀연히 돌아올지 모르겠군. 돌아오면 바로 돌려줄 테니 그리 알아주게. 일단은 고금 미증유의 도둑 사건 전말만 보고 드리네. 어쩌면 지금껏 이것저것 훔쳐 갔을지 모르지만 전혀 눈치채지 못했다네. 참 뒤숭숭한 일일세. 다음번에는 내 서재를 쓸어 갈지도 모르지. 도둑이 강의 초고를 가져간다면 나는 사직해야 할 텐데, 그렇다면 도둑도 제법 자비를 아는 남자야. 이상.

나쓰긴

다카하마 교시에게
보낸 편지

혼고구 고마고메 센다기정 57번지
1905년 9월 17일

교 선생

문장 모임에 관한 편지 잘 받았네. 소생도 이달 말까지는《고양이》후속편을 쓸 생각일세. 9월 3일이 토요일이니 모임은 그날 낮에 하면 어떨까 싶은데. 장소는 이제까지 늘 소생의 집이었지만 지금은 아내가 임신 중이라 조금 힘들 듯하구먼. 이번엔 사양하고 어딘가 다른 곳에서 했으면 하네. 회원의 집 말고 어디 다른 곳을 빌려야 할 듯한데, 장소 선정은 귀형에게 맡기겠네. 그렇게 되면 회비를 모아야 하는데 그럼 참석자가 줄어들겠지. 또 통지 건으로 귀형을 번거롭게 해야 할 듯한데. 귀형은 어찌 생각하는지 듣고 싶네.

　매일 손님이 너무 쓸데없이 많이 오는군. 이렇게 살다가 죽으려는 게 아니었는데. 학교 세 곳에서 수업을 하면서 끝도 없이 손님 접대를 하고, 또 자유롭게 수학하고 문학 작품을 쓰고. 이 많은 일을 한꺼번에 하는 건 좀 무리가 아닐까 싶네. 소생은 한

평생 스스로 만족할 수 있는 작품을 두세 편만 쓸 수 있다면 나머지는 어찌 되든 상관없는 무욕한 남자일세. 그러기 위해서는 소고기도 먹어야 하고, 달걀도 먹어야 하다 보니 나도 모르게 마음에도 없는 직업에 매달려 본성은 잃게 되는 지경에 이른 게지. 참 안타까운 일일세(라고 말하면 우스꽝스러운가?). 아무튼 관두고 싶은 일은 교사, 하고 싶은 일은 창작. 창작을 할 수만 있다면 그것만으로도 하늘과 인간에게 도리를 다하는 셈이라고 생각하네. 나 자신에게는 물론이고 말이야.

〈하룻밤〉을 읽어주어 고맙네. 자네 말대로 조금 더 알기 쉽게 쓴다면 그 글 특유의 느낌은 절대 나오지 않을 걸세. 이해하기 힘들기 때문에 재미있는 게지. 그 글을 세 번 정독하고 걸작이라고 말해준 사람이 바로 나카가와 요시타로 군일세. 그래서 어제 나카가와 군과 덴시 군에게 식사 대접을 했지. 그런데 덴시 군은 이해하지 못했다고 하더구먼.

〈하이쿠 부처의 설교〉[1] 아주 재미있더군.

긴세이

---

1 다카하마 교시가 1905년 9월 《호토토기스》에 발표한 작품.

노무라 덴시에게
보낸 편지

혼고구 고마고메 센다기정 57번지
1905년 11월 2일

《중앙공론》이 나왔으니 꼭 사서 읽어보시게. 그리고 칭찬해주게. 오늘 혼고의 서점에서 《문고》의 6호 활자를 보았는데 이런 말이 있더군. "나쓰메 소세키의 《나는 고양이로소이다》는 무려 1엔, 돈이 남아돌아 처치 곤란인 사람이 아니라면 사지 말 것. 공짜로 받아도 읽을 가치 없음." 이 6호 활자 선생은 살 수도, 받을 수도 없는 처지 아닐까 싶네만. 그래서 2쇄가 나오면 한 부 드릴까 생각 중인데 어떻게 생각하는가? 우스이 선생 앞으로 보내면 될 듯한데, 괜찮겠는가?

스즈키 미에키치에게
보낸 편지

혼고구 고마고메 센다기정 57번지
1905년 11월 9일

　　　미에키치 님

미에키치 씨, 한 말씀 드리지요. 제 위병을 낫게 해주고 싶다는
그 친절한 마음은 감사하지만, 나보다는 당신의 신경 쇠약이 더
중요하니 얼른 나아서 내년에는 꼭 도쿄로 오세요. 내 위병은 아
직 휴강을 할 정도는 아니지만, 내년쯤엔 당신과 교대해서 일 년
간 휴강해보고 싶군요. 대학 교수니 강사니 하면서 높이 평가해
주는 건 전혀 고맙지 않아요. 내 이상을 말하자면, 학교에 나가지
않고 늘 집에 드나드는 학생들을 매주 한 번씩 불러 식사를 대접
하고 농담이나 하면서 놀고 싶답니다. 나카가와 군이 와서 내가
곧 박사가 된다는 둥 하던데 그런 소리를 들으면 아주 진절머리
가 나고 불쾌합니다. 나는 박사가 되지 않겠다고, 누가 학위를 주
기도 전부터 나카가와 군에게 못 박아두었습니다. 그렇지 않나
요? 박사가 되려고 태어난 것도 아니고.

　　섬으로 간 모양이더군요. 그걸 소재 삼아 사생문이나 소설

을 써보시지요. 우리는 전혀 상상도 할 수 없는 재미난 일이 잔뜩 있을 테니. 글은 쓸 재료만 있다면 누구든 쓸 수 있는 것이라고 생각합니다. …… 요즘 여기저기서 원고를 달라느니 뭐라느니 요청이 와서 힘듭니다. 나는 《호토토기스》 한구석에 엉터리 글을 쓸 수 있다면 그걸로 만족합니다. 그렇게 여기저기 글을 뿌릴 필요는 없지요. …… 《문고》라는 잡지가 종종 제 험담을 하더군요. …… 하지만 글이라도 한 편 투고하면 또 금세 칭찬하겠지요. …… 점점 날씨가 추워지네요. 오늘은 재단사를 불러 외투 한 벌과 니주마와시[1] 한 벌을 맞췄습니다. 제법 형편이 좋아 보이지요? 《고양이》 초판이 다 팔려서 며칠 전에 인세를 받았습니다. 아내는 그 돈으로 의사에게 약값을 내고 출산 준비를 하겠다고 하더군요. 그러고 나면 얼마가 남느냐고 물었더니 한 푼도 남지 않는답니다. 이것참. 오늘은 이만 줄이겠습니다. 또 시간이 나면 편지 드리지요.

　미에키치 씨. 이제 선생님先生様이라는 말은 쓰지 말고 좀 더 편하게 편지를 써주세요. 그런 말은 너무 정중합니다.

긴

---

1 옷 위에 걸쳐 입는 망토형 외투.

다카하마 교시에게
보낸 편지

혼고구 고마고메 센다기정 57번지
1905년 12월 3일

교시 선생

14일까지 원고를 달라고 하는데, 그날은 좀 힘들다네. 17일이 일요일이니 아마 17일이나 18일까지 될 듯하군. 그렇게 서둘러봐야 시의 신이 승낙해주치 않으니(이 문장은 시 구절 같군). 아무튼 불가능하네. 오늘부터 《제국문학》 글을 쓰기 시작했는데, 이건 시의 신 어쩌고 할 수준이 아니라네. 덴진사마[1]마저 포기했는지 한 글자도 쓰지 못하겠더군. 질려버렸어. 이 글은 이번 주 중에 어떻게든 정리할 걸세. 그런 다음 일주일간 《고양이》를 쓸 생각이네. 안 되면 억지로라도 해치울 걸세. 지금 이러쿵저러쿵 말하는 건 아직은 사치 부릴 여유가 있기 때문이라네. 게이게쓰[2]가 평하기를, 《고양이》가 유치함을 벗지 못했다고 하던데. 마치

---

1 학문과 서도를 관장하는 신.
2 오마치 게이게쓰大町桂月, 1869~1925. 시인, 평론가.《나는 고양이로소이다》를 일정 부분 높이 평가하면서도, "유치함을 면치 못해" 일부 어리숙한 청년들이나 좋아할 작품에 지나지 않는다는 평을 남겼다.

자기가 소세키 선생보다 더 의젓한 어른이라도 되는 듯한 말투더군. 아하하하하. 천하에 게이게쓰의 글만큼 유치한 싸구려가 또 없을 듯하네만. 참 성가신 남자일세. 또 어떤 사람은 소세키는 〈환영의 방패〉나 〈해로행〉을 쓸 때는 아주 고심하면서 《고양이》는 자유자재로 쓴다고 한다, 그러니 소세키는 희극이 체질에 맞다, 라고 했다더군. 편지를 쓸 때보다 시를 쓸 때 품이 더 드는 건 당연한 일 아닌가? 교시 군은 그리 생각하지 않는가? 〈해로행〉 한 쪽을 쓰는 데 《고양이》 다섯 쪽 정도의 수고가 드는 건 당연한 일이라네. 체질에 맞고 안 맞고의 문제가 아니야. 그나저나 2층 건물을 세운다니 놀랍구먼. 메이지 48년에 3층을 올리고 58년에 4층을 올리고, 그러다 보면 죽을 땐 꽤 높아지겠어. 집들이 때 꼭 불러주게. 나는 며칠 전 간게쓰 군과 아카사카에 가서 게이샤를 불러 놀았다네. 게이샤에게 빠지려면 상당한 수업이 필요할 듯하네. 노[3]보다도 어려워. 이번 문장 모임에는 여유가 있으면 나가겠네. 초고를 다 쓰지 못하면 사양일세. 이상.

긴

---

3 익살스러운 흉내를 기본으로 하는 예능 사루가쿠에서 파생된 전통 가면극. 사루가쿠는 골계성을 특징으로 하는 반면 노는 진지함과 엄숙함을 추구한다.

스즈키 미에키치에게
보낸 편지

혼고구 고마고메 센다기정 57번지
1905년 12월 31일

미에키치 님

보내준 감이 어제 30일에 도착해 곧바로 하나 맛을 봤는데 아주 맛있었다네. 곶감은 너무 딱딱한데 이건 딱 적당하군. 아이에게 도 주었다네. 자네의 신경 쇠약이 거의 완치되었다니 다행일세. 소생의 위병도 당분간 생명에는 지장이 없을 수준이라네. 자네 가 연극을 한다니 아주 볼만하겠군. 어떤 역할을 맡는지 꼭 알려 주시게. 오늘은 섣달그믐날인데도 아주 조용하고 빚쟁이도 오지 않아 고타쓰 안에서 소설을 읽고 있다네. 《호토토기스》는 보았 는가? 집 뒤 학교에서 시위라도 한다면 소설 재료가 생겨서 재 미있을 텐데. 이 학교 기숙사가 바로 지척인데, 밤이 되면 이웃 에게 민폐가 될 정도로 시끄럽다네. 오늘 밤도 소란이 한창이야. 다음번에는 이 녀석들이라도 생포해볼 생각일세. 교장이 무어라 항의를 하면 좋겠군. 싸움이라도 하지 않으면 《고양이》의 소재 가 동이 나서 곤란하니. 이토 사치오의 〈들국화의 무덤〉[1]이라는 작품을 읽었는가? 아주 재미있다네. 아름다운 작품이야. 그제부터 눈이 내리더니 오늘도 날이 흐리고 춥군. 어제는 나카가와가 왔었네.

자네가 하는 연극을 《고양이》에 쓰고 싶네. 마타노 요시로[2]가 다타라 산페이[3]는 자기를 본뜬 인물이라며 대여섯 번이나 대학에 연락해 그 부분을 삭제해달라고 요청했다네. 신문에 내서 삭제해줄까 물었더니 거절하더군. 본인은 인격 모독을 당했다느니 뭐라느니 하면서 불평 중일세. 참 할 일도 없지. 인신공격과 문학적 골계도 구별하지 못하면서 대호걸이라도 되는 양 구니 고집도 그런 고집이 없어.

얼른 도쿄로 오게나.

《와세다문학》이 나온다네. 우에다 빈 등이 글을 싣는 모양이더군. 모리 오가이도 뭔가 쓰겠지. 복작복작, 뒤죽박죽인 그 속에서 《고양이》가 떠올랐다 잠겼다 하니 참 재밌는 일이야. 《고양이》가 끝나면 나는 오른팔을 잃은 기분일 걸세. 서재에서 혼자 끙끙대는 것보다 드넓은 세상을 향해 하찮은 기염이라도 토해내는 게 더 재미있다네. 내년 학기부터는 꼭 나오게.

내일 마루야마 쓰이치라는 독일어 선생 집에 점심 식사 초대를 받았다네. 이유는 잘 모르겠지만 일단은 가는 게 좋겠다 싶어 승낙했네.

기쁨도 슬픔도 눈앞의 현상, 달도 꽃도 이 순간의 풍류. 전생

---

1 1906년 1월 《호토토기스》에 발표된 이토 사치오의 데뷔 소설로, 소세키가 극찬했다.
2 俣野義郎. 구마모토 시절 소세키의 셋집에 서생으로 들어와 지내던 제자.
3 《나는 고양이로소이다》의 등장인물.

의 업보가 몇십 년 이어질지는 모르겠으나 아마 죽을 때까지 쭉 이렇게 살겠지. 그럼 건강히.

오늘 노무라 덴시와 우에노를 산책하는데 그리스도교의 야외 연설이 있더군. 듣는 사람은 아무도 없었네. 섣달그믐일세. 인간은 의식주를 위해서라면 광기 어린 짓도 마다 않는 존재라네. 그 예는 수도 없이 많지. 가케 군에게 언젠가 편지를 보내고 싶으니 주소를 알려주게.

38년 섣달그믐날 밤 긴

모리타 소헤이[1]에게
보낸 편지

혼고구 고마고메 센다기정 57번지
1906년 1월 9일

　　모리타 대형

또 편지를 보내네. 곧 이래저래 바빠지면 도저히 답장다운 답장을
쓸 수 없을 것 같아서 지금 좀 여유가 있을 때 이 편지를 쓴다네.
　　제법 긴 편지를 보냈더군. 그만큼을 쓰려면 분명 시간이 꽤 걸
리겠지. 나를 위해 그런 수고를 했다고 생각하니 읽는 내내 마음
이 든든하더군. 불평거리가 있거나 화를 토해내고 싶을 때면 언
제든 내게 편지를 보내게나. 즐거운 마음으로 기다리겠네. 대신
그에 필적하는 긴 답장은 보내지 못할 수도 있네.
　　〈들국화의 무덤〉 비평을 써주겠다니 작가 본인(우유 가게 주
인)이 아주 기뻐할 걸세. 꼭 써주시게. 사치오는 무명작가라 아
무도 상대해주지 않는다네. 모처럼 훌륭한 글을 썼는데 아무도

1　森田草平, 1881~1949. 소설가, 번역가. 소세키의 문하생 모임인 목요회의 중심 인
　물 중 하나였으며, 사생활 면에서 불상사가 많아 소세키가 더 각별히 여긴 제자였다.
　《아사히신문》 문예란 편집을 담당했다.

관심을 주지 않는 건 너무 딱한 일일세. 자네가 평을 해준다니 왠지 나까지 기분이 좋군. 게다가 자네의 평은 십중팔구 나와 같을 테니 더 기분이 좋네. 하지만 나쁜 점은 가차 없이 지적해주게. 본인에게 도움이 될 테니.

우유 가게 주인이 마음에 들었다니 잘됐군. 나는 그 우유 가게 주인이 대학 강사보다 더 기품 있는 사람이라 생각한다네. 얼굴도 아주 우아하지. 그런 글을 쓸 것 같은 얼굴이 아니야.

자네는 생계 걱정으로 공부에 전념할 수 없는 게 괴로운 모양이군. 당연한 일이네. 나도 가난해서 열여덟아홉 때부터 사립 학교 선생 일을 하며 학업을 마쳤는데, 그때는 별생각이 없었기 때문에 그리 대수롭지도 않았네. 만일 지금의 자네처럼 생각했다면 많이 괴로웠겠지. 여름 방학 때 돈이 없어 대학 기숙사에 틀어박혔던 적이 있네. 같은 방을 쓰던 녀석이 두고 떠난 벼룩을 떠맡았던 건 아주 골치 아팠지. 그때 오쓰카 군이 새 가죽 가방을 사 들고 와서 내일 오키쓰로 간다고 떠들어댈 땐 참 부럽더군. 그 선생이 여행지에서 미인에게 반했다는 이야기를 들었을 땐 더더욱 부러웠지.

나도 그때부터 진짜 공부(자네가 말하는 그 위즈덤을 얻기 위한 공부)를 열심히 했더라면 지금쯤 조금 더 인간다운 인간이 되었을 텐데. 그때는 책 제목을 외워 사람들에게 떠드는 게 학자라고 생각했다네. 취향의 질도 낮았지. 요즘 젊은이들만큼 만물의 도리를 알지도 못했어. 요컨대 지금도 멍청하지만 당시에는 더 멍청했다는 말이네. 원래 식견은 있었지만, 그건 그저 사람을 깎아내리는 식견이지 스스로 깨달아 얻은 포지티브한 식견은 아니었다네.

그렇기 때문에 나도 더 총명한 사람이 되고 싶네. 학문을 하고, 독서를 하고 싶어. 그래서 늘 대학을 그만둘 궁리만 하지. 얼마 전에 반스이가 연하장을 보내 아직 교수가 되지 않았냐고 묻기에 이렇게 말해주었네. "교수나 박사를 명예롭다 여기게 되는 순간 그 인간은 글러먹은 걸세.《실낙원》의 역자인 도이 반스이쯤이나 되는 이가 그런 말을 진지하게 해서야 되겠는가. 소세키는 거지가 되어도 소세키라네……." 후에 내가 어린애처럼 화를 냈음을 깨달았지.

자네가 작품을 읽는 태도는 아주 훌륭하다고 생각하네. 그런 태도가 아니면 크리티시즘은 할 수 없지. 다만 우리는 다른 사람의 장점을 상처 입히지 않을 공평한 눈을 갖춰야 한다네. 나는 다른 이의 글을 그저 즐겁게 읽고자 하네. 읽어주고 싶다는 마음이 앞서지. 하지만 읽은 뒤에 감탄하는 작품은 몇 없어. 역시 서양인이 그런 느낌을 주는 경우가 더 많다네. 하지만 서양인이란 이유로 무조건 한 수 접고 읽는 건 절대 아닐세. 이삼일 전에 이즈미 교카의《가이이키》인지 뭔지를 읽고 좀 놀랐다네. 한심하다는 생각밖에는 들지 않더군. 또 묘하게 거만한 그의 문장이 불쾌하게 느껴졌다네. 경구警句야 물론 많지만, 그걸 왜 더 능숙하게 이어가지 못하는지. 이렇게 느낀다고 해서 교카에게 증오심을 품고 있는 것은 아니라네. 오히려 호의를 가지고 받아들이려하지. 이런 건 역시 타고난 취향의 차이일 걸세.

자네의 편지를 읽고 있으면 꼭 자네라는 인간을 꿰뚫어 보는 듯한 느낌이 든다네. 자네와 두세 달 교제를 해도 그만큼 자네를 알기는 힘들 걸세. 누군가에게 자기 속내를 털어놓는 건 용기 있는 행동이야. 상대는 그 용기를 칭찬하는 것이 아닐세. 다른 사람에겐 밝히지 않은 것을 자기에게만 말해주었다는 그 특권이 기쁜 게지.

자신의 약점을 다루는 방법에는 두 가지가 있다네. 첫째는 약점을 숨겨 자신의 허영심을 실망시키지 않으려 하는 방법일세. 이건 누구나 다 하지. 나도 한다네. 그러나 절대 만족을 얻을 수 없지. 또 하나는 컨페션일세. 하지만 별 도움이 되지 않는 사람이나 혹은 컨페션을 듣고 그걸 경멸할 사람, 이를 이용해 해를 가하려는 사람에게는 고백하고 싶지 않은 법이지. 그러니 결국 자기가 믿는 사람이나 존경하는 사람, 또는 가르침을 주어 훈계해 줄 사람에게 털어놓게 되는 걸세. 그때는 아주 유쾌함을 느끼지. 단순히 본인만 유쾌한 것이 아니라 상대 역시 기분이 좋아진다네. 만일 편지 속에 자네 약점을 다 토로한 것이라면, 그 점에서 자네는 아주 유쾌할 걸세. 내가 그 고백을 들은 상대라면 나도 유쾌하겠지.

앞으로 점점 더 바빠지면 언제 또 이렇게 긴 편지를 쓸 수 있을지 모르겠군. 오늘은 이만 줄이겠네. 이상.

긴노스케

노무라 덴시에게
보낸 편지

혼고구 고마고메 센다기정 57번지
1906년 2월 6일

덴시 선생

내 서양인 친구가 노기 장군[1]의 전기를 쓴다며 요시다 쇼인[2]의
책을 읽고 싶다고 하는데, 어디 물어봐주거나 도서관을 좀 살펴
봐주지 않겠나? 어디서 파는지만 알 수 있으면 된다네. 그리고
후쿠치 오우치[3]의 막부 말기 기사는 아직 팔고 있는가? 어디서
얼마에 파는지 알려주게. 후쿠치라는 사람의 일화를 읽었는데
아주 글러먹은 인간이더군. 하지만 스스로는 대단한 사람이라
믿지. 생전에는 제법 유명해도 죽고 나면 금세 묻힐 사람이야. 성
적이 좋던 학생이 졸업 후에 망가져버리는 것처럼 말일세. 하지
만 그런 천박한 인간도 사람들에게 그리 찬양을 받고 특히 여자
들의 사랑을 듬뿍 받고는 하니 이상한 일이야. 그렇다면 여자에

1 노기 마레스케乃木希典, 1849~1912. 러일 전쟁에서 활약한 일본의 육군 장군.
2 吉田松陰, 1830~1859. 에도 막부 말기의 교육자, 사상가, 혁명가.
3 福地桜痴, 1841~1916. 에도 막부 말기부터 메이지 시대에 걸쳐 활동한 통역가, 언
   론인.

게 인기가 없을수록 훌륭한 사람이라는 말이 되나? 그럼 자네는 좀 우쭐해져도 좋네.

3월에는 《고양이》 다음 편을 쓸 생각일세. 강의 자료는 아직 한 장도 쓰지 않았네. 그리고 매일매일 잡다한 일로 바쁘지. 이번 편에 험담을 쓸 만한 재료는 없겠는가? 라쿠운칸[4] 같은 건 시시하니 이번엔 관두고 다시 가네다 아가씨[5]의 식견에 관한 이야기라도 써볼까 싶네.

며칠 전 여자에게 편지를 받았다네. '나쓰메 선생님께'라고 적혀 있더군. 구경하고 싶으면 선물을 사 들고 오게. 그런데 솔직히 말하면 오지 않는 게 더 좋네. 그럼.

---

4 《나는 고양이로소이다》에 등장하는 중학교로, 소세키의 집 뒤에 있던 이쿠분칸중학교를 모델로 했다.
5 《나는 고양이로소이다》에 등장하는 실업가 가네다의 딸 도미코.

모리타 소헤이에게
보낸 편지

혼고구 고마고메 센다기정 57번지
1906년 2월 13일

모리타 님

편지 잘 받아보았네.

자네의 심리 상태가 자네 말대로라면 분명 병에 걸린 걸세. 병이 나쁘다고도, 좋다고도 하지 않겠네. 결국 스스로 느끼는 괴로움만큼의 불행이라고 말해야겠지. 지난번 편지에도 말했듯이 자네는 너무 예민하네. 그 예민한 감각에 매몰된 결과 지금 상태에 이른 게 아닐까 싶군. 그럴 땐 누가 무슨 말을 해주든, 어떻게 위로해주든 쉬이 낫지 않는 법이지. 흘러가는 대로 두면서 기분을 풀어보는 것 외엔 달리 방법이 없어. 그럴 때 신경질적인 문학서 따위를 읽으면 상태가 더 악화된다네. 되도록 다른 분야 사람과 이야기를 나누거나 전혀 다른 취향의 책을 읽는 게 좋을 걸세. 아니면 싸움을 해보거나. 아니면 돈을 빌려 방탕하게 놀아보거나. 혹은 누군가에게 편지를 써서 우울한 마음을 털어놓는 것도 좋은 방법이지. 자네는 최후의 수단으로 내게 편지를 보냈을지도 모르지만, 내가 자네에게 동정을 표하며 같이 우는소리를 늘어놓으면 약간 의지는 될지 몰라도 병은 더 심해질 걸세. 그렇다고 해서 냉담한 답장을 하면 역시나 또 악화되겠지. 진부한 설교 같은 건 아무런 효과도 없을 걸세. 그래서 나도 조금 난감하군.

나도 예전에는 아주 멍청했다네. 의지가 박약하고 오만한 데다 세상 사람들을 심하게 겁냈는데, 이제는 많이 변했다네. 최근 3년간 성격이 눈에 띄게 변했지. 그래도 마음만은 아직 젊어서 학생들이 친구처럼 느껴지기도 한다네.

요즘에는 글을 쓰다 보니 사람들 입방아에 자주 오르내리더군. 오마치는 내 험담을 두 번이나 했다네. 《인민신문》에서는 내가 《고양이》를 쓴 후로 아내와 사이가 나빠졌다고 하더군. 또 어떤 사람은 내가 가네다 부인에게 협박을 받아 곤란한 상황이라고 한 모양이야. 10년 전이라면 나도 진지하게 해명했겠지만 지금은 전혀 그럴 마음이 없다네. 게이게쓰 같은 놈은 그냥 멍청이야. 신문 따위가 무슨 말을 쓰든 신경 쓰지 않는다네. 왜 이렇게 되었는지는 잘 모르겠군. 또 이게 좋다고도 단언하지 않겠네. 하지만 예전보다 태평해졌다네. 인간은 태평하게 지내는 게 제일일세. 인간으로서 나는 절대 자네의 모범이 될 자격이 없네. 하지만 이 사람처럼 훌륭해지고 싶다 생각하며 숭배하는 인간은 하나도 없지. 그러니 자네도 자네 나름대로 혼자 관철해나가면 그걸로 제 몫은 다 하는 셈이니 상관없지 않은가?

사람들의 비웃음 운운하는 그 마음은 이해하네만, 현재 문단에서 웃음거리가 되지 않을 글만을 쓰는 사람은 거의 없다네. 친구나 지인 중에 바보 기질을 가지지 않은 이가 하나도 없는 것처럼 말일세.

일단 아까 말한 오마치 게이게쓰는 세상 제일가는 바보라네. 지쿠후 선생도 마찬가지. 조규도 숭배자는 많지만, 사실 그만큼 같잖은 문사가 또 없다네. 그래도 다들 철판을 깔고 잘만 지내지 않는가? 그러니 자네 혼자 힘들어할 필요는 없네. 다 시시하게 느껴져서 문단을 떠난다면 모를까. 그렇게 자기 자신만을 이상한 사람이라 여길 필요는 없다네. 나도 뒤에서는 내가 게이게쓰나 여타 사람들에게 하듯 비평을 당하고 있겠지. 그래도 전혀 상관없다네. 마음대로 떠들라지. 글도 싫어질 때까지 쓰다가 죽을 생각일세.

타인은 결코 나보다 훨씬 탁월한 존재가 아니네. 또 훨씬 열등한 존재도 아니지. 특별한 이유가 없는 한 늘 이런 마음가짐으로 타인을 대한다네. 그래도 아무 문제 없다고 생각하네.

자네, 나약한 소리를 하면 안 되네. 나도 나약한 남자지만 나약한 대로 죽을 때까지 해볼 생각이라네. 하고 싶지 않아도 해야만 하지. 자네도 마찬가질세. 죽는 것도 좋지. 하지만 죽는 것보다는 아름다운 여자의 동정이라도 얻어 죽을 마음이 사라지는 게 더 좋은 일이라네.

얼마 전 우울증에 걸렸다는 남자에게 이렇게 답해주었네.

"돈을 백 엔 정도 빌려서 방탕한 생활을 하면 우울증은 낫는다네. 만약 그런 생활을 오래 계속하면 방탕함에서 비롯되는 우울증이 찾아올 걸세. 그리되면 방탕한 생활을 접고 공부를 하게 되지. 이게 보통 사람들이 취하는 가장 자연스런 방법이야. 일시적 수단이지만 누구에게나 가능하지. 하지만 이런 성가신 일을 했다 관뒀다 하지 말고, 단번에 천하태평이 되어보는 건 어떤가?
죽을 각오로 깊이 사색해서 요즘 한창 유행하는 '자각'이라도 해
야 하네. 자각에 관해서는 아는 바가 없어 해줄 말이 없지만 ——."

　내 글을 평해주었다니 아주 고맙구먼. 그에 관해서는 글을 읽
은 뒤에 또 이야기하도록 하지. 이상.

　　　　　　　　　　　　　　　　　　　긴노스케

아네사키 조후[1]에게
보낸 편지

혼고구 고마고메 센다기정 57번지
1906년 2월 17일

　　　아네사키 대형

답장 잘 받아보았네. 개인으로서 해준 충고는 감사드리네. 절대 악의를 가지고 보지 않는다네. 설령 지시라 해도 절대 화내지 않을 걸세.

　하지만 학장에게 다시 연락이 왔을 때 뭐라고 할지 자네에게 미리 확답을 주는 건 불가능할 뿐만 아니라 사실 나도 아직 잘 모르겠다네. 상황에 따라서는 단칼에 거절할 수도 있네. 이건 절대 자네의 친절을 저버리려는 의도가 아니니 오해는 마시게.

　매년 고등학교 입학시험이 치러지네. 그때 학교장이 종종 우리 집에 찾아와 일을 의뢰한다네. 나는 바쁘기 때문에 매번 거절하지. 그럼 그걸로 끝인 걸세. 담백한 일이지. 세상일은 그걸로 충분한 걸세.

1　본명 아네사키 마사하루姉崎正治, 1873~1949. 평론가, 종교학자. 도쿄대학 철학과를 졸업하고 도쿄대학 교수를 지냈다.

그러면 안 된다고 하는 건 형식에 얽매인 경박한 세상의 풍습일세. 20세기는 경박한 세상이니 어쩔 수 없다지만, 속된 관리 사회나 무학 사회라면 모를까 학자들이 모인 대학에서 그걸 못마땅해하는 건 대학이 무사나 영주, 관리의 세계처럼 변했기 때문이라네.

대학에서 어학 시험을 청탁하네. 나는 바쁘니 거절하지. 여기에 무슨 불평이 더 필요한가. 만일 그게 내게 불이익을 주거나 영문과에 불이익을 준다면 그건 내가 나쁜 게 아니네. 대학이 나쁜 걸세.

어학 시험 같은 건 정신없이 바쁜 내게 억지로 시킬 필요 없이, 시간이 남는 다른 교수가 맡아도 충분하다고 보네만.

바쁜 중에 잠시라도 짬이 난다면 책을 한 장이라도 더 읽는 게 스스로를 위해, 또 영문과의 장래를 위해서도 좋은 일이라 생각하네. 어학 시험을 거절하는 걸 괘씸히 여긴다면 좋을 대로 생각하라고 하게. 쓰보이 씨가 뭘 어떻게 생각하든 곤란할 것 없다네. 인간을 이해하려면 가끔 이런 거절도 경험해야 하는 법일세. 학장이라는 사람이 단순히 역사 대가에 그쳐서는 안 되네. 세상에는 이렇게 이상한 놈도 있으니 강사라고 해서 다 제 마음대로 할 수 있는 건 아니라는 걸 깨닫게 해줘야 하네. 그럼.

긴노스케

모리타 소헤이에게
보낸 편지

혼고구 고마고메 센다기정 57번지
1906년 4월 3일

《파계》[1] 완독. 메이지의 소설로서 후세에 길이 전해질 명작일
세. 《곤지키야샤》 같은 건 이삼십 년 후면 잊힐 작품이지만, 《파
계》는 그렇지 않네. 나는 많은 소설을 읽지는 않았네. 하지만 메
이지 시대에 소설다운 소설이 나왔다고 하면 그건 《파계》라고
생각하네. 자네, 《게이엔》 4월호에 꼭 도손 선생을 대대적으로
소개해야 하네.

---

1 일본 자연주의 문학의 선구자로 평가받는 소설가 시마자키 도손島崎藤村(1872~
   1943)이 1906년에 발표한 소설.

스즈키 미에키치에게
보낸 편지

혼고구 고마고메 센다기정 57번지
1906년 6월 6일

미에키치 님

어젯밤 자네에게 편지를 썼는데 오늘 아침에 자네 편지를 받고 다시 쓴다네. 원고료는 사양 말고 받아두게. 나는 애초부터 받을 생각으로 원고를 쓴다네.

《요쿄슈》의 오자와 오식을 친절히 알려주어 고맙네. 실은 나도 수정할 생각으로 다시 읽어보다가 잘못된 부분이 많아 놀랐다네. 그대로 두었으면 아주 흉했을 텐데, 덕분에 내가 놓친 부분을 많이 고칠 수 있어 천만다행일세. 본 김에 나머지 부분도 꼭 부탁드리네.

자네는 9월에 상경하겠지. 신경 쇠약이 다 나았다니 다행이군. 그러나 지금처럼 어리석고 그릇된 세상에선 올곧은 사람이라면 반드시 신경 쇠약에 걸린다네. 앞으로는 사람을 만날 때마다 신경 쇠약이냐고 물어서 그렇다고 대답하면 정상적인 도덕심을 가진 인간이라 여길 생각이라네.

이런 세상에 살면서 신경 쇠약에 걸리지 않는 놈은 우둔한 부자나 배운 것 없고 양심도 없는 놈들, 아니면 20세기의 경박함에 만족해하는 천박한 이들 뿐이야.

혹 죽는다면 신경 쇠약으로 죽는 게 명예라고 생각하네. 시간이 있다면 신경 쇠약론을 써서 천하의 하찮은 놈들에게 그 하찮음을 자각시켜주고 싶은 심정일세.

제법 더워졌구먼. 우리 집은 다다미를 갈 예정이라네. 서재 다다미를 갈 때는 난리도 아니겠지. 나카가와 선생과 또 한 사람정도에게 와서 도와달라고 부탁하고 싶은데. 그럼 이만 줄이네.

진

다카하마 교시에게
보낸 편지

혼고구 고마고메 센다기정 57번지
1906년 7월 2일

교시 대인

그간 격조했구먼. 소생은 겨우 채점을 끝내고 느긋하게 지내고 있다네. 어제 《호토토기스》를 읽었는데 다음 호에는 《고양이》 속편을 의뢰하고 싶다는 말이 있더군. 슬쩍 웃음이 났지. 실은 논문에 익숙해진 머리를 회복하기 위해 최근 들어 소설을 읽기 시작했다네. 그랬더니 신기하게도 10분에 30초 정도씩 막연한 감흥이 끓어오르더군. 막연히 끓어오를 뿐이라 어차피 정리는 안 되네만. 그래도 10분에 30초 정도면 충분히 많다고 생각하네. 이 막연한 감흥을 하나하나 붙잡아 길게 늘일 시간과 끈기가 있다면 일본 제일가는 대문호가 될 텐데. 쓸모 있는 건 백 중 하나 정도야. 풀꽃의 씨앗도 천만 개 중 하나 정도만 살아남아 자라지. 아무튼 기분이 묘하다네. 소생은 이를 인공적 인스피레이션이라고 이름 지었네. 하늘에서 내려오는 인스피레이션은 소생 같은 사람에게는 뜻밖의 행운 같은 것이라 기대할 수 없으니, 인공적으로 인스피레이션을 제조하는 걸세. 요즘에는 기계로 알을 부화시키는 인큐베이터라는 것도 있지 않나. 바야흐로 문명의 시대이니 인공적 인스피레이션이 존재하는 것도 당연한 일이네. 아무튼 7월에는 무슨 글이든 네 편만 써볼 생각일세. 앞서 말한 막연한 단상이 구름처럼 떠다니지만 제대로 된 건 하나도 없다네. 어느 것을 어떻게 정리할지는 아직 나도 생각해본 적이 없네. 다음 학년 강의를 준비하지 않아도 된다면 엄청난 작품을 쓰거나 엄청난 독서를 할 텐데, 강의라는 건 참 힘들구먼. 이건 8월이 되면 쓰기 시작할 생각이라네.

덴시는 문학사가 되었더군. 소생도 문학사라네. 따라서 덴시와 나는 동배라 할 수 있지. 그러니 앞으로 밥값은 다 각자 부담하는 걸로 하고 싶구먼.

나는 평생 몇 편이나 글을 쓸 수 있을지 그게 기대된다네. 또 몇 년이나 싸울 수 있을지 그게 기대되지. 인간은 스스로 시험해보지 않고서는 제가 가진 힘도 알지 못하는 존재라네. 악력은 1분이면 시험해볼 수 있지만 인내력 혹은 문학적 역량과 고집은 끝까지 해보지 않고서는 스스로 가늠할 수 없지. 옛 인간들은 대부분 자신을 충분히 발휘할 기회 없이 죽었을 걸세. 참 애석한 일이지. 어떤 기회든 피하지 않고 자기 역량을 시험해보는 게 제일이라고 생각하네.

《도련님》을 매호 광고해준다니 송구스럽군. 게다가 《도련님》의 인기가 떨어져 40전이 되었다니 더욱 송구스럽네. 아직 많이 남았는가?

《고양이》를 영어로 번역한 사람이 있더군. 봐달라고 우편으로 백 쪽 정도 보내왔다네. 고마운 일이야. 하지만 인간으로 태어난 이상 《고양이》 따위를 번역하는 것보다는 자기 글을 한 쪽이라도 쓰는 게 더 가치 있는 일이 아닐까 싶군.

소생은 무슨 일을 하든 자기식으로 하는 게 스스로에 대한 의무이자 하늘과 부모에 대한 의무라고 생각하네. 하늘과 부모가 이런 인간을 낳았다는 건 이런 인간으로 살아가라는 의미라고밖에는 해석할 수가 없네. 이런 인간 이상도 이하도 될 수 없는데 억지로 어떻게든 해보려고 하는 건 하늘의 책임을 자기가 짊어지고 안간힘을 쓰는 것과 다름없어. 이 논법으로 보면 부모와 싸워도 자기 의무를 충분히 다하는 게 된다네. 하늘을 거역해도 자기 의무를 다하는 게 되지. 가까운 이웃이나 도쿄 시민은 말할 것도 없어. 일본 인민, 나아가 전 세계 사람들의 뜻을 다 거역해도 스스로에게는 훌륭하게 의리를 지킨 셈이 된다네. 이거 내가 너무 열변을 토했는가? 여유 시간이 생기니 쓸데없는 말을 다 쓰는군.

한때 이런 생각을 한 시기가 있었다네. 올바른 사람이 오명을 뒤집어쓰고 처벌받는 것만큼 비참한 일은 없다고. 지금은 생각이 완전히 바뀌었네. 꼭 그런 사람이 되어보고 싶어. 전 세계가 지켜보는 가운데 나무 기둥에 묶인 채로 아래를 내려다보면서 이 멍청한 놈들, 하고 속으로 경멸하며 죽어보고 싶다네. 나는 겁쟁이라 진짜 나무 기둥은 좀 무서우니 교수형 정도로 가능하다면 자진해서 나서보고 싶군.

시호다 선생이 드디어 문장론을 썼더군. 그걸 매월 이어나가면 좋을 걸세. 문장론이라고 할 만큼 논리적이지는 않은, 거의 문담에 가까운 글이더군. 메이세쓰 영감의 글은 이번에도 읽지 않았네. 《요쿄슈》에 대한 비평 감사드리네. 특히 채소를 나열해준 부분[1]이 고맙더군. 《중앙공론》에 〈물고기에게 잡아먹힌 사람〉이라는 소설이 실렸다네. 이토 긴게쓰라는 사람의 글인데, 아주 묘한 걸 썼더구먼. 하지만 제법 신선한 표현이 많아 적잖이 자극이 된다네. 시간 날 때 한번 읽어보게나.

이것저것 많이 썼군. 쓰려면 얼마든지 더 쓸 수 있지만 일단은 여기서 줄이겠네.

어떤가, 하루 어디 가서 좀 노닐다 오지 않겠나?

긴 선생

---

1 교시는 1906년 7월호 《호토토기스》에서 《요쿄슈》를 언급하며 "〈환영의 방패〉는 백일홍, 〈런던탑〉은 백합, 〈칼라일 박물관〉은 메꽃, 〈환청에 들리는 거문고 소리〉는 가지, 〈하룻밤〉은 박꽃, 〈해로행〉은 백련, 〈취미의 유전〉은 수국과도 같다"고 평했다.

나카가와 요시타로에게
보낸 편지

혼고구 고마고메 센다기정 57번지
1906년 7월 24일

　　요시타로 님

매번 성가신 부탁만 하는군. 바로 간다 쪽에 보내주었다니 감사
드리네. 조만간 인세가 들어오면 식사라도 대접하겠네.

　　학교를 졸업한 지 하루 만에 세상이 무서워져서 이제 주도면
밀하게 살겠다고. 그건 좋네.

　　한데 주도면밀함에는 좋은 것과 나쁜 것이 있지. 자신의 지력
으로 최대한 숙고하고 스스로의 감정으로 최대한 느낀 다음 상
대와 나 사이에 불쾌한 일이 없게끔 하는 건 좋은 쪽에 해당하네.
그저 사람을 도둑놈 보듯 의심하면서 매사 슬금슬금 먼저 제어
하려 드는 것, 이건 나쁜 의미의 주도면밀함일세.

　　자네가 생각하는 건 어느 쪽인지 모르겠군. 만일 전자라면 현
명한 방향으로 한 발짝 나아가는 걸세. 후자라면 어리석은 방향
으로 한 발짝 나아가는 게지. 세상의 몇몇 재능 있는 이들은 어
리석음에 다가가면서도 스스로 현명해지는 중이라 믿는다네. 이

해관계가 없는 제3자의 입장에서 기탄없이 이들을 평가해보게. 학교에 있을 때보다 졸업하고 세상에 나간 후가 훨씬 못하다네. 심지어 스스로는 아주 와이즈해졌다고 믿는 사람도 많은데, 그것만큼 불쾌한 일도 없지.

세상이 무섭다고 했는가. 무서운 것 같아도 의외로 그렇지 않다네. 자네의 단점을 말해보자면, 자네는 학교에 있을 때부터 세상을 너무 겁내더군. 집에서는 아버지를 무서워하고, 학교에선 친구를 무서워하고, 졸업한 뒤에는 세간과 선생을 무서워하지. 거기 더해 세상의 무서움까지 깨닫는다면 큰일일세. 무서움을 깨달은 이는 매사 조심하게 된다네. 조심성은 대개 인격을 추락시키지. 세상의 이른바 '조심스러운 사람들'을 한번 보게나. 세상을 살아간다는 건 이런 게 아니라네. 친구로 삼을 수 있겠는가? 중요한 일을 맡길 수 있겠는가? 이해관계 이상의 것을 주고받을 가치가 있는가?

세상을 두려워해서는 안 되네. 태어난 세상을 겁낸다면 주눅이 들어 살아 있는 것 자체가 고통일 걸세.

나는 자네에게 좀 더 대담해지라고 권하네. 세상을 겁내지 말라고 권하네. 스스로 생각해서 의롭다면 천만 명이 앞을 가로막아도 나아가겠다는,[1] 그런 자세를 가지라고 권하네. 천하는 자네 생각만큼 무서운 곳이 아니네. 의외로 태평한 곳이지. 자리 하나를 차지하느냐 못하느냐에 따라 무서운 곳으로 바뀌지도 않는다네. 전혀 무서워할 만한 곳이 아닐세. 인생의 목적이 오로지 일자리나 돈뿐인 사람에게는 어쩌면 무서운 곳일지도 모르겠군.

1 《맹자》 중 〈공손추 상〉에서 인용한 구절.

천하의 무사, 일대 학자라면 그보다 더 합당한 이유를 찾아야 부끄럽지 않을 걸세. 열심히 애써보게나.

진

모리타 소헤이에게
보낸 편지

혼고구 고마고메 센다기정 57번지
1906년 9월 5일

모리타 요네마쓰[1] 님

귀경한 모양이군. 소생은 셋째가 이질에 걸려 대학 병원에 입원하는 바람에 오늘까지 격리되어 있었다네. 격리 상태인데도 여기저기 돌아다니고, 거기다 손님도 유독 많이 왔지. 학교 강의는 한 쪽도 쓰지 못했네. 10월에 발행되는 《중앙공론》에서 재촉을 받고 발등에 불이 떨어져 아주 난처한 상황이라네.

《풀베개》를 읽어주어 감사하네. 그 부분을 읽고 아주 감탄했다니 더욱 감사하네. 자네가 분명 그 부분을 마음에 들어 하리라고 생각했다네. 오늘 《풀베개》에 관한 비평이 여기저기서 날아드는데, 올 때마다 아주 기쁘게 읽는다네. 하지만 말문이 막힐 정도였던 건 자네 하나뿐이라 아주 고맙게 생각하네. 오늘까지 받은 비평 중 가장 길고 진지했던 건 후카다 야스카즈 선생의 글일세. 가장 감정적이었던 건 자네라네. 살짝 트집을 잡은 사람도 두

1 森田米松. 모리타 소헤이의 본명.

세 명 있는데, 어느 쪽이건 다 기쁘다네. 나는 그걸 다 보관 중이네. 오늘 나카가와 군이 왔기에 그 이야기를 했더니 그걸 출판하면 어떻겠냐고 하더군.《풀베개》 비평 글을 출판하게 되면 나는 원고료를 쪼개 그 비용을 일부 부담해야만 할 걸세.

오늘 나카가와 군에게 런던제 프록코트 한 벌을 주었네. 입혀보니 잘 어울리더구먼. 큼지막한 보자기에 싸서 가지고 돌아갔다네. 자네, 아야메 모임²에서는 신체시 시인들이 싸우고 있다네. 예전 같았다면 시인이 싸움 따위나 해서야 되겠냐고 말했겠지. 이제는 시인이기 때문에 대중보다 한발 앞서 싸운다네.

긴노스케

---

2 미국에서 귀국한 시인 겸 소설가 노구치 요네지로野口米次郎가 소설과 단결을 위해 1906년 6월에 만든 모임.

와카스기 사부로[1]에게
보낸 편지

혼고구 고마고메 센다기정 57번지
1906년 10월 10일

와카스기 대형

⟨210일⟩에 대한 비평 잘 읽었네. 나쁜 점을 과감히 지적해주어 아주 재미있었네. 그런데 그 글은 경향 소설이든 상징 소설이든 뭐라 부르든 상관없다네. 그런 건 읽은 사람이 멋대로 붙이는 게 지. '아트 포 아트' 따위 아무래도 상관없네. 아트가 서툴러서는 안 되겠지만 그렇다고 아트가 전부는 아니라네. 강건주의는 좋네. 문부대신이 어떤 주의를 가졌는지는 관심 없다네. 그 글이 《중앙공론》에 적합하지 않을 이유는 없어. 《중앙공론》이 딱히 유약주의를 지향하는 것도 아니니. 내 글씨가 엉망이라고 하는데 다른 대가들은 나보다 더하다네. 나는 그 '210일, 나쓰메 소세키'[2] 부분을 특히 잘 썼다고 생각하네만. 글씨만 보면 대가들이 아

---

1 若杉三郎, 1875~?. 번역가, 소설가. 소세키의 문하생으로, 《명성》 등의 잡지에서 활동하며 일본 최초로 《몰리에르 전집》을 간행했다.
2 ⟨210일⟩이 《중앙공론》에 발표되었을 때 첫머리에 소세키의 자필 서명과 저자명이 함께 실렸다.

니라 소학생들일세. 자네는 그게 대외용 글씨가 아니라고 하지만, 내 글씨에는 대외용도 일상용도 없다네. 늘 일정하게 훌륭하지.

여배우가 《고양이》를 공연하는 모양이더군. 혼고좌 극장이건 여배우건 뭐건 달라질 것도 없어. 《고양이》로 재밌는 연극을 만들려면 내가 직접 연기해야 하네. 나카가와 요시타로가 보고 와서는 아주 형편없다고 하더군. 처음부터 그럴 거라 생각했다네.

《고양이》를 도서관에 헌상하겠다니 어처구니없구먼. 하긴 나도 고등학교에 드리긴 했다네. 다음에는 황실과 궁가에 한 부 드릴 생각일세. 황족들이 《고양이》를 읽으면 좋지 않을까 싶네.

몰리에르에 관한 사진이나 자료는 하나도 없다네. 얼마 전 만치우스의 책 제4권을 주문했는데 아직 오지 않는군. 그러니 안 되겠지. 아무튼 자네의 활약을 응원하네. 메이지 문학은 이제부터 시작이라네. 지금까지는 눈도 코도 없는 시대였지. 앞으로는 대학에서 배출된 젊은이들로 인해 메이지 문학이 대성할 걸세. 아주 전도유망한 시기지. 다행히 나도 이 유쾌한 시기에 태어났으니 죽는 날까지 후진들을 위한 길을 개척하고 싶네. 수많은 천재들을 맞을 커다란 무대를 미리 준비해두고 싶다네. 우물쭈물하는 사이에 해는 저물어버리고 말지. 서둘러야 하네. 열심히 해야 하네. 문학이 국무대신의 사무 따위보다 훨씬 고상하고 유익한 것이라는 사실을 일본인에게 알려야만 하네. 그 나태한 부자 놈들이 대신이 아니라 문학자에게 고개 숙이도록 만들어야 하네.

황태자나 황족들이 읽고 그 뜻을 이해할 수 있도록 쓰지 않으면 안 되네. 그럼 안녕히.

나쓰메 긴노스케

미나가와 세이키에게
보낸 편지

혼고구 고마고메 센다기정 57번지
1906년 10월 20일

미나가와 세이키 님

한동안 만나지 못했구먼. 얼마 전에 노마가 편지로 자네의 이번 집이 아주 좋으니 꼭 가보라고 하더군. 정말 가고 싶지만 바빠서 갈 수가 없다네. 요즘에는 꼭 꿈속에서 살고 있는 듯한 느낌일세. 어딜 보아도 진지한 것이라고는 없지. 죄다 환영처럼 맥없는 것들뿐. 이런 세계에서 진지하게 괴로워하며 사는 건 멍청한 짓이야. 진지해지기에는 타인이 너무나도 우스꽝스럽다네.

나는 메이지대학을 관둘 생각이라네. 얼마 전 다카다가 찾아와 《호치신문》에 글을 써달라고 하더군. 어쩌면 메이지대학을 관두고 신문사에 들어갈지도 모르네. 《국민신문》과 《요미우리신문》에서도 의뢰를 받았지. 메이지대학에서는 토요일에 네 시간씩 수업을 하니 토요일 네 시간을 할애해 글을 써서 비슷한 수입을 얻을 수 있다면 신문 쪽이 이래저래 편할 듯하네.

내일은 오모리 쪽에 나들이를 가는데, 도요조라는 청년과 함께 가는 거라 자네 집에는 들를 수 없을 것 같군. 이 도요조라는 녀석은 아주 진지한 청년이라네. 청년은 진지한 편이 좋지. 나처럼 되고 나면 진지해지고 싶어도 그럴 수 없다네. 진지해지려는 순간 세상이 다 박살을 내주거든. 고맙지도, 괴롭지도, 무섭지도 않네. 세상은 울기에는 너무 우스꽝스럽고 웃기에는 너무 추악한 곳이니.

너무 오랫동안 만나지 못해 편지를 드리네. 토요일 밤이라 이런 시시껄렁한 편지를 쓸 여유가 있는 걸세. 손님은 목요일 날 한꺼번에 받는다네.[1] 일주일 내내 손님 접대를 하면 나만 지칠 뿐이라서 말이야. 그럼 이만.

나쓰메 긴노스케

---

1 《나는 고양이로소이다》로 명성을 얻은 뒤 소세키는 작가를 지망하는 제자들과 활발하게 교류했다. 1906년 10월부터는 면회일을 목요일 오후 3시로 정했으며, 이 모임은 '목요회'라 불리게 되었다.

모리타 소헤이에게
보낸 편지

혼고구 고마고메 센다기정 57번지
1906년 10월 21일

모리타 하쿠요[1] 님

하얀 봉투에 담긴 자네의 긴 편지가 오지 않으면 모리타 하쿠요라는 사람이 죽어버린 게 아닌가 싶은 생각이 든다네. 일요일 이른 아침 눈을 뜨자마자 하얀 봉투가 왔기에 역시 살아 있었군, 하고 생각했지.

《풀베개》비평은 아주 흥미롭게 읽었다네. 재미있더군.《풀베개》를 평가해주어서가 아니라 자네가 어떤 생각을 가지고 책을 읽는지 알 수 있었기 때문일세. 그 논리를 설명하는 부분이 재미있었네. 신문 기자들이 쓰는 비평문은 무슨 말을 하려는 건지 잘 모르겠던데, 역시 모리타 선생은 하려는 말이 확실해서 감탄했네. 자네는 평론을 할 때 더 이치에 맞는 말을 하더군. 더 이해하기 쉬운 말을 하지. 그렇다고 해서 창작이 그 주의를 반영하는가 하면 썩 그렇지는 않네. 자네는 불만스럽겠지만, 확실히 그

---

1 白楊. 모리타의 호.

렇다네.

　자네가 보내는 편지는 늘 투덜대는 느낌이 있었는데 이번 편지는 아주 산뜻했다네. 마음에 들더군. 불평스러운 말을 해도 그 불평에 집착하지 않아서, 불평을 줄줄 늘어놓아도 아무렇지 않았다네. 그 점이 아주 유쾌했지. 불평이든 뭐든 집착하는 놈은 질색일세. 제아무리 빈틈없는 복장이라도 본인이 거기에 집착하면 불쾌감이 느껴지네. 옷을 공들여 입었더라도 본인은 그 사실을 의식하지 않는 게 더 좋지 않은가? 이번 편지는 그에 가까웠네. 아무쪼록 창작도 이런 방식으로 하면 좋을 듯하군. 특히 편지 말미에 "이제 목욕탕에 갈까 합니다. 그럼"이라고 쓴 부분은 아주 재미있었네. 그런 걸 바로 사보텐 취미[2]라고 하는 걸세. 자네가 사보텐의 모양새 때문에 사보텐 취미를 저주한다고 교시에게 말했더니 교시가 아주 흥분하더구먼. 대학을 졸업하고 책상머리에 앉아 인생관을 만들기 때문에 사보텐 취미를 이해하지 못하는 거라며 기염을 토했다네. 모리타 군에게 사보텐 취미를 잘 설명해달라기에, 모리타는 당분간 사보텐 취미를 이해하기 힘들 테니 역시 지금은 러시아주의가 좋지 않겠느냐고 써서 보냈다네. 그러자 교시 선생이 답장으로 "실은 저도 사회학이나 심리학 방면이 싫은 것은 아닙니다. 가능하면 그쪽 방면에도 흥미를 가지고 싶습니다. 대신 모리타 군도 사보텐 취미를 공부해주었으면 합니다"라고 하더군.

2　《풀베개》 속 사보텐(선인장) 묘사를 두고 교시는 칭찬하고 모리타는 이에 반대한 일을 계기로 교시를 '사보텐당'이라고 부르게 되었다. 사보텐 취미란 느긋하고 탈속적인 취향을 의미한다.

사보텐당의 수령은 북 연습을 하는 날이라며 목요일에 오지 않았네. 천하태평이야. 대신 나카가와 요시타로, 스즈키 미에키치, 사카모토 시호다, 데라다 간게쓰[3]에 더해 도요조라는 법학사가 왔다네. 도요조는 내가 예전에 마쓰야마에서 가르쳤던 학생인데, 우리 집에 오면 선생님의 하이쿠는 틀려먹었다는 둥 시대에 뒤처졌다는 둥 하면서 나를 공격하는 하이카이 시인일세. 요전에는 집에 오더니 빨간 종이에 면회 날을 적어 붙여두는 건 아주 불쾌하다며 "제가 놀러 올 날은 따로 정해주십시오"라고 응석받이 같은 말을 하더군. 그런 말 말고 목요일에 일단 와보라고 했더니 결국 고집을 꺾고 왔다네. 송이버섯밥을 대접했지. 오늘 도요조와 함께 오모리로 나들이를 간다네.

메이지대학 문학부에 사표를 제출해두었네. 자네를 후임자로 넣고 싶은데 우쓰미 게쓰조 영감이 허락하지 않아 힘들 것 같군. 문학부를 그만두면 살림에 영향이 생기네. 또 그 외의 여러 부분에 여파가 있겠지. 묘한 일일세.

요즘에는 꼭 요강 속을 둥둥 떠다니는 기분이라네. 나도 악취가 나지만 곁에서 보는 사람도 악취가 나겠지. 그렇다고 해서 요강에서 뛰쳐나올 필요성도 못 느낀다네. 어제 어떤 사람에게 보내는 편지에 이렇게 썼지. "이 세상은 울기에는 너무 우스꽝스럽고 웃기에는 너무 어둡다." "지금 같은 세상에서는 절대 진지해질 수 없다. 진지해지려고 하면 세상이 바로 때려 부숴주니까."

따라서 나는 사보텐당도, 러시아당도 아니라네. 고양이당으

---

3 데라다 도라히코는 《나는 고양이로소이다》에 등장하는 미즈시마 간게쓰의 실제 모델이다.

로서 우스꽝스러움+두부장수주의[4]를 밀고 나갈까 하네. 사보텐 당에게는 예술적이지 않다는 말을 듣고, 러시아당에게는 진지하지 않다는 말을 들으며 요강 속에서 어푸어푸 헤엄치지. 앞으로 무엇이 될지는 나도 잘 모르겠네. 요컨대 주위 상황에 따라 여러 모양으로 변하는 게 자연스러운 일이겠지. 서양인 이름을 등에 업고 그 사람 같은 글을 쓰겠다고 하는 건 애초에 너무 부자연스러운 일이네. 유녀의 사진을 보며 나도 이런 얼굴이 되어야겠다고 생각한들 될 수 있을 리 없지 않은가. 현재의 문학자들은 죄다 이런 인간들뿐이라네. 나를 보고 영국 취미라는 둥 하더군. 똥이나 먹으라지. 천지간에 하나의 소세키가 소세키로 존재하는 동안엔 소세키는 결국 소세키지 다른 사람은 될 수 없네. 내게 영국 취미가 있다면 그건 소세키가 영국인을 닮은 게 아니네. 영국인이 소세키를 닮은 게지.

영문 번역을 하겠다니 그건 좀 무리 아닐까 싶네. 영문으로 먹고살 생각이라면 지금부터 오륙 년 견습생 일이라도 해야 한다네. 그것보다는 영문을 일문으로 번역하는 게 좋네. 뭘 번역하면 좋을지는 나도 잘 모르겠군.

이제 쓰기 싫어졌으니 이만 붓을 놓겠네.

나쓰메 긴노스케

---

4 〈210일〉의 주인공인 두부 장수 게이의 꾸밈없고 강건한 성향을 가리키는 말로 보인다.

모리타 소헤이에게
보낸 편지

혼고구 고마고메 센다기정 57번지
1906년 10월 21일

모리타 하쿠요 님

자네가 밤중에 쓴 편지[1]를 읽는데 도요조가 와서, 편지를 양복 주머니에 넣고 시나가와 근처 사메즈에 있는 가와사키야라는 요릿집에 가서 밥을 먹었다네. 그때 방금 읽고 찢어버린 종이 뭉치는 여전히 주머니 속에 있었지.

나는 내 모든 동정심을 담아 그 편지를 읽고, 모든 동정심을 담아 그걸 찢었다네. 그 편지를 읽은 이는 편지의 수신인인 나쓰메 소세키뿐일세. 자네의 목적은 달성되었고, 목적 외의 일은 절대 일어날 염려가 없으니 안심하고 내 동정을 받아들여주게나.

아는 사람 중에 두세 명 정도 자네와 처지가 같은 이들이 있다네. 아니, 같은 처지라고 들었지. 하지만 그들은 모두 성공한 사람들일세. 자네도 성공하게 되면 이 불행을 잊을 수 있지 않겠

---

1 소헤이는 이 편지에서 어머니의 불륜과 관련된 가정사를 털어놓으며, 자신이 불륜 상대의 자식일지도 모른다고 고백한 것으로 보인다.

는가. 나는 자네가 그 이야기를 내게 털어놓아줘서 아주 기쁘다네. 나를 그만큼 중히 생각해준 자네의 진심이 기쁘지. 동시에 그걸 내게 털어놓지 않고서는 못 견디게끔 자네를 괴롭힌 원인 제공자(만약 있다면)를 저주하네. 또한 그걸 어쩔 수 없이 내게 털어놓게 만든 자네의 신경 쇠약이 슬프다네. 사내는 당당해야 하네. 자네는 어찌 이 풍월 천지를 다 고뇌하려 하는가. 자네 인생은 지금부터라네. 업적은 백세 후에 그 가치를 평가받지. 백년 후에 누가 이 일을 문제 삼겠는가. 자네가 만일 대업을 달성한다면 이 일은 외려 자네에게 한 줄기 광채를 더해줄 걸세. 눈앞의 일에만 급급하기 때문에 앞으로 나아가지 못하는 것이라네. 박사가 되지 못함을 괴로워하고 교수가 되지 못함을 괴로워하는 것과 다를 게 하나 없지. 백년 후 박사 수백은 흙이 되고 교수 수천은 진흙이 되어 사라질 걸세. 나는 백대까지 내 글을 전하고자 하는 야심가라네. 이웃과 싸우기 위해서는 그들을 안중에 두어야 하네. 그들을 안중에 두려면 좀 더 조심스럽게 평판을 높일 궁리를 해야겠지. 나는 그 정도도 모를 만큼 어리석은 사람은 아닐세. 다만 나는 1년, 2년, 혹은 10년, 20년 사이의 평판이나 광명, 악평이 전혀 두렵지 않다네. 왜냐하면 나는 가장 찬란한 미래를 상상하기 때문일세. 그들을 안중에 둘 만큼 소심한 사람이 아니네. 그들에게 내 본모습을 보여줄 만큼 멍청한 사람도 아니고, 그들에게 정체를 간파당할 만큼 얕은 사람도 아니지. 나는 주위의 칭찬을 구하지 않고 천하의 신앙을 구한다네. 천하의 신앙을 구하지 않고 후세의 숭배를 기대하지. 이런 희망을 가질 때 나는 비로소 나의 위대함을 느낀다네. 자네도 나와 같은 사람일세. 자네의 위대함을 절실하게 느끼게 될 때 이런 인과는 화로 위 눈처럼 녹아 사라질 걸세.[2] 부디 힘쓰시길 바라네.

　사람이 진보하겠다는 신념을 품고 행동할 때 그 귀함은 신을 초월하고, 그때 비로소 천지를 뒤덮을 자아를 깨닫게 된다네. 이건 천자님의 위광으로도 얻지 못하는 것이지. 소세키는 싸움을 할 때마다 이 영역에 드나든다네. 하쿠요 선생은 어떠한가?

10월 21일 밤 11시, 이케가미에서 돌아와서
나쓰메 긴노스케

2　《벽암록》에 나오는 말로, 도를 깨달아 마음속에 어떤 응어리도 없음을 뜻한다.

가노 고키치[1]에게
보낸 편지

혼고구 고마고메 센다기정 57번지
1906년 10월 23일

가노 대형

가노 씨에게 편지가 왔더군요. 무슨 일인가 싶어 열어보았더니 용건 없이 보낸 안부 편지였습니다. 그래서 놀랐습니다. 가노 씨는 용건 없이 편지를 쓰는 사람이 아니고, 게다가 그 편지도 늘 관청의 통첩서 같은 느낌이었기 때문에 놀란 것입니다. 그건 저 같은 사람이나 쓸 법한 편지인 데다 이렇다 할 용건도 없어서 좀 이상하더군요. 가노 씨에게 어지간히 한가한 여유 시간이 생겼거나 아니면 교토 공기를 마시고 돌연 문학적으로 변한 게 분명하다고 단정 지었지요. 아무래도 상관없습니다. 가노 씨가 내 영역에 가까이 다가왔다는 뜻이니 불만은 없습니다. 오히려 아주 기쁜 마음으로 읽었지요. 가노 씨가 이런 인간이라면 나도 앞으

---

1 狩野亨吉, 1865~1942. 소세키의 대학 선배로, 제1고등학교 교장 및 교토대학 문과대학 초대 학장을 지냈다. 소세키에게 교토대학 교수직을 권했으나, 소세키는 이를 거절하고 아사히신문사에 입사했다.

로는 이런 편지를 써서 보내볼까 싶더군요.

제 꿈을 꾸었다고요. 제가 양어머니와 그 딸과 함께 아나하치마에 있었는데 그 양어머니의 이름이 '나카仲'였다니 참 묘한 꿈이로군요. 특히 《일본신문》에 그런 글이 실린 걸 모르고서 꾼 꿈이라 더 묘합니다(저도 《일본신문》은 나중에 듣고 읽었습니다). 묘하긴 하지만 그건 너무 예상 밖이라 묘한 것입니다. 저는 원래 꿈에 대해 이렇게 생각합니다. 사람은 종종 평소 생각하는 것들을 꿈으로 꾼다고 하지만, 제 경우 그 비율을 따져보면 생각하지 않은 일이 꿈에 나온 적이 더 많습니다. 오래전 한 여자에게 반해 꿈에 그 여자가 나오기를 간절히 바라며 잠을 청한 적이 있는데, 며칠 밤이 지나도 나오지 않더군요. 가노 씨도 제 생각을 했기 때문에 꿈을 꾼 건 아닐 겁니다. 그저 어쩌다가 나와 양어머니와 그 딸이 꿈에 나온 게지요. 한데 그 내용이 신문과 일치하니 좀 이상하긴 합니다. 원래 꿈뿐만 아니라 무슨 일이든 아무것도 예상하지 않고 자연스러운 마음으로 바라보면 아주 유쾌한 법입니다. 집착하는 순간 모든 것이 망가져버리지요. 저는 가노 씨만큼 깨우치지 못한 탓에 걸핏하면 집착하고 말아 문제지만, 꿈만은 그 어떤 바람도 예상도 없이 자유자재로 꾸기 때문에 아주 유쾌합니다. 어떤 악몽을 꾸든, 또 어떤 불경한 꿈을 꾸든 다 자연의 극치이기 때문에 유쾌한 겁니다. 현실 세상에서는 인간답게 구는 한편 슬쩍슬쩍 집착하려는 구석이 있어 외려 추악한 느낌입니다.

교토는 근사한 곳이지요. 특히 이맘때 송이버섯을 떠올리면 당장이라도 달려가고 싶어집니다. 가노 씨는 자주 산책을 나가

시겠지요. 또 그림이나 고서, 골동품 같은 것도 있을 테고요. 만사 누긋한 그 느낌이 참 좋지요. 그 점에서는 도쿄와 정반대입니다. 저도 교토에 가고 싶군요. 가고 싶지만, 대학 선생으로 가고 싶지는 않아요. 놀러 가고 싶은 겁니다. 제 처지에서 말해보자면, 저는 느낌이 좋고 유쾌한 곳보다는 느낌이 나쁘고 불쾌한 곳에서 끝까지 싸워보고 싶습니다. 절대 오기가 아닙니다. 그러지 않고서는 사는 보람이 없을 것 같기 때문입니다. 무얼 위해 세상에 태어났는지조차 알 수 없을 것 같습니다. 저는 세상이 일대 수라장이라 생각합니다. 그 속에 서서 장렬히 죽든지 적을 굴복시키든지 둘 중 하나는 해보고 싶습니다. 적이란 나의 주의, 나의 주장, 나의 취향을 기준으로 볼 때 세상에 도움이 되지 않는 존재를 말합니다. 세상은 저 혼자 힘으로는 변하지 않습니다. 그렇기 때문에 저는 죽을 각오가 되어 있습니다. 죽는다 해도 스스로의 소명을 다했다는 위안거리가 있다면 그걸로 충분합니다. 사실 저는 제가 어느 정도의 일을 할 수 있고 또 어느 정도의 일을 견딜 수 있을지 짐작도 가지 않습니다. 다만 격렬한 세상 속에 서서(자신을 위한, 가족을 위한 것은 잠시 제쳐두고) 얼마나 많은 사람들에게 감화를 줄 수 있을지, 스스로가 사회적 분자로서 미래 청년들의 피와 살이 되어 얼마나 생존할 수 있을지 그걸 시험해보고 싶습니다. 교토에 가고 싶다는 건 이 작업을 위한 휴식을 위해 가고 싶다는 말이지 교토에 은거하고 싶다는 의미가 아닙니다.

생각해보면 저는 참 어리석습니다. 대학에서는 성적이 좋았습니다. 그래서 약간 으스댔지요. 그리고 졸업 후에 무얼 했는가 하면, 굴속에 웅크린 뱀처럼 십여 년을 살았을 뿐입니다. 제가 무언가를 해보려 한 건 유학에서 돌아온 후부터이니, 고작 삼사 년밖에 되지 않습니다. 그러니 저는 이제 막 보리심을 일으킨 어린아이나 다름없지요. 만일 제가 무언가를 이룬다면 그건 지금부터입니다. 그리고 무언가를 이룰 만한 상황이 된 건 도쿄에서 지금의 지위(학교의 지위가 아닙니다)를 얻었기 때문입니다. 따라서 제가 하려는 일은 이 지위와 적잖은 관계가 있습니다. 이 지위를 버리고 교토에 가서 한가로이 지낸다면 구마모토에 기어들어가 점잔 빼며 살던 때와 다를 게 없지요. 그건 좀 싫습니다. 물론 대국적으로 보면 사람의 일 같은 건 지극히 사소합니다. 다윈이든 마부든 똑같습니다. 불의에 머리를 숙이건 백이와 숙제처럼 의지를 관철하건 결국 다를 게 없지요. 대학교수와 소학교 선생도 다르지 않습니다. 더 나아가 말하자면 살아 있든 죽었든 그리 큰 차이도 없습니다. 하지만 세속적인 견지에서 차별적으로 보면 아주 큰 차이가 있습니다. 제가 도쿄를 떠나는 건 결코 바람직하지 않습니다. 교수나 박사가 되고 말고는 중요하지 않습니다. 나쓰메 아무개라는 인간이 성장하느냐 움츠러드느냐의 문제입니다. 나쓰메 아무개가 천하에 미칠 영향력이 커질지 작아질지의 문제지요. 그러므로 저는 선생으로서 교토에 갈 생각은 없습니다.

사실 따지고 보면 그리 중요한 문제도 아니니, 여기서 잘리게 되면 자살하기 전에 교토로 가겠습니다. 교토에 갈 수 없다면 홋카이도나 만주에라도 가지요. 요컨대 임기응변에 맡겨서는 안된다는 말입니다. 임기응변 끝에 배를 갈라 죽을지도 모를 일이니까요. 그래도 상관은 없지만, 아무튼 지금 상황으로는 교토에 가는 건 사양입니다.

하지만 요즘처럼 자극이 많고 신경이 쇠약하여 잠만 자는 상황에서는 대사업도 가망이 없을 듯하니, 내년 봄쯤 돈을 마련해 2주 정도 교토에 놀러 가볼까 싶습니다. 이것도 임기응변이니 어찌 될지 모르겠군요. 이상.

긴노스케

가노 고키치에게
보낸 편지

혼고구 고마고메 센다기정 57번지
1906년 10월 23일

가노 대형

방금 전에 긴 편지를 보냈습니다. 이번 주는 고등학교 행군이라 내일은 쉬는 날입니다. 지금 막 씻고 나와 계속 이어서 씁니다. 이런 편지는 한번 쓰기 시작했을 때 다 써버리지 않으면 좀처럼 쓰기 힘드니까요. 또 쓰고 싶다고 해서 아무에게나 쓸 수 있는 것도 아니지요. 잘 모르는 사람에게 이런 편지를 쓰면 겉만 번지르르한 가짜가 되고 맙니다. 모든 일은 사실로 증명되기 전까지는 진실이라고 할 수 없습니다. 저도 마찬가지입니다. 제가 어느 정도 되는 인간이고 어떤 일이 가능한지는 죽은 후에야 비로소 증명되는 것입니다. 지금 울부짖는 건 촌스러운 짓이지요. 하지만 얼마 전부터 교토대학에 오라고 권해주기도 했고, 가노 씨는 누구보다 이치에 밝은 사람인 데다 또 제 생활의 많은 부분을 알고 있으니 이번 기회에 가노 씨의 벗인 나쓰메라는 인간이 어떤 남자인지 소개해볼까 합니다.

아시다시피 저는 졸업 후 시골로 내려갔습니다. 여기에는 여러 이유가 있지만 그건 중요치 않으니 제쳐두고, 이 시골행은 대승적으로 보면 도쿄에 있는 것과 다를 바가 없었습니다. 하지만 세간의 관점으로 보면 아주 나쁜 결정이었습니다. 제 출세를 생각했을 때 나빴다는 말이 아닙니다. 세상에 나선 세간의 한 사람으로서 대실패였다는 말입니다. 그도 그럴 것이 당시에 제가 도쿄를 떠난 데에는 다음과 같은 이유가 있습니다. ─ 세상은 저급한 곳이다. 사람을 바보로 취급한다. 더러운 놈들이 배려도 없이 그저 대중에 기대고 시류에 편승해 무례하기 짝이 없는 짓을 한다. 이런 곳에 있고 싶지 않다. 그러니 시골로 가서 더 아름답게 살자. ─ 이게 가장 큰 목적이었습니다. 한데 시골에 가보니 도쿄와 똑같은 정도의 불쾌한 일이 비슷한 수준으로 일어나더군요. 그때 저는 뼈저리게 생각했습니다. 나는 어째서 도쿄에서 참고 견디지 않았나. 그들이 이토록 잔학하다는 사실을 안 이상 이쪽도 목숨을 걸고 죽을 때까지 싸웠어야 했는데. 저는 비교적 무해한 남자입니다. 자진해서 남들과 싸우는 걸 좋아하지 않기 때문에 뒤로 물러나(다양한 편의를 버리고, 갖가지 공상을 버리고, 미래의 희망까지도 버리고) 그저 나만 편안하면 그만이라는 겸손한 태도로 도쿄를 버린 것입니다. 그럼에도 그들은 이만큼의 희생을 강요한 걸로도 모자라 전과 똑같은 수준의 압박을 가하려 했습니다. 그들은 무법자입니다. 문명의 옷을 입은 야만인입니다. 만일 제가 털끝만큼이라도 그들에게 득이 되는 일을 한다면, 저는 사회의 일원으로서 이 사회에 그만큼의 악덕을 증식시키는 셈입니다. 무엇보다 제가 도쿄를 떠난 것이 그들을 증식시키는 간접적 원인을 만들었습니다. 저는 저와 같은 처지에 놓인 사람들에게 악례를 만들었습니다. 저 하나만 청렴하게 살겠다고 다른 사람은 전혀 돌아보지 않았지요. 이래서는 안 된다. 만일 후에 또 이런 상황에 놓이게 된다면 결코 다시는 물러나지 않을 테다. 아니, 먼저 나서서 적을 물리치겠다. 사내로 태어났으니 그 정도는 얼마든지 할 수 있다. 할 수 있는데도 불구하고, 내 안위만을 생각해 시골로 도망쳐서 그들을 증식시킨 셈이다. 냉수욕의 자극이 싫다며 꾸물꾸물 이불 속으로 파고드는 꼴 아닌가. 견디지 못한 게 아니다. 견딜 수 있는데 일부러 도망친 것이다. 남은 힘을 감추고 일부러 숨죽이고 있는 것처럼. — 당시 저는 속으로 이렇게 결심하고 구마모토로 갔습니다. 구마모토로 도망을 쳤던 건 아니고, 사람 대접하는 법을 모르는 마쓰야마 사람들을 벌주기 위해 간 것입니다. 겉으로는 고등학교가 좋은 직장이라 간 것처럼 보였겠지요. 자리 욕심은 도쿄를 떠날 때 모조리 버렸습니다. 마쓰야마가 제 예상대로 순박한 곳이었다면, 저는 인정에 끌려 지금까지 마쓰야마에 머물면서 시골 신사로 만족하며 살았을지도 모릅니다. 구마모토에서는 전보다 즐겁게 지냈습니다. 그러고는 유학을 갔지요. 가서 영국인은 멍청이라는 사실을 깨닫고 돌아왔습니다. 일본인들은 늘 영국인을 배워라, 배워라 하는데 도대체 뭘 배우라는 건지 아직도 잘 모르겠습니다. 영국에서 돌아온 뒤 저는 대형들의 호의 덕에 도쿄에서 지위를 얻었습니다. 지위를 얻고부터 지금에 이르기까지 저의 가정사를 비롯한 모든 역사는 끔찍하게 불쾌한 것이었습니다. 10년 전의 저였다면 진작 시골로 도망쳤을 테지요. 글을 써서 평판이 좋아지든, 수업 성적이 오르든, 대학생들이 칭찬하든 — 그 전부를 뒤로하고 시골로 갔을 겁니다. 교토에서 부르면 짐 하나 챙기지 않고 날아갔을 겁니다. 대형이 있으니 더 반갑게 날아갔겠지요. — 하지만 저는 이제 마쓰야마로 갔던 그때의 제가 아닙니다. 저는 영국에서 돌아오는 배 안에서 마음속으로 맹세했습니다. 무슨 일이 있더라도 10년 전의 실수를 되풀이하지는 않겠다고요. 지금까지는 제가 얼마나 위대한 사람인지 시험할 기회가 없었습니다. 스스로를 신뢰한 적이 한 번도 없었지요. 벗들의 동정이나 윗사람의 총애, 주위사람들 호의에 기대어 살아왔습니다. 앞으로는 그런 것들에 절대 의지하지 않을 겁니다. 아내나 친척에게조차 기대지 않을 생각입니다. 저는 다만 홀로 갈 데까지 가다가 이윽고 도달한 곳에서 쓰러질 겁니다. 그러지 않고서는 진정한 삶의 의미를 알 수 없습니다. 아무런 느낌이 없지요. 살았는지 죽었는지도 분명치 않아요. 나의 삶은 하늘에서 부여한 것인데, 그 삶의 의의를 절절히 음미하지 않는 건 아까운 일입니다. 돈을 쌓아두고 그저 망을 보기만 하는 꼴이지요. 돈을 쓰지 않으면 돈을 이용했다고 말할 수 없듯이, 하늘이 부여한 목숨을 있는 힘껏 이용해서 스스로가 정의라고 생각하는 곳으로 한 발짝이라도 나아가지 않는다면 천의를 헛되게 만드는 것입니다. 저는 그렇게 결심하고 그렇게 나아가고 있습니다. 지금도 사방을 둘러보면 불행하고 불쾌한 일들이 많습니다. 저와 같은 처지에 놓인 사람이라면 누구나 이 불행과 불쾌감을 느끼겠지요. 저는 이 불쾌감이 결코 저의 과오나 죄악에서 비롯된 것이라 생각지는 않지만, 이 불쾌감과 이 불행을 유발하는 존재를 사회의 죄악으로 여기고 그들을 쓰러트리기 위해 노력하고 있습니다. 저 하나만을 위해 쓰러트리려는 게 아닙니다. 천하를 위해, 왕을 위해, 사회를 위해 쓰러트리려는 것입니다. 도쿄를 떠나면 제가 쓰러트리려 하는 존재가 증식할 우려가 있기 때문에, 지금 같은 상태가 지속되는 한 저는 도의상 절대 도쿄를 떠나지 않을 것입니다. 이만 줄입니다.

　제 성품은 이상과 같은 점에서 야마카와 신지로 씨와는 정반대입니다. 제가 공격하려는 상대는 어쩌면 야마카와 씨 같은 사람일지도 모르겠군요.

나쓰메 긴노스케

스즈키 미에키치에게
보낸 편지

혼고구 고마고메 센다기정 57번지
1906년 10월 26일

　　　스즈키 미에키치 님
자네가 밤중에 쓴 편지는 오늘 아침 11시쯤 읽었다네. 데라다와
시호다는 뭐 생각하시는 그대로의 인물이라네. 마쓰네는 그래
봬도 꽤 사랑스러운 남자야. 거기다 귀족 집 자제라 고상한 구석
이 있지. 하지만 머리는 썩 좋지 않다네. 그리고 쉽게 욱하지. 그
래서 시호다와는 맞지 않는다네. 나는 개의치 않지만. 마쓰네가
하이칼라였다면 벌써 대단한 사람이 되었을 걸세. 숙부가 백작
이고 미쓰이와 친척 사이인데도 월급 30엔을 받으며 아등바등
빠듯하게 사니 참 이상한 일이지. 그리고 그는 아주 느긋한 남자
라네. 남의 집에 놀러 와 눌러앉아선 밥때가 되면 아주 당연하다
는 듯이 밥을 먹는다네. "오늘도 어쩌다 보니 얻어먹게 되네요"
라거나 "감사합니다" 같은 말은 한 적이 없지. 꼭 자기 집에서 밥
을 먹는 양 굴어서 그런 점이 참 좋다네.
　자네는 모리타에 관한 말은 하지 않는군. 마음에 들지 않은 모

양이야. 그 남자는 마쓰네와 정반대일세. 일거수일투족 타인의 비판을 두려워하지. 나는 되도록 그 반대로 만들기 위해 노력하고 있다네. 최근 들어서 변한 게 겨우 그 정도일세. 그럼에도 여전하지. 그렇게 된 데에는 아주 뿌리 깊은 원인이 있다네. 처음 만난 사람 눈에는 좀 이상해 보일 수도 있지만, 내게는 그게 아주 자연스러워 보인다네. 또 아주 딱하지. 물론 내가 모리타를 그렇게 만든 것은 아니네. 하지만 그 녀석을 조금이라도 더 느긋하고 천진하게, 행복하게 만들어주고 싶어.

자네를 혼내다니 그럴 일은 없네. 그렇게 칭찬할 일도 없지만 혼낼 일도 없다네.

내 교훈이라니 당치도 않은 말일세. 나는 누군가의 교훈이 될 만한 일을 한 적이 없네. 내 행위의 3분의 2는 다 임시방편이라 남들 눈에는 광적으로 보일 걸세. 그래도 상관없네. 지금 같은 상태가 계속 이어지면 미치광이가 되겠지. 죽은 뒤에 사람들이 미치광이라 단정 짓는다 해도 전혀 부끄럽지 않아. 현재 상태에서 변화가 일어난다면 이런 미친 짓을 그만둘지도 모르네. 그렇다면 죽은 후에 군자라 불릴 수도 있겠지. 즉, 한 인간이 이렇게도 될 수 있고 저렇게도 될 수 있다는 점이 스스로는 유쾌하고 남들은 알 수 없어서 참 좋다네. 미치광이든, 군자든, 학자든, 하루 새에 그보다 더한 변화도 해 보일 수 있네. 남이 나를 학자라 하건 미치광이라 하건 군자라 하건 월급만 받을 수 있다면 전혀 상관없다네. 그러니 나는 나만의 생활을 하는 것일 뿐, 다른 사람에게 모범을 제시하는 게 아닐세. 근래 내 행동을 흉내 내면 큰일 난다네. 그럼 이만.

나쓰메 긴노스케

스즈키 미에키치에게
보낸 편지

혼고구 고마고메 센다기정 57번지
1906년 10월 26일

    스즈키 미에키치 님

다만 한 가지 자네에게 줄 교훈이 있다네. 이건 내게 배워서 결코 손해 볼 일은 없을 걸세.

    나는 어릴 적부터 청년이 될 때까지 세상이 좋은 곳이라고 생각했다네. 맛있는 음식을 먹고 근사한 옷을 입을 수 있으리라고 생각했지. 시적인 생활을 하며 아름다운 부인을 얻어 아름다운 가정을 꾸릴 수 있으리라 믿었다네.

    만약 불가능하다면 어떻게든 손에 넣고 싶었네. 바꿔 말해, 이와 반대되는 것들은 되도록 피하고자 했다는 말일세. 한데 어디를 어떻게 피해봐도 그런 곳은 없었다네. 세상은 내 상상과는 정반대의 현상으로 가득 찬 곳이더군. 따라서 우리가 선 이 세상에서는 더러운 놈이나 불쾌한 놈, 거슬리는 놈들을 피하지 않겠다는, 아니 자진해 그 속에 뛰어들겠다는 마음가짐 없이는 아무것도 할 수 없다네.

그저 깨끗하고 아름답기만 한 생활, 즉 시적인 생활이 삶의 의의 중 얼마를 차지하는지 모르겠지만, 아마 지극히 작은 부분일걸세. 그러니 《풀베개》 속 주인공처럼 살아서는 안 된다네. 그것도 좋지만, 역시 지금 같은 세상에서 생존하며 자네 생각을 관철하려면 반드시 입센류가 되어야만 하네.

이런 관점에서 보면, 단순히 미적이기만 한 글은 옛 학자가 혹평했듯 그저 한문자閑文字에 지나지 않는다네. 하이쿠는 이 한문자 속을 소요하며 기뻐하고 있지. 하지만 그렇게 작은 세계에서 뒹굴면서는 이 크나큰 세상을 조금도 바꿀 수 없어. 게다가 크게 바꾸어야 할 적이 사방 가득 있다네. 문학을 생명과 같이 여기는 자라면 단순히 아름다움만으로는 만족할 수 없을 터. 유신 때 고난을 맛보았던 근왕가勤王家[1] 같은 마음가짐을 가져야 하네. 잘못되었을 때 신경 쇠약에 걸리든 미치광이가 되든 감옥에 갇히든 개의치 않겠다는 각오 없이는 문학자가 될 수 없다고 생각하네. 문학자는 태평하고 초연하고 아름답게 세간과 동떨어진 작은 세계에만 머무른다면 모를까, 넓은 세계로 나온 이상 단지 유쾌함을 얻기 위함이라는 둥 그런 말이나 하고 있어서는 안 되네. 자진해서 고통을 찾아 나서기 위함이 아니면 안 되는 걸세.

자네의 취향은 기녀의 우울 같은 것일세. 스스로 아름답다고 느끼는 것들만 쓰고는 그걸로 문학가인 체하는 사람이 되지는 않을까 염려스럽군. 현실 세계는 물론 그렇지 않네. 문학 세계 또한 그렇지만은 않지. 교시나 시호다 같은 하이쿠 무리들은 이 점에선 완전히 별세계 인간일세. 문학자가 다 그런 이들뿐이라

1   에도 시대 말기에 조정을 위해 도쿠가와 막부를 타도하려 한 일파.

면 시시하지. 하지만 보통 소설가들이 다 그렇다네. 나는 한편으로는 하이카이적 문학에 발을 담그면서도, 또 한편으로는 목숨을 건 유신 지사처럼 격렬한 정신으로 문학을 해보고 싶다네. 그러지 않고선 어려움을 버리고 쉬운 것만 취해 편안함에 안주하는 겁쟁이 문학가가 될 듯한 느낌이 들어 견딜 수가 없어.

《파계》에서 배울 점은 없지만, 단 이 부분에서는 다른 이들보다 월등히 뛰어나다고 생각하네. 하지만 《파계》는 아직 미숙하다네. 미에키치 선생이 《파계》보다 뛰어난 작품을 계속 써주게. 이상.

나쓰메 긴노스케

고미야 도요타카[1]에게
보낸 편지

혼고구 고마고메 센다기정 57번지
1906년 11월 9일

고미야 도요타카 님

오늘은 긴 편지를 써야 하는 날이라 네다섯 통만 써도 힘에 부치지만, 자네가 답장을 달라고 하니 드리겠네.

어제는 손님이 열서너 명이나 와서 좀 놀랐다네. 하지만 지기들이 모여 편안하게 이야기 나누는 걸 보는 것만큼 유쾌한 일은 없지. 목요일을 모임 날로 정하길 아주 잘했다 싶어.

자네는 혼자 입을 꾹 다물고 있더군. 입을 다물든 말을 하든 상관없지만, 마음속에 불편함이 있어서는 안 되네. 태연해져야 해. 우리 집에 오는 손님은 다들 무서운 사람이 아니라네. 자네가 입을 다물고 있으니 말을 걸지 않을 뿐이지. 두어 번 낯을 익히면 바로 이야기를 나눌 수 있다네. 사실 어제 손님 중에 자네

---

1 小宮豊隆, 1884~1966. 독문학자, 문예 평론가. 소세키의 문하생이었으며, 소세키를 신처럼 숭배해 '소세키 신사神社의 신주神主'라고 불리기도 했다. 소세키 전집을 편집했다.

251

와 비슷한 입장인 친구가 하나 있었는데, 그 녀석은 거리낌 없이 말을 잘해서 재밌더군. 자네도 말을 섞기 시작하면 재미있을 걸세. 나카가와는 부드러운 사람이지만 미에키치 군은 자네 말대로 제법 사나운 구석이 있다네. 그 둘은 절친한 사이일세. 피부가 흰 남자는 도요조라는 하이쿠 시인이네. 그 녀석도 보이는 그대로 좋은 사람이지. 양복 무리는 그중 가장 어른스러운 사람들이니 전혀 어려워할 필요 없다네. 자네가 만약 하이쿠 모임에 나간다고 가정해보게나. 모르는 사람들이 잔뜩 있겠지. 나도 예전에는 내성적이고 부끄럼을 많이 탔다네. 지금도 혹자는 나를 그런 사람이라고 생각하겠지. 하지만 천만의 말씀. 겉가죽은 변함이 없지만 속으로는 누구 앞이든 거리낌이 없다네. 학교에 마음에 들지 않는 교사가 있으면 쌀쌀맞게 콧방귀를 뀌지. 그걸로 충분한 걸세. 이 세상에 대단한 사람들이 너무 많다고 생각하니까 부끄럽고 쑥스러워지는 거라네. 자기 마음이 고상하다면 저급한 짓을 하는 놈들은 자연스레 아래로 보이는 법이니 전혀 두려워할 필요가 없어지지.

이렇게 열변을 토하는 건 목요일 날 자네가 입을 열게 만들기 위해서라네. 다음에 올 때는 말을 많이 하시게. 바쁘니 이만 줄이겠네. 이상.

나쓰메 긴노스케

다키타 조인[1]에게
보낸 편지

혼고구 고마고메 센다기정 57번지
1906년 11월 16일

다키타 데쓰타로[2] 님

어젯밤 《요미우리신문》의 문단 담당 일에 대해 생각하다 그만 잠들어버렸다네. 그래서 딱히 명쾌한 답도 드릴 수 없네.

우선 잠시 떠오른 생각을 말해보자면, 달에 60엔을 받고 매일 기사란 한 개나 한 개 반 분량의 글을 쓰는 건 좀 힘들다네. 해보지 않고서는 모르는 일이지만 아마 곧 하기 싫어지겠지.

매일 글을 쓰려면 고등학교나 대학을 그만둬야 하네. 한쪽을 고르라면 대학을 그만둘 걸세.

대학에는 딱히 감사한 마음도 없고 명예라고도 생각지 않네. 지난 3년 반 동안 그럭저럭 내 몫의 일은 다 해왔으니, 일을 견디지 못해 그만두었다는 말은 듣지 않겠지.

---

1 滝田樗陰, 1882~1925. 잡지 편집자. 도쿄대학에서 소세키의 강의를 청강했으며, 목요회에도 참석했다. 《중앙공론》 편집자로 많은 신인 작가를 발굴해 그 능력을 인정받았다.
2 滝田哲太郎. 다키타 조인의 본명.

고등학교는 수업이 간단해서 문학 연구나 저술을 위한 시간을 내기 쉬우니 그만두지 않을 걸세. 더군다나 지금 상황에서는 더더욱 그만둘 생각이 없어. 고등학교 교사 중 몇몇은 아주 건방지다네. 학생 중에도 건방진 녀석이 있지. 어떤 교사는 내가 그만두길 바라는 모양이더군. 내가 그만두면 그 자리를 꿰차고 들어오려는 교사도 있는 모양이고. 이런 놈들이 거만하게 굴도록 내버려두는 건 세상을 위한 일이 아니니 그만두지 않을 걸세. 학생들은 별생각도 없이 그저 경솔하고 건방지지. 하지만 이런 학생들을 정복하지 않고 학교를 그만둔다면 평생 마음에 걸릴 걸세. 내 편안함을 위해 세상에 득이 되는 일을 내팽개치고 도망친 것 같아 아주 불쾌하겠지. 때문에 고등학교는 절대 그만두지 않을 생각이네. 조만간 직원이나 학생과 갑자기 충돌해 나갈지 말지 결정해야 할 일이 일어날지도 모르지. 사실 그런 일이 일어나길 내심 기다리고 있다네. 그런 이유가 아니라면 절대 그만둘 일은 없네. 소동을 일으켜 그만두게 된다 해도 내 자리를 노리는 녀석은 절대 들이지 않을 걸세.

대학을 그만두면 수입이 8백 엔 줄어드네. 혹 요미우리에서 8백 엔을 준다 해도, 매일 신문에 쓰는 글은 내 업적으로 후세에 남지 않는다네(후세에 남고 말고는 내 힘으로 좌우할 수 있는 사안이 아니지. 하지만 적어도 문필로 세상에 나서는 이상 꼭 그렇게 만들겠다는 각오라네). 그저 하루 읽고 버릴 글을 위해 시간을 빼앗기는 건 대학 수업에 시간을 빼앗기는 것과 크게 다르지 않아. 그래서 나는 주저한다네.

뭐 그건 상관없다고 쳐보세. 《요미우리신문》은 기반이 단단한 신문사지만 대학만큼은 아닐 걸세. 물론 대학은 언제든 나를 자를 수 있지. 나는 학생도, 학장도, 교수도 안중에 없는 사람이니 언제 그런 일이 나를 덮칠지 알 수 없는 일이야. 하지만 그 걱정을 제외하고 보면, 대학의 봉급은 요미우리보다 고정적이라네. 다케코시 씨[3]는 정객일세. 《요미우리신문》에만 전념하는 사람이 아니겠지. 나는 한때의 약속으로 다소 기계적인 문예란 일을 수락한다고 해서 다케코시 씨와 계속 함께하며 거취를 결정할 만큼 융통성 있는 문학자가 아니라네. 언제 어떤 일로 나만 설 자리를 잃게 될지 그건 아무도 모르는 일이지. 다케코시 씨가 얼마나 대단한 세력가이건, 내게 얼마나 호의적이건, 전혀 분야가 다른 문학자를 한평생 끌고 갈 수는 없을 걸세.

또 그걸 감수할 각오로 입사를 하려면 내게도 그만큼의 모티프가 있어야 하네. '나는 교육계에 몸담을 수 없는 사람이니 그만두어야만 한다'든지 '꼭 신문 지면에 내 글을 발표해보고 싶다'든지, 미래의 위험을 감수할 만큼 강렬한 사정이 있어야 한다는 말일세. 그런데 지금 내게는 그만큼의 사정이 없다네.

이 같은 이유를 다 제쳐두고 의뢰에 응한다고 해봄세. 문예란이 당초 내 계획대로 흘러가지만은 않을 걸세. 요미우리에는 요미우리에 소속된 기존 기자들도 있지. 내가 문예란을 담당하게 되면 내 측근의 글만 싣고 기존 사람들의 글을 등한시하게 될지도 모르네. 그러면 볼멘소리가 나오기 마련이야. 기타 여러 가지 이유로 볼멘소리가 나올 걸세.

---

3 다케코시 요사부로竹越與三郎, 1865~1950. 역사학자, 정치가. 1906년 《요미우리신문》의 주필로 취임해 활발한 평론 활동을 펼쳤다.

혹 월급을 높여서 더 좋은 조건으로 입사를 권한다면 약간은 마음이 움직일지도 모르네. 그래도 미래의 위험성은 여전히 그대로일세. 뿐만 아니라 내가 비교적 과분한 월급을 받는다고 회사 내에서 또 불평불만이 나오겠지. 시마무라 호게쓰 씨의 〈일일문단〉[4]과 비슷한 일이 일어날 게 자명하다네.

이번 의뢰를 고려하면서 가장 내 마음을 많이 움직인 건 내가 문단을 담당해서 우리 집에 드나드는 가난한 문사들에게 조금이라도 여유를 주고 싶다는 생각이었네. 하지만 상황을 종합해서 생각해본바 그것도 힘들 것 같군.

이상과 같은 이유로 우선 당분간은 보류하는 게 나를 위해 좋으리라고 생각하네. 그럼 이만 줄이네.

나쓰메 긴노스케

---

4 소설가 겸 문예 평론가 시마무라 호게쓰島村抱月는 1905년부터 《도쿄니치니치신문》의 〈일요문단〉 주필을 맡았으나, 사내 여러 사건으로 이해 퇴직했다.

고미야 도요타카에게
보낸 편지

혼고구 고마고메 센다기정 57번지
1906년 12월 22일

고미야 도요타카 님

긴 편지를 써서 보냈더군. 나는 드디어 《호토토기스》의 글을 끝마치고 오늘은 볼일을 보고 편지를 쓰는 중이라네. 이게 여섯 통째야. 편지도 여섯 통이나 쓰니 피곤하군. 목요일 밤에는 써야할 소설이 조금 남아 있어 열심히 쓸 생각이었는데, 오후부터 사람들이 교대로 들이닥치더구먼(스즈키와 나카가와도 왔다네). 대부분 10분 정도 후에 돌려보냈네. 원고 채권자인 하이쇼도 출판사 주인 교시가 차를 타고 원고를 받으러 와서 아주 난처했다네. 나는 아직 글을 완성하지 못한 상태였거든. 써두기만 하고 고치지를 못했지. 하는 수 없이 교시 선생에게 낭독을 부탁했다네. 이상한 부분을 손보고 나니 10시가 넘었는데, 그때 《중앙공론》의 다키타 선생이 왔다네. 그러다 11시가 되었지. 그러니 자네가 왔어도 별반 차이는 없었을 걸세. 왔으면 좋았을 텐데.

혹 이사 계획을 접게 되면 연말에 선생들을 다 불러 망년회를 열어볼까 하네. 그런데 편지로 손님을 불러두고 이사 때문에 미뤄지면 곤란하니 보류 중이라네. 도요조가 부엌에 가서 직접 지휘하겠다던데, 선생도 오겠는가?

가스 회사 출장소 앞을 지나다가 가게에서 본 램프가 갖고 싶어졌다네. 가격표를 보니 15엔이더군. 조만간 가스가 들어오는 집으로 이사하면 그 램프를 살 생각일세.

《우즈라카고》가 완성되었네. 다음번에 오면 한 부 주지.

나를 아버지처럼 생각하는 것은 좋지만, 자네처럼 다 큰 아들이 있다고 생각하면 행동거지를 조심해야 할 듯한 느낌일세. 이래 봬도 나는 청년이라네. 꽤 젊은 편이니 아버지는 어울리지 않아. 형도 어울리지 않지. 역시 선생이자 벗이 좋겠군.

아버지가 되면 오늘 같은 기분에도 이쿠분칸 학생들과 싸울 수 없지 않나. 세상에 아버지가 되는 것만큼 따분한 일은 없어. 또 아버지를 갖는 것만큼 성가신 일도 없지. 나는 아버지 때문에 무척 애를 먹었다네. 이상하게 아버지가 돌아가셔도 전혀 슬프지 않더군. 막부 시대 같았으면 불효의 죄로 화형에 처해졌겠지. 자네는 여자 손에 자랐기 때문에 그런 마음 약한 소리를 하는 걸세. 스스로 불안감을 느끼기 시작하면 결국에는 온 세상이 다 싫어지게 되니 그래서는 안 되네. 자네 편지를 보고 생각이 났는데, 이번에 내가 쓴 소설을 읽어보게. 그 글은 불안에 떨고 있는 세상 모든 사람들에게 보여주려고 쓴 걸세. 읽고 어떤 느낌이 드는지 들어보고 싶군.

많은 사람들이 내게 편지를 보내 이런저런 자기 이야기를 털어놓는다네. 다른 사람에게 그런 말을 할 수 있다는 건 아직 순수하다는 뜻이지. 대신 스스로 자기 이야기를 과장하는 경향이 있다네. 당시에는 깨닫지 못해도 시간이 지나면 알게 되지. 자네도 마찬가지야. 얼른 아내라도 맞으면 한결 유쾌해질 걸세. 쓸데없는 말을 쓰느라 편지가 길어졌군. 이제 잠깐 낮잠을 자볼까 하네. 어쩐지 나른해서 안 되겠구먼.

나쓰메 긴노스케

4부 아사히신문사 시절
1907~1912

쇼노 소노스케에게
보낸 편지

혼고구 고마고메 니시카타정 10번지
로-7호, 1907년 1월 27일

편지 잘 읽었습니다. 할머니 그림의 가격을 백 엔에서 단 한 푼
도 깎아주실 수 없다는 말씀 잘 알아들었습니다.[1] 당신 편지가
아주 재미있어서 마음에 들었습니다. 실례되는 말이지만, 당신
은 화가로서는 실력가일지도 모르나 부자는 아니겠지요. 그런
당신이 자기 그림에 대한 존경의 뜻으로 그림값을 한 푼도 깎아
줄 수 없다고 주장하는 게 무척 유쾌합니다. 애당초 저는 대형
의 부탁으로 그 그림을 소개한 것이 아닙니다. 쓸데없는 오지랖
이지만, 대형의 화도畫道 연구에 도움이 되었으면 하는 불필요한
노파심으로 나선 것이니 제 본심을 헤아려주시고 무례한 점이
있었다면 용서하시길. 답신 내용은 바로 그분께 전하겠습니다.
사달라고도, 사지 말라고도 하지 않겠습니다. 그저 답신 내용 그

---

1 소세키는 당시 무명 화가였던 쇼노 소노스케庄野宗之助의 그림을 실업가 와타나베
   와타로渡辺和太郎에게 소개했고, 쇼노는 당시 거액에 해당하는 백 엔을 그림값으로
   요구했다.

대로를 전달만 하겠습니다. 기술은 신성한 것입니다. 가난 때문에 신성한 기술을 모독하지 않겠다는 대형의 마음가짐에 참으로 감탄했습니다. 우선은 간단히 답장만 드립니다. 그럼.

나쓰메 긴노스케

사카모토 셋초[1]에게
보낸 편지

혼고구 고마고메 니시카타정 10번지
로-7호, 1907년 3월 11일

시라니 사부로[2] 님

일전에 이야기한 아사히 입사 건에 대해서는 바빠서 아직 숙고
해보진 못했지만, 대략 아래와 같은 조건을 허락한다면 기꺼이
이케베 씨와 만나 이야기해보고 싶네.

1. 소생의 모든 문학적 저작을《아사히신문》에 게재할 것.

1. 단, 그 분량과 종류, 길이와 시일의 비율은 소생이 정할 것
(즉, 1년간 최선을 다해 영감에 응하고 사색하여 그 결과물 전부
를《아사히신문》에 드리겠다는 말이네. 단, 문학적 저술이기 때
문에 기계적으로 시간을 정할 수 없다네. 소설도 그 횟수를 보장
할 수 없어. 때로는 길어지고 또 짧아지기도 하겠지. 또한 일주일
에 여러 번을 쓸 수도 있고 달에 한두 번밖에 못 쓸 수도 있다네.

---

1 坂元雪鳥, 1879~1939.《아사히신문》기자. 5고 시절 소세키의 제자로, 소세키의 입
   사가 성사되도록 힘썼다.
2 白仁三郎. 사카모토 셋초의 본명.

265

얼마나 쓸 수 있을지는 스스로도 잘 모르겠지만, 우선 작년 한 해 소생이 한 작업을 기준치로 잡으면 큰 오차는 없으리라고 생각하네. 작년에는 학교 수업과 병행한 것이니 온전히 저술에만 전념하면 분량은 조금 늘 수도 있겠지만, 우선 기준은 그 정도라 생각해주게. 그리고 글 대부분은 물론 미문美文, 특히 소설이 되지 않을까 싶네(긴 글을 한꺼번에 낼지 《도련님》 같은 글을 두세 편 쓸지, 그 부분은 소생이 정하고 싶네).

1. 봉급은 말한 대로 월 2백 엔. 단, 오봉[3]과 연말에 다른 사원에 준하는 상여금을 지급할 것. 이건 쌍방이 합의하여 봉급의 네 배(? 잘 모르겠지만) 정도의 금액이 어떨까 싶네.

1. 만일 문학적 저작을 부득이하게 다른 잡지에 실을 경우에는 그때마다 아사히의 허가를 받을 것(이런 일은 사실 거의 없을 걸세. 입사 후에는 이미 허가해준 《호토토기스》에도 거의 쓰지 않을 생각이네).

1. 단, 비문학적인 글(누가 보아도)이나 두세 쪽 정도의 짧은 글, 또는 신문에 부적합한 학술 논문 등은 허가 없이 적당한 곳에 실을 자유를 줄 것.

1. 소생의 안정된 입지를 이케베 씨와 사주가 정식으로 보증해줄 것. 이것도 만약을 위해서라네. 대학교수는 무척 강고하고 안정적인 직업이기 때문에 대학을 그만두는 이상 그에 상응하는 안정성을 희망하는 바일세. 이케베 군은 원래 신사이니 물론 믿을 수 있지만, 만에 하나 이케베 군이 퇴사하게 되면 사주 외에는 이 조건을 만족스럽게 이행해줄 이가 없고 또 이쪽에서 이

---

3 일본의 추석에 해당하는 명절로, 양력 8월 15일을 중심으로 지낸다.

행을 요구할 수도 없으니, 이케베 군과 더불어 사주와의 계약을 희망하네.

한번 대학을 나와 야인이 되면 다시는 교사가 되지 않을 생각이라 이것저것 성가신 말을 하게 되는군. 더 숙고하면 다른 조건이 생길지도 모르네. 생기면 바로 말할 테니 우선은 이걸 참고용으로 그쪽에 전해주게나. 일단은 위 용건만 전하네. 그럼 이만.

나쓰메 긴노스케

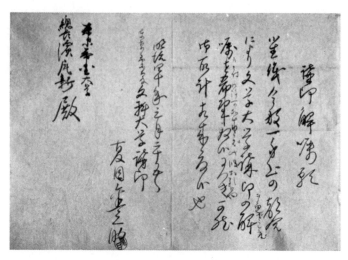

소세키가 1907년 도쿄제국대학에 제출한 사직서.

노가미 도요이치로[1]에게
보낸 편지

혼고구 고마고메 니시카타정 10번지
로-7호, 1907년 3월 23일

　　　노가미 도요이치로 님

편지 잘 받아보았네. 대학 사직 건에 대해 친절하고 따뜻한 말을
해주니 참 부끄럽군. 내 강의를 듣고 영감을 받았다니 숙원을 이
룬 듯하구먼. 강단에 서는 이로서 더 이상의 명예는 없을 걸세.
세상 사람들은 다들 박사나 교수가 아주 대단한 것인 양 말하지.
소생에게도 교수가 되라고 하더군. 교수가 되어 말석을 얻는 건
물론 명예로운 일일세. 교수는 다 대단한 사람들이지. 나처럼 변
변찮은 인간은 그들의 말석에 앉을 자격조차 없다고 생각하네.
그래서 과감히 재야로 내려가네. 인생은 다만 운명에 맡길 수밖
에 없고 앞길은 참담하지만, 그럼에도 대학에 들러붙어 빛바랜
노트를 들추는 것보다는 인간으로서 더 갸륵한 일 아닐까 싶으
이. 앞으로 무엇을 할지, 무엇을 할 수 있을지 소생도 잘 모르겠
네. 그저 하는 데까지 해볼 뿐. 대학생들은 해가 갈수록 묘하게

1　野上豊一郎, 1883~1950. 영문학자. 1고 및 도쿄대 시절 소세키의 제자였다.

의지가 약해지고 속세에 물드는 듯하고, 대학은 월급쟁이만 줄줄 만들어내면서 으스대는 느낌일세. 월급은 물론 필요하지만, 월급밖에 모르는 인간들이 빈둥빈둥 굴러 대학 문을 나서는 건 그저 교수들에게나 명예일 뿐이야. 그들은 그걸로 우쭐거리지. 얼마 전에 헤겔이 베를린대학에서 강의했을 당시의 이야기를 읽고 아주 감탄했다네. 그의 안중에는 오직 진리만이 존재했고 학생들 또한 진리를 목적으로 모여들었지. 월급을 기대하거나 권문세가의 아내를 얻으려는 생각으로 강의를 듣는 학생은 없었던 모양이야. 하하.

교토에 왔다네. 교토 인형이 갖고 싶다면 선물로 사 가지. 어떤 게 교토 인형인지 사실 잘 모르겠지만. 교토에는 가노라는 지인이 있다네. 이 사람은 학장인데, 다른 학장이나 교수, 박사 따위와는 종류가 다른 훌륭한 사람이라네. 가노 씨를 만나러 일부러 교토까지 온 걸세. 이치리키 요릿집은 갈 수 있을지 모르겠군. 오사카에도 들러서 신문사 사람들과 친해져볼 생각이야. 어제 밤늦게 들어와서 오늘은 낮잠이나 자며 보낼까 하네. 학교를 그만두니 마음이 편안하군. 기분 좋은 봄비야. 이상.

나쓰메 긴노스케

노가미 도요이치로에게
보낸 편지

혼고구 고마고메 니시카타정 10번지
로-7호, 1907년 7월 21일

도요이치로 님

누군가의 공격을 공격으로 되받아치는 건 장난삼아 놀려줄 때나 하는 걸세. 시간이 아깝다면 하지 말아야 하네. 하지만 당당한 공격에는 당당하게 반박할 필요가 있지. 이건 아까운 시간을 쪼개서라도 꼭 해야 하는 걸세.

나는 지금껏 신문이나 잡지에 나온 글에 반박하느라 애쓴 적이 한 번도 없다네. 그런 걸 할 시간에 다음 작품이나 논문을 쓰는 게 훨씬 유익하지.

그런 글을 진지하게 상대하는 것보다는 차라리 애초부터 그런 비평을 받지 않도록 하는 게 좋지 않겠나.

할 말이 있다면 논박하지 말고 다음 작품이나 논문에 충분히 자네의 주장을 담게. 그게 스스로 자유로운 행동인 동시에 자네가 시시한 세평에는 개의치 않는다는 걸 증명하는 방법이라고 생각하네.

자네는 글을 좋아하지. 글을 좋아하면 앞으로 이런 일이 많을 걸세. 그럴 때 이번 일을 선례 삼아 따르지 않기를 바라는 마음일세.

여름휴가라 시간이 남아돈다면 장난삼아 싸움을 하는 것도 재미는 있을 걸세.

그러나 일단 싸움을 시작하면 상대에 따라서는 여름휴가가 끝난 후까지 이어나갈 각오를 해야 한다네. 도중에 그만두어서는 안 되네. 멍청이 취급을 받거든. 이상.

긴

스즈키 미에키치에게
보낸 편지

혼고구 고마고메 니시카타정 10번지
로-7호, 1907년 8월 5일

미에키치 님

매일 덥구먼. 여행은 연기, 또 연기일세. 이달 중순쯤이 어떨까
싶은데, 또 한편으로는 지금 쓰는 소설이 백 회를 넘어갈 것 같
기도 하군. 짧게 끝내는 건 쉽지만 자연을 거역하면 리듬을 잃
게 된다네. 제아무리 소세키가 으스대도 자연의 법칙을 거역할
수는 없는 법. 그러니 자연이 스스로를 소모하여 결말이 날 때까
지는 계속 써야 하지. 그러자면 자네와 함께 여행할 수 없게 될
지도 모르겠군. 여행도 중요하지만 《우미인초》는 내 위병보다
도 중요한 것이니 아무쪼록 이해해주게. 톨스토이, 입센, 투르게
네프는 무섭지 않지만, 오직 자연의 법칙만은 두렵다네. 만약 자
연의 법칙을 거스른다면 《우미인초》는 성립하지 않을 걸세. 때
문에 누가 뭐라고 하든, 졸라가 자연파에 플로베르가 무슨 파든,
그 외의 누가 무어라 떠들어대든 나는 반드시 자연의 명령에 따
라 《우미인초》를 써야만 하네. 혹 8월 하순에 자연이 허락한다

면 바로 엽서를 보내겠네. 그때까지는 요시하라의 미인이라도 구경하며 영감을 얻고 계시게. 만일 자연의 진행이 길어지게 되면 올해는 쭉 원고지 앞에 앉아 보내야 하네. 아아, 괴로워라.

진

고미야 도요타카에게
보낸 편지

혼고구 고마고메 니시카타정 10번지
로-7호, 1907년 8월 6일

도요타카 님

도요타카 선생. 내 소설은 8월 말까지는 완성될 것 같으니 9월
이 되자마자 올라오게나. 여행은 아마 가지 않을 듯하네. 소설을
다 쓰기 전에는 잡지를 읽을 마음조차 들지 않는군. 여행은 내년
으로 미뤄버릴 생각이야. 소설을 쓰는 동안에는 뱃속에 덩어리
가 들어앉은 느낌이라 늘 마음이 무겁다네. 임신부도 이런 기분
이겠지.

　유학을 하고 돌아오니 다들 내게 박사가 되라고 하더군. 신
문사에 들어가고 나니 그런 멍청한 소리를 하는 사람이 없어져
서 요즘 기분이 아주 좋다네. 세상에는 온통 상식이라곤 없는 놈
들뿐이야. 그런 주제에 사람을 붙들고 기인이네, 괴짜네, 상식이
없네, 하고 떠들지. 성가신 놈들. 자기 앞가림이나 좀 하라지. 그
런 어수룩한 놈들은 여름 반딧불처럼 꽁무니를 잠깐 빛내고
죽게 될 걸세. 또 알지도 못하면서 《우미인초》를 비평하더군.

《우미인초》는 그런 범인들을 위해 쓴 글이 아니야. 박사 이상의 인물, 즉 우리 같은 사람을 위해 쓴 게지. 자네, 그리 생각하지 않는가?

미에키치가 시모우사에서 요시하라의 미인을 보았다고 하더군. 위험천만한 일이야. 자네의 그 오키누 씨처럼 말일세.

모리타는 아이가 위독한 상태인데, 매일 우리 집에 병의 경과를 알려주러 온다네. 참 기특한 남자일세. 집에 불이 붙었는데 이웃사람이 와서 꺼주었다고 하더군. 덕분에 어쩔 수 없이 5엔을 줬다는 모양이야. 안타까운 일일세.

소설을 다 쓰고 나면 책을 읽고 자네들과 어울려 놀고 싶군. 그날을 기대하며 붓을 든다네. 자네, 우타이 연습은 하고 있는가? 나는 조만간 다시 시작할 생각이니 함께하세.

오늘은 가만 앉아만 있어도 땀이 나는군. 정말 더워. 내가 싫어하는 매미 소리가 들리는군. 화단에 아직 꽃이 피어 있으니 이상한 일일세. 나는 소설가로서 당분간은 괜찮을 듯하네. 박사가 되지 않으면 먹고살 수 없다고 생각하는 놈들에게 훌륭한 본보기를 보여주지.

진

고미야 도요타카에게
보낸 편지

혼고구 고마고메 센다기정 57번지
1907년 8월 15일

도요타카 님

톨스토이의 독일어 번역본을 샀다네. 방금 두어 쪽을 읽었는데 (대충이긴 하지만), 그 글을 쓰면서 셰익스피어를 읽은 게 일흔 다섯 때라고 하는군. 그전에도 몇 번이나 읽었다고 하네. 톨스토 이처럼 기력이 있다면 나도 대작을 쓸 수 있을 텐데.

톨스토이는 셰익스피어의 글이 다른 사람들이 말하는 것만큼 재미있지는 않았다고 하더군. 그 점이 무척 좋았다네. 사랑받아 마땅한 남자일세. 《*What is Art*》에서도 자기 생각을 거침없이 밝히더군. 그 남자의 머리에는 감탄하지 않지만 그 패기에는 감탄 했네. Dialectic Society에서 사전을 편집한 사람은 마흔이 될 때까지 영어 말고는 아무것도 몰랐다고 하네. 그런데 이제는 대단 한 어학자가 되었지. 서양인 중에는 끈기 있고 훌륭한 녀석이 제법 있다네.

소세키는 셰익스피어를 여러 번 읽을 생각도, 어학자가 될 생각도 없지만 이 두 사람의 끈기만은 본받고 싶네. 소설을 자연스럽게 전개해나가는 건 아주 성가신 일이라네. 그걸 생각하면 그 많은 작품을 쓴 찰스 디킨스와 스콧의 끈기에는 감복할 따름일세. 그들은 문체에는 소세키만큼 공을 들이지 않았네. 어떤 점에선 얕잡아볼 만한 구석이 있지. 그러나 그만큼 많은 글을 쓰는 건 쉬운 일이 아닐세.

나도 여든 전까지는 아주 끈기 있는 사람으로 다시 태어나 계속 대작을 내다 죽고 싶군.

자네 편지를 읽었네. 답신 대신 이걸 쓰겠네.

앞으로 문단에 훌륭한 비평가와 창작가가 많이 필요할 걸세. 얼른 수양해서 비평가가 되게나.

앞으로 10년간 소설은 점차 변화하여 지금 유행하는 작품은 소멸할 걸세. 그때 전문 비평가가 나서서 진짜 작가를 소개해야 하네.

현재 문단에는 제대로 된 비평가가 하나도 없다네. 비평의 소양을 갖춘 이는 평단에 서지 않지. 쓸데없이 제자들에게 두어 줄의 글을 나열하게 하고서 만족스러워하고 있을 뿐.

영어, 불어, 독어, 그리스어, 라틴어를 늘어놓고 사람을 놀라게 하는 시대는 지났다네. 손켄[1] 씨는 과거의 장식품이지. 쓸데없이 서양의 자연주의를 떠받들며 제 집이 동양인지 서양인지도 구분치 못하는 이들 또한 세월의 흐름과 함께 자취를 감출 걸세. 그런 후에 비평가는 시대의 요구에 응해 일어서야 하네.

---

1 巽軒. 영미 철학을 일본에 소개하는 데 힘쓴 메이지 시대 철학자 이노우에 데쓰지로 井上哲次郎(1856~1944)의 호.

도요타카 선생이 이를 위해 힘써주게. 조규 따위. 풋내기가 야심을 품고 일시적인 명예를 탐하는 것일 뿐. 후세에 혹여 조규의 이름을 기억하는 이가 있다면 그건 일부 센다이 사람들뿐일 걸세. 열심히 해보게나. 그럼.

긴

구로야나기 가이슈[1]에게 보낸 편지

혼고구 고마고메 니시카타정 10번지
로-7호, 1907년 9월 2일

구로야나기 님

엽서 잘 받아보았네. 폐첨 카타르가 의심된다고. 큰일이야 없을
테니 열심히 공부하고 놀다 보면 좋아질 걸세. 나도 소설을 탈
고했으니 나가서 이삼일 시시껄렁한 이야기라도 나누고 싶지만
이치노미야라고 하니 갈 마음이 사라지는군. 사실 얼마 전에 오
쓰카와 함께 별장 답사를 다녀왔다네. 이치노미야보다 이나게
쪽이 낫지 않은가?

집세를 35엔으로 올린다기에 도망칠 준비를 하는 중이라네.
혹시 좋은 집 아는 곳 없는가? ○○가 자꾸 집을 빌려주겠다고
하더군. 그런 건 왠지 기분이 나쁘네. 원래 내 숭배자도 아닌 사
람이 집을 빌려주기 위해 숭배자가 되다니 영 꽤씸해서 말이야.

일전의 그 훌륭한 목욕탕에 가서 체중을 재어보니 12관貫 반[2]

---

1 畔柳芥舟, 1871~1923. 영문학자, 문학 평론가. 도쿄대 영문학과를 졸업하고 1고 교
수를 지냈다.

정도 나가더군. 오늘 달아보니 12관 반의 반 정도. 집세와 체중은 반비례하는 게 아닐까 싶네. 집세가 백 엔 정도까지 오른다면 체중은 0, 즉 극락왕생하게 되겠지. 위 상태가 좋지 않네. 나는 이를 5번 카타르염이라고 이름 붙였다네. 이치노미야에선 낫지 않아. 화장터 난로로 덥히지 않는 이상 절대 낫지 않을 모양이야.

　우선은 간단히 답장만 보내네. 그럼 이만.

긴

2　약 47kg.

다카하마 교시에게
보낸 편지

우시고메구 와세다미나미정 7번지
1908년 7월 1일

교시 선생

고미쓰[1]는 더 왕성하게 써야 하네. 절대 주저하지 말게. 지금 그만두면 여러모로 좋지 않아. 소코쓰도 오늘의 야지로 병사 부분은 마음에 들어 할 걸세. 〈문조文鳥〉를 10월호에 실어준다니 아주 영광일세. 10월이면 아사히 쪽 허락을 구할 필요도 없을 듯해. 〈문조〉 외에 뭔가 쓰게 되면 드리겠지만 자신이 없군. 알퐁스 도데의 〈사포〉라는 작품을 한번 읽어보게나. 명작이라네. 하이카이 작가에게는 큰 도움이 될 걸세.

오늘도 늘 그렇듯 노가쿠도[2]에는 가지 않았네. 내일 자네 형님 댁에서 하는 모임 재미있겠군. 어쩌면 들으러 갈지도 모르겠어. 나는 '몽십야夢十夜'라는 제목으로 꿈 이야기를 몇 가지 써볼 생각이네. 첫 번째 밤은 오늘 오사카에 보냈다네. 짧은 글이니

---

1 교시가 《국민일보》에 연재하던 소설 〈하이카이시〉 속 등장인물.
2 노能를 공연하는 전용 극장.

읽어봐주게. 오봉 날이면 친척이 돈을 빌리러 온다네. 소생에게 돈을 빌리는 이들은 법칙이라도 되는 양 끝까지 돈을 갚지 않으니 참 유감스러운 일일세. 내가 궁하면 굶어 죽고 남이 궁하면 내가 돈을 빌려줘야 하는 것인가, 하고 깊이 탄식하며 답장을 쓴다네. 그럼 이만.

아귀와 고미쓰가 냄비 속에서 귀뚜르르르

진

시부카와 겐지[1]에게
보낸 편지

우시고메구 와세다미나미정 7번지
1908년 8월 (날짜 불명)

제목 — '청년' '동서東西' '산시로' '헤이헤이치'[2]

시부카와 님

위의 제목 중에서 골라주게. 소생이 처음에 붙인 제목은 '산시로'라네. '산시로'가 제일 평범해서 좋지 않을까 싶은데. 하지만 썩 읽어보고 싶게 만드는 제목은 아닌 것 같군.

(산시로는 시골 고등학교를 졸업하고 도쿄에 있는 대학에 입학하면서 새로운 공기를 접하게 된다. 그리고 동기나 선배, 젊은 여자를 만나면서 활발히 생활한다. 작자는 이 공기 속에 인간들을 풀어둘 뿐이고, 인간이 제멋대로 헤엄쳐 스스로 파란을 만들어나갈 것이다. 그러는 사이 독자와 작자도 이 공기에 물들어 이

---

1 渋川玄耳, 1872~1926. 신문 편집자, 작가. 1898년 구마모토의 하이쿠 단체 시메이긴
   샤에 참여하면서 소세키와 친분을 쌓았다.
2 평평한 땅이라는 뜻.

인간들을 알 수 있게 되리라고 믿는다. 만일 물들 보람도 없는 공기, 알 가치도 없는 인간이라면 서로의 불운이라 여기고 단념하는 수밖에 없다. 그저 평범한 이야기다. 아주 이상한 이야기는 쓰지 못하므로.) 이 글을 예고로 실어주시게.

진

가케 마사후미[1]에게
보낸 편지

우시고메구 와세다미나미정 7번지
1908년 10월 20일

가케 마사후미 님

그 후로 나도 격조하였네. 자네 말대로 나는 센다키에서 니시카
타마치로, 니시카타마치에서 여기로 옮겨왔고, 아이가 벌써 다
섯이라네. 올 연말이나 내년 봄에 또 하나 태어나지. 나는 흰머
리가 제법 늘었다네. 얼굴도 늙은이가 다 되었을 걸세. 자네도
아내를 얻어 곧 아이가 생긴다니 축하하네. 자네의 남동생이 도
쿄에서 미에키치와 함께 지냈다고 하던데 결국 한 번도 만나지
못했구먼. 어젯밤에는 미국 함대인지 뭔지 때문에 시내가 떠들
썩하더군. 그래 봤자 깃발을 세우고 장막을 치는, 돈이라고는 들
지 않는 환영식이지만. 저속하게 소란을 떠는 건 일본인들 특징
이야. 미에키치가 교감이 된 후로 점잖아진 모양이던데 참 딱하
다 싶네. 위의삼백威儀三百[2]이라고, 점잖게 구는 게 쉬운 일은 아

1 　加計正文, 1881~1969. 정치가, 실업가. 소세키의 도쿄대 영문학과 제자로, 스즈키 미
에키치와 절친한 사이였다.

니지. 조만간 나리타로 위문을 갈 생각이라네. 자네 집에서는 벌써 고타쓰를 쓰는 모양이군. 도쿄에는 겹옷과 플란넬 혹은 누빔 솜옷, 또 개중에는 홑겹 가스리³로 버티는 사람도 있다네. 융통성 있게 지낼 수 있는 좋은 계절일세. 최근 우리 집 고양이가 죽어서 집 뒤에 무덤을 만들었네. 이삼일 전이 35일이라 불전에 연어 한 조각과 가다랑어포를 뿌린 밥 한 그릇을 올렸다네.

말린 은어는 보내주시게. 먹을 사람은 얼마든지 있으니. 물에 담가 반나절 정도 푹 끓여서 먹어야 할 것 같은데, 어떤가.

우선은 간단히 답장만 쓰네. 그럼 이만.

나쓰메 긴노스케

2 《예기》 중용편에 나오는 구절 "예의는 삼백 가지, 위의는 삼천 가지라"에서 가져온 말로, 바른 몸가짐을 위해 지켜야 할 것이 수천 가지에 이른다는 뜻.
3 붓으로 스친 듯한 흰 잔무늬가 있는 직물.

고미야 도요타카에게
보낸 편지

우시고메구 와세다미나미정 7번지
1908년 12월 20일

고미야 도요타카 님

일전의 그 논문은 신문에는 다 실을 수 없을 걸세. 잡지가 좋을 듯하군. 새로 쓴다면 신문도 괜찮겠지. 내게 너무 의지하지 말고 자네 생각을 쓰게. 소세키 따위 없다고 생각해야 해. 와세다의 어떤 사람이 쓴 글은 정말이지 한심하더군. 그건 생활고 때문에 선배의 지도를 받을 여유가 없었기 때문이라네. 그렇지 않은 자네는 행복한 사람이지만, 여유가 있다고 해서 만사를 내게 확인받으려 하는 건 독립심 없는 행동일세. 이걸로 되었다고 스스로 판단할 수 있는 분별력을 갖춰야 하네.

문단에 내딛는 첫걸음은 실제적이어야 하네. 세상 멍청이들에게 상대해볼 만하다는 인상을 줄 수 있도록, 알기 쉽고 읽기 쉽게 써서 깔보지 못하게 해야 하네. 따라서 논지는 간결해야 하네. 관심은 시사 문제에 두어야 해. 또 기타 여러 자격을 갖추어야 하지. 이를 거듭해가다 보면 대단히 심오한 논문을 써도 사람들이 읽고 귀를 기울이게 된다네(지금처럼 생활고와 당파심이 만연한 세상에서는 그것도 어렵지만). 처음부터 대단한 글을 써 봐야 누구 하나 상대해주지 않네. 상대해주는 사람은 일본에 대여섯 명밖에 없을 걸세. 또한 그들은 그저 말없이 상대할 뿐이라네.

문단에 선 사람은 모든 경쟁과 배척이 동반하는 추한 행위에 침착하게 대응할 줄 알아야 하네. 만약 청렴하고 고상한 마음을 가지고 처신할 수 없다면 단 하루도 문단에 머물지 말아야 할 걸세.

문단 사람들 모두가 현명하지는 않다네. 또 올곧지도 않지. 그리고 그들은 현명하고 올바른 사람처럼 보이기 위한 기술만 밤낮으로 연구한다네. 분개하지 말게. 사회가 거기 속아 넘어가는 수준밖에 안 되기 때문이니. 방관하지 말게. 사회가 발전할 기회를 잃을 테니.

지금 문단에 선 사람들에게서 생활고를 거둔다면 십중팔구는 기꺼이 문단을 떠날 걸세. 그들은 문단에 선 채로 괴로워하고 있다네.

자네가 만일 이런 조건을 다 이해했다면 붓을 들어도 좋네. 교시에게 당장 의뢰를 받았다고 해서 우발적으로 발을 들인다면 허공에 뜬 도깨비불 꼴이 될 걸세. 도깨비불 신세를 자처하기 싫다면 처음부터 각오를 단단히 다져야 하네. 현재의 자연파는 자연이라는 두 글자의 의미를 모르는 단체라네. 가타이, 도손, 하쿠초의 작품을 떠받드는 단체일 뿐이지. 모두 공로병恐露病[1]으로

1   러시아를 두려워하는 병. 소세키가 소설《그 후》에서 사용한 표현이다.

벌벌 떠는 무리들이야. 인품으로 따지면 대부분 자네보다 하등하고, 논리로 따져도 자네에 못 미치는 이가 많다네. 생활도 자네보다 훨씬 힘들지. 그렇기 때문에 자네가 감히 할 수 없는 말, 할 수 없는 행동을 하는 걸세. 자네는 이 무리를 상대로 싸울 용기가 있는가? 자네를 이 소용돌이 속으로 끌어들이는 게 괴로워서 하는 말일세. 이상.

나쓰메 긴노스케

모리타 소헤이에게
보낸 편지

우시고메구 와세다미나미정 7번지
1909년 2월 7일

소헤이 님

《매연》[1]에 대한 세간의 평가가 좋아 다행일세. 얼마 전 시호다가 극찬하는 편지를 보냈더군.

1부터 6까지는 훌륭하네(요키치가 절에 가서 아이를 만나는 장면은 조금 이상했지만). 7에서 진부라는 인물이 등장해 대화를 나누는 부분은 너무 하이칼라인 척하는 느낌이라 경박스럽더군. 심하게 말하면 아주 불쾌할 정도였다네. 조심해주길 바라네. 병원에서 나누는 대화도 마찬가지. 그래서야 병문안을 간 게 아니라 그런 대화를 나누러 간 것처럼, 아니, 그런 대화가 가능하다는 걸 독자에게 보여주기 위해 간 것처럼 보이네. 바람직하지 않아. 만일 경구警句를 살리기 위해 소설을 쓴다면 아름다운 얼굴을 위해 수술을 받다 목숨을 잃는 허영심 가득한 부인과 다

---

1 1909년 《아사히신문》에 발표한 모리타 소헤이의 장편소설로, 사상가이자 평론가였던 히라쓰카 라이초와의 동반 자살 미수 사건을 소재로 한 자전적 소설이다.

를 바가 없네. 경구를 살리되 동시에 소설을 망치지 않아야 하
네. 부디 주의해주길 바라네.

또 시골에서 도쿄로 돌아와 갑자기 오타네의 손을 잡는 건 좀
어색하네. 그래서야 뒤에 나오는 아키코와의 관계가 돋보이지
않아. 요키치가 색마 같아선 안 된다네.

요키치는 아내를 냉담한 시선으로 관찰하고, 또 그 외 명예롭
지 않은 말과 행동을 하더군. 대여섯 줄 더 가면 반드시 그것을
자각하고 스스로를 책망하지. 이건 소헤이가 아직 요키치를 객
관화하지 못했기 때문일세. 자신의 추잡함을 그리면서 스스로
그 추잡함에 안주하지 않겠다며 일일이 변명을 다는 건 아주 불
쾌한 짓이야.

시호다가 글을 극찬한 며칠 후에 그를 만났다네. 그는 이제껏
극찬하다가 이제 와서 그런 말을 하긴 곤란하다고 하더군. 나는
충고하면 풀이 죽을 테고 충고하지 않으면 계속 그런 식의 대화
를 쓸 테니 곤란하다고 했네. 고미야도 그 대화에는 반대한다고
하더군.

다만 그런 대화도 때와 장소에 따라 잘 살릴 수 있는 경우도 있
네. 자네가 선택한 때와 장소에서는 완벽하게 거짓된 대화일세.

위의 사항을 주의하면서 앞으로 더 노력하길 바라네. 그럼 이만.

오늘은 회복될 기미가 없군.

긴노스케

스즈키 미에키치에게
보낸 편지

우시고메구 와세다미나미정 7번지
1909년 4월 24일

미에키치 님

병이 점점 좋아지고 있다니 축하드리네. 오늘은 화창하고 바람
좋은 날이로군. 주머니는 텅 비었지만 왠지 밖에 나가 걷고 싶은
기분일세.

소헤이가 1회분 원고료 3엔 50전을 4엔 50전으로 착각해서
아사히에 원고료를 받으러 갔다가 거절을 당하고는 얼굴이 시
퍼래졌더군. 사실 이건 내가 헷갈렸기 때문이라네. 웃기기보다
딱하더구먼. 이걸로 백 엔 정도 손해를 봤다네.

고미야의 안드레예프론을 칭찬한 모양이더군. 앞으로는 칭
찬할 때 되도록 공공 지면을 이용해서 천하에 광고하도록 하게.
《국민신문》의 문학란 같은 곳이 제일 좋겠군. 우리 당 무사들은
늘 우리 내부에서만 칭찬하고 끝을 내는데, 그래서야 전국 난세
인 지금 같은 때에는 무능력자나 다름없다네. 그들이 하는 짓을
보게. 적의 지면까지 빌려 방약무인한 허풍을 늘어놓지. 그만큼

뻔뻔스럽지 않고서는 일당사건[1] 같은 일이 일어나는 지금 같은 시대에는 문사로 인정받을 수 없다네.

소설은 오사카에 보낼 걸세. 아직 하나도 쓰지 않았어. 뇨제칸이라는 남자가 〈?〉라는 제목으로 계속 글을 쓰고 있다네. 그다음에 실을 듯한데 재촉도 오지 않는군. 그래도 슬슬 쓰기 시작할 생각이라네. 뭘 써야 좋을지 모를 뿐.

아내는 자궁내막염, 에이코는 폐렴, 아이코와 준이치는 감기. 위험한 집이야. 이러다가 나도 정신 과로로 음경내막염에라도 걸리는 게 아닐까 싶었지. 이제 다들 많이 좋아져서 당분간은 안심일세.

뒤늦은 벚꽃, 황매화, 새싹. 몹시 쾌적. 이상.

긴노스케

---

[1] 일본제당회사가 자사에 유리한 관세법의 기한 연장을 위해 중의원 의원에게 뇌물을 준 사건.

구로야나기 가이슈에게
보낸 편지

우시고메구 와세다미나미정 7번지
1909년 7월 6일

가이슈 선생

《산시로》를 포장해서 여느 때처럼 '구로야나기 가이슈 님께'라고 적어두었는데, 모리 겐키치가 와서 가져가버렸다네. 본인을 붙잡고 따져 물어보게나.

사실 늘 주는 사람에게만 책을 주기 때문에 이번에는 조금 방침을 바꿔 이제껏 주었던 사람은 제외했다네. 그 이유인즉슨 ㅡ.

너무 소생의 책만 잔뜩 받아 처치곤란인 사람도 있을 걸세. 이사할 때 짐이 된다는 사람이 있으면 곤란하니 내 쪽에서 먼저 조심하자는 델리커시라고 할 수 있네. 하지만 대형에게 확실히 폐가 되지 않는다면 앞으로 책을 한 부씩 드리도록 하지. 대신 잘 간직해주어야 하네. 지금 또 한 곳에서 자네와 같은 이유로 볼멘소리를 해왔다네.

와카스기 사부로는 내 작품을 무조건 한 권씩 주겠다고 약속해달라더군. 이렇게 말해주면 주는 사람 입장에서는 상대방의 의사를 명확히 알 수 있어 더 편하다네.

　출판사에 부탁해 책을 보내달라고 하겠네. 혹시 안에 뭔가 써주길 바란다면 이번 기회에 써드리겠네. 이상.

긴노스케

이이다 마사요시[1]에게
보낸 편지

우시고메구 와세다미나미정 7번지
1909년 8월 1일

이이다 세이료[2] 님

편지 잘 받아보았네.

　모처럼의 부탁인데, 지금은 빌려줄 돈이 없다네. 집세 같은 건 신경 쓰지 말고 그냥 두게나. 친척에게 불행한 일이 있어 장례식과 그 외의 비용을 빌려주는 바람에 지금은 집에 돈이 한 푼도 없다네. 내 지갑 속에 있다면 주겠지만 지갑도 텅텅 비었군.

　출판사가 자네 원고를 뒤로 미루듯 자네도 집세를 미뤄버리게. 투덜거리거든 돈을 받은 후에 드리는 것 외에는 달리 방법이 없다고 말하고 무시하시게.

　자네가 나쁜 게 아니니 상관없지 않은가. 그럼.

1　飯田政良, ?~?. 소설가. 쓰보우치 쇼요坪内逍遙의 소개로 소세키를 찾아왔으며, 소세키의 도움을 받아 《신소설》등의 잡지에 소설을 발표했다.
2　飯田青涼. 이이다 마사요시의 필명.

지갑을 봤더니 1엔이 있더군. 이걸로 술이라도 마시고 집주인을 퇴치하게.

나쓰메 긴노스케

데라다 도라히코에게
보낸 편지

우시고메구 와세다미나미정 7번지
1909년 11월 28일

도라히코 님

자네가 편지를 여러 통 보내주었는데 한 번도 답장을 못 했군.
솔직히 말하면 편지를 받을 때마다 이번에는 꼭 답장을 하자고
생각은 하는데, 너무 많이 밀렸으니 이왕 쓸 거면 길게 쓰자는
둥 사치를 부리다가 결국 더 급한 일을 먼저 처리하게 된다네.
실은 자네도 알다시피 해야 할 일이 산더미처럼 쌓였다네. 그래
서 무례를 범하게 되는군. 나는 9월 1일부터 10월 중순까지 만
주와 조선을 돌아보고 10월 17일에 겨우 돌아왔다네. 급성 위염
때문일세. 아픈 것을 참고 떠났다가 도중에 무척 고생했지. 대신
곳곳에 지인이 있어 귀족처럼 으스대며 여행할 수 있었네. 돌아
온 직후에 이토 히로부미가 죽었더군. 이토는 내가 탔던 배를 타
고 다롄에 가서 나와 같은 곳을 방문했는데 하얼빈에서 살해를
당했다네. 내가 내려서 밟았던 플랫폼에서 죽다니 뜻밖의 우연
일세. 나 역시 저격이라도 당했다면 위병으로 끙끙 앓는 것보단

나왔을지도 모르겠군.

키치너[1]라는 남자가 온다네. 우쓰노미야에서 군사 훈련을 한
다더군. 도쿄에 제법 활기가 돈다네. 나는 신문사 의뢰로 〈만
한 이곳저곳〉이라는 글을 쓰는 중인데, 그날 기사가 폭주하면
내 글은 뒤로 미뤄진다네. 언짢아서 중단하려 했더니 꼭 써달
라고 하더군. 그래서 여태껏 줄줄 쓰고 있다네. 그러는 중에 지
난 25일부터 문예란이라는 것을 만들어 소설 외의 문예 비평 글
을 한 칸이나 한 칸 반 정도 6호 활자로 싣고 있네. 자네가 해외
에서 글을 써준다면 아주 좋겠지만, 내게는 편지를 미룬 빚이 있
어 뻔뻔스럽게 부탁할 수도 없구먼. 문예란의 글은 문학이나 예
술, 음악, 뭐든지 다 좋다네. 하이칼라 느낌의 잡다한 글이든 순
수 비평이든 가리지 않고 실어서 되도록 다양한 변화를 시도해
보려 하네. 다음번에 아양을 떨 겸 한번 보내드리지. 지금은 하
웁트만과 베데킨트의 일화를 싣고 있네. 고미야가 쓰고 있는데
조만간 소재가 바닥날 것 같아 골치가 아프군. 식후에 남는 자투
리 시간이라도 있다면 그림엽서라도 좋으니 뭐든 써주게. 평론
은 1회로 끝나는 글을 주로 싣는다네. 아무래도 길어지면 힘이
빠져서 말이야.

요즘 귀밑에 백발이 성성해 영감이 다 됐다네. 그나저나 옛 제
자가 훌륭하게 성장하니 아주 감사한 일이야. 마쓰네는 식부관
式部官[2]이 되었다네. 모리타는 문예란 허드렛일을 하고 있지. 사

---

1 제1차 세계 대전 당시 영국의 육군 장군이었던 허레이쇼 허버트 키치너Horatio Her-
   bert Kitchener가 만주와 한국을 방문한 뒤 일본을 찾아 육군 훈련을 시찰했다.
2 궁내청宮内省에서 왕실 의전을 담당하는 식부직式部職 직원.

원으로 채용하려고 했는데 사장이 그런 사람은 안 된다고 반대해서 난처했다네.

오늘은 우에노에서 음악회가 열린다네. 날씨가 좋아서 가볼까 생각 중일세. 사오일 전에는 유라쿠초에서 로이터 씨의 연주회가 있었네. 피아노 실력이 좋은 모양이더군. 베크마이스터는 자네도 알겠지. 고다의 누나는 내가 여행하는 사이 휴직하고 곧바로 외국으로 떠났다더군. 고베 씨가 돌아왔다네. 또 어젯밤에는 유라쿠초에서 모리 오가이가 번역한 입센의 〈보르크만〉을 사단지가 공연했다네. 오사나이 가오루가 주필을 맡은 자유극장극단의 공연일세.

문부성 전시회도 있지. 최근에 보러 갔는데, 일본인도 실력이 점점 느는구먼. 전도유망해. 후세쓰는 이번에도 어김없이 영감의 나체를 그렸다네. 호랑이 가죽 훈도시[3]를 입고 있어 그나마 다행이었네. 하지만 피부색이 정말 이상하더군. 배경은 최악이었다네.

우리 집은 살림살이가 느는 바람에 돈이 많이 들어 큰일일세. 아직 저금은 할 수가 없군. 자네가 없는 새 결국 피아노를 샀네. 돌아오면 연주회를 하러 오게. 자네가 사라고 노래를 불렀기 때문인지, 피아노가 도착했을 때 제일 먼저 자네 생각이 나더군. 자네가 있었다면 무척 기뻐했을 텐데. 후데가 피아노 수업을 받는다네. 내년 봄에 또래 아이와 함께 연주회에 나간다고 하니 기특한 일일세. 그리고 나카지마 씨(후데의 선생님)가 연주회 휴식 시간에 날더러 인사말을 해달라고 해서 아주 놀랐다네.

3 성인 남성이 입는 면 재질의 전통 속옷.

이번에 《그 후》라는 소설을 썼다네. 내년 정월에 슌요도에서 출판되니 보내드리지. 독일에서 하이칼라스러운 사진을 찍거든 보내주게. 오늘은 날씨가 좋군. 툇마루에서 이 편지를 쓰고 있다네. 동백꽃이 피었어. 쓸 말이 떨어졌으니 이만 줄이겠네. 이상.

긴노스케

아베 요시시게[1]에게
보낸 편지

우시고메구 와세다미나미정 7번지
1910년 2월 3일

아베 요시시게 님

편지 잘 받아보았습니다. 일전엔 실례가 많았습니다. 말씀하신 내용[2]은 아베 지로 군도 모리타에게 문의한 바 있는데, 모리타가 자리에 없어 소생이 대신 답장 드립니다.

가타이[3] 운운하는 부분은 아베 씨의 글 전후를 보아 판단했을 때 전체 글의 사상에 전혀 지장을 주지 않는다고 생각해, 모리타가 제게 의논해왔을 때 그렇게 해도 좋다고 했습니다. 모리타와 아베 군의 생각이 그 부분에서 서로 달랐기 때문에, 정정을 요청하리라는 것은 그때 알았습니다. 남의 원고에 손을 대는 것을 허락한 이유는, 아베 씨는 모리타나 고미야와 친분이 있어 그 정

---

1 安倍能成, 1883~1966. 철학자, 교육자, 관료. 도쿄대 철학과를 졸업했으며, 아베 지로와 절친한 사이였다. 호세이대학, 경성제국대학 교수 및 문부대신 등을 지냈다.
2 1910년 아베 지로가 아사히 문예란에 투고한 원고 〈스스로 깨닫지 못하는 자연주의자〉의 일부를 모리타 소헤이가 무단으로 수정한 일.
3 다야마 가타이田山花袋, 1872~1930. 소설가. 1907년에 일본 사소설의 효시로 평가받는 자기 고백적 소설《이불》을 발표하고 자연주의 문학의 중심인물로 활약했다.

도 일은 후에 이유를 설명하면, 아아, 그렇군, 하고 웃어넘기리라 생각했기 때문입니다. 권리문제를 제기해 일이 복잡해질 만큼 중대한 부분이라고도 생각지 않았고, 모리타와 아베가 형식적으로 예의를 갖추지 않으면 후에 과실로 항의를 받게 될 관계라고도 생각지 못했지요.

소생은 문예란의 담당 기자로서 모든 글에 스스로 책임을 질 생각입니다. 때문에 문장의 의미가 불명확할 때 모리타에게 다시 쓰게 하는 일도 있습니다. 또 길면 줄이게 하는 일도 있지요. 이는 기고자와 문예란, 쌍방의 체면에 득이 된다고 생각하는 경우입니다. 그러니 이런 경우는 오히려 기고자에게 존경의 뜻을 표하기 위한 절차라고 할 수 있습니다. 아베 씨는 이런 경우와 다릅니다. 친분이 있으니 원고를 조금 손봐도 괜찮으리라고 믿는, 그런 종류의 친밀함이 모리타와 아베 사이에 있다고 추측했기 때문에 일어난 일입니다.

이 추측이 모욕적이라고 항의하신다면 제 불민함을 사죄드리는 수밖에 없습니다. 대형과 아베 군에게 깊이 사죄드립니다.

솔직히 말씀드리면, 저는 작금의 이른바 자연파(자연파를 형성하는 인물)라는 것이 싫습니다. 그 설이 너무나도 허술하고 방만한 데다, 상대방의 인격이나 의견에 일절 경의를 표하지 않는 표현법만 사용하기 때문입니다. 그들이 그 자만심을 거두지 않는 이상, 저는 그들의 논의에 경의를 표하기 힘듭니다. 경의를 표할 만큼 논의가 치밀하지 않고 태도도 점잖지 않기 때문이지요. 이 혐오의 감정 때문에 모리타의 제안에 응했느냐고 물으신다면 오히려 그렇다고 공언하고 싶을 정도입니다. 그러나 그들 두 사람은 자연파의 자격이 없다는 이지적 판단 때문인 것도 사실입니다. 마지막으로 저를 움직인 건 크게 중요하지 않은 부분이라는 생각과 친한 사이이니 괜찮으리라는 마음이었습니다. 그게 귀형들을 제일 화나게 만든 부분이리라 생각해 후회하고 있습니다. 논의는 공정해야 하고 의견은 불편부당하지 않아야 한다는 말씀 지당하십니다. 소생이 정정을 허락한 일이 이 공평함과 불편부당함을 해치지 않는 범위의 일이라 내심 믿었다고 밖에는 생각할 수가 없군요. 그렇지 않다고 하시면 그저 사죄드릴 수밖에 없습니다. 소생은 그때 대형 글의 제목을 바꾸고 익명을 필명으로 바꾼 모리타의 행동을 도리어 부당하다 느껴 조금 망설였지만, 앞서 말씀드렸듯 이 또한 친분이 있으니 그럴 자유가 있으리라 믿었기 때문에 승낙한 것입니다.

소생의 부족한 행동으로 대형들을 번거롭게 만들어 몹시 부끄럽습니다. 이 답장으로 소생의 뜻이 조금이라도 전해진다면 기쁘겠습니다. 조만간 한번 뵙지요. 이상.

나쓰메 긴노스케

고미야 도요타카에게
보낸 편지

고지마치구 사이와이정 위장병원
1910년 6월 23일

오늘 자 〈후시즈케〉[1]에 '아프릴 풀'이라는 말이 있던데, 영어로
는 '에이프릴 풀'이라고 발음한다네. 4월을 '아프릴'이라고 발
음해서야 문예란 담당자인 영문학자 소세키의 체면이 말이 아
니질 않나. 독일어로 쓸 거라면 '아프릴 나르'라고 쓰면 될 것 아
닌가. 왜 굳이 잘 알지도 못하는 영어를 쓰는 건지, 통 이해할 수
가 없군. 아무튼 병원도, 나도, 양옆 환자에게도 변화 없음. 그럼
이만.

---

1 소세키가 담당하던 《아사히신문》 문예란 속 짤막한 잡보란.

306

도가와 슈코쓰[1]에게
보낸 편지

고지마치구 사이와이정 위장병원
1910년 7월 3일

슈코쓰 선생

편지 감사히 받아보았습니다. 그 후 결국 결단을 내려 입원을 했습니다. 첫 일주일간 멀리 요양이라도 온 양 태평스럽게 지냈더니 출혈이 멈추더군요. 2주째부터 곤약으로 배를 지진다며 웬 불덩어리 같은 걸 올리기에 깜짝 놀랐습니다. 하루 만에 배에 물집이 생겨 비참하고 보기 흉한 몸이 되었지요. 요즘에는 병보다 이게 더 고통스럽군요.

《신초》는 어제 집에 도착했기에 훑어보았습니다. 〈나쓰메 소세키론〉이라는 커다란 활자를 보니 여태 세상과 연 없이 지내던 이가 갑자기 속세의 일을 떠올리고 다시 인간으로 돌아가는 듯한 한심한 기분이 들더군요.

첫인상을 말하자면, 소세키를 위해 브라후 군이 용케도 이리

---

1 戸川秋骨, 1870~1939. 영문학자, 평론가. 잡지 《문학계》의 창간 멤버로, 게이오대학 교수를 지냈다.

동분서주하고, 또 다들 소세키를 위해 용케 이런 성가신 일을 해주었다 싶어 황송한 느낌이었습니다. 신초는 신초 나름의 의미를 가지고 기획했겠지만, 거기에 붙들린 대형들이 성가신 일을 떠맡게 되어 정말이지 면목 없습니다. 특히 다들 대체로 호의와 동정심을 가지고 소생을 비평해준 점이 대단히 위로가 됩니다.

오류나 오해가 있는 부분 또한 문단의 일시적 활성화를 위한 것이라 생각하면 그뿐입니다. 뿐만 아니라 역사적 일화나 전기 속에 철두철미한 진실은 없다는 사실을 깊이 깨달았습니다. 지금은 그 오류가 도리어 재미있습니다.

대형은 첫머리부터 스스로를 '소세키당'이라고 칭해주셨는데, 그 후의厚意에 대해 저는 특히 다른 제군들 이상으로 감사 인사를 드려야 할 의무가 있습니다. 그런데 비평 속에 소세키는 사귀기 힘든 남자라는 말이 있더군요. 이 또한 의견은 존중하지만 좀 섭섭합니다. 소생 입장에서 말씀드리자면, 대형은 소생을 대할 때 너무 정중하고 겸손해서 가까이 하기가 어렵습니다. 그럴 것 없이 서로 더 거리낌 없이 지내면 둘 다 편해지리라고 생각합니다. 그 비평을 읽기 전부터 늘 생각해오던 것이라, 그걸 보니 바로 이해가 되더군요. 저는 당장이라도 격의 없이 지낼 수 있는 남자입니다. 대형은 모두에게 담백한 사람이라고 평가받는 신사이지요. 함께 이야기를 나누어 앞으로는 다른 방법으로 교제해봄이 어떨까 싶은데, 어떠십니까? 이런 말을 한다고 해서 꼭 답신을 기대하는 것은 아닙니다. 일단은 병중에 하는 농담이라 여기고 흘러들어주십시오. 그럼 이만 줄이겠습니다.

긴노스케

나쓰메 후데코·쓰네코·에이코[1]에게
보낸 편지

슈젠지 기쿠야 본관[2]
1910년 9월 11일

후데코, 쓰네코, 에이코에게

오늘 아침에 너희들이 보내준 편지를 읽었단다. 셋 다 아버지를 걱정해주니 기쁘구나.

일전에는 일부러 슈젠지까지 병문안을 와주어서 고마웠다. 병 때문에 말을 할 수 없어서 너희들 얼굴만 보고 있었단다.

요즘에는 몸이 많이 좋아졌단다. 조만간 도쿄에 돌아가면 다 함께 놀자꾸나.

어머니도 이곳에서 건강히 잘 지내신단다.

아버지가 없는 동안 얌전히 할머니 말씀 잘 들어야 한다.

학교가 시작되면 셋 다 공부 열심히 하고.

아버지는 누워서 만년필로 이 편지를 쓰고 있단다.

---

1 筆子, 1899~1989. 恒子, 1901~1936. 栄子, 1903~1979. 소세키의 세 딸.
2 소세키는 위궤양 치료 후 요양을 위해 방문했던 슈젠지에서 상태가 위독해져 유카이로 기쿠야 여관의 본관 2층에서 한동안 투병 생활을 했다.

몸이 힘들어 긴 편지는 쓸 수가 없구나.

할머니와 오후사 씨, 오우메 씨, 기요시에게 안부 전해주렴.

지금 여기에는 노가미 씨와 고미야 씨가 와 있단다.

도쿄에 보낼 것이 있을 때 너희에게 슈젠지 기념품을 보내주마.

그럼 안녕히.

아버지가

나쓰메 교코에게
보낸 편지

고지마치구 사이와이정 위장병원
1910년 10월 31일

교코 님

의사에게 할 사례에 관해 어제 당신이 통 종잡을 수 없는 소리를 해서 오늘 아침까지 기분이 언짢았소. 당신도 바쁘고, 사카모토도 바쁘고, 이케베도 바쁘고, 시부카와는 아파서 누워 있고. 내 생각대로 착착 일을 진행하기는 힘들겠지만, 환자 된 입장에서 말하자면 그런 사정 따위 전혀 알고 싶지 않소. 하루라도 빨리 의사와 환자, 그 외의 관계자가 다 만족할 수 있게끔 얼른 척척 일을 정리하는 편이 마음 편하오. 아무쪼록 다음번에 그 이야기를 할 땐 좀 더 요령 있게 해주길 바라오.

지금 내게 가장 약이 되는 것은 몸의 안정, 마음의 안정이오. 꼭 약을 먹고 자리에 누워 있는 것만이 요양은 아니라오. 듣기 싫은 말을 듣거나 생각대로 일이 진행되지 않아 불쾌한 일이 생기는 건 약 시간을 놓치거나 과자 하나를 훔쳐 먹는 것보다 더 나쁠지도 모르오. 어제 저녁에도 말했듯이, 나는 이제까지 든 비

용이 확실히 처리되고 병실에 소란스럽게 사람이 드나드는 일
없이 종일 조용히 지낼 수 있게 되어(내 뜻대로 혼자 시간을 쓸
수 있게끔) 나날이 몸이 회복되고 식욕이 늘기만 한다면 당장은
그럭저럭 행복하다오. 환자다 보니 이기적인 말을 하게 되는데,
사실이 그렇소.

1. 시부카와에게 책 돌려주는 걸 잊지 마시오.

2. 노가미에게 우타이 책을 어찌할 건지 묻는 걸 잊지 마시오.

세상에는 온통 번거로운 일뿐이오. 살짝 고개를 내밀었다가
도 금세 다시 움츠리고 싶어지지. 나는 돈이 없기 때문에 병이
낫고 나면 좋든 싫든 성가신 일에 얽매여 신경을 해치고 위를
해쳐야 하오. 얼마간이라도 쉴 수 있는 건 아플 때뿐이오. 아플
때 짜증이 나는 것만큼 싫은 일은 없소. 내게 있어 아주 고맙고
소중한 병이라오. 아무쪼록 편히 지낼 수 있게 해주시오. 그럼.

긴노스케

고미야 도요타카에게
보낸 편지

고지마치구 사이와이정 위장병원
1910년 12월 13일

누구와 술을 마셨다는 둥 누구와 게이샤를 데리고 놀았다는 둥
그런 일은 일일이 보고하지 않아도 되네. 또 끝에 슬프다는 둥
죄송하다는 둥 하는 말은 더욱이 쓰지 않아도 좋네. 나는 평범하
고 수수한 사람일세. 모든 일을 평범하고 수수한 일로써 편지에
적어주는 사람을 좋아하지. 그럼 이만.

고미야 도요타카에게
보낸 편지

고지마치구 사이와이정 위장병원
1910년 12월 14일

도요타카 님

자네한테 결혼 축하 선물을 주라고 아내에게 편지를 보내두었
네. 되도록 귀국 전이 좋을 거라는 말도 덧붙여두었지. 단, 어떤
선물이 좋을지는 모르겠다고 했네. 만일 자네 아내가 기모노를
살 예정이라면 우리 집 부인과 의논해서 그걸 사달라고 하는 게
어떻겠나. 혹 자네가 달리 바라는 선물이 있다면 그걸 아내에게
말해주게. 기념이 될 만한 것을 주고 싶지만 딱히 묘안이 떠오르
지를 않는군. 우치마루와 노무라에게는 시를 새긴 지리멘 비단
보를 주었네.

그런 엽서를 읽으면 마음이 상하리라는 건 알고 있었네. 하지
만 그렇게 쓰지 않으면 내 뜻이 자네에게 전해지지 않을 듯했다
네. 내 뜻도 전해지지 않고 그저 자네 감정만 상할 뿐이라면 정
말이지 무익한 행동 아닌가. 나는 홧김에 그런 엽서를 보낸 게
아닐세. 자네의 요즘 행동에 안티테제를 표하기 위함이었지. 그

런 편지는 모리타나 지로에게 쓰게나. 내게 그런 편지를 받았으니 이제 세상엔 소헤이나 지로 같은 사람만 있는 게 아니라는 사실을 깨닫도록 하게. 부득이하게 자네 마음을 다치게 한 것은 내 죄이니 계속 마음에 담아두지는 말게. 그럼.

긴노스케

미야 히로시[1]에게
보낸 편지

고지마치구 사이와이정 위장병원
1911년 1월 6일

　　미야 히로시 님

긴 편지를 받아 오늘 저녁 식사 후에 읽었습니다. 다 잊은 과거 이야기를 다른 사람에게 들으니 어쩐지 남 일처럼 느껴집니다. 개중에는 무척 부끄러운 일도 있더군요. 당신을 가르치던 시절의 저는 진짜 제가 아닙니다. 그렇다고 가짜인가 하면 그것도 아니지요. 즉, 제 주변 상황과 저를 대하는 학생들의 태도가 저를 그렇게 만든 것입니다. 똑같은 상황이라면 또 똑같은 행동을 하겠지만, 다른 상황에서 만난다면 완전히 다른 사람이 되어 보일 수 있습니다. 그러니 그것만이 나쓰메의 모습이라 여겨 얕보아서는 안 됩니다. 그렇다고 당신에게 불평을 하는 건 아닙니다. 그저 이야기하는 김에 하는 말입니다.

　　당신의 병이 오래되었다는 이야기는 지난번 시마무라 군에게 들었습니다. 많이 힘들겠다 싶어 늘 딱하게 생각했습니다. 그렇

1　宮寛, ?~?. 1고 시절 소세키의 제자.

316

다고 제 힘으로 어떻게 해줄 수 있는 것도 아니니 어쩔 도리가 없군요. 병중임에도 긴 편지를 써서 내게 보내주는 그 친절함은 아주 고맙게 생각합니다.

시골은 많이 춥지요? 당신이 사는 곳은 초봄에는 괜찮지만 이 맘때쯤엔 아주 곤욕스럽지 않을까 싶습니다.

병상에 위로의 선물을 보내려 하는데 뭐가 좋을지 모르겠군요. 원하는 게 있으면 엽서에 적어 보내주세요. 소포로 보내드릴 테니. 사양할 필요 없습니다. 책이 좋다면 누구 책이든 사 드리지요. 단, 너무 비싸면 안 됩니다. 5엔 이하입니다. 제 책이라면 지금《문》이 있긴 한데, 이건 신문에서 읽었을지도 몰라 보내기가 좀 그렇군요.

나는 덕분에 점점 좋아지고 있습니다. 당신을 가르치던 때보다 살이 쪘어요. 당신 말대로 의사와 간호사 말을 잘 들으면 곧 좋아지겠지요. 당신도 몸 조심히 올겨울을 잘 나시길. 봄이 오면 또 좋아지겠지요. 이만 줄이겠습니다.

당신 편지의 길이를 재어봤더니 내 손 두 뼘을 훌쩍 넘어가더군요.

나쓰메 긴노스케

나쓰메 교코에게
보낸 편지

고지마치구 사이와이정 위장병원
1911년 2월 2일

교코 님

기모노와 조리, 잡지는 받았소. 오시마 기모노[1]가 평상복으로 입을 만큼 낡았소? 그 하오리[2]는 무늬가 싫소. 이미 산 것이니 입기는 하겠소. 사실 도테라[3]도 아주 못 쓰게 되었다오. 어차피 낡았다면 오시마 기모노도 보내주시오.

어지러워 쓰러지다니 그건 위험한 일이오. 몸조리를 잘하시오. 도대체 무슨 병인 건지. 상태가 조금이라도 호전되면 우편으로 알려주시오. 당신이 아프면 기분이 좋지 않소. 덴구[4]의 말은 너무 믿지 않는 게 좋겠소.

병원에서 큰 소리로 부르지 않을 테니 우타이 책은 보내주어

---

1 오시마大島 지역의 독특한 방식으로 짠 명주 기모노. 소세키는 서재에서 글을 쓸 때 늘 이 기모노를 입었다.
2 기모노 위에 입는 짧은 겉옷.
3 방한용 솜옷.
4 당시 교코가 믿고 따르던 점쟁이. 소세키의 퇴원 날짜도 이 점쟁이가 정해주었다.

도 괜찮소. 앞으로 1년간 하지 말라고 하면 그렇게 하겠지만, 그만둘 필요가 없다면 하는 편이 좋지 않을까 싶소. 의사에게 물어보리다.

날이 따뜻해지니 갑자기 병원이 싫어졌소. 얼른 돌아가고 싶구려. 돌아갔을 때 당신이 아픈 건 싫소. 빨리 나으시오. 문병이라도 가드리리까.

아이들에게, 모두에게 안부 전해주시오.

긴노스케

나쓰메 교코에게
보낸 편지

고지마치구 사이와이정 위장병원
1911년 2월 10일

　　부인께

오늘 회진 때 병원장 히라야마 긴조 선생과 아래와 같은 대화를 나누었소. 참고하시라고 알려드리오.

　남편　"이제 배로 호흡해도 괜찮습니까?"

　병원장　"괜찮습니다."

　남편　"그럼 소리를 좀 내어서, 예를 들어 우타이 같은 걸
　　　　불러도 위험하지는 않나요?"

　병원장　"이제 괜찮을 겁니다. 소리를 좀 내보시지요."

　남편　"하루에 30분에서 한 시간 정도씩 해도 위험하지 않
　　　　겠지요?"

　병원장　"괜찮습니다. 만일 위험하다면 우타이를 부르지 않
　　　　아도 위험하긴 매한가지일 테니, 회복한 이상 그 정
　　　　도는 해도 무방하다고 봐야겠지요."

남편 　 "그렇군요. 감사합니다."

　이 대화가 정확하다는 사실은 간호사 마쓰이 이시코 씨가 확실히 보장하는 바라오. 무턱대고 덴구와 모리나리 선생의 말만 믿는다면 이 가엾은 남편은 몹시 불행해질 테니, 아무쪼록 이 편지를 읽고 마음을 바꾸어 남편의 뜻에 따라 선처해주길 바라오.

2월 10일 오후 4시, 마쓰이 이시코 입회하에 씀.
나쓰메 긴노스케

후쿠하라 료지로[1]에게
보낸 편지

고지마치구 사이와이정 위장병원
1911년 2월 21일

전문학무국장 후쿠하라 료지로 님

어제, 20일 밤 10시경 제가 없는 집에(저는 여기 쓴 주소에 입원 중), 오늘 오전 10시에 학위를 수여하니 출석하라는 통지가 왔다고 전해 들었습니다. 아내가 오늘 아침에 전화로 남편은 지금 아파서 출석할 수 없다고 대답해두었다고 하더군요.

학위 수여라 함은 이삼일 전 신문에서 본 대로 박사회에서 소생을 박사로 추천해 소생에게 박사 칭호를 수여하는 것을 의미하겠지요. 그러나 소생은 지금껏 그저 나쓰메 아무개로 살아왔고, 앞으로도 그저 나쓰메 아무개로 살기를 희망합니다. 따라서 저는 박사 학위를 받고 싶지 않습니다. 이번 일로 폐를 끼치고 성가신 부탁을 드리게 되었습니다만, 위와 같은 이유로 학위

---

1 福原鐐二朗, 1868~1932. 문부성 전문학무국장. 1911년 2월 20일, 문학박사회의 추천에 따라 문학박사를 수여한다는 통보가 후쿠하라의 이름으로 소세키에게 도착했다.

수여는 사양하고자 합니다. 선처 부탁드립니다.

나쓰메 긴노스케

사카모토 셋초에게
보낸 편지

고지마치구 사이와이정 위장병원
1911년 2월 24일

사카모토 사부로[1] 님

나는 26일에 퇴원할 예정이라네. 몸은 당분간 괜찮을 걸세. 우타이를 시작했다네. 나가서 더 큰 소리로 부르고 싶군.

나는 긴 편지에 대해 감사의 뜻을 표했을 뿐, 빈정대려는 의도는 전혀 없었다네. 나는 빈정대는 말은 하지 않는 남자일세(라고 말하면 자넨 에헤헤헤 웃을지도 모르지만).

밤에 술을 마시지 않고서는 잠들지 못한다니 분명 어딘가 이상이 있는 걸세. 자네는 심장이 안 좋은 모양이더군. 중한 병을 견디지 못할 만큼 나쁜 모양이던데, 최대한 몸 관리를 잘 하셔야 하네. 몸 관리는 젊을 적에 해야 하는 법이니.

고미야가 술을 마셨다는 둥 게이샤와 놀았다는 둥 그런 말을 내 앞에서 뻔뻔스럽게 늘어놓는 게 내 눈엔 귀여워 보인다네. 하지만 맞장구는 잘 치지 않고 오히려 늘 심하게 꾸짖지. 그래도

1 坂元三郎. 사카모토 셋초의 본명.

324

고미야는 개의치 않는다네. 그래서 나도 서슴없이 말할 수 있지. 그런 걸 속에 숨기게 되면 자연스레 거리가 생겨서 친하게 지낼 수 없어. 고미야는 바보라네(모든 사람이 다 어떤 면에선 바보이듯이). 비판을 겁내지 않고 그 바보 같은 면을 내 앞에서 그대로 보여주지. 그건 수치심을 모르기 때문이 아니라네. 약점을 비판받게 될 불편을 감수하는 게지. 나는 음주를 비롯한 여타 그의 행동을 윤리적으로 칭찬하지는 않네. 그렇다고 부도덕한 행동이라 생각지도 않아. 호되게 꾸짖기는 하지만 부덕한 녀석이라곤 생각지 않는다네. 그거면 된 것 아니겠는가.

나는 자네의 전부를 알지 못하네. 자네는 자네의 전부를 내게 말하지 않지. 즉, 자네는 내게 거리를 둔다는 말일세. 따라서 나도 자네에겐 거리를 둔다네. 그러면 예의는 갖출 수 있을지언정 마음을 다 터놓을 순 없지. 이건 자네 입장에서 봐도 그럴 걸세.

나는 요즘 산책을 나가서 아카사카 다마치 쪽과 오쿠라 기하치로 씨 저택 주변, 또 시바공원이나 도리모리, 고비키초 등 여기저기 낯선 곳을 즐겁게 거닌다네. 그것도 이삼일밖에 남지 않아 아쉽구면.

아내는 봄이 되면 자네 집이나 즈시 집에 놀러 가고 싶다더군.

자네는 만사 다 깨우친 사람처럼 군다고 평가받는 모양인데, 실제로 그런 구석이 있다네. 자네가 불안 운운하는 것 또한 한 면의 사실일 뿐, 그건 누구에게나 다 따라붙는 불안이라고 생각하네.

《요쿄슈》에는 아주 지루한 이야기밖에 없을 걸세. 나는 내 책이 무섭기 때문에 되도록 다시 읽지 않는다네. 그럼.

나쓰메 긴노스케

후쿠하라 료지로에게
보낸 편지

우시고메구 와세다미나미정 7번지
1911년 4월 13일

전문학무국장 후쿠하라 료지로 님

학위 사양 건은 이미 발령된 후의 요청이라 소생의 희망대로 처리해주실 수 없다는 취지의 답신을 받고 재차 답장 드립니다.

소생은 학위 수여 통지를 받은 후에 사양 의사를 밝힌 것입니다. 그보다 먼저 사양할 필요도, 그럴 능력도 없다는 점을 고려해주시길 바랍니다. 학위령[1]의 해석상 학위를 사양할 수 있다고 판단할 여지가 있음에도 불구하고, 소생의 의사는 완전히 무시하고 무조건 사양할 수 없다고 못 박은 문부대신께 불쾌감을 느끼고 있음을 밝힙니다.

문부대신이 본인의 판단으로 소생을 학위에 적합한 사람이라 인정한 것은 어쩔 수 없는 일이나, 소생은 학위령의 해석에 근거하여 소생의 의사에 반하는 학위를 받을 의무가 없음을 분명히 밝힙니다.

---

1 1887년에 공포된 학위제도에 관한 칙령으로, 이때 처음으로 박사 제도가 도입되었다.

마지막으로 소생은 현재 일본의 학문과 문예라는 두 분야의 추세를 보아 판단한바, 지금의 박사 제도에 성과보다 폐단이 더 많다고 믿는 사람이라는 사실 또한 분명히 밝힙니다.

　위와 같은 뜻을 대신께 전해주시길 부탁드립니다. 학위는 재차 반납합니다.

나쓰메 긴노스케

고미야 도요타카에게
보낸 편지

우시고메구 와세다미나미정 7번지
1911년 7월 31일

도요타카 님

자네의 요청을 받고 〈기치에몬[1]론〉을 바로 읽어보았네. 쓰느라 고생이 많았으리라 생각하네. 왜 고생한 글처럼 느껴지는가 하면, 아주 철두철미한 긴장감 때문일세. 또 몹시 철저하기 때문이지. 이렇게 말하면 독자에게 자네가 의도한 인상을 준 것이 되어 자네는 만족하겠지. 자네는 물론 스스로의 작업에 만족해야 하네.

하지만 그 긴장은 내용의 충실함에서 나온 게 아니라 오히려 고집스러운 태도에서 비롯된 것이라고 느껴지네. 신경의 긴장이지 사색의 긴장이 아닐세. 힘없는 이가 머리에 끈을 동여매고 가진 체력 이상으로 장시간 용을 쓰는 것처럼 보인다네. 그 증거로 말투며 문장에 전혀 빈틈이 없더군. 반면 주의 주장 그 자체는 거의 같은 곳에 머물러 있어 독자를 처음부터 끝까지 박력 있게 이끌고 가는 힘이 느껴지지 않았다네. 지나치게 신경이 곤두

---

1 쇼와 및 메이지 시대에 활동한 가부키 배우.

서 있어 읽는 사람도 그저 이 더운 날에 신경만 더 자극받을 뿐이고, 그에 비해 이지적 측면에서는 어떤 새로운 경험도 얻지 못하지.

자네가 평소 말하는 긴장이나 충실함 같은 건 다 신경작용이 아닐까 싶네. 좀 더 너그럽고 차분하게, 신경을 자극하지 않으면서 읽는 이를 온화하게 항복시키는 비평이 진짜 힘 있는 비평일세.

나는 기치에몬 씨를 모르네. 그리고 자네 논의에 썩 동감하지도 않는다네. 그래서 이렇게 보이는지도 모르지. 하지만 이 또한 비평의 한 관점이니 참고해서 손해 볼 일은 없을 걸세. 자네, 거기서 조금만 더 팽팽해지면 뱃가죽이 찢어진다네. 내용물로 크게 부풀어 오르는 게 아니라 쓸데없이 뱃속에 공기를 채워 긴장시키기 때문이야. 아무쪼록 조금 더 차분해지길 바라네. 그런 건 문예란 하나 정도 분량의 짧은 글을 쓸 때나 적합한 글쓰기 아닌가? 삼복이니 산뜻한 글을 써달라는 부탁에 자네는 알겠다고 하고선 그런 숨 막히는 글을 써왔지. 숨이 막히는 대신 뭔가 보상이 없다면 수지가 맞질 않네. 자네는 무얼 주고 싶었던 건가?

나카무라 세이코가 자네에게 답하고 싶으니 글을 쓰게 해달라기에 승낙했네. 8월 1일에 나올 테니 잘라서 보내주지. 뭐, 별건 아닐 걸세.

그쪽 사람들 모두 건강히 잘 지낸다니 다행일세. 폭풍우는 참 무시무시하더군. 이상.

긴노스케

유게타 세이이치[1]에게
보낸 편지

우시고메구 와세다미나미정 7번지
1911년 10월 4일

유게타 대형

그간 격조하였네. 나는 오사카에서 돌아오자마자 치질에 시달리다가 절개를 하는 바람에 아직 자리에 누워서만 지낸다네. 그래서 회사에 오랫동안 얼굴을 내밀지 못했는데, 어제 산잔 군이 찾아와 갑자기 주필을 그만두었다고 해서 깜짝 놀랐다네.

사건은 모리타의 공격에서 시작되었고, 그 여파로 자네와 산잔 군 사이에 오해가 생겨 큰일로 번졌다는 사건의 전말을 대략 전해 들었을 때는 더더욱 놀랐다네. 나는 자네들 사이에 끼어 형님답게 중재를 할 만한 위치가 아니라네. 오랫동안 쌓아온 깊은 친분도 없는 데다 무엇보다 그럴 역량도 인격도 없는 남자지만, 모리타 때문에 아사히 간부 사이에 갈등이 생겼다면 그 책임

---

1 弓削田精一, 1870~1937. 《아사히신문》 정치부장. 모리타 소헤이가 《아사히신문》에 게재한 글 〈자서전〉이 부도덕하다는 비난이 일자 문예란 폐지를 주장했다. 이 일로 이케베 산잔과 갈등을 빚어, 결국 산잔이 자리에서 물러나게 되었다.

자는 문예 쪽 담당자인 내가 되어야 할 걸세. 내가 원인이 되어 15년 넘게 같은 회사에서 나란히 앉아 사이좋게 일하던 두 사람에게 옥신각신 다툼이 생겼다니 정말이지 면목이 없군. 입사할 때 사카모토를 중개자 삼아 간접적으로 교섭 역할을 맡아주었던 사람은 자네였네. 그건 자네도 기억하겠지. 그런 관계도 있고 하니 겸사겸사 자네와 만나 차분히 이야기를 나누고 싶네. 평소라면 즉시 차를 타고 가겠지만, 방금 말했다시피 매일 거즈를 갈고 있는 처지라 차에 탈 수가 없다네. 당신 앞에 가서 그런 이야기를 할 생각은 없다고 자네가 거절한다면 할 말은 없지만, 이건 아주 절실하게 하는 부탁일세. 멀리 있는 바쁜 자네에게 와세다 구석진 곳까지 와달라는 말을 선뜻 꺼내기는 어렵지만, 언제든 시간이 날 때 와주지 않겠나? 자네는 예전에 우리 집에 한번 놀러 오겠다고 말만 하고 결국 오지 않았지. 이번에는 달리 방법이 없으니 전에 한 약속을 지키는 셈 치고 와주게나. 차를 타고 나가기는 힘들지만 자리에 일어나 앉아 이야기를 나누는 데는 전혀 지장이 없으니.

　우선은 용건만 전하네. 그럼.

긴노스케

고미야 도요타카에게
보낸 편지

우시고메구 와세다미나미정 7번지
1911년 10월 25일

고미야 도요타카 님

원고를 돌려달라는 엽서는 읽었네만, 어차피 24일에 회사에 갈 일이 있어 그때까진 괜찮으리라는 생각으로 답장을 보내지 않은 걸세.

그런데 이번에 모리타가 일을 그만두게 될지도 모르겠군. 모리타가 없으면 문예란에 편집자 문제가 생기는데, 조금 생각한 바가 있어 편집부 사람과 문예란 폐지에 관해 의논했다네. 지금껏 여러모로 신세도 지고 고생도 했는데 그걸 버리는 건 아까운 일이지만, 회사의 전체적인 지면 개선과 원고 선택에 관해 거리낌 없이 의견을 말하려면 내가 먼저 그 정도 희생은 해야 한다네. 문예란을 유지할 생각이라면 그건 얼마든지 가능하다네. 개선도 가능하지. 하지만 그렇게 되면 다른 영역에는 참견하기 힘들어지네. 이번에 이케베 군이 퇴사한 뒤 나도 나갈까 했지만, 남은 사람들 말을 들어보니 그렇게 고집을 피울 필요도 없을 듯해 남기로 했다네. 뿐만 아니라 내가 담당하던 문예란의 지휘봉은 영원히 내려놓기로 했네. 이건 내가 앞으로 아사히를 더 발전시킬 수 있겠다는 희망을 품었기 때문이지, 절대 내 입지를 다지기 위해 다른 사람 말에 따른 게 아닐세. 자네가 뭐라고 생각하든 상관없네만, 향후 도저히 개선 가능성이 없다고 판단되면 아마 나는 그만두지 않을까 싶네.

그리고 또 하나. 문예란은 자네들이 기염을 토하는 곳이었지. 자네들이 그런 단편적인 글을 쓰면서 의기양양해져선 《아사히 신문》이 내 덕을 본다는 둥 우쭐거렸다면 문예란은 젊은 사람들에게 해가 되는 나쁜 존재일세. 자네는 그러지 않겠지만, 근래 자네의 행동이나 글을 보면 조금 불안하기도 하다네. 그대로 점점 심해지면 어쩌나 하는 걱정을 떨칠 수가 없어. 아사히 문예란에 모인 이들이 서로를 일깨워주지는 않고 도발만 일삼는 것도 조금 독이 되는 듯하네. 그러니 자네들의 단골 지면이 된 문예란을 폐지하는 게 어쩌면 일시적으로 자네나 모리타에게 약이 될지도 모르네.

나는 앞으로 문예상의 일로 자네들에게 도움을 청할 일이 많으리라고 생각하네. 지금도 도움을 받고 있으면서 이런 말을 하는 건 실례이기도 하고 자네들 기분을 상하게 할지도 모르지만, 지금 나는 실제로 그렇게밖에는 느낄 수가 없으니 소세키가 정말 그렇게 느끼고 있다고 생각해주게. 그런 다음 웃든지 화를 내든지 하게나.

옥고玉稿는 동봉해서 돌려보내네. 자네 엽서 속 말투를 지적하는 건 좀 잔소리 같지만, "어둠에서 어둠으로" 따위의 문학적 형용사는 쓰지 않는 게 좋을 걸세. 특히 "그건 견딜 수가 없다" 같은 말에서는 일종의 불쾌감마저 느꼈다네. 자기가 쓴 글이 예상했던 시일 내에 신문에 실리지 않는 건 분명 불쾌한 일일세. 또 그 원고가 어찌 되었는지 알 수 없는 것도 불만스럽겠지. 하지만 그걸 견딜 수 없다니, 그렇게 말하면 자네의 논문은 너무나 중대하고 그걸 게재하지 않은 신문은 심히 부도덕하며 그걸 쓴 자네는 굉장한 대가라도 되는 것처럼 들린다네. 위 조건을 갖추지 못했으면서 별것도 아닌 일로 견디네, 못 견디네 하는 건 자네가 일종의 센티멘털리스트이거나 혹은 편향된 문단의 유행어를 굳이 사용하는 컨벤셔널리스트라는 뜻일세.

근래 들어 도덕적으로나 예술적으로 자네에게 충고하고 싶었던 점을 이 편지에 다 쓰려다 보니 말이 길어졌군.

원고는 5회분까지 회사에 보낸 상태였는데, 내가 요청해서 전부 가지고 돌아왔네. 원칙대로 하자면 게재 여부와 관계없이 원고료를 줘야 하지. 하지만 자네들이 단순히 원고료를 위해 글을 쓴다고 평가받는 게 싫어서 일부러 청구하지 않았네. 이상.

쓰다 군에게는 회송해주는 게 좋을 듯하네.

나쓰메 긴노스케

하시구치 고요[1]에게
보낸 편지

우시고메구 와세다미나미정 7번지
1912년 5월 19일

고요 선생님께

일전에는 모처럼 걸음해주셨는데 공교롭게도 우타이 선생님이
와 계셔서, 본의 아니게 제대로 이야기도 나누지 못했습니다.

그나저나 우시고메에 있는 가가쿠[2] 공연장의 검은 담을 따라
두세 집 더 가면 그 길모퉁이에 하세가와라는 골동품점이 있는
데, 거기 두 폭 한 쌍으로 된 산수화가 있더군요. 멀리서 보니 옛
명화처럼 귀한 느낌이 났습니다. 주인이 부재중이라 아내분에
게 물었더니 가격은 25엔, 작가는 슈분[3]이라고 하더군요. 25엔
짜리 슈분 그림이라니 좀 우스웠지만, 혹시 몰라 가까이서 보니
인물의 얼굴과 굴곡에 아주 섬세하고 가느다란 붓으로 그은 듯

---

1 橋口五葉, 1881~1921. 화가. 《나는 고양이로소이다》부터 소세키의 거의 모든 작품
  단행본의 표지 그림을 그렸다.
2 雅樂. 궁정과 상류층에서 연주되던 전통 음악.
3 덴쇼 슈분天章周文, 1414~1463. 무로마치 시대의 선승이자 화가. 일본 수묵화의 창
  시자로 평가된다.

한 또렷한 선이 있더군요. 아게마쓰 나무줄기의 결을 그린 방식이 주위와 조화되지 않아 아주 독특한 느낌이었습니다.

소생은 그런 대가의 필묵을 많이 접해보지 못해 좋고 나쁨조차 구별하기 힘들고, 또 가짜라면 1전 5리짜리인지 25엔짜리인지 판단할 수 없어 망설여지더군요.

그림에 대한 감이나 지식이 없기 때문이라 많이 부끄럽습니다. 혹 작가가 보기에 상당히 가치가 있는 그림이라면 큰맘 먹고 사볼까 하는데, 산책길에 지날 일이 있으면 감정해주시지 않겠습니까? 좋은 그림이라면 바로 말씀해주십시오. 혹은 일단 먼저 구매해주신 후에 소생이 돈을 드리는 걸로 하면 한결 더 편하겠지요.

소생의 눈에는 게지쿠⁴와 표장表裝만 해도 제법 가격이 나가 보이더군요. 그림은 멀리서 보면 확실히 품위가 있고 고상합니다.

모험 삼아 한번 부탁드립니다. 그럼 이만.

나쓰메 긴노스케

---

4 상아로 만든 축. 두루마리나 족자에 주로 사용한다.

하야시바라 고조[1]에게
보낸 편지

우시고메구 와세다미나미정 7번지
1912년 6월 17일

고조 님

시험에 낙제한 모양이더군. 그것도 걱정스럽지만 더 걱정스러
운 건 자네의 건강과 머릿속 상태라네. 소생 역시 시험에는 오랜
경험이 있지만 여태 자네 같은 고통은 느껴본 적이 없다네. 정말
자네 말대로라면 큰일일세. 가능하다면 도움을 주고 싶을 정도
지만, 아무리 머리에 여유가 있어도 도울 방법이 없으니 어쩔 수
가 없구면.

너무 괴로워서 편지를 쓰기도 힘들다는 말이 있던데, 마치 비
참한 소설이나 희극을 읽는 것 같아 섬뜩했다네.

이래서야 꼭 합격하라고 말하지도 못하겠고, 그렇다고 낙제
하길 바란다는 전보를 칠 용기도 나지 않으니 참 막막하구면.

왜 그런 머리로 태어난 건지 아무리 생각해도 이상하지만, 소

---

1 林原耕三, 1887~1975. 영문학자, 하이쿠 시인. 소세키의 문하생으로 작품 교정을 도
 왔으며, 아쿠타가와 류노스케를 소세키에게 소개하기도 했다.

생도 한창 일을 하는 중에 마음을 어지럽히는 일이 있으면 더 심한 상태에 빠지기도 한다네. 그리 생각하면 참 딱하구먼. 정 안 되겠다 싶으면 도중에 시험을 포기해도 괜찮으니 너무 괴로워하지 말게나.

연이은 밤샘으로 머리가 마비되고 마는 사람의 마음은 상상하기조차 두렵네. 하지만 심약하여 다른 사람처럼 끝까지 해내지 못하는 사람도 있는 법이니, 퇴각하든, 멈추든, 용감히 나아가든 자기 마음과 잘 상의해보고 스스로에게 무리가 없도록 해야 하네. 그것이 신을 가슴에 품은 인간의 행위일세. 우선은 간단히 답장만 쓰네. 총총.

긴노스케

니시하라 구니코[1]에게
보낸 편지

우시고메구 와세다미나미정 7번지
1912년 6월 18일

　　　니시하라 구니코 님

저는 붓글씨도 서툴고 하이쿠도 짓지 않습니다. 또 일일이 사람
들의 요구에 응할 수 없어서 최근에는 사람들에게 단자쿠[2]를 써
주지 않습니다. 하지만 당신에게는 써주고 싶더군요. 왜냐하면
당신이 어린 소녀일 것 같아서입니다. 당신의 편지를 잃어버리
는 바람에 보내지 못했는데, 오늘 아침 책 정리를 하다 우연히
엽서가 나왔기에 써서 보냅니다.

　　희망하는 시구가 있는 걸 봐선 어린 소녀가 아닐지도 모르지
만, 필체가 어린아이의 것 같기도 하고 또 내용도 소학교 학생다
워서 아주 좋았기 때문에 썼습니다. 그럼 안녕히.

나쓰메 긴노스케

1　西原邦子, ?~?. 소세키의 독자.
2　단가나 하이쿠를 쓸 때 사용하는 가늘고 긴 나무판이나 대나무 가죽.

모리나리 린조¹에게
보낸 편지

우시고메구 와세다미나미정 7번지
1912년 8월 12일

모리나리 린조 님

날이 제법 덥군요. 다카다는 어떤지요? 도쿄는 아주 덥습니다.
얼마 전에 아이들을 가마쿠라에 보냈습니다. 비좁은 셋집에서
파리처럼 뛰놀고 있지요. 막내 신로쿠가 성홍열을 앓는 바람에
소독이며 입원이며 한바탕 난리도 아니었습니다. 저는 스가 씨
가 봐주고 있어요. 하루 여섯 번씩 약을 먹습니다. 세 번으로 줄
이면 상태가 도로 악화되어 다시 제자리로 돌아가더군요. 조금
만 활동해도 상태가 나빠지니, 아무래도 남은 날이 길지 않은 듯
한 느낌입니다. 가마쿠라에 가서 수영을 했습니다. 운동은 하기
힘들지만 수영은 괜찮더군요. 왜일까요? 여행을 가려고 했는데
일행이 국상國喪²이니 뭐니 정신이 없어 연기되었습니다. 환자

---

1   森成鱗造, 1884~1955. 슈젠지에서 소세키를 담당했던 주치의. 후에 고향 다카다에
    서 위장병원을 개업했다.
2   1912년 7월 30일에 사망한 메이지 천황의 장례를 의미한다. 이후 연호가 다이쇼로
    바뀌었다.

가 많이 늘었나요? 병원이 바글바글 문전성시를 이루고 있겠지요. 잘된 일입니다. 아내는 가마쿠라에 갔어요. 후데는 훌쩍 자랐습니다.

아내분께 안부 전해주시길.

우선은 삼복 인사만 간단히 드립니다(갑자기 여기저기서 삼복 인사를 받고 저도 문득 생각이 나서 이 편지를 씁니다. 웃으면 안 됩니다).

나쓰메 긴노스케

아베 지로[1]에게
보낸 편지

우시고메구 와세다미나미정 7번지
1912년 10월 12일

아베 지로 님

엽서 고맙습니다. 《문》이 나온 후 지금까지 아무도 평을 해주는 사람이 없었습니다. 저는 요즘 고독이라는 것에 익숙해져서 예술상의 동정 없이도 어찌어찌 살아갈 수 있게 되었습니다. 그래서 제 작품에 대한 칭찬의 말 같은 건 일절 기대하지 않아요. 하지만 《문》의 일부분을 읽고 마음이 움직였다는 말을 당신에게 직접 들으니 기쁨과 만족감이 끓어오르더군요. 이 만족감에 대해 당신에게 감사 인사를 하지 않으면 도리가 아니겠지요. 제가 당신의 감상 글을 기쁘게 읽었음을 확실히 전하기 위해 이 편지를 씁니다.

《피안 지날 때까지》는 아직 두세 부 있습니다. 혹 읽어주시겠다면 소포로 한 부 보내드리지요. 바빠서 그럴 시간이 없으시

---

1 阿部次郎, 1883~1959. 철학자, 문학 평론가. 《아사히신문》 문예란에 평론을 기고하면서 소세키와 알게 되었다.

다면 자중하겠습니다. 이 기회를 틈타 당신의 동정심을 더 취하
겠다는 욕심으로 이 작품에도 《문》과 같은 감상 글을 강요하는
그런 속 보이는 짓을 하고 싶지 않아 일부러 물어보는 것입니다.
조만간 한번 뵙지요. 그럼 이만.

나쓰메 긴노스케

쓰다 세이후[1]에게
보낸 편지

우시고메구 와세다미나미정 7번지
1912년 12월 4일

쓰다 세이후 군

또 편지 드립니다. 그 노란 봉투는 수제인가요, 아니면 사신 건
가요? 저도 그런 봉투를 쓰고 싶으니 알려주십시오.

저도 나름 괜찮은 취향을 지녔다고 자신하다 보니 다른 사람
이 나와 일치하지 않으면 불편할 때가 있습니다. 하지만 다 가지
각색이기 때문에 사회의 색채가 풍부해진다는 생각도 듭니다.

얼마 전에 당신이 모르는 사람이 찾아왔는데, 당신과 사이토
요리[2] 이야기를 하면서 두 사람이 잘 맞겠느냐고 묻기에 절대
맞지 않을 거라 답했습니다. 끝에 예술가는 고독한 존재라는 말
도 덧붙였지요. 예술가에게 고독에 안주할 만큼의 배짱이 있다
면 아주 유쾌하리라고 생각합니다. 그렇게 생각하지 않습니까?

1 津田青楓, 1880~1978. 화가.《명암》과《한눈팔기》의 표지를 그렸다. 소세키에게
   유화를 가르치는 한편 때때로 소설 비평을 청하기도 하면서 스승이자 벗으로 교류
   했다.
2 斉藤与里, 1885~1959. 다이쇼 및 쇼와 시대에 활동한 화가 겸 미술 평론가.

제 소설을 읽어주시니 고맙습니다. 부디 지겨워 말고 읽어주시길. 저는 고독에 안주하고 싶습니다. 하지만 한 사람이라도 내편이 있는 게 더 유쾌합니다. 인간이 아직 그 정도로 순수한 예술가 기질을 가질 수는 없기 때문이겠지요.

당신 소설에 나쁜 느낌이 드는 부분은 전혀 없었습니다. 계속 쓰시길 바랍니다. 그러나 그 시, 특히 마지막 단, 특히 조사措辭에서 묘한 불쾌감이 느껴집니다. 사상도 진부하고요. 옛 속요 중에 그런 것이 있지 않던가요? 그럼 이만.

활판 인쇄물 받았습니다. 아직 보지는 않았지만 꽤 심각한 내용이 적혀 있는 것 같더군요. 곧 보도록 하겠습니다.

나쓰메 긴노스케

5부

만년

1913~1916

모리나리 린조에게
보낸 편지

우시고메구 와세다미나미정 7번지
1913년 1월 12일

제법 긴 편지를 보냈더군요. 게 맛에 대한 당신의 자부심엔 놀랐습니다. 그 진미에 관해 《행인》에 조금 썼는데 대엿새 안에 나올 테니 읽어봐 주시지요. 게나 당신을 나쁘게 말할 의도는 없고, 그저 가벼운 장난 같은 것이니 읽고 웃어주시길. 화내면 안 됩니다.

양암諒闇 중에 맞는 새해라 아주 조용합니다. 손님 하나가 와서는 늘 이렇게 느긋한 새해를 보내고 싶다더군요.

엿은 딱 하나밖에 먹지 않았습니다. 나머지는 아이들이 다 먹어버렸지요. 그 껍질로 방을 온통 어지르니 큰일입니다.

공사가 끝났다니 잘되었습니다. 보러 가고 싶지만 그 눈 처마[1]라는 것을 떠올리면 너무 겁이 나서 말이지요. 정말 싫습니다. 우선은 감사 인사만 전합니다. 그럼 이만.

나쓰메 긴노스케

---

1 집집마다 처마를 이어 만들어 겨울철 눈이 지붕 밑까지 쌓였을 때 통로로 사용한다.

와쓰지 데쓰로[1]에게
보낸 편지

우시고메구 와세다미나미정 7번지
1913년 10월 5일

　　　와쓰지 데쓰로 님

당신의 책이 도착한 뒤에 답장을 드리려 했는데 너무 늦어질 것 같아 먼저 주신 편지에 대한 답장을 씁니다.

　당신 편지를 읽고 놀랐습니다. 저에게 약간의 관심을 가져주는 사람은 있겠지만, 당신이 고백했듯 거의 이성간의 연애에 가까운 열의와 감정을 가지고 저를 지켜보는 사람이 당시 고등학교에 있으리라고는 꿈에도 생각지 못했습니다. 그 말을 들으니 왠지 미안한 마음이 드는군요. 사실 그 당시 저는 당신이라는 존재를 전혀 몰랐습니다. 와쓰지 데쓰로라는 이름은 《제국문학》을 통해 알게 되었는데, 그때도 제게 호의를 가진 사람이라고는 생각지 못했습니다.

　저는 자진해서 누구를 따르거나 혹은 따르게 만드는 성격의

1　和辻哲郎, 1889~1960. 철학자. 도쿄대 교수를 지냈다. 1고 시절 소세키의 제자로, 중학교 시절 〈런던탑〉을 읽고 소세키에게 경애심을 품게 되었다.

인간은 아닌 듯합니다. 젊을 적에는 일부러 그렇게 행동했을지도 모르지만 지금은 거의 하지 않아요. 호감 가는 사람이 있어도 먼저 다가가는 일은 절대 없습니다. 우치다라는 남자가 절 보고 고담枯淡한 사람이라고 하더군요. 하지만 지금의 저 역시 냉담한 인간은 아닙니다. 당신 눈에 냉담하게 비친 건 당신이 제게 적극적으로 다가오지 않았기 때문입니다.

고등학교에 있을 때는 온 세상에 부아가 치밀어 견딜 수가 없었습니다. 그래서 몸이 엉망으로 망가졌지요. 그 누구의 호감도 바라지 않았습니다. 저는 고등학교에서 가르칠 때 단 한 순간도 학생에게 존경받아 마땅한 교사의 태도로 임한 적이 없습니다. 그래서 당신 같은 사람이 학교 안에 있으리라고는 상상조차 하지 못했습니다. 그렇지만 당신 말처럼 그렇게 냉담한 인간은 절대 아니었습니다. 냉담한 인간이라면 그렇게 짜증이 나지도 않았겠지요.

저는 지금 길에 들어서려 하고 있습니다. 막연한 말이지만, 길에 들어서려는 사람은 냉담하지 않습니다. 냉담하게 길에 들어설 수 있는 사람은 없습니다.

저는 당신을 미워한 적이 없습니다. 좋아한 적도 없지요. 그러나 당신이 저를 좋아한다는 말을 듣자마자 저도 당신을 좋아하게 되었습니다. 이는 머리의 논리임과 동시에 마음의 논리입니다. 입 발린 소리가 아니라 사실입니다. 그러니 그 사실만으로 만족해주길 바랍니다.

제게 센티멘털한 편지를 보내는 사람이 종종 있습니다. 저는 오히려 그걸 꾸짖지요. 그로 인해 그 사람이 제 곁을 떠난다면 어쩔 수 없는 일지만, 만일 떠나지 않는다면 제가 하는 말이 서로의 앞날에 도움이 되리라고 믿습니다. 당신 편지에 곧바로 답장을 쓸까 했지만 감정을 조금 가라앉힌 후에 보내는 게 좋을 것 같아 여태 미뤄두었습니다. 이상.

나쓰메 긴노스케

다카하라 미사오[1]에게
보낸 편지

우시고메구 와세다미나미정 7번지
1913년 11월 21일

　　　다카하라 미사오 님

그간 격조하여 죄송합니다. 무탈하게 잘 지내신다니 다행입니
다. 소생은 여전히 남은 명줄을 붙들고 잘 지내고 있으니 걱정하
지 않으셔도 됩니다.

　말씀하신 작품 번역 건은 무척 영광스럽게 생각하지만, 가와
다 군과 에 부인에게 소생의 우견을 말씀드리자면 지명하신《우
미인초》는 첫째로 현대 일본을 대표하는 작품이 아닙니다. 둘
째로 까다로워서 외국어로 번역하기 힘들 테고, 셋째로 스스로
가장 흥미를 느끼지 못하는 작품이며, 넷째로 작품의 완성도도
높지 않습니다. 이 같은 이유로 번역 건은 사양하고자 합니다.
단순히 예술적으로만 생각하면 당장 절판시키고 싶을 정도지만
이따금 검인檢印[2]을 받으러 오면 얼마간 돈이 들어오기 때문에,

1　高原操, 1875~1946. 신문 편집자. 5고 시절 소세키의 제자로, 아사히신문사에 입사
　하여 편집국장과 주필을 겸했다.

어차피 한번 당한 부끄러움이니 이제 와서 숨겨봤자 다를 것도 없으리라는 생각에 그대로 두었을 뿐입니다. 그랬더니 어느 극단 사람이 그걸 연극으로 만드는 게 어떻겠냐고 다른 사람을 통해(제대로 형식을 갖춘 것은 아니지만) 권하더군요. 그때도 극구 사양했습니다. 하물며 독일에서까지 창피를 당하는 건 영 체면이 서질 않으니 사양하고 싶습니다. 소생은 제 작품을 읽어주는 모든 사람에게 늘 감사하고 있고 또 한 사람이라도 더 읽어주기를 바라지만, 사실 외국 독자를 얻는 건 생각조차 해보지 못한 일입니다. 그런 건 염두에 두지 않고 쓴 작품이기 때문에 번역을 해봤자 재미있을 것 같지 않군요. 작년에 어떤 사람이 현대 일본 소설을 영역하겠다며 제의해왔을 때도 같은 대답을 돌려줬는데, 그땐《몽십야》라는 작품 일부를 번역하기로 했습니다. 그건 소생의 것을 포함해 총 스무 명 정도의 작품을 모은 책이었습니다. 독일에서 오카야마 폰 오렌베르크라는 남자가(일본인인지 독일인인지 모르겠으나)《도련님》을 번역하겠다고 연락해왔을 때는 조건부가 아니면 싫다고 거절했습니다.

꼭 소생의 작품을 독일어로 번역하길 원하신다면《그 후》나《문》,《피안 지날 때까지》혹은 곧(아마도 올해 안에) 출판될《행인》이라면 의논해볼 수 있을 듯합니다. 계신 곳에서 출판하는 이상 출판사의 모험이니 손실이 날 경우 소생에겐 책임이 없지만, 이익이 생길 경우에는 저자로서 상응하는 보수를 받겠습니다. 소생은 이게 정당하다고 생각합니다. 하지만 그렇게 되면

2　작가가 자신이 지은 책의 발행 부수를 확인하고 찍는 도장으로, 이 도장의 개수에 따라 인세를 계산한다.

일이 복잡해져 좀체 진행이 안 되겠지요. 에 부인도 반쯤 취미로
하시는 일이고 일본어를 읽을 줄 아시는 것도 아닌 데다 또 제
작품을 그만큼 좋아하시지도 않을 테니, 그런 성가신 일을 다 감
안하면서까지 일에 착수하고 싶지는 않겠지요. 그건 소생도 마
찬가지입니다. 다른 이유는 제쳐두더라도 그런 일로 다른 사람
을 힘들게 만들면서까지 일을 진행하고 싶지는 않으니, 이 일은
가와다 군이 에 부인에게 잘 이야기해서 중지하는 게 좋을 듯합
니다. 이상.

나쓰메 긴노스케

고미야 도요타카에게
보낸 편지

우시고메구 와세다미나미정 7번지
1913년 11월 25일

도요타카 님

자네는 정말 잘못 생각하고 있군. 편지 속에 '입니다'나 '하지 않습니다' 같은 높임말을 쓰는 이유는 편지를 너무 함부로 쓰고 싶지 않기 때문일세. 소로분[1]은 습관상 그리 느껴지지 않을지도 모르지만 사실 굉장히 정중한 말투라네. 소로분은 납득하고 '입니다'나 '하지 않습니다'라는 말에 서운함을 느끼는 건 잘못된 일일세. 평상시 말투로 편지를 쓰는 건 다른 사람에게 너무 실례가 아닐까 하는 생각이 든 후로 나는 모두에게 그런 어미를 많이 사용한다네. 평소 내 아이에게도 격식을 차려 이렇게 하세요, 저렇게 하세요, 하고 말하지. 대화보다 더 격식을 차려야 하는 편지에 그런 어미를 사용하는 건 적당한 예의라고 생각하네만.

나는 우상이 아니기 때문에 자네들의 비평은 개의치 않네. 그

---

1 候文. 문장 끝에 정중함을 나타내는 조동사 '소로候'를 덧붙이는 옛 문어체의 일종으로, 주로 편지에 사용했다.

런 걸 다 걱정하면 하루도 살기 힘들다네. 디스일루전이나 사람과 사람 사이의 거리 같은 철학은 별개의 문제이고 또 인간 보편의 문제라 편지에 한정해 말할 필요는 없을 테니 그에 관해서는 이야기하지 않겠네. 편지 말투를 놓고 그런 것들을 논하는 건 어리석은 짓일세. 나도 단점이 많은 사람이지만, 자네는 가끔 방금 말한 그런 어리석은 면모를 보이는 남자인 것 같군.

그럼 이만.

긴노스케

쓰다 세이후에게
보낸 편지

우시고메구 와세다미나미정 7번지
1913년 12월 8일

일전에는 실례가 많았습니다. 고 후요의 그림을 보고 저도 한 장 그려보았다가 실패했습니다.

오늘 우에노 미술협회에 있는 히라이즈미 서점에서 열린 고 서화 전시회에 다녀왔는데 그림도 많고 아주 재미있더군요. 〈문 전〉[1]보다 훨씬 재미있었습니다. 꼭 보러 오세요. 분명 도움이 될 겁니다. 개중에는 그림은 흥미롭지만 위조품인 듯한 작품도 제 법 있었습니다. 또 진품일지도 모르나 전혀 흥미롭지 않은 그림 도 많았지요. 심지어 거저 준다 해도 쓰레기통에 갖다 버리고 싶 은 그림까지 있었습니다. 하지만 마음에 드는 그림은 정말 갖고 싶더군요. 구입도 가능하겠지만 도무지 엄두가 나질 않아 물어 보지도 않았습니다. 저는 생애 단 한 장이라도 좋으니 사람들이 보고 감사함을 느낄 만한 그림을 그려보고 싶습니다. 산수든, 동

---

1 〈문부성미술전시회〉의 약칭으로, 현재 일본 최대의 종합미술전인 〈일본미술전시 회〉의 전신이다.

물이든, 화조든 상관없습니다. 그저 숭고하고 감사한 마음이 드는 그림을 그리고 죽고 싶습니다. 〈문전〉에 출품되는 일본화 같은 것들은 그릴 수 있다 해도 그리고 싶지 않아요. 히라이즈미 서점의 전시회 소식을 전한다는 게 이야기가 샜네요. 이만 줄이겠습니다. 총총.

　붓글씨도 좋은 것이 제법 많습니다. 당신의 벽장식에서는 어딘지 모르게 소타쓰[2]풍의 분위기가 납니다. 이따금 그걸 바라보면 기분이 좋아집니다.

긴노스케

2　다와라야 소타쓰俵屋宗達, 1570~1643. 모모야마 시대(1568~1603)부터 에도 시대 초기에 걸쳐 활약한 화가. 대표작 〈풍신뇌신도〉는 일본 국보로 지정되기도 했다.

무샤노코지 사네아쓰[1]에게
보낸 편지

우시고메구 와세다미나미정 7번지
1913년 12월 21일

무샤노코지 사네아쓰 님

실례일지도 모르지만 다시 편지를 드리고 싶어졌으니 읽어주십시오. 처음 당신에게 보낸 엽서는 감사 인사를 드리기 위함이지 보내주시지 않은 책에 대해 말하려던 게 아니었습니다. 그런데 그 책을 언급하셨기에 저도 모르게 무심코 비평 비슷한 글을 끝에 덧붙인 것입니다. 물론 그 엽서의 답장이 오리라고는 생각지 못했습니다. 그런데 엽서를 받아서 읽어보니, 제게 그 책을 주시지 않은 이유가 명확하고 솔직하게 적혀 있더군요. 게다가 당신이 좋아하지 않는, 저와 비교적 친분이 있는 이의 이름까지 있었습니다. 저는 그 엽서가 첫 편지보다 훨씬 기분 좋았습니다. 솔직하게 말하지 않고는 못 배기는 당신의 성격이 유쾌하게 다가왔기 때문입니다. 그 사람들은 과거의 인과관계로 비교적 저와

---

1   武者小路実篤, 1885~1976. 소설가, 시인, 극작가, 화가. 1910년 시가 나오야志賀直哉와 함께 잡지 《시라카바》를 창간, 시라카바파를 대표하는 작가로 활발히 활동했다.

가까운 사이가 되었는데, 본디 인간이란 것이 그러하듯 마음에 들지 않는 점, 싫은 점을 다 가지고 있습니다. 상대가 저를 볼 때도 마찬가지겠지요. 따라서 당신의 편지를 읽으면서도 저는 그저 당신의 솔직함에 동감했을 뿐 그 외에는 아무 느낌도 들지 않았습니다. 다만 당신은 그 사람들이 별 까닭 없이 싫다고 말씀하셨는데, 그들은 당신에게 그런 감정이 없습니다. 이 편지는 용건이 있거나 변명을 위해 쓰는 게 아닙니다. 그저 당신의 두 번째 엽서를 읽고 제가 받은 인상을 당신에게 전하고 싶었습니다. 그뿐입니다. 저는 지금 심신이 쇠약하여 아무에게도 편지를 쓰고 싶지 않은 상태인데, 어째서 딱히 용건이랄 것도 없는 이런 긴 편지를 당신에게 쓴 건지, 그 부분은 저도 자세히 해부해보지 않고서는 잘 모르겠군요. 이건 책을 보내주고 말고 하는 문제와 전혀 관계없는 일이니 그것만은 알아주시길 바랍니다. 이상.

나쓰메 긴노스케

아카기 고헤이[1]에게
보낸 편지

우시고메구 와세다미나미정 7번지
1914년 1월 5일

아카기 고헤이 님

당신이 저에 관해 쓴 평론은 편지가 도착한 섣달그믐날 밤에 읽었습니다. 그간 바빠서 읽지 못했습니다. 논문이 아주 길더군요. 또 아주 정성스러운 글입니다. 누구보다 제게 보여주고 싶었다는 건 그 논문을 쓴 동기 중에 저를 위해서라는 호의가 포함되어 있다는 뜻입니다. 저를 위해 이만큼의 노력과 시간을 들여준 점 감사하게 생각합니다.

최근에 《애서니엄》에 저에 관한 글을 쓴 사람이 있습니다. 저 같은 사람을 애써 영국에 소개해준 브라이언이라는 사람의 호의에 감사해야 마땅하다고 생각합니다. 하지만 그의 글은 너무나도 공허합니다. 제 책을 한 권도 읽지 않고 아무에게나 대충들은 엉터리 이야기를 영문으로 옮긴 것이기 때문에 저는 그 이

---

1 赤木桁平, 1891~1949. 정치가, 문학 평론가. 도쿄대 재학 중 평론을 발표하면서 소세키의 집에 드나들게 되었다. 소세키의 전기를 최초로 집필했다.

상의 감사함을 느끼지 않습니다. 반면 당신은 실제로 제 책을 읽었습니다. 그리고 그걸 당신 머리로 직접 정리한 것이니 그 점에서 마땅히 감사 인사를 드려야겠지요(이쿠타 조코 씨가 쓴 소세키론도 브라이언보다 조금 나은 수준에 지나지 않습니다).

　당신은 저를 굉장히 많이 칭찬해주었습니다. 겉치레가 아니겠지요. 당신 눈에 제가 그렇게 보인다면 저는 훌륭한 사람일지도 모르겠군요. 하지만 당신의 정리 방식(저에 대한 평가와 상관없이)에는 부족한 면이 있습니다. 문장에 비해 내용이 얕은 느낌이 들더군요. 일견 대단해 보이지만 그 알맹이가 견실하지 못한 부분이 보입니다. 저는 칭찬이 부족해서 불만족스러운 게 아닙니다. 당신의 정리 방식, 당신의 글쓰기에 아직 부족한 부분이 있다고 생각합니다. 하지만 당신은 아주 진지하게 쓴 글일 테니 제가 지금 뭐라고 한들 들리지 않을지도 모르겠군요. 저는 제 말이 조만간 당신에게 전해질 시기가 오길 바라고 또 그러리라고 믿습니다. 문학을 전문으로 하는 대가의 논문 중에도 겉은 근사한 반면 알맹이가 전혀 근사하지 않은 글이 잔뜩 있습니다. 당신은 이쪽을 전문으로 할 사람이 아니니 언제 그만둘지는 모르지만, 만일 오래 문단에 머물 생각이라면 제가 하는 말을 꼭 참고해주시길 바랍니다. 그리고 이 대가들이 가는 길의 반대 방향으로 걸어주길 바랍니다. 이게 제가 당신에게 할 수 있는 최고의 말입니다. 감사 인사를 드리는 김에 실례되는 말도 함께 전합니다. 연장자의 의견이라 생각하고 용서 바랍니다.

나쓰메 긴노스케

고이즈미 마가네[1]에게
보낸 편지

우시고메구 와세다미나미정 7번지
1914년 1월 7일

어제 당신에게 《행인》을 한 부 보냈습니다. 《노아노아》의 답례
겸 기념으로 드린 것이니 받아주십시오. 주소를 몰라 라쿠요도
출판사로 보냈는데, 오늘 당신 편지를 받고 그제야 주소를 알았
습니다. 아쉽군요.

　사실 어제 《시라카바》에 실린 당신의 소설을 읽었습니다. 중
반 이후부터는 숨이 막힐 듯한 느낌이었습니다. 정말 슬프더군
요. 그리고 아름다웠습니다. 저는 개개인이 저마다에게 주어진
운명과 삶을 그대로 글로 옮긴 것이 작품이라고 생각합니다. 왜
냐하면 글을 접했을 때 자신에게 주어지지 않은 것을 발견하고
계발하게 되기 때문입니다. 당신의 작품도 제게는 그중 하나였
습니다.

　언짢으실 수도 있지만 솔직하게 한 말씀만 드리겠습니다. 여

1　小泉鉄, 1886~1954. 소설가, 번역가. 《시라카바》의 동인으로 잡지가 폐간될 때까지
　소설, 평론 등을 발표하며 활발히 활동했다.

주인공의 집에 찾아오는 여자 친구의 편지 속 말투가 다 너무 무섭습니다. 좀 더 산뜻할 필요가 있을 것 같군요. 작위적이지는 않지만, 너무 심하게 감정에만 호소하는 느낌입니다. 여주인공 본인이 남긴 일기에도 그런 흔적이 보입니다. 당신 마음을 상하게 할 목적으로 하는 말이 아니니 노여워 마시길 바랍니다.

당신도 근래에 그 소설과 비슷한 슬픈 일을 경험하셨다고 들었습니다. 그런 분께 《행인》 같은 책을 보내는 건 민폐겠지요. 읽지 않으셔도 좋습니다. 그저 받아만 주십시오.

제 건강은 지금으로써는 나쁘지 않습니다. 당신은 열이 좀 있었던 모양인데 부디 몸조심하시길 바랍니다. 얼마 전에 오쓰카를 만났는데 당신 이야기를 하더군요. 이상.

나쓰메 긴노스케

구로야나기 가이슈에게
보낸 편지

우시고메구 와세다미나미정 7번지
1914년 1월 13일

스트린드베리의 책은 한 권도 읽은 적이 없네. 영역된 책이 근래 많이 나오는데, 깜빡 이름을 잊어서 물어본 걸세. 답장 감사하네. 멘델리즘에 관한 설명도 귀찮았을 텐데 고맙구먼. 멘델리즘에 관해서는 아주 오래전에 들은 적이 있는데, 아마 자네에게 들은 게 아닐까 싶군. 하지만 흥미롭다고 느꼈을 뿐 딱히 감동도 없었던 데다 또 너무 장황해서 기억해둬야겠다 싶은 마음도 들지 않았다네. 아마 그래서 까먹은 게 아닐까 싶구먼. 그런데 자네, 멘델리즘은 너무 단순해서 쉽게 인간의 정신 등에 적용할 수 없을 걸세. 멘델리즘이 거기까지 진보한다면 대단한 일 아니겠는가? 심리 실험에서 발견한 사실은 정신계의 극히 일부분에 지나지 않아서 그걸로 전체를 다 설명할 수 없듯이, 나는 멘델리즘과 문예를 당장은 연결 짓기 힘들다고 생각하네. 멘델리즘으로 설명 가능한 문예적 '페노메논'이 있다면 생각났을 때 꼭 내게 알려주게. 그때는 얻을 것이 굉장히 많을 테니. 나는 문예 종

사자인지라 문예 심리를 순수 과학적 시각으로는 바라볼 수가 없다네. 또 본다 한들 익숙하지가 않아서 귀를 기울이지 않게 되지. 나의 작품은 내 심리 현상의 해부도라네. 내게는 그게 가장 강력한 설명일세. 만일 거기에 불완전한 점이 있다면, 그건 심리 현상 그 자체의 복잡함에서 비롯되는 것이지 방법이 나쁘기 때문이라고는 생각지 않네. 혹 멘델리즘이 비상하게 진보하여 당신의 문예 작품은 A와 B와 C 어쩌고 하는 유전이 어찌어찌 되어 탄생한 것이라고 과학자가 설명해준다 해도, 나는 내 머리로 스스로를 해부해서(불완전한 해부라 해도) 그렇지 않다고 단언할지도 모르네. 어찌 생각하는가? 하지만 '새로운 문예란 모두 공론에 불과하며, 결국 다 멘델리즘 유전법에서 나온 것'이라는 자네의 주장과 그 의미가 내게는 전혀 와닿지 않아 논의가 모순되는 것인지도 모르겠군. '새롭다'라는 것은 속어지만, 그 속어 속에 과학적으로 번역 가능한 의미가 담겨 있다네. 그걸 명확히 설파할 수 있을 때 비로소 멘델리즘이 문예에 끼어들 권리를 얻게 되지 않겠는가? 너무 두서없는 말이라 미안하네.

린푸와 함께 한번 들르게나. 이번 주 토요일은 안 되네. 혹 날짜를 정해서 온다면 식사라도 대접하면서 느긋하게 이야기 나누고 싶은데. 어떤가? 이상.

긴노스케

쓰다 세이후에게
보낸 편지

우시고메구 와세다미나미정 7번지
1914년 3월 29일

쓰다 세이후 님

아직 슈젠지에 계십니까? 저는 당신이 없어 영 적적합니다. 재미있는 그림을 많이 그려 와서 꼭 보여주세요. 돈이 있고 몸이 성하다면 저도 그림 도구를 둘러메고 슈젠지로 떠나고 싶군요. 저는 4월 10일경부터 다시 소설을 쓸 생각입니다. 저는 바보로 태어난 탓인지 세상 모든 인간이 다 끔찍하게 느껴집니다. 또 별것 아닌 언짢은 일이 생기면 그 언짢은 마음이 닷새, 엿새 이어집니다. 꼭 장마철 개지 않는 하늘처럼 말이죠. 제가 생각해도 참 고약한 성격입니다.

당신 형님께서 백합을 보내주셨습니다. 서화첩도 보내주셨는데, 주신 건지 뭔가 써달라는 건지 몰라 여쭤보았더니 주신 건 아니지만 그렇다고 전부 써달라는 것도 아니라고 하시더군요. 일단은 그대로 보관해두겠습니다.

좋아하는 사람이 점점 줄어듭니다. 그리고 하늘과 땅, 풀과 나무가 아름다워 보입니다. 특히 요즈음 봄볕은 더할 나위 없이 좋더군요. 저는 그런 것에 의지해서 살아가고 있습니다.

접시와 화분을 샀습니다. 더 다양한 것들을 사고 싶습니다. 예술품도 천지에 버금가는 즐거움을 주는군요.

소세키

마쓰오 간이치[1]에게
보낸 편지

우시고메구 와세다미나미정 7번지
1914년 4월 24일

    마쓰오 간이치 님

그 《마음》이라는 소설 속 선생님은 이미 죽었답니다. 이름은 있지만 당신이 기억해봐야 별 도움도 되지 않는 사람입니다. 당신은 소학교 6학년인데 용케도 그런 글을 읽었군요. 그 글은 어린아이에게 도움이 되는 글이 아니니 읽지 말도록 하세요. 그런데 내 주소를 누구에게 들었나요?

나쓰메 긴노스케

---

1 松尾寛一, 1902~1923. 소세키의 독자.

요모타 요시오¹에게
보낸 편지

우시고메구 와세다미나미정 7번지
1914년 5월 25일

요모타 요시오 님

제게 자신 있는 작품이 뭐냐고 물으시면 참 곤란합니다. 겸손함 같은 게 아닙니다. 그렇게 꼭 읽어주셨으면 하는 작품은 없어요. 예전 작품들은 다 성에 차지 않기 때문에 다른 사람에게 권하고 싶지 않습니다. 당신이 작품 제목을 대면서 이것과 이것 중 어느 쪽을 읽는 게 좋겠냐고 묻는다면 그건 대답해드릴 수 있습니다.

당신은 대체 무슨 일을 하고 계십니까? 생활이 빠듯하다는 건 어떤 일을 하고 계시기 때문인지요? 그리고 학교에 간 적이 없다는 건 도쿄의 학교를 의미하는 것입니까? 당신이 문학자가 될 수 있을지 없을지는 쉽게 말씀드릴 수 없습니다. 하지만 문학자로 먹고사는 건 대부분의 사람에게 힘든 일입니다. 저는 모두에게 충고를 해서 말립니다. 이상.

나쓰메 긴노스케

---

1   四方田美男, ?~?. 소세키의 독자.

기무라 겐조[1]에게
보낸 편지

우시고메구 와세다미나미정 7번지
1914년 6월 2일

기무라 겐조 님

긴 편지 고맙습니다. 병은 좀 어떻습니까? 아플 때는 되도록 의사에게 보여 진찰을 받는 게 좋습니다. 고향에 돌아갔다기에 부모님이 계신 곳인가 했는데, 생가로 간 건 아니로군요. 아무튼 그렇게 요양할 수 있는 곳이 있어 다행입니다. 얼른 나아서 다시 승방 밥을 먹도록 하세요. 고베의 쇼후쿠지라는 절은 어디쯤에 위치한 곳인가요? 그렇게 붐비는 곳보다는 이즈모노쿠니가 수양에는 더 좋을지도 모릅니다. 사진도 잘 받았습니다. 자세가 아주 좋더군요. 그리고 사진으로 보면 상당한 미남이에요. 하지만 그런 자세를 보면 어쩐지 일부러 너무 완벽하게 만들어낸 듯한 느낌이 듭니다. 저는 당신이 지내는 고향의 절 풍경을 상상하며

---

1   鬼村元成, 1895~1961. 임제종 선승. 1914년 《나는 고양이로소이다》를 읽고 큰 감명을 받은 겐조가 《아사히신문》 앞으로 편지를 보내면서 인연이 시작되었고, 소세키 만년의 사상에 영향을 주었다.

어떤 곳일까 생각합니다. 누나는 무즙을 만들어주는 사람이니
그렇게 험담을 하면 안 됩니다. 절은 넓어서 자기 방도 있고 참
좋군요. 그럼 이만 줄이겠습니다. 총총.

나쓰메 긴노스케

요모타 요시오에게
보낸 편지

우시고메구 와세다미나미정 7번지
1914년 6월 2일

요모타 요시오 님

얼마 전 당신의 글(신문에 나온)을 읽었습니다. 물론 잘 알겠지만, 그 글은 신문에 적합합니다. 세련된 글이지만 예술적이진 않아요. 당신이 내게 보내는 편지가 더 훌륭합니다. 하지만 당신처럼 글쓰기를 좋아하는 사람이 신문사에 들어간 건 행복한 일입니다. 열심히 해서 아버지와 형에게 인정받아 다른 일을 하지 않아도 좋다는 허락을 받아내세요. 길을 걸으며 책을 읽거나 글을 쓰다니 대단하군요. 좋아하니 가능한 게지요. 내겐 불가능한 일입니다. 제 작품 중엔 읽을 만한 게 없습니다. 《행인》을 읽은 모양인데 그걸로 충분하니 이제 다른 사람의 작품을 읽으세요. 손 닿는 대로 뭐든 읽으세요. 시간이 허락하는 한. 당신 신문에 이시자카 요헤이라는 이가 글을 썼더군요. 저는 전혀 모르는 사람이지만, 혹 기회가 있다면 만나서 그 사람의 이야기를 들으시길. 이상.

나쓰메 긴노스케

기타지마 에이이치[1]에게
보낸 편지

우시고메구 와세다미나미정 7번지
1914년 7월 7일

　　기타지마 에이이치 님

갑자기 편지가 왔기에 읽었습니다. 제 작품에서 마음에 들지 않는다고 말씀해주신 부분은 저도 잘 알고 있습니다. 하지만 요즘에는 많이 바뀌었다고 생각합니다.

　《그 후》를 읽어주셨다니 감사합니다. 마음에 드는 부분이 조금이라도 있었다면 좋겠군요. 예전 작품을 축쇄縮刷해서 재간하는 건 딱히 예술상의 양심이 허락해서가 아니라, 출판사에서 권유하면 욕심이 조금 생기기 때문입니다. 저는 지금도 소설을 쓰는 중인데, 내 손으로 쓴 글은 꼭 사생아처럼 느껴집니다. 내 눈에는 사랑스럽지만 남들 앞에 내보이고 싶지는 않지요. 만약 돈이 많다면 축쇄 따위를 해서 두 번 수치를 당하는 멍청한 짓은 하지 않을 겁니다.

　요즘도 소설을 쓰는 중이라 오전에는 여유 시간이 없지만 오

1　北島栄一. 소설가 기타지마 슌세키北島春石로 추정된다.

후에는 만날 수 있습니다. 목요일 오후가 면회일이니 그날이면 더 좋습니다.

당신이 솔직히 말씀해주셨으니 저도 노골적인 말을 하자면, 저는 사실 당신의 이름을 들어본 적이 없습니다. 어느 신문에 소설을 쓰고 계십니까? 실례되는 말 같지만, 당신을 모르기 때문에 여쭤보는 것입니다. 야나기가와 군은 제 지인이 맞습니다. 그럼 조만간 뵙지요. 이상.

나쓰메 긴노스케

야마모토 쇼게쓰[1]에게
보낸 편지

우시고메구 와세다미나미정 7번지
1914년 8월 2일

야마모토 쇼게쓰 대형

편지 잘 읽었습니다. 날이 더워 많이 고생스러우시지요. 저처럼 집에만 있는 사람도 힘에 부칩니다.

원고료를 균일하게 4엔으로 책정할 생각이시라니, 그 정도면 아무런 불평불만이 나오지 않으리라고 생각합니다. 그렇게 해 주십시오.

글로 먹고사는 입장에서 생각하면 되도록 다른 사람의 원고를 비싸게 사주고 싶습니다. 하지만 회사의 영업 측면에서 보면 싸게 살 수 있는 글을 굳이 비싸게 살 필요는 없다고도 생각합니다.

실제로 지난해 요미우리에서 신인 작가의 작품을 연재했을 때 준 원고료를 생각하면 좀 너무하다 싶습니다. 그럼에도 그 사람들은 쓰니까요.

---

1 山本笑月, 1873~1937. 신문 기자, 메이지 문화 연구가. 1898년 아사히신문사에 입사해 문예부장과 사회부장을 지냈다.

하지만 아사히는 자격도 다르고, 거기다 영업적인 측면에서도 광고가 되니 재정상 그 정도가 적당하다는 생각이시라면 물론 찬성합니다. 그렇게 해주십시오(누군가에겐 1회 4엔 정도면 속된 말로 감지덕지일지도 모르지요).

선례가 될지도 모르니 그 부분도 생각할 필요가 있겠지만, 나중 일은 나중에 생각하고 원하시는 대로 깎아도(경우에 맞추어) 상관없지 않을까 싶습니다.

제 쪽에서 의뢰한 사람 중에는 기꺼이 쓰겠다는 사람이 더 많습니다. 이건 아사히를 위해 잘된 일이라고 생각합니다. 원고료가 후할 거라고 생각하는 것 같지는 않습니다. 실제로 원고료가 얼마냐고 물어본 사람은 하나도 없었습니다(고토 스에오 군이 스즈키에게 물었다고는 합니다).

참고로 말씀드리자면 지금 《국민일보》의 가타이 씨가 받는 돈이 1회 4엔이라고 들었습니다. 우선은 여기서 줄이지요. 총총.

나쓰메 긴노스케

나카 간스케[1]에게
보낸 편지

우시고메구 와세다미나미정 7번지
1914년 10월 27일

나카 간스케 님

병은 그럭저럭 좋아졌으니 안심하시길. 그저께와 어제 옥고를 읽었는데 재미있었습니다. 그런데 일반 소설치고는 사건이 없어 속물들은 칭찬하지 않을지도 모르겠군요. 저는 아주 좋았습니다. 특히 병을 앓은 뒤로 이른바 소설이라 칭하는 악랄한 것에 식상함을 느끼던 터라 더욱 기분 좋은 느낌이었습니다. 나와 떨어져 있음에도 나와 꼭 맞는 듯한 친근하고 즐거운 느낌이었지요. 나쁜 부분도 있지만, 그건 뭐 흔히 말하는 자그마한 흠입니다. 저는 그런 종류의 작품을 좋아하는 사람이 적은 만큼, 그만큼 그런 작품에 동정심과 존경심을 바치고 싶습니다.

원고는 제가 맡아둘까요, 아니면 일단 돌려드릴까요? 당신이

---

1 中勘助, 1885~1965. 소설가. 1고 및 도쿄대 시절 소세키의 제자. 소세키에게 첫 작품《은수저》에 대한 비평을 청했으며, 이 소설이 소세키의 추천으로《아사히신문》에 발표되면서 문단에서 인정받았다.

편한 대로 해주십시오. 그럼 이만.

나쓰메 긴노스케

요시나가 히데코[1]에게
보낸 편지

우시고메구 와세다미나미정 7번지
1914년 11월 9일

요시나가 히데코 님

일전에는 찾아와주셨는데 집을 비워 실례를 했습니다. 제 글을 즐겨 읽어주신다니 감사합니다. 하지만 작품은 재미있어도 직접 만나보면 의외로 별로일 겁니다. 그래서 옛사람의 책이 좋아지는 것이지요. 만나 뵙는 것은 상관없지만, 저는 만날 가치가 없는 남자이니 꼭 희망하시는 게 아니라면 관두시는 게 좋습니다. 그리고 저를 만나 어쩌실 생각이십니까? 그냥 만나는 것입니까? 저는 물질적으로는 물론이고 정신적으로도 당신에게 득이 될 만한 일은 해드리지 못합니다.

실례지만 당신은 아주 아름답고 읽기 쉬운 글자를 쓰시는군요. 저는 보시는 대로 엉망입니다. 적당히 추측해 읽어주시길. 이상.

나쓰메 긴노스케

1 吉永秀子, 1886~1916. 소세키를 찾아와 자신의 슬픈 과거를 털어놓은 독자. 수필 〈유리문 안에서〉 6~8에 등장한다.

하야시바라 고조에게
보낸 편지

우시고메구 와세다미나미정 7번지
1914년 11월 14일

고조 님

내가 삶보다 죽음을 택하리라는 것을 두 번이나 연달아 말할 생각은 아니었네만, 무심코 순간적인 감정으로 그런 말을 했구먼. 하지만 그건 거짓말도, 농담도 아닐세. 죽은 후에 모두가 내 관 앞에서 만세를 외쳐주기를 진심으로 바란다네. 나는 의식이 생의 전부라고 생각하지만 그 의식이 나의 전부라곤 생각지 않네. 죽은 후에도 나는 존재하고 심지어 죽은 후에야 비로소 본래의 나로 돌아갈 수 있다고 믿지. 현재의 나는 자살을 선호하지 않는다네. 아마 내 명만큼 다 살고 가겠지. 그리고 살아 있는 동안에는 여느 인간처럼 나의 태생적 약점을 발휘할 걸세. 그게 생이라고 믿기 때문이네. 나는 생의 고통을 혐오함과 동시에 억지로 생을 죽음으로 향하게 하는 지독한 고통을 혐오한다네. 그렇기 때문에 자살은 하고 싶지 않아. 내가 죽음을 택하는 것은 비관이 아니라 염세관일세. 비관과 염세의 차이는 자네도 잘 알겠지. 나는 이 점에 관해 다른 사람을 설득할 마음이 없네. 즉, 자네 같은 사람을 내 힘으로 설득해 내 의견에 동의하게끔 만들고 싶지 않다는 말일세. 그러나 자네에게 자네 나름의 생각과 판단력이 있어 그게 나와 같은 귀착점을 가진다면 그건 어쩔 수 없는 일이지. 나는 자네의 편지를 보고 딱히 놀라지도 않았지만 기쁘지도 않았네. 오히려 슬펐지. 자네처럼 젊은 사람이 그런 생각을 한다니 참 딱하더구먼. 하지만 자네가 나처럼 죽음을 인간이 귀착하는 가장 행복한 상태라고 납득하고 있다면 딱하지도 슬프지도 않네. 오히려 기쁜 일이지.

에구치와 싸웠다면 화해를 하면 되지 않나. 화해조차 할 수 없는 심한 싸움이라면 방법이 없지만. 에구치가 화해가 불가능할 정도로 옹졸한 사람이라고는 생각지 않네. 이상.

긴노스케

요시나가 히데코에게
보낸 편지

우시고메구 와세다미나미정 7번지
1914년 12월 27일

요시나가 히데코 님

당신의 이야기를 들었을 때 저는 당신이 아주 딱하게 느껴졌습니다. 그렇지만 제 힘으로는 당신에게 해줄 수 있는 일이 없다고 생각했지요. 방금 편지를 받고 당신이 아직 도쿄에 있다는 사실을 알았습니다. 교사로 살겠다고 결심하신 것도 알았고요. 아주 기쁩니다. 아무쪼록 교사로서 오래오래 살아주시길. 이상.

나쓰메 긴노스케

후지모리 히데오[1]에게
보낸 편지

우시고메구 와세다미나미정 7번지

1915년 1월 25일

후지모리 히데오 님

저는 당신에게 그립다거나 친근하다는 말을 들을 자격이 없는 사람이지만, 당신이 그렇게 생각해준다면 무척 기쁜 일입니다. 만일 저와 친해져 제 단점만 눈에 들어오게 되면 당신은 분명 그 말을 번복하겠지요. 하지만 당신 눈에 비친 제 첫인상을 제 손으로 망가뜨릴 필요도, 그럴 권리도 없으니 아무쪼록 그리 생각해주시길 바랍니다. 편지 속 신체시에 대해 당신이 거짓을 썼다고는 말하지 않겠지만, 그 세련된 감정과 기교가 일치한다면 더욱 좋은 작품이 나오리라고 확신합니다. 당신에게 그날이 오기를 기다리겠습니다. 그때는 당신도 아주 좋은 평가를 받게 되리라고 믿습니다.

당신의 허무가 당신을 온통 지배해 한시도 떠나지 않는 상태

---

1   藤森秀夫, 1894~1962. 독문학자, 시인, 동요 작가. 메이지대학과 가네자와대학 등에서 교수를 지냈다.

라면, 당신은 제 앞에서 그런 태도를 취할 수 있을 리 없습니다. 당신은 저를 너무 심하게 의식해 경직된 상태였습니다. 좀 더 자유롭고 편안해지지 않으면 결코 상대에게 친근하다거나 그립다는 말은 할 수 없어요. 그 정도로 당신은 속박된 상태였습니다. 물론 그건 시의 비평에 마음이 쓰였기 때문인지도 모르겠군요. 오늘은 이만 줄이겠습니다.

나쓰메 긴노스케

구로야나기 가이슈에게
보낸 편지

우시고메구 와세다미나미정 7번지
1915년 2월 15일

가이슈 님

편지 잘 읽었네. 어제 〈유리문 안에서〉를 완성한 뒤에 편지가 도착했다네. 그러니 그 문제는 일단 제쳐두세.

나는 죽지 않는다는 말이 아니네. 누구든 다 죽는다는 말이지. 또 정신주의자나 마테를링크가 말하는 것처럼 개성이나 개인이 사후까지 이어진다는 둥 그런 생각도 하지 않는다네. 다만 나는 죽은 뒤에야 비로소 절대 경지에 든다고 말하고픈 걸세. 그리고 그 절대라는 것은 상대의 세계보다 더 고귀한 느낌이지(일전에 이 고귀하다는 말의 의미에 관해 토론하러 온 사람이 있어 난처했네만).

보수 문제에 관한 자네 의견에도 상당히 일리가 있지만 내 생각은 이러하네. 의사가 아무리 친절하게 치료해주어도 환자가 별로 고마워하지 않는 건 진찰료를 냈기 때문이라네. 무료로 똑같은 친절을 베풀었을 때, 환자가 약값과 진찰료를 냈을 때 이상으로 감사함을 느끼는 건 아주 필연적인 심리지. 그러니 솔직하게 말하자면 물건으로 받고 싶지는 않네. 물건이라면 상대의 호의가 내게 전해지는 것, 다시 말해 내 취향을 잘 이해한 것을 받고 싶은데 상대가 그걸 알 리가 없으니 결국 빈손으로 오는 게 더 나은 셈이 되지. 아니면 전병 한 봉지 정도가 오히려 더 좋다네(그 이유는 귀찮으니 생략하겠네).

한마디만 덧붙이자면, 나는 세간에서 하는 교환이라는 행위를 썩 좋아하지 않는다네. 플러스마이너스 제로가 되고 나면 더는 인정도, 호의도, 감격도 남지 않기 때문일세. 그건 영업에 더 가깝지(해야만 하는 때도 있지만).

우선은 간단히 답장만 보내네. 총총.

나쓰메 긴노스케

도미사와 게이도[1]에게
보낸 편지

우시고메구 와세다미나미정 7번지
1915년 4월 22일

　　　도미사와 게이도 님

편지 고맙습니다. 병이 다 나아서 고베로 돌아가셨다고요. 열심
히 기사구명己事究明하고 계시다니 다행입니다. 제가 당신보다
몇 살이 더 많은지는 모르겠지만, 훗날 훌륭한 선승이 된 당신의
설법을 들을 날까지 살고 싶군요. 그때 만일 제가 죽었다면 부디
제 무덤 앞에서 불경이라도 읊어주시길. 또 가능하다면 제 장례
때 오셔서 인도引導를 해주십시오. 따르는 종파는 없지만, 호의
를 베풀어주시는 훌륭한 스님의 독경이 제게는 가장 감사하게
느껴집니다. 기무라 씨는 바쁜 와중에도 선당 생활에 관해 긴 편
지를 써주십니다. 참 친절하시지요. 하지만 그런 일에 너무 시간
을 낭비하지 않는 게 수양을 위해 좋지 않을까 싶군요. 문외한인
저는 잘 모르지만, 만약 그렇다면 하지 않는 게 좋겠습니다(제
게는 감사한 일이지만). 기무라 씨는 늘 당신을 도미사와 님이라

1　富沢敬道, 1891~1968. 선승. 기무라 겐조와 함께 쇼후쿠지에 기거했다.

고 부르더군요. 아마 당신이 더 선배일 테지요. 대단합니다.

꿩에 관한 구句는 별로 좋지 않았습니다. 이참에 여쭙겠는데, 쇼후쿠지의 주지 스님은 어떤 분입니까? 아마 노승이실 것 같은데, 맞나요? 쇼후쿠지를 창건한 사람은 누구고, 임제종 어느 파에 속하는지요? 혹 큰 절에 속하신 분인가요? 급한 질문은 아닙니다. 그저 생각난 김에 여쭤본 겁니다. 저는 선승과 별로 교류가 없습니다. 하지만 선승이 좋습니다. 그래서 당신과 기무라 씨에게 자주 이런 질문을 하는 것입니다. 요즘에는 펜으로 편지를 쓰는 게 간편하고 시간을 절약할 수 있어 더 좋지요. 하지만 스승님이 안 된다고 하시면 스승님께만 묵으로 써서 드리세요. 옛날에는 붓글씨를 잘 쓰는 선승이 많았는데, 앞으로는 시대가 시대이니만큼 많이 변하겠지요. 글씨를 잘 쓰는 것보다 진리를 터득하는 게 훨씬 훌륭한 일입니다. 다음번에 혹 간사이에 가게 되면 쇼후쿠지에 가서 당신과 기무라 씨를 만나보고 싶군요. 마지막으로, 맹렬히 수행에 정진하시길 기원합니다. 이상.

나쓰메 긴노스케

이소다 다카[1]에게
보낸 편지

우시고메구 와세다미나미정 7번지
1915년 5월 3일

　　이소다 다카 님

다카 씨, 〈유리문 안에서〉를 받지 못해 화가 난 모양인데, 책은
확실히 소포로 보냈습니다. 방금 출판사에 물어보았는데 장부
에도 이소다라는 이름이 적혀 있다더군요. 그때 책을 삼사십 권
주문해 일일이 서명한 것을 출판사를 통해 모두에게 보냈으니
틀림이 없습니다. 만약 제대로 가지 않았다면 그건 천벌이 분명
합니다. 당신은 저를 기타노의 덴진사마에 데려가주겠다고 해
놓고 그날 일언반구 없이 우지에 놀러 가지 않았나요? 그런 무
책임한 행동을 하면 절대 좋은 일은 생기지 않아요. 책이 오지
않는다고 화를 내기 전에 제가 화가 났으리라고 생각하는 게 먼
저입니다. 아무튼 책은 분명히 보냈습니다. 작년에 홋카이도의
지인에게 책을 보냈는데 오지 않았다기에 우체국을 살펴보라고

1　磯田多佳, 1879~1945. 교토의 요릿집 다이토모의 여주인으로, 문학자들과 자주 교
　류했다. 1915년 3월 교토를 찾은 소세키를 접대하면서 인연을 맺게 되었다.

했더니 우편물 더미에 섞여 들어가 있었다더군요. 이번에도 어쩌면 우체국에서 뒹굴고 있을지 모릅니다. 다시 보내는 건 어려운 일이 아니지만, 가지 않을 리가 없는데 받지 못한 걸로 봐선 아마 우체국 어딘가에 숨어 있는 게 아닐까 싶군요. 가서 물어볼 용기가 있나요? 혹 귀찮다면 다시 엽서를 보내주세요. 그럼 바로 보내드릴 테니.

당신 글씨는 읽기가 힘듭니다. 소로분인 데다 쓸데없이 딱딱해서 영 이상합니다. 오키미 씨나 긴 짱의 편지는 언문일치체라 술술 잘 읽힙니다. 다카 씨도 앞으로는 그렇게 편지를 쓰도록 하세요.

감자는 맛있지만 지금은 받고 싶지 않습니다. 그 외에 특별히 급한 용무도 없습니다.

이제 거짓말은 하지 마세요. 또 덴진사마 때 같은 거짓말을 하면 다음번 교토에 갈 때는 만나지 않을 테니. 이상.

나쓰메 긴노스케

이소다 다카에게
보낸 편지

우시고메구 와세다미나미정 7번지
1915년 5월 16일

다카 씨

오늘 소포와 편지가 도착했습니다. 소포 속에 달걀 소면[1]과 도자기 장난감, 여성용 지갑이 들어 있더군요(그건 바로 아내에게 주었습니다). 좋은 지갑이라 아내에게 아까울 정도였습니다. 고맙습니다. 며칠 전에 보내준 찻잔과 다시마도 감사히 잘 받았습니다.

당신에게 거짓말쟁이라고 한 말은 무를 수 없습니다. 당신이 사과해준 건 기쁘지만, 그런 약속을 한 적이 없다니 시치미를 떼고 어물쩍 넘어가려는 것 같아 기분이 좋지 않습니다. 당신은 친절한 분이었습니다. 그리고 이야기를 나누면 아주 즐거웠지요. 저는 그걸 잘 알고 있습니다. 하지만 그 일 이후로 당신도 그저 직업여성에 지나지 않는다는 생각이 마음속에 싹트기 시작

---

1 fios de ovos. 포르투갈에서 전래된 디저트의 일종. 노랗고 가느다란 실타래 모양 때문에 달걀 소면이라 불리기도 한다.

393

했습니다. 짓궂게 굴 생각으로 이런 말을 쓰는 게 아닙니다. 불평도 아닙니다. 다만 모처럼 알게 된 당신, 아름답고 좋은 면이 많은 당신에게 냉담해지기 싫어서 계속 이런 말을 하는 겁니다. 도중에 관계가 끊어지는 게 싫어서 하는 말입니다. 저는 당신과 한 달간 교류하며 당신의 재미있고 친절한 면을 많이 보았습니다. 하지만 윤리상의 인격 면에서 우리는 특별히 서로를 감화시키지 못한 채로 헤어진 것 같군요. 그래서 이런 의문이 자연스레 마음속에 끓어오르기 시작한 것입니다. 간단히 말해, 당신이 시치미를 떼고 있다는 제 말이 사실이 아니라면 저는 나쁜 사람이 됩니다. 만약 그게 사실이라면 반대로 당신이 나쁜 사람이 되겠지요. 거기가 아슬아슬한 지점으로, 그때 서로 터놓고 이야기를 나누어 나쁜 쪽이 잘못을 뉘우치고 선한 쪽으로 마음을 바꾸어 사과하는 것이 인격의 감화라는 겁니다. 그런데 저는 기억이 안 난다는 당신 말을 믿을 수가 없고 역시 시치미를 떼는 거라는 생각밖에 들지 않으니, 당신의 덕이 저를 감화시킬 정도가 아니고 저 또한 당신을 감화시킬 만큼의 힘을 가지지 못한 셈입니다. 친애하는 사람과 이런 중대한 면에서 교류하지 못했다는 사실이 무척 안타깝습니다. 이건 다이토모의 여주인 다카 씨에게 하는 말이 아닙니다. 평범한 사람 다카 씨에게 평범한 벗으로서 하는 말입니다. 요릿집 여주인 눈에 세상 물정 모르는 촌뜨기처럼 보인다면 그뿐이지만, 모처럼 친해진 당신과 그런 경박한 관계를 맺고 싶지 않기 때문에 주절주절 이런 말을 늘어놓는 겁니다. 저는 당신의 선생도 아니고 교육자도 아니니 냉담하게 적당히 인사나 하고 지내면 수고를 덜 수 있어 편하겠지만, 왠지 당신에게는 그러고 싶지 않습니다. 당신의 인품 밑바닥에 선량하고 좋은 것들이 숨어 있다고 확신하기 때문입니다. 그래서 계속 이런 촌스러운 말을 하는 것이니 기분 나쁘게 받아들이지 말아주십시오. 또 진지하게 들어주십시오.

도쿄도 따뜻해졌습니다. 저는 그림 전시회를 보러 가거나 러시아 음악회를 들으러 다니면서 빈둥빈둥 지냅니다. 오늘은 야구를 보러 와세다에 다녀왔습니다. 구경꾼들의 그 소란스러운 응원이라니. 다이토모의 6조 방에 누워 있을 때보다 백배는 더 활기 넘치더군요. 지금 막 집에 돌아와 욕조에서 흙먼지를 씻어낸 참입니다. 이렇게 지내고 있지만 마음은 무척 바쁩니다. 그리고 앞으로 점점 더 바빠질 것 같군요.

시라카와의 개구리 울음소리는 참 듣기 좋지요. 저는 어제 아침에 의자를 들고 나가 볕을 쬐면서 책을 읽었습니다. 제게는 이 정도 온도가 딱 적당한 듯합니다.

책은 품절되어 이제 남은 게 없으니 소매점에 주문해서 보내드리도록 하지요. 교토 우체국에 없다면 이쪽에서 찾아봐야 아무 소용 없습니다. 등기 소포가 아니니 찾아봐야 나올 리도 없지요. 이런 일은 아주 드물어요. 얼마 전에 시바카와 씨가 왔더군요. 그럼 이만 줄이겠습니다. 이상.

병은 다 나았나요? 몸조리 잘하시길.

나쓰메 긴노스케

무샤노코지 사네아쓰에게
보낸 편지

우시고메구 와세다미나미정 7번지
1915년 6월 15일

무샤노코지 사네아쓰 님

편지 잘 받아보았습니다. 저도 그 글[1]을 읽었지만 전혀 신경 쓰이지 않았습니다. 제 일이 아니기 때문이기도 하지만, 그런 곳에 실리는 글 태반이 엉터리라는 게 가장 큰 이유입니다. 하지만 잘못된 정보는 누구에게든 기분 좋은 일이 아닙니다. 특히 당신처럼 정직한 사람에게는 더욱 그렇겠지요. 그걸 예민하다고 비웃는 건 그 뒷면에 존재하는 올곧은 기질을 이해하지 못하는 약은 놈들이나 하는 짓입니다. 저는 당신 마음을 이해합니다.

하지만 제게는 그 기사를 삭제할 수 있는 권력이 없습니다. 그 걸 쓴 사람과 편집자는 설령 그 글이 잘못되었음을 알게 되더라도 굳이 삭제하기에는 너무 사소한 일이라며 다른 바쁜 업무에 신경을 쓰겠지요. 지금 제가 당신을 위해 할 수 있는 일은 당신

---

1 《도쿄아사히신문》에 게재된 공연 안내 기사로, 무샤노코지의 희곡 〈나도 모른다〉가 영국 희곡 〈살로메〉를 동양식으로 각색한 작품이라는 내용이었다.

의 편지를 회사에 보내 취지를 이해시킨 뒤 나머지 처리는 그쪽 뜻에 맡기는 것뿐입니다. 당신을 위해 그 정도 절차는 밟아드릴 수 있습니다. 당신의 편지를 사회과 부장 야마모토 마쓰노스케 군에게 보내 잘 부탁한다고 얘기해두겠습니다.

저도 당신과 비슷한 성격이라 이런 일로 자주 고민하고 낙심도 했습니다. 하지만 이런 일은 끝도 없이 일어나기 때문에 최근에는 되도록 이를 초월하려 노력 중입니다. 저는 사람들에게 많은 험담과 비방을 들어왔습니다. 그래도 계속 입을 다물고 있었지요. 《고양이》를 썼을 때 혹자들은 그게 번안이라거나 혹은 여기저기서 훔친 것을 나열한 글이라고 말하더군요. 그런 주장을 발표한 사람까지 있었지요.[2]

무샤노코지 씨. 마음에 들지 않는 일, 거슬리는 일, 부아가 치미는 일은 먼지처럼 많습니다. 인간의 힘으로는 다 청소할 수 없어요. 맞서 싸우기보다 용서하는 게 인간으로서 더 훌륭한 행동이라면, 되도록 그쪽으로 수양을 쌓도록 서로 노력했으면 합니다. 어떠십니까?

저는 나이에 비해 마음은 젊은 편이지만, 최근 들어 겨우 그런 방향으로 발길을 돌렸습니다. 시대는 저보다 앞서 있습니다. 당신이 저보다 훨씬 더 빨리 그 방향으로 눈을 돌리게 되리라고 믿습니다. 이상.

---

2 후지시로 데이스케가 1906년 5월 《신소설》에 발표한 글 〈고양이 문사 기염록〉을 가리킨다. 후지시로는 이 글에서 《나는 고양이로소이다》가 에른스트 호프만Ernst Hoffmann의 《수고양이 무어의 인생관》을 모방한 작품이라고 주장했고, 소세키는 최종회에서 이를 부정했다.

《문학평론》을 읽어주셔서 감사합니다. 《한눈팔기》도 읽어 주신다니 감사드립니다.

나쓰메 긴노스케

이다 요시코[1]에게 보낸 편지

우시고메구 와세다미나미정 7번지
1915년 7월 2일

이다 요시코 님

오늘은 7월 2일입니다. 저는 방금 탕에 들어갔다가 욕실에서 대자로 뻗어 잤습니다. 서재에 돌아왔더니 딸아이가 계속 피아노를 칩니다. 오늘 도착한 편지를 읽고 답장을 씁니다. 당신 편지에는 6월 6일이라고 적혀 있는데, 제가 편지를 보낸 날이 전혀 기억나지 않아 도쿄에서 당신이 있는 곳까지 우편이 가는 데 시간이 얼마나 걸리는지 전혀 모르겠군요. 아무튼 오래 걸리겠지요. 이래서야 미국으로 보내는 게 훨씬 더 수월하겠어요. 오늘은 7월 2일입니다. 수국 핀 뒤뜰에서 아이가 자전거를 타며 놀고 있습니다. 홀딱 벗고서요. 도쿄도 제법 덥습니다. 그런데도 연극이나 요세 공연을 합니다. 게다가 다들 거기 땀을 흘리러 가지요. 저는 바로 이삼일 전에도 제국극장에 다녀왔습니다. 거기서

1 井田芳子, 1886~1960. 소설가 겸 국학자. 소세키의 문하생으로, 오오쿠라 데루코大倉燁子라는 필명으로 활동하며 일본 최초의 여성 탐정 소설 작가로 각광받았다.

무샤노코지 씨를 만났습니다. 그도 그럴 것이 제국극장에서 사흘간 하는 공연의 각본을 무샤노코지(동생) 씨가 썼거든요. 무샤노코지(형) 씨는 당신도 아시지요? 피부가 살짝 검은 미남입니다. 《런던타임즈》에서 오려낸 기사를 저에게 건네면서 "나쓰메 씨, 여기 시바타 다마키 씨의 〈나비 부인〉에 대한 평이 있어요. 친구가 보내준 건데 읽어보세요"라고 하더군요. 그런데 저는 이제 어두운 곳에서는 작은 글씨를 읽을 수가 없습니다(벌써 그런 나이가 되고 말았네요). 그걸 받아 들고 집으로 돌아왔습니다. 당신이 무샤노코지의 형을 알 거라고 생각해 이런 이야기를 써보았습니다. 저는 요즘 매일 아침 소설을 씁니다. 아마 9월까지는 써야겠지요. 그래도 죽지 않고 붓을 쥐고 있으니 기뻐해주시길. 요전 날 오랜만에 가즈코 씨가 왔습니다. 가즈코 씨는 그림을 좋아한다더군요. 제 형편없는(판자에 그린) 유화를 한 점 주었습니다. 제가 그린 첫 유화입니다. 첫 유화라고 하면 그 후로도 많이 그린 것 같겠지만, 공부를 소홀히 한 탓에 한 점도 그리지 못했습니다. 당신도 그림을 달라고 했지요. 가즈코 씨에게는 붓글씨를 부탁받았습니다. 제 글씨와 그림을 원하는 사람을 보면 기쁘면서도 쑥스럽고 또 귀찮은, 좀 이상한 기분이 듭니다. 대부분은 거절합니다. 꼭 드려야 하거나 좋아하는 분의 부탁은 수락하는데, 그걸 하려면 제법 품이 듭니다. 당신도 뭔가 달라고 하니 그려드리려고 하는데, 언제쯤 책임을 완수할 수 있을지는 저도 잘 모르겠군요. 서재 툇마루에 곳곳에서 보내온 단자쿠와 종이, 비단이 산처럼 쌓여가지만 어쩔 수 없이 그냥 방치해둡니다. 거만을 떠는 게 아닙니다. 사람들 요청에 도저히 다 응할 수가 없기 때문입니다. 적은 많은데 누구 하나 내 편은 없는 상황이지요. 가즈코 씨는 훌륭한 아내가 되었습니다. 허물없이 뭐든 이야기하더군요. 역시 결혼한 사람이 아가씨보다 이야기 나누기가 편합니다.

샴고양이는 꼭 주십시오. 기다리겠습니다. 잊으면 안 됩니다. 이상.

사카모토는 낚시를 한다고 합니다. 물론 태공망太公望이라 아무것도 잡지 못하겠지만요.

나쓰메 긴노스케

도쿠다 슈세이[1]에게
보낸 편지

우시고메구 와세다미나미정 7번지
1915년 8월 9일

도쿠다 슈세이 님

오카 군을 통해 제 다음 순서로 《아사히신문》에 소설을 집필해 주십사 부탁드렸는데, 흔쾌히 수락해주셔서 감사합니다. 그 건과 관련해, 며칠 전 오카 군이 찾아와 당신이 창기娼妓의 일대기를 쓰고 싶은데 어떻게 생각하는지 의견을 구했다고 하더군요. 개인적으로는 이견이 없지만 회사 사정도 있고 하니 한번 물어보겠다고 했는데, 오카 군이 당신에게 재차 물어보고 답을 주겠다고 하고는 그 후로 연락이 없습니다. 아마 오사카로 돌아갔겠지요.

어제 전화로 회사와 상의해보았는데, 아시다시피 사측은 온건주의라 여인의 일대기 같은 작품은 썩 환영하지 않는 눈치입니다. 하지만 창기나 게이샤 또한 인간이니 인간으로서 의미가

---

1 德田秋聲, 1871~1943. 소설가. 일본 자연주의 문학을 대표하는 작가 중 하나로, 소세키의 추천으로 《아사히신문》에 소설을 연재했다.

있는 서술을 한다면 화족이나 상류층을 소재로 쓴 하등한 글보다 훨씬 나으리라고 생각합니다. 그렇게 말했더니 회사에서도 그 뜻을 받아들였습니다. 당신이 회사의 방침을 따르고, 또 회사가 세간의 신용을 기반으로 하는 영업 기관임을 염두에 두고 집필해주신다면 괜찮을 듯하다고 결론을 내렸지요.

이 일을 알릴 겸 주의 말씀을 드리기 위해 이 편지를 씁니다. 저는 타인의 의지를 속박하여 특정 예술 작품을 써달라고 요구하는 그런 어리석은 짓은 하고 싶지 않지만, 만일 본인의 취향을 굽히면서까지 여인의 일대기를 쓰기는 힘들 것 같다고 하시면 〈곰팡이〉의 속편이든 뭐든 좋으니 다른 작품을 써주시길 바랍니다. 혹 회사가 말하는 노골적 묘사 없이도 창기의 일대기를 자유롭게 쓰실 수 있다면 물론 그걸로 좋습니다.

저는 그렇게 유능한 여성의 생애에 관해서는 잘 모릅니다. 또 쓰려고 해도 쓸 수 없지요. 그런 작품은 인간을 이해하는 측면에서 저에게도 참고가 되니 기꺼이 읽어보고 싶지만, 위와 같은 사정이 있으니 아무쪼록 그 부분은 염두에 두고 집필해주시기를 미리 부탁드립니다.

빨리 말씀드리는 편이 좋을 것 같아 실례지만 편지로 전합니다. 양해 부탁드립니다. 그럼.

나쓰메 긴노스케

이다 요시코에게
보낸 편지

우시고메구 와세다미나미정 7번지
1916년 1월 13일

이다 요시코 님

편지가 1월 10일경 도착했습니다. 늘 격조한 것을 미안하게 생각하면서도 귀찮음을 이기지 못해 연락을 미루고 마는데, 당신은 이따금 싫증도 내지 않고 연락을 주시는군요. 참 감탄스럽습니다. 한가해서 심심풀이로 쓰는 편지라고 생각하면 감사한 마음도 줄어들지만, 그럼에도 저보다는 훨씬 인정이 깊은 셈이니 역시 제 입장에서는 감탄스럽습니다.

그 후로 가즈코 씨를 두세 번 만났습니다. 붓글씨를 써달라고 해서 써주었습니다. 형편없는 붓글씨를 쓰게 시켜서 감사 인사를 하고 가져가는 사람의 마음을 저는 잘 모르겠군요. 당신과 가즈코 씨 둘 다 결혼한 후의 모습이 더 보기 좋습니다. 남자 앞에서 수줍음이 없어지기 때문이겠지요. 당신이야 결혼 전에도 넉살이 좋았지만, 그럼에도 아가씨 때보다는 아내가 된 후에 더 이야기하기 편한 느낌입니다.

당신이 계신 곳은 더운 모양인데, 여기는 아시다시피 지독하게 추워서 늙은이는 참 난감합니다. 마음은 늘 젊지만 벌써 쉰이 되었습니다. 백발이 성성한 할아버지예요. 당신이 볼 때는 아버지 같은 느낌이겠지요. 싫어라.

오늘은 날씨가 좋습니다. 툇마루에서 볕을 쬐며 이 편지를 씁니다.

태국의 새해는 이상한 느낌이겠지요? 얇은 옷을 입고 떡국을 먹는다니 묘하군요.

태국 이야기가 나와서 말인데, 오사다 슈토 씨가 돌아가셨더군요. 당신 남편과 니시 씨 일행이 슈토 씨와 함께 찍은 사진이 《태양》인가 어딘가에 실렸던데, 아마 슈토 씨가 태국에 놀러 갔던 것이겠지요. 그러니 당신도 분명 알고 있으리라 생각합니다. 인간의 수명은 도통 알 수가 없습니다. 다음번에 당신이 일본에 돌아올 때는 저 역시 죽고 없을지도 모릅니다. 불안하군요. 말은 이렇게 하지만 마음속으로는 질기게 오래오래 살 생각이라 사실 그렇게 불안하지는 않습니다.

어제는 러시아 황제의 숙부뻘 되는 지체 높으신 손님이 도쿄역에 도착해서 왕이 마중을 나갔습니다. 이름이 긴 그 손님은 오늘 오전에는 후시미노미야, 밤에는 간인노미야에 가서 식사 대접을 받는다고 하는군요. 신문에 그 메뉴가 실렸던데 그렇게 계속 먹기만 하면 오히려 더 힘들 것 같습니다. 오지랖이긴 하지만 좀 딱하다는 생각이 듭니다.

내일부터 국기관에서 스모가 시작됩니다. 저는 친구 표로 열흘간 오사카의 하루바쇼 스모를 보기로 했습니다. 다들 이상하다는 듯이 스모가 그렇게 좋으냐고 물어봅니다. 스모뿐만이 아닙니다. 저는 웬만한 모든 것을 다 좋아합니다.

나쓰메 긴노스케

아쿠타가와 류노스케[1]에게
보낸 편지

우시고메구 와세다미나미정 7번지
1916년 2월 19일

아쿠타가와 류노스케 님

《신사조》에 실린 당신의 글과 구메 군[2]의 글, 나루세 군의 글을 읽었습니다. 당신 글은 아주 재미있더군요. 차분하고 장난스럽지 않은 데다 점잖게 배어 나오는 자연스러운 유머에서 품위 있는 취향이 느껴집니다. 그리고 소재의 신선함이 눈에 띕니다. 문장이 요령 좋게 잘 정돈되어 있어요. 감탄했습니다. 그런 작품을 앞으로 이삼십 개만 써보시길. 문단에 둘도 없는 작가가 될 수 있을 겁니다. 〈코〉 하나만으로 많은 사람들 눈에 띄기는 힘듭니다. 띈다 해도 다들 묵과하겠지요. 개의치 말고 거침없이 나아가십시오. 군중은 염두에 두지 않는 게 건강에 이롭습니다.

---

1 芥川龍之介, 1892~1927. 소설가. 다이쇼 시대를 대표하는 소설가로, 예술 지상주의를 표방했다. 지인의 소개로 목요회에 참석하게 되면서 인연이 시작되었으며, 소세키가 만년에 가장 아낀 문하생이다. 이 편지에서 소세키가 〈코〉를 격찬한 일을 계기로 문단에 화려하게 진출했다.
2 구메 마사오久米正雄, 1891~1952. 소설가. 도쿄대 영문학과를 졸업했다.《신사조》의 동인으로 활동했다.

구메 군의 글도 재미있었습니다. 특히 실화라는 말을 들으니 더 흥미롭더군요. 하지만 문장 및 기타 여러 면에서 당신이 월등히 앞서 있습니다. 실례지만 나루세 군의 글은 세 사람 중 가장 떨어집니다. 본인도 권말에 시인한 사실이니, 사족이지만 느낀 그대로를 덧붙여둡니다. 이상.

나쓰메 긴노스케

오이시 다이조¹에게
보낸 편지

우시고메구 와세다미나미정 7번지
1916년 7월 19일

당신의 두 번째 편지를 읽고 당신에게 흥미가 생겼습니다. 첫 번째 편지를 받았을 때 저는 (솔직히 말하면) 당신이 성가신 말을 하는 사람이라고 생각했습니다. 대꾸하지 말고 그냥 무시할까도 했지요. 두 번째 편지를 읽고 나서는 당신이 의심스러워하는 부분이 무엇인지 정확히 알게 되었습니다. 그래서 다시 답장을 드립니다.

당신은 오노부²라는 여자의 기교技巧 뒷면에 무언가 결함이 있으리라고 생각했을 겁니다. 그런데 그 오노부가 주인공의 위치에서 자유롭게 자기 심리를 설명할 수 있게 된 후로도 당신이 기대한 것은 나오지 않았습니다. 그래서 당신은 제게 "무얼 위해 주인공을 바꿨는가"라고 따지고 싶어진 것 아닙니까?

당신 예상처럼 여주인공에게 좀 더 대단한 속내나 엄청난 결

---

1 大石泰藏, ?~?. 소세키의 독자. 후에 《오사카마이니치신문》에 입사해 기자가 된다.
2 소세키의 유작 소설 《명암》의 주인공.

함을 만들어서 소설로 쓰는 방법은 저도 잘 압니다. 하지만 부러 그걸 피했습니다. 그렇게 하면 소위 말하는 '소설'이 되고 말아 제게는 (진부해서) 재미가 없었기 때문입니다. 저는 당신이 예로 든 톨스토이처럼 그걸 훌륭하게 완수해낼 수는 없을지도 모르지만, 제 나름(톨스토이풍이라도 상관없다는 전제하에) 시도 정도는 해볼 수 있으리라고 자부합니다.

아직 결말이 나지 않아 상세한 이야기는 드릴 수 없지만, 저는 《명암》(지금까지 보신 범위 안에서)에서, 남들 눈에 미심쩍어 보이는 여자라 해서 그 뒷면에 반드시 의심스럽고 과장된 소설적 결함이 존재하는 건 아니라는 사실을 증명했다고 생각합니다. 그렇다면 처음부터 넌지시 독자에게 암시를 주는 여주인공의 태도는 어떻게 설명하겠냐고 물으시겠지요. 그건 오히려 제가 당신에게 묻고 싶습니다. 당신은 이 여자(특히 그녀의 기교)를 어떻게 해석하겠습니까? 천성인지, 수양의 결과인지, 또 그 목적은 무엇인지, 사람을 죽이기 위함인지 살리기 위함인지, 아니면 기교 그 자체에 흥미가 있어 결과는 안중에 없는 것인지. 저는 그 모든 문제를 독자 스스로 해석할 수 있도록 차례차례 서사적으로 설명했다고 자부합니다.

그런 여자의 뒷면에는 반드시 놀랄 만한 속셈이 숨어 있으리라는 것이 당신의 예상이고, 그런 여자의 뒷면에 반드시 그런 속셈이 숨어 있는 것은 아니다, 더 섬세하고 다양한 이유로 같은 결과가 나올 수 있다, 하는 것이 제 주장입니다.

당신 생각이 진실이 아니라고는 하지 않겠습니다. 하지만 그 진실은 이제껏 많은 소설가가 써왔습니다. 쓰는 것은 괜찮습니다. 또 진부해도 상관없어요. 그러나 만일 독자가 진실은 오직 하나뿐이라고 지레짐작하게 되면, 소설은 사람들에게 터무니없는 오해를 불어넣게 됩니다. 지금껏 소설가들이 사용해온 관용적 수단을 세상 유일한 진실로 받아들인 당신의 예상을, 저는 결코 불합리하다고 말하지 않겠습니다. 그러나 《명암》의 전개가 당신의 예상을 빗나갔을 때, '지금껏 생각해보지 못한 곳에도 진실은 존재했구나, 나는 소세키라는 사람을 통해 처음으로 새로운 진실을 접할 수 있었다'라는 말을 당신에게 듣지 못하는 것을 유감스럽게 생각합니다. 당신이 그리 생각할 수밖에 없는 건 실력 부족, 안목 부족 등 저의 여러 결점에서 비롯된 것이니 독자인 당신의 생각을 바꾸기는 힘들지도 모릅니다. 아무튼 제 생각은 이러하다는 것을 기억해주셨으면 하는 마음에 말씀드립니다.

마지막으로, 친절한 독자 중 한 분인 당신이 어떤 종류의 계급에 속한 분인지 알고 싶습니다.

나쓰메 긴노스케

와쓰지 데쓰로에게
보낸 편지

우시고메구 와세다미나미정 7번지
1916년 8월 5일

와쓰지 데쓰로 님

올여름은 아주 시원해서 매일 소설을 쓰는 게 괴롭지 않을 정도입니다. 저는 정원 파초 옆에 접의자를 두고 그 위에서 자는데 아주 기분이 좋아요. 몸 상태가 좋아서인지 소설을 쓰는 것도 고되지 않습니다. 오히려 유쾌하기까지 합니다. 예술적인 노동을 하면서 긴긴 여름날을 보내는 건 아주 기분 좋은 일입니다. 그리고 그 기분은 신체의 쾌락으로 변하지요. 모든 쾌락은 결국 다 생리적인 것으로 환원된다고 생각합니다. 찬성할 수 없나요?

소설을 쓴 뒤에는 당분간 방치해두는 게 좋습니다. 남에게 비평을 받는 것보다는 우선 방치해두었다가 후에 다시 보는 편이 훨씬 이점이 많습니다(저처럼 업으로 글을 쓰는 사람은 제외하고).

목요일에는 오후부터 밤까지 늘 집에 있습니다. 요즘은《신사조》¹ 동인들이 옵니다. 잠시 들르십시오. 이상.

나쓰메 긴노스케

---

1 아쿠타가와 류노스케, 구메 마사오, 기쿠치 간菊池寬 등이 1914년 간행한 문예 동인지.

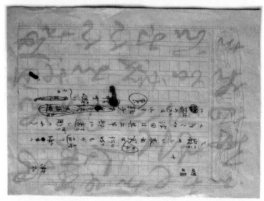
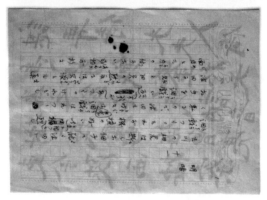

《명암》 자필 원고. 소세키는 파기 원고 뒷면에 한시를 쓰고는 했다.

구메 마사오·아쿠타가와 류노스케에게
보낸 편지

우시고메구 와세다미나미정 7번지
1916년 8월 21일

구메 마사오 님, 아쿠타가와 류노스케 님
두 사람의 엽서를 받고 분발해서 이 편지를 씁니다. 나는 요즘
도 오전 중에는 《명암》을 씁니다. 고통, 쾌락, 기계적 감정, 이
세 가지가 뒤섞인 기분입니다. 생각보다 날이 시원해 무엇보
다 위로가 됩니다. 하지만 그런 글을 백 회 가까이 쓰다 보면 아
주 세속적인 기분에 빠지기 때문에, 사나흘 전부터는 오후 일과
로 한시를 씁니다. 하루에 하나 정도인데, 칠언 율시입니다. 쓰
기가 쉽지 않아요. 쓰기 싫어지면 바로 붓을 놓기 때문에 몇 수
나 지을 수 있을지 모르겠군요. 두 사람 편지에 석인石印 운운하
는 내용이 있기에 하나 짓고 싶어져서 칠언절구로 만들어보았
는데, 그걸 공개하도록 하지요. 구메 군은 전혀 흥미가 없을지도
모르지만 아쿠타가와 군은 시를 짓는다고 하니 여기다 쓰겠습
니다.

선의 경지 이르고자 벽산 향하지 않아도 尋仙未向碧山行.

인간 세상 살면서도 탈속의 마음 충만하니 住在人間足道情.

명암쌍쌍 3만 자 明暗双双三万字.[1]

석인 어루만지는 새 어느덧 완성에 이르네 撫摩石印自由成.

(구두점을 찍은 이유는 자구만으로는 맛이 나질 않아서입니다. 명암쌍쌍은 선가에서 사용하는 숙어이고, 3만 자는 대충 넣은 겁니다. 원고지로 계산하면 신문 1회분이 1천8백 자 정도 되지요. 그러니 백 회라고 치면 18만 자가 됩니다. 명암쌍쌍 18만 자라고 하면 글자 수가 많아 평측[2]이 맞지 않기 때문에 하는 수 없이 3만 자라고 적었습니다. 마지막에 '어느덧 완성에 이르네'라는 부분은 조금 자화자찬 같지만 이것도 자연스러운 흐름을 위해 부득이하게 쓴 것이라 생각해주시길.)

이치노미야에 시다라는 박사가 있습니다. 산을 싸게 매입해 살고 있지요. 경치가 좋은 곳이기는 하지만 이왕 은둔할 거라면 그 정도로는 부족합니다. 더 절경이 아니고서야 시골에 틀어박히는 보람이 없지요.

공부는 하나요? 글은 쓰고 있습니까? 두 사람은 새 시대의 작가가 될 생각이겠지요. 나도 같은 생각으로 두 사람의 앞날을 내다보고 있습니다. 부디 훌륭한 사람이 되어주십시오. 그러나 너무 초조해하면 안 됩니다. 그저 소처럼 넉살 좋게 나아가는 자세가 중요합니다. 문단에 좀 더 기분 좋고 유쾌한 공기가 유입되었

---

1 《명암》의 원고를 뜻한다.
2 음운의 높낮이.

으면 합니다. 또 무턱대고 가타카나 앞에 넙죽 엎드리는 버릇[3]을 고쳐주고 싶습니다. 이건 두 사람도 동감하겠지요.

오늘부터 매미가 울기 시작했습니다. 곧 가을이 오려나 봅니다.

저는 이 긴 편지를 까닭 없이 씁니다. 한없이 이어져 저물 줄 모르는 긴긴 하루의 증거로서 씁니다. 그런 기분에 잠긴 저를 두 사람에게 소개하기 위해 씁니다. 또한 그 기분을 스스로 음미해보기 위해 씁니다. 해는 깁니다. 사위는 매미 소리에 파묻혔습니다. 이상.

나쓰메 긴노스케

---

3 1914년 강연 〈나의 개인주의〉에서 문명개화 이후 서양의 것을 맹종하는 일본인의
   태도를 비판하기 위해 사용한 표현이다. 가타카나는 일본 문자의 하나로, 뜻을 강조
   하거나 외래어를 표기할 때 주로 사용한다.

구메 마사오·아쿠타가와 류노스케에게
보낸 편지

우시고메구 와세다미나미정 7번지
1916년 8월 24일

아쿠타가와 류노스케 님, 구메 마사오 님

편지를 한 통 더 보냅니다. 두 사람의 편지가 너무나도 발랄하여 무정한 나도 한 번 더 두 사람에게 무언가 말하고 싶어졌습니다. 두 사람의 생기발랄한 청춘의 기운이 늙은이인 나를 젊게 만든 겁니다.

오늘은 목요일입니다. 하지만 오후(지금은 3시 반)에는 아무도 오지 않습니다. 다키타 조인 군은 목요일을 안식일이라고 부르면서 매번 그 긴타로[1] 같은 얼굴을 내 서재에 들이미는데, 그 선생도 오늘은 결석하겠다며 굳이 먼저 양해를 구하더군요. 그래서 여느 때처럼 매미 울음소리 속에서 부탁받은 원고를 읽고 편지를 씁니다. 어제 쓴 시도 손보았지요. 광인을 종류별로 분류한 〈정신병원 안에서〉라는 원고도 읽었습니다. 참 별난 글이 다 있더군요.

---

1 일본의 설화 속 무사의 어릴 적 이름. 얼굴이 붉고 포동포동 살찐 모습으로 묘사된다.

아쿠타가와 군의 하이쿠는 평범하지 않습니다. 구메 군처럼 입체 하이쿠[2]를 쓰는 사람이 보면 어떨지 모르겠지만, 우리 같은 18세기파들은 그걸로 충분하다고 생각합니다. 대신 그림은 구메 군이 더 잘 그리더군요. 구메 군의 그림 실력에는 놀랐습니다. 세 장 중 하나(태양 그림자?)는 아주 훌륭하더군요. 과연 미야케 쓰네카타 씨의 그림을 헐뜯을 만도 합니다. 헐뜯어도 좋으니, 언젠가 내게 한 장 그려주지 않겠습니까? (진심으로 하는 말입니다.) 두 사람은 동양화(특히 중국화)에 흥미가 없는 듯한데 그건 좀 이상하군요. 그쪽으로도 관심을 가지고 살펴보는 건 어떻습니까? 썩 나쁘지 않은 것들이 간혹 있습니다. 내가 보증하지요.

얼마 전 어느 수상한 고물상에서 후쿠다 한코(가잔의 제자)라는 사람의 아주 훌륭한 세 폭 한 쌍 족자를 발견하고 주인 영감에게 가격을 물었더니 5백 엔이라고 해서 무척 화가 났습니다. 그 그림에 5백 엔의 가치가 없다는 말이 아닙니다. 주인 영감이 내가 감당할 수 없는 가격을 불러 그 그림을 충실히 감상할 능력을 가진 나를 단번에 내쳤기 때문입니다. 하는 수 없이 너무 비싸군요, 하고 가게를 나서면서 속으로 그렇다면 내게도 생각이 있지, 하고 되뇌었습니다. 그 생각을 살짝 밝혀보겠습니다. 비웃으면 안 됩니다. 내가 좋아하는 그림을 내게 팔지 않는다면 어쩔 수 없다, 내 손으로 그 그림에 버금가는 그림을 그려서 걸어두겠다, 하는 것입니다. 그게 실현되는 날에는 그깟 달

---

2 교시의 제자 하세가와 레이요시長谷川零余子가 제창한 개념으로, 자연물의 핵심을 포착해 순간적 인상을 묘사하는 하이쿠를 의미한다.

마 그림 따위 한낱 먼지에 지나지 않아요. 아쿠타가와 군의 〈라브르〉[3] 따위와는 비교도 안 될 테니 마음의 준비를 하는 게 좋을 겁니다.

두 사람의 독서량에는 감탄했습니다. 심지어 그걸 경멸하기 위해 읽는다니 대단하군요(놀리려는 게 아닙니다. 칭찬입니다). 러일 전쟁에서 군인이 러시아와 싸워 이긴 이상, 우리 문인도 계속 공로병에 바들바들 떨며 새파랗게 질려 있어서는 안 됩니다. 나는 이런 생각을 오래전부터 여기저기 말하고 다녔는데, 두 사람을 괴롭히는 건 이번 한 번뿐이니 참고 들어두시길.

읽고 재미있는 책이 있다면 알려주고 다음번에 내게도 빌려주시지요. 나는 요즘 상태가 엉망이라 예전에 읽은 책은 기억이 나질 않습니다. 일전에 아쿠타가와 군이 단눈치오의 《플레임 오브 라이프》 이야기를 하며 걸작이라고 했을 때 나는 모르는 책이라고 했지만, 나중에 책상 뒤 책장에 그 책이 있는 걸 보고 깜짝 놀랐습니다. 분명 읽었을 텐데 내용은 전혀 기억나지 않더군요. 꺼내서 펼쳐보면 연필로 평을 써놓았을지 모르지만 귀찮아서 그냥 두었습니다.

어제 잡지를 봤더니 버나드 쇼가 새로 쓴 희곡에 대한 글이 있더군요. 런던에선 절대 흥행할 수 없는 종류라는 모양입니다. 그레고리 부인의 세력조차 애비 극장에서 퇴짜를 놓았을 정도로 심한 작품인데, 사적인 간행물로 풍류가들 손에만 들어갔다고 하더군요. 군대가 빅토리아 훈장을 들고 이런저런 거짓말을 늘어놓으며 지원병을 선동하는 모습 등을 풍자했다고 합니다.

3 l'arbre. 나무라는 뜻으로, 아쿠타가와가 직접 그려서 소세키에게 보낸 그림이다.

쇼라는 남자는 좀 장난꾸러기 같군요.

　잠시 붓을 멈추고 이제 무슨 말을 쓸지 생각해보았는데, 쓰려면 얼마든지 계속 쓸 수 있겠지만 써봐야 딱히 자랑거리도 아닐 것 같으니 이쯤에서 줄이도록 하지요. 아직 쓸 말이 더 남은 느낌이지만.

　아아, 그렇지. 아쿠타가와 군의 작품 이야기. 아주 괴로워하고 있다고 구메 군도, 본인도 써서 보냈던데, 내가 이것만은 보증하지요. 아쿠타가와 군의 작품은 이미 일정 수준을 넘어섰습니다. 그 수준 이하로는 쓰려고 해도 절대 쓸 수 없기 때문이지요. 구메 군은 아주 좋은 글을 쓰는 반면 이따금 확 나빠지지 않으리라는 보장도 없지만, 아쿠타가와 군의 글은 그런 일이 있을 수 없는 작풍이니 괜찮습니다. 이 예언이 적중할지 어떨지는 앞으로 일주일이 지나면 알 수 있을 겁니다. 적중한다면 내게 감사 인사를 하시지요. 빗나간다면 내가 사과할 테니.

　소가 되는 건 꼭 필요한 일입니다. 우리는 늘 어떻게든 말이 되고자 하지만, 좀처럼 완전히 소가 되지는 못합니다. 나처럼 노회한 사람도 이제 막 소와 말이 교미하여 잉태한 잡종 수준에 지나지 않아요.

　서두르면 안 됩니다. 머리를 너무 괴롭혀서도 안 됩니다. 끈기가 있어야 합니다. 세상은 끈기 앞에서는 머리를 숙이지만 불꽃 앞에서는 짤막한 기억밖에 허락하지 않습니다. 끙끙대며 죽을 때까지 밀어야 합니다. 그뿐입니다. 절대 상대를 만들어서 밀면 안 됩니다. 상대는 끝도 없이 나타나 우리를 괴롭히는 법이니. 소는 초연히 밀고 갑니다. 무엇을 미는 것이냐고 묻는다면 답해드리지요. 인간을 미는 겁니다. 문사文士를 미는 것이 아닙니다.

이제 탕에 들어갈까 합니다.

두 사람이 피서를 떠난 동안에는 더 이상 편지를 보내지 않을
지도 모릅니다. 답장은 신경 쓰지 마시길.

나쓰메 긴노스케

아쿠타가와 류노스케에게
보낸 편지

우시고메구 와세다미나미정 7번지
1916년 9월 2일

아쿠타가와 류노스케 님

방금 〈참마죽〉을 읽었습니다. 걱정하고 있다는 걸 알기에 감상을 써서 보냅니다. 그 작품은 평소보다 너무 힘이 들어간 것 같습니다. 너무 상세하고 장황해요. 하지만 그 점에서 아쿠타가와 군의 대단함이 느껴지기도 합니다. 그러니 상세한 서술이 나쁘다는 건 아닙니다. 그게 적절한 부분에서 이루어지지 못하면 장황해지는 겁니다. too laboured의 폐해에 빠지는 거지요. 너무 분발하니 그리되는 겁니다. 옛이야기류는(서양의 것도) 단순하고 순수하기 때문에 재미있는 것입니다. 아쉽게도 아쿠타가와 군은 거기에 너무 과한 덧칠을 해서 진한 마키에[1]로 만들어버렸더군요. 이건 바람직하지 않아요. 하지만 참마죽을 먹으라는 명령이 내려진 부분부터는 아주 완성도가 높더군요. 훌륭합니다. 글의 수준은 전체적으로 수미일관을 이루고 있지만, 굳이 불평을

1 칠기 표면에 그림이나 문양을 그리고 그 위에 금이나 은가루를 뿌리는 칠공예 기법.

해보자면 전반부에 그렇게까지 힘을 줄 필요가 없다는 말입니다. 《신사조》에 낼 생각이라면 전체적인 완성도를 더 높이는 게 어떨까 싶습니다.

그러나 이건 나쁜 점만 말한 것이고, 전체적인 기법은 훌륭합니다. 그 누구와 비교해도 절대 부끄럽지 않을 수준이지요. 공식적인 지면에 글을 쓰는 데 점차 익숙해지면 경직된 마음도 누그러져서 격식은 사라질 겁니다. 그리고 무슨 일이든 다 예사롭게 척척 해결할 수 있게 되지요. 그때 비로소 아쿠타가와 군의 진면목이 생생하게, 한껏 지면에 드러나게 되리라고 생각합니다. 뭐든 다 인생 수업이 되긴 하겠지만, 빨리 적응하지 못하는 건 손해입니다.

이 비평은 참고하길 바라며 쓰는 것입니다. 나를 기준으로 삼으려는 게 아닙니다. 나는 일단 제쳐두고 아쿠타가와 군을 위해 (미래의) 하는 말입니다. 〈참마죽〉만을(전후를 잘라서) 비평할 생각이었다면 더 칭찬했을 겁니다.

오늘 두 사람 이름으로 말린 꼬치고기가 왔더군요. 호의 고맙습니다. 갖고 싶은 게 있으면 보내줄 터이니 사양 말고 알려주세요. 그럼.

이 종이와 봉투는 그 특이한 선생이 준 것입니다. 그는 이런 뇌물을 자주 줍니다. 그 친절이 감사한 동시에 좀 선뜩합니다. 그런 주제에 아무렇지 않게 다 받지요. 구메 군에게 안부 전해주시길.

가을이건만　못다 읽은 책 한 권　언제 읽을지

　좋은 구라고 생각해 즉흥적으로 썼더니 지울 수도 없군요. 그 대로 남겨두겠습니다.

나쓰메 긴노스케

고미야 도요타카에게
보낸 편지

우시고메구 와세다미나미정 7번지
1916년 11월 6일

고미야 도요타카 님

편지 잘 받아보았네. 자네가 무슨 말이든 할 거라고 생각했는데 역시나 그렇군. 솔직히 말해 나는 자네가 아무 말 없이 모른 체하길 바랐다네. 왜냐? 그건 대충 알겠지. 인간에게 좀 더 여유를 만드는 걸세. 무턱대고 반응하지 않는 게지. 그렇게 해서 편안해지는 걸세. 답장을 쓰지 않는 것을 칭찬하는 건 아니지만, 문단에서 쓸데없이 언쟁을 벌이는 버릇이라도 고칠 수 있을까 해서라네.

하지만 편지를 읽고 나서는 조금 감탄했네. 자네가 분명 그 작품[1]을 변호하리라고 생각했는데, 예상 외로 '나'를 많이 버렸더군. 그것만으로도 자네는 인간으로서 진보한 셈이네.

아무튼 그 소설에는 '나'라는 게 전혀 없다네. 내가 말하는 '무

---

[1] 소세키는 고미야 도요타카가 보내준 러시아 소설가 바실리 자이체프Vasily Zaitsev의 작품 《아그라페나》를 읽고 깜짝 놀랄 만큼 감흥이 없었다는 감상 편지를 썼다.

사無私'의 의미는 전혀 어려운 것이 아닐세. 그저 집착 없는 태도를 말하는 것이지. 따라서 좋은 소설은 다 '무사'라네. 완벽하게 '나'가 존재한다면 큰일일세. 자가당착이지. 그러니 '무사'라는 글자에 집착할 필요도 전혀 없다네.

그렇다면 '무사'의 태도를 가진 그 작품이 왜 재미가 없을까? 좋은 작품은 '무사'지만 '무사'라고 해서 재미없는 작품이 재미있어지진 않으니, 그 '무사'는 인정하지만 그럼에도 재미가 없다고 말하는 걸세.

그 이유는 자세한 분석을 거치지 않으면 명료하게 설명할 수 없지만, 풍자도, 학문의 과시도, 그 무엇도 보여주지 못한 채로 '맛'이라는 것이 다 뭉개져버렸기 때문이라고 생각하네. 센다이 참치는 감칠맛이 없다고 하는데, 이건 감칠맛이 없는 정도가 아니라 거의 무맛에 가깝네. 꼭 뜨거운 물을 삼키는 기분이야. 심지어 서너 홉을 한꺼번에 들이켜는 기분이지. 그 작품에 존재하는 건 인간과 인간의 접촉에서 오는 '맛'이 아니라 인생 경로의 윤곽이라네. 오로지 선線만 존재하는데 그 선이 스스로 발랄하게 운동하며 나아가지 않기 때문에, 그 작품은 고정된 인생의 한 형태를 그려서 그 형태 나름의 귀착점을 보여준 것에 지나지 않네. 이렇게 저렇게 해야 한다는 가르침이 결핍된 설교 같은 것이지. 철학으로 치면 어린 여자아이용 철학일세(더 어려운 것은 이해하지 못하니 어쩔 수 없다). 길게 늘인《이솝 이야기》같은 글이야. 남자가 점점 다듬어져 가는 변화는 있지만, 변화해봐야 아무 소용이 없으니 썩 와닿지 않더군. 아직 할 말이 더 남은 듯하지만 자세히 몰라 더 쓸 수가 없구면.

요컨대 태도가 나쁜 작품이 아니라네. 결점은 다른 곳에 있지.

이 답장을 쓰는 이유는 해명하지 않고서는 견딜 수 없어서가 아니라네. 귀찮아도 쓰는 게 자네에게 득이 되리라고 생각해 쓴 걸세. 결코 '나'는 없다네. 이상.

나쓰메 긴노스케

기무라 겐조에게
보낸 편지

우시고메구 와세다미나미정 7번지
1916년 11월 10일

기무라 겐조 님

보내주신 편지 보았습니다. 고맙습니다. 많이 대접해드리지도 못했는데 그런 정중한 인사를 받으니 몸 둘 바를 모르겠군요. 하지만 그게 훌륭한 수양의 밑거름이 되어 보리심으로 변한다면 제게 그보다 큰 기쁨은 없을 겁니다. 일본에 지식인을 하나 만들어준 셈이니까요. 도미사와 씨도 당신과 거의 비슷한 말을 하더군요. 스님들의 지극한 마음에 감탄했습니다. 부디 지금 그 마음가짐을 잃지 말고 계속 분발하시길 바랍니다. 저는 제 나름의 분수에 맞는 방침과 마음가짐으로 수양할 생각입니다. 문득 정신을 차려보니 온통 모자란 점뿐입니다. 일상이 허위로 가득합니다. 참 부끄러운 일이지요. 다음번에 만날 때는 좀 더 훌륭한 인간이 되어 보이고 싶습니다. 스님은 스물둘, 저는 쉰이니 스물일곱 살 정도 차이가 납니다. 하지만 선정禪定이나 도력은 오래 앉아 좌선하는 스님 쪽이 더 뛰어납니다.

아이에게 주는 그림엽서는 뭐든 상관없습니다. 형은 준이치, 동생은 신로쿠입니다.

도미사와 씨가 장작을 팬다고 하여 이 시를 드립니다.

장작을 패는지　깨달음을 패는지　가을날 하늘

스님은 선禪이라면 인이 박혔겠지요. 매일같이 좌선을 하고 제창을 들을 테니 선이라는 글자가 지긋지긋하실 겁니다. 하지만 일반 사람은 선이고 뭐고 실력도 없는 주제에 괜히 과시해보고 싶어 한답니다. 참 나쁜 버릇이지요. 하하.

나쓰메 긴노스케

옮긴이의 말

최근 소세키의 새로운 편지가 한 통 발견되었다. 그 편지에서 소세키는 지인에게 다름 아닌 '전화기'의 사용법을 물었다고 한다. 집에 처음으로 전화기라는 것을 들이고 어찌할 줄 몰라 다급히 도움을 요청한 것이다. 전화기의 사용법을 묻기 위해 붓을 들어야 했던 시대, 메이지 시대의 시작과 함께 태어난 메이지의 아이 소세키는 그런 경계의 시대를 살았다. 속도에만 혈안이 된 근대화의 파고에 휩쓸리며 묵묵히 붓과 만년필로 고뇌해야 했던 시대, 소세키는 그 혼란한 변화의 시대를 목도하며 글을 쓰고, 그림을 그리고, 편지를 썼다. 느리고, 품이 들고, 곡진한 마음이 담겨야 하는 것들. 시대와의 불협화음 속에서 신경 쇠약으로 늘 고통 받던 소세키에게 그나마 숨을 불어넣어 주고 위안을 주는 것들이었다.

시대의 지성인, 불세출의 작가, 영원한 '선생님' 소세키도 한때는 스스로의 한심함을 쓰게 자조하던 어린 영혼이었다. 문학에 뜻을 품은 청춘은 낯선 타국에서 산산이 부서졌고, 안개 긴 삶을 구원해줄 답이 묻혀 있을 "광맥"을 찾아 내면을 곡괭이질하는 작업은 거칠고 지난한 것이어서, 걸음걸음 신경을 해쳐야

했다. 소세키는 신경 쇠약에 고통 받으면서, 또 한편으론 기꺼이 신경 쇠약을 두 팔로 끌어안고 글을 쓰기 시작했다. 밥벌이 걱정으로 교사 일에 얽매이다 마침내 온전히 작가로 살겠다 결심을 내렸을 땐 "폐 깊숙한 곳에서 먼지를 토해낸" 기분이었다. 이렇게 굽이돌아 뒤늦게 작가가 되기까지, 또 작가가 되어 한 시대의 중심에 우뚝 서서 조용히 눈을 감을 때까지, 소세키는 모두 2천 5백 통이 넘는 편지와 엽서를 남겼다. 젊음과 문학을 함께 나눈 벗 마사오카 시키에게, 멀리 바다 건너에 혼자 남은 그리운 아내에게, 때로는 어리석지만 그럼에도 아끼고 사랑하는 제자들에게, 또 낯모르는 열렬한 독자들에게. 소세키가 삶 구석구석에서, 시간 시간마다 성실하게 적어 보낸 그 수많은 편지를 가지런히 정렬하면, 소세키의 삶 전체를 아우르는 하나의 커다란 이야기가 된다. 그리고 그 이야기 속에는 '인간' 소세키의 삶의 모양이, 손으로 쓸어보면 만져질 듯한 삶의 결과 질감이 고스란히 담겨 있다.

소세키의 제자들은 목요일을 모임 날로 정한 것을 조금 못마땅해 했다. 소세키를 혼자 독점할 수 없다는 게 가장 큰 이유였다. 한 뼘이라도 더 가까이에서 더 깊이 소세키와 교감하고자 경쟁 아닌 경쟁을 벌이는 수많은 제자들에 둘러싸인 소세키는 그야말로 시대의 대스승이었다. 하지만 한편으로 누군가에겐 보장된 교수 자리를 마다하고 기껏해야 글쟁이가 되기 위해 신문사에 입사하는 '괴상한 짓'을 하는 괴짜이기도 했다. 나름의 방식으로 제자들을 너그럽게 품었던 관대한 스승이지만, 자식들의 기억 속엔 불같이 화를 내고 신경질적으로 물건을 집어던지는 '아픈' 아버지의 모습으로 각인되어 있기도 하다. 언제든 함께 실없는 소리를 나누어줄 누군가의 격 없는 벗이었고, 또 편지로나마 한번 닿아보고 싶은 저 먼 곳의 인기 작가이기도 했다. 인간이 누구나 그러하듯, 한 가지 얼굴로는 소세키를 다 설명해낼 수 없다. 예민하게 날이 선 작가로서의 얼굴, 따뜻하게 곁을 주는 인간적인 얼굴, 정갈하게 빗질 된 앞모습 뒤에 숨겨진 조금은 부주의하고 방심한 뒷모습, 그 모두를 최대한 고르게 담아내는 것을 목표로 편지를 선별했다. 편지로 촘촘하게 이어진 이 삶의 이야기에서 어느 한 부분이 넘치거나 누락되지 않도록, 또 소세키가 마주쳤던 시대와 계절이 적당한 무게감으로 매끄럽게 전해질 수 있도록 여러 번 되돌아가 살피고 다듬는 작업을 거쳤다. 미진하고 부족한 부분을 메꾸어 가며 다소 멀리 돌아 느리게 왔지만, 그럼에도 편지 속 사적이고 내밀한 말들을 통해 소세키의 서재 안 깊숙한 곳을 엿보는 일은 조금은 면목 없으면서도 늘 즐거웠다.

소세키는 원래 건축가가 되려고 했다. 건축은 사람의 삶을 지탱하는 필수불가결한 요소이니 세상에 도움이 될 테고 거기다 훌륭한 미술이라고 생각했기 때문이다. 절친한 동급생 요네야마는 그런 소세키를 못마땅해 하며 몇 번이고 충고했다. "몇 백 년, 몇 천 년 후까지 전해질 대작"을 만들 수 있는 건 문학이니, 건축이 아닌 문학을 해야 한다고. 뭐가 됐든 세상에 도움이 되는 일을 하고 싶었던 소세키는 친구의 조언을 받아들여 문학 쪽으로 눈을 돌렸다. 그는 문학의 '소용'에 대해 때때로 회의감을 느끼면서도 늘 굳건히 믿었을 것이다. 세월에 마모되지 않고 몇 백년, 몇 천 년 후까지 전해질 문학 작품이 사람의 삶을 굳건히 지탱해줄 것임을, 그리하여 아수라장 같은 이 혼란한 세상에 어떤 식으로든 반드시 도움을 줄 것임을.

나를 낳은 내 과거는 인간 경험의 한 부분으로서 나 이외에 누구도 말할 수 없는 것이니, 그것을 거짓 없이 써서 남기는 내 노력은 자네에게도, 다른 사람에게도 인간을 이해하는 측면에서 헛수고는 아니리라고 생각하네. …… 나는 내 과거의 선악 모두를 사람들이 참고할 수 있도록 제공할 생각이라네. (《마음》 중에서)

'나 이외에 누구도 말할 수 없는 것'을 세상에 '제공'하는 일. 그렇게 함으로써 스스로에게도, 세상에게도 충실한 삶을 사는 일. 악취 나는 요강 속 같은 세상이라도, 고개를 움츠리고, 코를 틀어막고 도망쳐 방관하지 않는 일. 그것이 소세키가 작가로 살며 붓끝으로 하고자 했던 일이 아니었을까. 이 서한집에는 그런 소세키의 삶과 문학에 대한 치열한 사유가 고스란히 서려 있다. 이 편지들을 도구 삼아 소세키의 작품을 더 깊이 들여다보아도 좋을 것이고, 이따금 펼쳐들어 허심탄회하게 인생 조언을 구하고 위안을 얻어도 좋을 것이다. 여자에게 받은 편지를 친구에게 자랑하는, 그저 한없이 보통의 인간인 소세키와 친밀한 대화를 나누어보는 것도 충분히 가치 있는 일이 되리라고 믿는다.

저는 이 긴 편지를 까닭 없이 씁니다. 한없이 이어져 저물 줄 모르는 긴긴 하루의 증거로서 씁니다. 그런 기분에 잠긴 저를 두 사람에게 소개하기 위해 씁니다. 또한 그 기분을 스스로 음미해보기 위해 씁니다. 해는 깁니다. 사위는 매미 소리에 파묻혔습니다. (1916년 8월 21일, 아쿠타가와 류노스케·구메 마사오에게 보낸 편지 중에서)

유난히 해가 긴 어느 날 별 까닭도 없이 쓴 편지 한 통이, 그 속에 담긴 스승 나쓰메 소세키의 깊은 마음이, 이제 막 첫걸음을 내딛은 신인작가 아쿠타가와 류노스케의 어깨를 따뜻하게 다독이고 그를 성장시켰다. 이 책을 펼쳐든 저마다에게 그처럼 뜻깊은 편지 한 통이, 말 한 마디가 문득 도착하기를 바라며.

김재원

나쓰메 소세키 연보

1867년 | 게이오 3년 | 출생

2월 9일 에도 우시고메 바바시타요코초에서 나쓰메 나오카쓰(51세)·지에(42세) 부부의 다섯째 아들로 태어났다. 본명은 긴노스케金之助. 나쓰메 가문은 대대로 마을 장名主을 맡으며 우시고메 주변 일부와 다카다노바바 일대를 지배해온 명문가였다. 그러나 부부에게는 이미 자식이 너무 많았고, 어머니 지에가 고령에 낳은 늦둥이를 창피하게 여겨 긴노스케는 생후 3개월 무렵 요쓰야의 고물상에 수양아들로 보내진다. 11월 무렵 이를 가엾이 여긴 누이가 긴노스케를 다시 데리고 왔다.

12월 9일 왕정복고 대호령이 선언되면서 막부 시대가 저물고, 천황 중심의 새 정부가 수립된다.

1868년 | 게이오 4년·메이지 원년 | 1세

11월 막부 시대가 저물고 가세가 기울자 부친은 결국 긴노스케를 시오바라 쇼노스케·야스 부부의 정식 양자로 입양 보낸다. 시오바라는 한때 나쓰메 집안에서 서생으로 지냈던 젊은 마을 장이었다. 긴노스케는 2년 후 시오바라 가문의 장남으로 호적에 등록된다.

10월 메이지 천황이 도쿄 성에 입성한다. 23일 연호가 메이지로 바뀌며 근대의 막이 오른다.

1874년 | 메이지 7년 | 7세

봄 양아버지가 다른 미망인과 살림을 차리면서 부부간에 불화가 생긴다. 양어머니는 긴노스케를 데리고 잠시 나쓰메 본가에 머물지만 이듬해 4월 결국 이혼한다. **12월** 도다소학교 입학.

서양 문명이 본격적으로 유입되면서, 서양의 사상과 문학을 번역해 소개하고 권하는 이른바 계몽 시대가 도래했다. 그 중심에는 근대적 학술 계몽 단체인 〈메이로쿠샤明六社〉와 후쿠자와 유키치의 계몽서 《학문의 권장》(1872)이 있었다.

1876년 ｜ 메이지 9년 ｜ 9세
5월 양부모가 이혼하고 양아버지가 마을 장에서 면직되어, 적을 시오바라가에 둔 채 본가로 완전히 돌아온다. 이치가야소학교로 전학한다.

1878년 ｜ 메이지 11년 ｜ 11세
2월 친구들과의 회람잡지에 308자의 단문 〈마사시게론正成論〉을 쓴다.
10월 이치가야소학교를 졸업하고 간다의 긴카학교 소학심상과에 입학한다.

쥘 베른의 《80일간의 세계 일주》가 간행되면서 번역 소설이 두각을 드러내고, 메이지 문단은 새로운 소설상에 눈뜨게 된다.

1881년 ｜ 메이지 14년 ｜ 14세
1월 9일 생모 나쓰메 지에 사망.
3월 도쿄 부립 제1중학교를 중퇴하고 한학을 배우기 위해 니쇼학사로 전학했으나 이듬해 봄 중퇴한다.

1883년 ｜ 메이지 16년 ｜ 16세
9월 도쿄대학 예비문 시험 준비를 위해 세이리쓰학사에 입학, 영어 공부를 시작한다. 그동안 우시고메 본가에서 나와 고이시카와에 있는 신푸쿠지 2층에서 친구 다섯과 함께 자취 생활을 한다.

자유 민권 운동의 고양을 배경으로 프로파간다 정치 소설이 한층 본격화된다. 야노 류케이의 《경국미담》이 대중적 인기를 구가하면서 이에 불을 지폈다.

1884년 ｜ 메이지 17년 ｜ 17세
9월 도쿄대학 예비문 예과 입학. 동기 나카무라 제코, 하가 야이치 등과 함께 간다 사루가쿠초에서 하숙 생활을 한다. 세이리쓰학사 출신 친구들과 '십인회'를 만들어 보트 경주를 하고 야구 경기를 즐기면서 청춘을 만끽했다.

1886년 | 메이지 19년 | 19세

7월 복막염에 걸려 진급 시험을 치르지 못하고 낙제한다. 동급생이 된 요네야마 야스사부로와 절친한 벗이 된다. 낙제 이후 졸업 때까지 수석 자리를 놓치지 않았다. 9월 나카무라 제코와 함께 사설 학원 교사로 일하게 되면서 학원 기숙사로 이사한다.

1887년 | 메이지 20년 | 20세

3월 21일 큰형 다이스케 폐결핵으로 사망.
6월 21일 둘째 형 나오노리 폐결핵으로 사망.
9월 급성 결막염에 걸려 학원을 그만두고 본가로 돌아와 통학한다.

쓰보우치 쇼요의 근대 최초 문학이론서《소설신수》(1885~1886)에 자극받은 후타바테이 시메이가 최초의 언문일치체 소설《뜬구름》(1887~1889)을 발표한다. 근대 리얼리즘 소설의 효시가 되는 기념비적인 작품이었다.

1888년 | 메이지 21년 | 21세

1월 두 형의 잇따른 죽음으로 집안에 후계자 문제가 생기자, 친아버지는 양아버지에게 240엔을 지불하고 긴노스케를 복적시킨다.
7월 제1고등중학교(전 도쿄대학 예비문) 졸업, 동교 영문학과 입학.

1889년 | 메이지 22년 | 22세

1월 마사오카 시키와 가까워진다. 두 사람은 라쿠고(일본의 전통 만담)라는 같은 취미를 공유하는 한편 깊이 있는 문학적 교류를 나누며 절친한 벗이 되었다. 시키의 영향으로 한동안 하이쿠에 열중했다.
5월 시키의《나나쿠사슈》에 처음으로 '소세키'라는 서명을 남긴다.
9월 한문 기행문《보쿠세츠로쿠木屑錄》탈고.

1890년 | 메이지 23년 | 23세

7월 제1고등중학교 본과 졸업.
9월 도쿄대학 문과대학 영문학과 입학, 문부성 대비생貸費生이 된다.

일본 최초의 근대 정당인 자유당이 결성된다. 근대화의 물결이 거세지는 가운데 모리 오가이가 단편소설《무희》를 발표해 메이지 문단에 낭만주의 사조를 꽃피운다.

1892년 I 메이지 25년 I 25세

4월 징병 기피를 위해 징병령이 적용되지 않은 홋카이도로 적을 옮긴다.

5월 생활비를 벌기 위해 도쿄전문학교(현 와세다대학)에 출강하며 매달 5엔을 받는다.

여름 시키와 함께 교토, 오카야마, 마쓰야마 등지를 여행, 오카야마에서 대홍수를 경험한다. 다카하마 교시와 처음 만난다.

10월 동인지 《철학잡지》에 〈문단의 대표적 평등주의자 '월트 휘트먼'의 시에 대하여〉 게재.

고다 로한이 《오중탑》으로 큰 호평을 얻으면서, 급격한 서구화에 반발하는 의고전주의擬古典主義 작가로 오자키 고요와 어깨를 나란히 하게 된다.

1893년 I 메이지 26년 I 26세

7월 도쿄대학 영문학과 졸업, 대학원 진학.

10월 도쿄고등사범학교 영어 교사로 부임. 많지 않은 월급을 쪼개 대학 학자금을 갚고 아버지에게 돈을 보내느라 생활고에 시달린다.

1894년 I 메이지 27년 I 27세

10월 신경 쇠약에 시달리다 기숙사에서 나와 고이시가와에 있는 사원 호조인에서 하숙한다.

12월 신경 쇠약 극복을 위해 가마쿠라 엔가쿠지에서 이듬해 1월까지 참선한다. 후에 이 경험을 《문》의 소재로 쓴다.

6월 청일 전쟁 발발, 조선의 지배권을 놓고 청나라와 일본이 팽팽히 대립한다. 전쟁은 문단에도 짙은 그림자를 드리워, 국수주의가 고양되고 전쟁 문학이 성행한다.

1895년 I 메이지 28년 I 28세

4월 월급 80엔이라는 파격적인 대우를 받으며 마쓰야마중학교의 영어과 교사로 부임한다.

8월 청일 전쟁에 종군했다 병으로 귀국한 시키와 52일간 같은 하숙집에서 생활한다. 매일 밤 하이쿠 모임을 열어 하이쿠 동료들과 어울렸다. 구다부쓰안愚陀仏庵이라 이름 붙인 이 하숙집은 2010년 산사태로 무너져 현재는 남아 있지 않다.

12월 귀족원 서기관장 나카네 시게카즈의 장녀 교코와 선을 보고 약혼한다.

청일 전쟁에서 승리해 온 나라가 열광에 휩싸이고, 한동안 침체기에 있던 출판 저널리즘 업계도 활황을 맞는다. 근대 최초의 여류 작가 히구치 이치요가 낭만주의 소설 《키 재기》, 《탁류》 등을 잇달아 발표하며 그 천재성을 인정받지만, 이듬해 폐결핵으로 요절한다.

1896년 I 메이지 29년 I 29세
4월 스가 도라오의 소개로 구마모토현 제5고등학교 강사 자리에 부임한다. 월급 은 백 엔. 과외 수업으로 《햄릿》과 《오셀로》를 가르치기도 했다.
6월 신혼집으로 빌린 셋집 별채에서 교코와 간소한 결혼식을 올린다.

1897년 I 메이지 30년 I 30세
5월 29일 건축가를 지망하던 소세키에게 작가가 되라고 권한 친우 요네야마 야스 사부로가 급성 복막염으로 사망, 큰 슬픔에 잠긴다.
6월 친부 나오카쓰 사망.
7월 교코 유산. 교코는 타지 생활의 스트레스와 유산의 충격으로 심각한 히스테리 증세를 보이기 시작한다.
12월 야마카와 신지로와 함께 오아마 온천으로 여행을 떠나 새해를 맞는다. 이때 의 경험은 후에 《풀베개》의 소재가 되었다.

오자키 고요가 《곤지키야샤》로 폭발적 인기를 누리며 일본 대중 소설에 큰 발자취를 남긴 다. 한편 마사오카 시키 일파가 마쓰야마에서 창간한 잡지 《호토토기스》가 하이쿠 문단에 새 바람을 불어넣는다.

1898년 I 메이지 31년 I 31세
6월 극심한 히스테리를 겪던 교코가 시라가와 이가와부치 하천에 뛰어들어 자살 을 시도하나, 근처에 있던 어부에게 발견되어 미수에 그친다. 이 무렵 제자 데라다 도라히코가 처음으로 소세키를 방문한다. 소세키를 통해 하이쿠에 관심을 갖게 된 데라다는 그 후로 종종 하이쿠를 써서 소세키를 찾아오게 된다.

1899년 I 메이지 32년 I 32세
5월 장녀 후데코 태어남.
6월 영어과 주임으로 승진.
8월 병으로 글을 쓰지 못하는 시키의 부탁으로 《호토토기스》에 〈소설 《아일윈》 비평〉을 게재한다.

9월 야마카와 신지로와 함께 아소산을 여행하며 〈210일〉의 소재를 얻었다.

1900년 | 메이지 33년 | 33세
5월 문부성으로부터 영어 연구를 위한 2년간의 영국 유학을 명받는다. 나라에서 제공한 학비는 연 1천8백 엔. 영문학이 아닌 영어 연구라는 데 반발심을 느껴 거절하지만, 교장의 설득에 결국 승낙하게 된다.
9월 8일 요코하마에서 프로이센호를 타고 출항.
10월 21일 홍콩, 싱가폴, 나폴리 등을 거쳐 파리에 도착, 이튿날 만국 박람회를 구경한다.
10월 28일 런던에 도착, 가워가에 위치한 하숙집에서 2주간 머문다.
11월 유니버시티 칼리지 런던의 영문학 강좌를 청강하지만 만족하지 못해 셰익스피어 연구가 크레이그 교수의 집에서 개인 교습을 받게 된다. 두 번째 하숙집인 프라이어리로로 이사한다.
12월 캠버웰로 다시 하숙집을 옮긴다.

청나라에서 일어난 배외적 농민 투쟁인 의화단 사건으로 나라 밖이 소란스러운 가운데, 이즈미 교카가 《고야산 스님》을 발표하며 근대 환상 문학의 출발을 알린다.

1901년 | 메이지 34년 | 34세
1월 둘째 딸 쓰네코 태어남.
4월 투팅그래버니로 하숙집 옮김.
5월 독일 유학 후 잠시 런던에 머문 화학자 이쿠다 기쿠나에와 두 달간 함께 하숙한다. 이케다의 영향으로 《문학론》을 구상한다.
7월 클랩햄코먼의 하숙집으로 이사한 뒤 방에 틀어박혀 《문학론》 저술에만 몰두한다. 빠듯한 생활과 극도의 고독감으로 신경 쇠약이 악화된다.

1902년 | 메이지 35년 | 35세
여름 신경 쇠약이 극에 달한다.
9월 19일 가장 절친한 벗이었던 마사오카 시키가 지병인 폐결핵으로 사망, 큰 충격을 받는다. 다카하마 교시의 편지로 그 소식을 접하고 답신으로 추도의 하이쿠를 보낸다.
10월 기분 전환을 위해 스코틀랜드를 여행한다.
12월 5일 일본 문부성에 "나쓰메가 미쳤다"라는 전보가 전해지면서 즉시 귀국을 명받아 예정보다 빨리 귀국길에 오른다.

1월 러시아의 남하 견제를 골자로 하는 영일 동맹이 체결되면서 일본의 국제적 위상이 높아진다. 대한제국 침략과 병합을 영국에게 인정받아 한반도에서의 입지를 공고히 하게 된다.

1903년 | 메이지 36년 | 36세
1월 20일 나가사키항에, 24일 도쿄 신바시에 도착한다.
3월 제5고등학교 사직 후 도쿄 혼고구로 이사한다.
4월 제1고등학교 영어 강사 및 도쿄대학 문과대학 영문학과 강사로 부임한다. 소세키의 수업은 전임 강사 라프카디오 헌과 비교당하며 학생들의 반발을 샀지만, 〈맥베스〉를 강의할 무렵부터는 대강당이 가득 찰 정도로 인기가 높았다.
5월 22일 제1고등학교에서 소세키의 수업을 듣던 학생 후지무라 미사오가 게곤 폭포에서 투신 자살, 큰 충격을 받는다. 당시 그가 남긴 유서가 학생과 지식인 사이에 파문을 일으켰다.
6월 신경 쇠약이 극도로 악화되어 이유도 없이 화를 내고 물건을 집어 던지는 일이 잦아진다. 견디지 못한 교코는 아이들과 함께 9월까지 처가에서 머문다. 기분 전환을 위해 쓴 〈자전거 일기〉를 《호토토기스》에 발표한다.
11월 셋째 딸 에이코 태어남.

1904년 | 메이지 37년 | 37세
9월 생활비가 부족해 메이지대학 예과 비상근 강사 일을 겸하게 된다. 일주일에 4시간을 수업하고 월급 30엔을 받았다.
12월 교시의 추천으로 문장 모임 '야마카이'에서 《나는 고양이로소이다》를 낭독하고 호평을 받는다.

2월 만주와 한국의 지배권을 두고 러일 전쟁이 발발한다. 모리 오가이, 다야마 가타이 등의 작가가 종군했다.

1905년 | 메이지 38년 | 38세
1월 《호토토기스》에 《나는 고양이로소이다》를, 《제국문학》에 〈런던탑〉을 발표한다. 단편 소설로 구상한 《나는 고양이로소이다》가 큰 인기를 끌어 1906년까지 총 11편을 집필하게 되고, 이 무렵부터 소설가로서의 삶을 꿈꾸게 된다.
4월 《호토토기스》에 〈환영의 방패〉 발표.

11월 《중앙공론》에 〈해로행〉 발표.

12월 넷째 딸 아이코 태어남.

러일 전쟁에서 승리한 일본이 아시아 패권 국가로서 세계 열강의 반열에 오른다. 사회 전반에서 제국주의 찬미가 극에 달한다.

1906년 | 메이지 39년 | 39세

1월 《제국문학》에 러일 전쟁을 배경으로 한 소설 〈취미의 유전〉 발표.

4월 《호토토기스》에 《도련님》 발표. 놀라운 속도로 왕성한 집필 활동을 이어나가며 인기 작가의 반열에 오른다.

9월 《신소설》에 《풀베개》 발표. 집필에 약 일주일이 걸렸다. 《풀베개》의 인기에 힘입어 잡지는 발행 사흘 만에 매진되었다.

10월 《중앙공론》에 〈210일〉 발표. 이 무렵 제자들을 비롯해 소세키를 찾는 손님이 급격하게 늘자, 일에 집중하기 위해 면회일을 매주 목요일로 정하게 된다. 이때부터 문하생들과의 모임 '목요회'가 시작된다.

러일 전쟁 이후 소개된 유럽의 자연주의가 문단에 큰 영향을 미친다. 시마자키 도손의 《파계》가 발표되고, 이후 자연주의 문학은 낭만주의를 대신해 문단의 주류를 점하게 된다.

1907년 | 메이지 40년 | 40세

5월 이케베 산잔의 권유로 모든 교직을 사임하고 아사히신문사에 입사, 3일 자 신문에 〈입사의 변〉을 발표한다. 월급은 2백 엔. 이로써 전업 작가의 길에 들어서게 된다. 《문학론》을 출판한다.

6월 전업 작가로서의 첫 소설 《우미인초》 연재를 시작한다. 소설은 호평 속에 큰 인기를 누리고 신경 쇠약도 호전되지만 위장병에 시달린다. 장남 준이치가 태어난다.

다야마 가타이의 《이불》이 화제를 불러일으키면서 일본의 자연주의는 유럽 자연주의와 멀어져 적나라한 자기 고백에 중점을 둔 사소설의 방향으로 흐르게 된다. 세태와 거리를 두고 멀리서 현실을 조망하려 한 '여유파' 소세키는 비참한 현실을 있는 그대로 그려내어 폭로하고자 한 자연주의 일파와 대척점에 서게 된다.

1908년 | 메이지 41년 | 41세

1월~4월 《갱부》 연재.

4월 《호토토기스》에 〈창작가의 태도〉 발표.

7월~8월 〈몽십야〉 연재.

9월~12월 《산시로》 연재.

9월 《나는 고양이로소이다》의 모델이 된 검은 고양이가 세상을 떠난다. 소세키는 끝까지 이 고양이에게 이름을 붙여주지 않고 '고양이'라고만 불렀다.

12월 둘째 아들 신로쿠 태어남.

1909년 ㅣ 메이지 42년 ㅣ 42세

1월~3월 〈영일소품〉 연재.

3월 《문학평론》 출판.

6월~10월 《그 후》 연재. 위장병에 시달린다. 작가로 유명세를 떨치자 양아버지였던 시오바라가 돈을 요구하는 일이 계속되고, 결국 원하는 돈을 다 준 뒤 인연을 끊는다.

10월~12월 만철滿鐵 총재 나카무라 제코의 초대로 중국 동북부와 조선을 여행한 뒤 〈만한 이곳저곳〉을 연재한다.

11월 아사히 문예란을 창설하여 문하생 모리타 소헤이와 고미야 도요타카에게 편집을 맡긴다.

1910년 ㅣ 메이지 43년 ㅣ 43세

3월 다섯째 딸 히나코 태어남.

3월~6월 《문》 연재.

6월 《문》 집필 중 잦은 위통에 시달리다 연재가 끝난 뒤 위궤양으로 나가요위장병원에 입원한다.

8월 퇴원 후 제자 마쓰야마 도요조의 권유로 슈젠지온천 기쿠야여관에서 요양하던 중 심한 각혈을 하고 생사를 넘나드는 위독한 상태에 빠진다.

9월 회복 후 귀경하여 나가요위장병원에 다시 입원한다.

10월 병상에서 〈생각나는 일들〉을 이듬해 2월까지 연재.

5월 대역사건이 일어난다. 아나키스트와 사회주의자들이 천황 암살을 계획했다는 이유로 검거되어 26명의 피고인이 즉시 사형에 처해지고, 문단은 탄압에 가까운 언론 통제 아래 놓이게 된다. 8월 한일 병합 조약을 체결해 대한제국의 통치권을 강탈한다.

1911년 ㅣ 메이지 44년 ㅣ 44세

2월 위장병원 입원 중 문학박사 학위 수여를 통보받지만 거절한다. 이 소식은 신문에도 보도되며 화제를 모았다.

4월 퇴원.

6월 나가노에서 〈교육과 문예〉, 〈내가 본 직업〉을 강연한다.

8월 오사카아사히신문사가 주최한 오사카 순회강연에서 〈현대 일본의 개화〉, 〈내용과 형식〉 등을 강연한다. 이때 위궤양이 재발해 오사카 유카와위장병원에 입원, 9월 14일 귀경 후 곧바로 치질 수술을 받는다.

11월 아사히 문예란 폐지를 둘러싼 갈등으로 이케베 산잔이 퇴사하고 모리타 소헤이가 해임된다. 책임감을 느낀 소세키도 사표를 내지만 반려되고, 문예란은 폐지된다.

11월 29일 다섯째 딸 히나코가 원인 불명으로 급사해 큰 충격을 받는다. 소세키는 부검을 하지 않은 것을 뒤늦게 후회했고, 이 일은 후에 소세키의 유체를 부검하는 데 영향을 주었다.

1912년 ǀ 메이지 45년·다이쇼 원년 ǀ 45세

1월~4월 《피안 지날 때까지》 연재. 연재가 끝난 뒤부터는 조금 여유가 생겨 음악회를 관람하거나 여행을 하며 느긋한 시간을 보냈다.

2월 이케베 산잔 급사.

12월 《행인》 연재 시작.

7월 메이지 천황이 사망하고, 다이쇼 시대의 막이 오른다. 도쿄 시전市電 파업을 시작으로 각종 노동 쟁의가 이어지며 '다이쇼 데모크라시'의 맹아가 싹튼다. 문단에서는 자연주의 문학이 하향세를 보이는 가운데, 다니자키 준이치로와 시가 나오야 등 반反자연주의파 신진 작가가 두각을 드러낸다.

1913년 ǀ 다이쇼 2년 ǀ 46세

1월 심한 신경 쇠약에 시달리기 시작한다.

4월 신경 쇠약이 악화되고 위궤양이 재발하여 《행인》 연재를 중단한다.

9월 《행인》의 속편 〈진로塵勞〉를 발표, 11월에 완결한다.

1914년 ǀ 다이쇼 3년 ǀ 47세

4월~8월 《마음 선생님의 유서》 연재. 후에 제목을 《마음》으로 바꾸었다.

9월 《마음》 연재가 끝난 뒤 위궤양이 네 번째로 재발해 한 달간 몸져눕는다.

11월 가쿠슈인대학에서 〈나의 개인주의〉를 강연한다.

7월 제1차 세계 대전 발발. 영일 동맹을 근거로 일본도 전면 참전한다. 한편, 도쿄대학에 재학 중이던 아쿠타가와 류노스케가 기쿠치 간, 구메 마사오 등과 함께 동인지《신사조》(제3차)를 창간, 작가로서 첫발을 내디딘다.

1915년 ┃ 다이쇼 4년 ┃ 48세

1월~2월 〈유리문 안에서〉 연재.

3월 쓰다 세이후의 초대로 교토 여행을 떠난다. 교토에 머물던 중 위궤양이 다섯 번째로 재발해 아내 교코를 부른다. 4월 귀경한다.

6월~9월 《한눈팔기》 연재.

11월 아쿠타가와 류노스케와 구메 마사오가 목요회에 참가하면서 제자가 된다.

1916년 ┃ 다이쇼 5년 ┃ 49세

1월 〈점두록〉 연재.

4월 당뇨병을 진단받고 치료를 받는다.

5월 유작 《명암》 연재 시작.

11월 16일 아쿠타가와 류노스케, 구메 마사오, 모리타 소헤이 등이 참석한 마지막 목요회가 열린다.

11월 27일 위궤양으로 용태 악화.

12월 2일 대량 출혈 후 의식 불명 상태에 빠진다.

12월 9일 오후 6시 45분, 가족과 친구, 제자들이 지켜보는 가운데 눈을 감는다. 임종 한 시간여 전, 다카하마 교시에게 "고맙습니다"라는 말을 남겼다. 유체는 이튿날 도쿄대 의학부 해부대에 올랐으며, 뇌와 위는 의학부에 기증되었다.

12월 12일 오전 10시, 아오야마 장례식장에서 장례식 거행. 계명 분켄인코도 소세키 거사文献院古道漱石居士.

12월 28일 도쿄 도시마구 조시가야 묘원에 안장.《명암》은 미완 상태로 188회에서 중단되었다.